論創ミステリ叢書44

狩久探偵小説選

論創社

狩久探偵小説選　目次

創作篇

*

評論・随筆篇

凡　例

一、「仮名づかい」は、「現代仮名遣い」（昭和六一年七月一日内閣告示第一号）にあらためた。
一、漢字の表記については、原則として「常用漢字表」に従って底本の表記をあらため、表外漢字は、底本の表記を尊重した。ただし人名漢字については適宜慣例に従った。
一、難読漢字については、現代仮名遣いでルビを付した。
一、極端な当て字と思われるもの及び指示語、副詞、接続詞等は適宜仮名に改めた。
一、あきらかな誤植は訂正した。
一、今日の人権意識に照らして不当・不適切と思われる語句や表現がみられる箇所もあるが、時代的背景と作品の価値に鑑み、修正・削除はおこなわなかった。
一、作品標題は、底本の仮名づかいを尊重した。漢字については、常用漢字表にある漢字は同表に従って字体をあらためたが、それ以外の漢字は底本の字体のままとした。

狩久探偵小説選

創作篇

瀬折研吉・風呂出亜久子の事件簿

見えない足跡

1

「ねえ」

大人っぽくアップした髪の大きなリングが微かに揺れるほどに首を傾げると窓から覗きこんだ亜久子が右頰に片靨《えくぼ》を泛べてにっこり笑った。彼女が首を傾げてこの靨を泛べた時には、次の瞬間に洋紅色の唇から洩れる言葉がいかに誘惑的な内容のものであっても、決して軽々しくとりあってはならない——といわれている曰くつきの片靨である。

不幸な事には、瀬折研吉《せおりけんきち》は丁度その時、もう少しで書き終ろうとしている探偵小説の最終場面に気を奪われていたため、亜久子《あくこ》の靨を警戒するだけの余裕がなかった。原稿用紙の枡目の中で、情熱的な女主人公と適度に不道徳な青年探偵を接吻させ終って、ペン先を拭い、研吉が眼をあげた時、いささかの不気嫌さをあらわして膨んだ亜久子の頰には、既に靨の面影はなかったからである。

「ねえ、研吉さん」

「なんだ、亜久ちゃんか」

「なんだ、亜久ちゃんか、もないもんだわ。さっきからあんなに呼んでいるのが判らないの?」

「うん、ちょっと、考え事をしていたんだ」

「相変らず面白くもない小説を書いているんでしょ」

「面白くない? それは僕の責任じゃないさ。僕の小説を読んで面白くないとしたら、それは作品が不完全だからではなくて、読者が不完全だからなのだからね」

「まあ、いう事だけは一人前ね。そんな事よりも、今日はとても良いニュースを持って来てあげたのよ。感謝しなさい」

「良いニュース？」

「ええ、これからス・テ・キな殺人事件の現場へ見学に行くの。どう？　つきあわない？」

午頃夕立があがって、一時頃からかなり強い西風が吹いていたが、それも一時間ほどでぱったり歇んで、Ｋ市はむしむしする晩夏の空気の底に沈んでいる。書き終った原稿に文鎮を載せ、戸締りをすると、研吉は誘われるままに亜久子と肩を並べた。

「亜久ちゃんが僕を引張り出すのは、いつもこんな気分の悪い日ばかりなんだね」

「犯人が非常識なのよ。こんな日に殺人事件を起すのですもの」

「そういう見方もある。所で、殺人事件って一体本物なのかい？」

「知らせてくれたのは捜査課の杉本さん。知っているでしょう？　ほらこの間の釣魚大会で優勝した女みたいな声の警部さん」

「ああ、あの人。亜久ちゃんの友達とは知らなかった」

「その杉本警部からね、電話がかかって来たのよ。面白そうな事件だから特別に便宜を計るって」

「面白そう？」

「ええ、準密室殺人事件ですって」

「準密室？　ふうん、優秀だな。準密室殺人事件が起るようではＫ市もいよいよ文化都市の資格充分だね」

例によって軽口を戦わせながら、西日に灼けるアスファルトのメイン・ストリートを右に折れると、街外れの防風林が見え始める。

「大変だ!!」

角を曲った所で、突然研吉が奇妙な叫び声をあげた。

「どうしたの？」

亜久子は大きな眼を向ける。

「いきなり大きな声を出して、驚くじゃないの。もう犯人が判ったとでもいうの？」

「それ所じゃあない。湯沸しの中で卵を茹でかけたまま出掛けて来てしまったんだ」

研吉は悒鬱そうな笑を泛べた。

「帰るまでに随分固くなっているだろうな」

「瀬折さん」

亜久子の眼が悪戯っぽく耀く。

「あなたが何故、急に茹卵の事なんか憶い出したか当ててみせましょうか？」

「そんな事が判るのかい？」

「ええ、いいこと。（密室――密閉された部屋での殺人――殻をかぶったまま黄身と白身が殺される――茹卵）どう？　こんな連想の順序でしょ」

「うまいな。ちょっとしたデュパンだ」

松林が途切れて、殆ど動かぬ海の見える高台。赤いスレートの屋根を持った文化住宅。犯罪の行われた高山画伯のアトリエは、しかし、茹卵型の密室ではなかった。

2

K市O町駐在所の舟山巡査は、食事の際にはまず自分の嫌いなものから先に喰べて、好きなものを最後にゆっくり楽しむ習性があった。この習性は勤務中の余暇に、こっそり探偵小説を読む際にも適用されたから、彼は、今朝本屋から買って来た「宝石」をポリス・ボックスの机上に拡げると、まずその目次の中から、一番詰らなそうな作者を探し出した。

「狩久――これがいい」彼は口に出して呟いた。

「この作者の小説といったら、今まで一度だって面白かった事はないんだから……」

舟山巡査がパラパラと頁を繰って狩久の小説を探し出し、いよいよ、本腰をいれて読み出そうとした時、駐在所の横の露路から、パタパタとあわただしい跫音が近づいて来て、駐在所の前に止った。

「御主人様が……」

駐在所の外壁に手をついた女は、大きく息をついた。蒼白な顔の中で、絶句した唇が殊更紅かった。

「御主人様が殺されています」

「犯人は狩久だ。いや、ちがう」

一瞬、現実と小説の境界で錯乱して、あらぬ事を口走ってから、巡査は改めて眼の前の女を見た。二十二・三の美しい女だった。その顔には見覚えがあった。

「おう、あんたは高山さんの……」

「そうです。御主人様が殺されているのです」

そういい終った女が、バッタリと倒れたら、そのやわらかな身体を抱きとめてやろうと、巡査は両腕をさし出して待っていたが、女は別段倒れようとはしなかった。

◇

女に導かれて高山邸の庭に踏みこんだ時、舟山巡査は久しく憧れていた探偵小説的構成の現場を発見して、思わず頰の肉をゆるめた。

「踏みこんではいかん。あんたはここで待っていなさい。画伯はあのアトリエで死んでいるのですな」

うなずく女中を後に、巡査は雨上りの軟かい庭土の端の方を歩きながら、問題のアトリエに近づいていった。アトリエを建増したばかりの庭には、未だ芝生も飛石もなく、軟化した庭土の上には、今、アトリエに歩みより、屍体を発見して走り去った高山家の女中、波多野ユリのロウ・ヒールの跡が、点々と印されている。アトリエに歩み寄りながら、巡査はやっと思い出してあわてて腕時計を見た。事件発見の時刻は正確に記録しておかねばならない。今が三時五分過ぎだから、女中が屍体を発見したのは大体三時頃と計算してよかろう。

「うむ、これは面白いぞ」

庭土の軟かさに靴を汚しながら、巡査はもう一度、アトリエと庭を見比べた。

「誓っていうが、高山画伯は正午前に殺されたに相違ない。もしそうでないと、これは完全な密室殺人事件になるからな」

3

瀬折研吉と風呂出《ふろいで》亜久子が高山邸についた時には、屍体が発見されてから一時間近くなっていて、舟山巡査の報告で到着した警察署の人達の仕事は、あらかた片付いた所であった。

研吉達の姿を認めると、杉本警部はニコニコしながら近付いて来て事件の概略を説明してくれた。

「御存知のように、今日は午頃ひどい夕立があって、それが上ったのが丁度正午でした。降雨後、この庭は非常に軟化していて、歩けば当然足跡が残る訳ですが、私達がここへ到着した時には、女中が屍体を発見した時の足跡だけしかついていませんでした。ほら、御覧なさい。その足跡がそうですよ」

庭の入口に立って、アトリエの西側にある百日紅の紫紅色の花をぼんやりと眺めていた研吉は、言葉を切った杉本警部が、促がすように彼を見たので、あわてて視線を庭土の上に向けた。

庭土の上には、遠まわりに庭の端を踏んでアトリエに入ったと見える警部達の靴跡の外には、庭の中央を一直線に普通の歩巾で近づいていって、屍体を発見してから大急ぎで走りさったと見える小さな靴跡が印されているだけである。

「こうした点から考えると、夕立の上った正午から、女中の波多野ユリが屍体を発見した午後三時までの間には、この庭に面した縁先からアトリエへ入った人間はない事になります。御覧のようにアトリエは主屋から離れて庭の中に独立していますから、ここを歩いて連絡するより外はない。強いていえば主屋の窓から庭へ降りても行ける訳ですが、それにしても足跡は残る。そして、それ以外にアトリエに入る方法はないのです」

「向うの塀からは駄目ですか？」

亜久子と研吉が殆ど同時に聞いた。

「それもやってみました」

杉本警部は何を憶い出したのかニヤニヤと笑った。

「現場を最初に見た巡査が猛烈な探偵小説マニアでね。瀬折研吉さんの小説はいつも二番目に読むといって居りましたが、その男があらゆる試みをやってくれたのです。塀の上からアトリエの窓べりに板を渡してみたり、主屋とアトリエの間にケーブルを張ってみたり、とにかく色々やりましたが、結論は、結局、アトリエへはこの庭から入るより外はない、という事なのです。従って、正午から午後三時までは誰もあのアトリエへは入れなかった、アトリエは密室化していたという事になりますね」

亜久子と研吉は楽しそうにうなずいた。

「所が……」

と、杉本警部は自分の手柄のように得意になって、

「検屍の結果、死亡の時刻は午後一時前後というのです」

4

説明が終ると、警部は研吉達を犯行の現場であるアトリエの中に案内した。

高山画伯のアトリエは、六坪ほどの長方形の部屋で、北側のやや高い所に採光用の大きな窓があり、東側と西側に小窓、そして南側の半分が庭に向って開かれている。犯行の行われた時、画伯は丁度制作中であったらしく、北側の窓の下に画架が西を向いて据えられてあった。

屍体の後頭部の裂傷から見ても判る通り、カンヴァスに向っている所を、後から装飾用の青銅の像で一撃されたものであった。装飾品を実用に供する方法を犯人は知っていた訳である。

西側の小窓からさしこんだ強い日が、丁度画伯の足に落ちて、灰碧色のズボンから飛び出した靴下の赤を主調とした派手な色彩が奇妙に生々しい。

「ねえ亜久ちゃん」

研吉は不審相な声を出した。

「変だと思わないかい。こんなに西日のさす中で画伯は画を描いていたんだろうか?」

「変な事ないわ」

亜久子は窓と屍体の位置を意味あり気に見比べる。

「画伯の死んだのは一時頃でしょう? だとすればその頃には日ざしはやっと西窓の下の床に落ちはじめた位の所よ。仕事をしていれば気付かぬ程度でしょうし、くぎりのついた所でカーテンを引くつもりだったかも知れないわ」

亜久子の推定に感心しながら研吉は再び室内の様子に眼を移した。

椅子は横倒しになり、絵具のチューブや画筆があたりに散乱し、画伯は片手に筆を握ったまま頭部を西壁に接して仰向けに倒れていた。

検屍医の言葉によると、死因は後頭部の一撃で、それほど強い打撃ではなかったが、脳震盪を起したものであった。打撃は強くなかったが表在した血管が切れたと見えて、暗い床板の色にまぎれて目立たないが、かなり多量の血が西側の小窓に接した頭部近くの床にこぼれていた。画伯の足許のあたりに転っていたという兇器の青銅像は、血痕の附着したまま、東側の壁際にある机の上に置かれてあった。指紋は検出されなかった。勿論、犯人が拭き取ったものであろう。

「屍体の様子を見ると、少くとも画伯は殺されると思っていなかったのでしょうね。安心してカンヴァスに向っていたのですから。従って犯人は画伯と面識のある人間と考えてよい訳です」

杉本警部の言葉を聞き流しながら、研吉達は最後にカンヴァスの上の裸婦立像を眺めた。

「高山画伯はモデルなしで絵を描くという噂がありましたが、どうやらこの様子では本当らしいですね」

研吉は傍の杉本警部に問いかけた。

「いや、あれは多少誤って伝えられているようです。実際はモデルなしではないのです」

職掌柄、杉本警部は、いやしくもK市に居住する知名人については大抵の事は知っている。

「ただそのモデルの使い方が、普通の人と少し違うのですよ」

普通の画家だったら、大抵はモデルにポーズをつけて、それを見ながら画筆をすすめる。所が、高山画伯は少し変っていて、決してその場では描かぬというのだ。モデルにポーズをつける――あとは黙ってただそれを見詰める。二時間でも三時間でも一週間でも二週間でも、ただ、凝っと見詰めるだけ。その間にデッサン一つとらず、ただひたすらに〝凝視〟するのだ。

こうしてモデルの持つあらゆる要素を一度脳裡に刻みつけてから、今度はその記憶だけでカンヴァスに向う。これが、高山画伯が自分の絵を特別に反芻《ルーミネイション》と呼んでいる理由なのであった。

研吉と杉本警部の会話をよそに、床の上のパレットを調べていた亜久子が、この時、突然奇妙な事を云い出した。

「ねえ、面白いじゃありませんの。高山画伯は殺害された瞬間、丁度この裸婦のデルタの所を描いていたのですわ」

こういう言葉を平気で口にするのだから、彼女もちょっとしたアプレ・ゲールだ。研吉が身を屈めて調べると、確かに、パレットの絵具も、右手の画筆も描きかけの画面も、この事実を裏書きしていた。

「所で、杉本さん」

亜久子は何か考え込みながら、杉本警部を見た。

「私達は事件の発見者である女中さんに敬意を表したいのですけれど……」

5

高山家の女中、波多野ユリは南国型の美人で、どこかカンヴァスの中の裸婦を想わせた。日頃から、とかく色々な女と噂の絶えぬ独身の高山画伯と、二人だけでこの家に起居する事に何の不安も感じないとしたら、この女もまた髪長く知慧短い女達の後裔なのであろう。研吉がそんな事を考えてニヤニヤしていると、亜久子は早速質問にとりかかった。

「ユリさん。あなたが屍体を発見した時の事を話して下さらない？」

「御主人様は、毎日午後三時に軽い食事を召上る事になって居りました」

呟くような低い声で、眼を泣きはらしたユリの痛々しい視線は床に落ちる。

「今日は十時頃、主屋の方で朝食を召し上って、間もなくアトリエにお入りになり、そのままお仕事を続けていらっしゃる模様でしたので午後のお食事を主屋でなさるか、アトリエでなさるか、それを伺うため、庭からアトリエへ近付きました。庭の中央まで参りますと、アトリエの中が殆ど見透せますので、いつものようにお仕事をしていらっしゃるものと、何気なくアトリエの中を見ますと、御主人様が床の上に倒れていらっしゃるのです。急に胸さわぎがして参りましたので、こわごわアトリエに歩みよってみますと、床に散った鮮かな血の色がいきなり眼に飛び込んで参りました。そして、その向う側に御主人様が倒れていたのでございます」

ユリは、その時の恐しさを思い出したのか微かに身を慄わせて眼を閉じた。

「画架はそのままでございましたが、絵具や筆が飛び散って、足許に血まみれの青銅像が転って居りました。一旦、アトリエへ入ってみましたものの、どうしても屍体に近づくだけの勇気がなく、そのまま飛び出して、駐在所へ駆け込んだのでございます」

「高山画伯がアトリエに入ったのは何時頃でしょう?」

「朝がごゆっくりでございますから、十時頃朝食をあがり、それから一時間ほどして、十一時頃、丁度夕立の降り初めます三十分ほど前だったかと存じます」

「一時頃、何かアトリエの方で物音はしませんでしたか?」

「気が付きませんでした。女中部屋で編物をいたして居りましたから」

「朝からお客様は一人もなかったのですか?」

「ございませんでした」

「あなたに気付かれずに直接アトリエへ行く事は出来ませんか?」

「今朝九時から三十分間ほど、買物に出て居りましたから、その間でしたら存じませんが、それ以後はずっと玄関の近くの台所か女中部屋に居りましたから、庭から廻るにしても、門か木戸の開閉《あけたて》の音で気がつくと存じます」

「そう」

亜久子はちょっと考えてから話題を変えた。

「アトリエにいる画伯が貴女に用のある時にはどうして連絡するのですか?」

「呼鈴の音が別になって居りますから、居間でお呼びかアトリエでお呼びか判るようになって居りますし、押し方によってコーヒーが欲しいとか果物を上るといった程度の事は通じるのでございます」

「アトリエで何か上る時には、中央の小卓を使うのですね」

「はい」

ユリはこっくりと頷いた。

「アトリエの掃除は？」

「毎朝致す事になって居ります。もっとも、絵の道具には触れぬように注意されて居りますから、掃除と申しましても窓と床とテーブル位のものでございますが……」

「そうですか。それだけうかがえば結構ですわ」

黙礼し、立上ろうとするユリに、亜久子は待っていたように突然問いかけた。

「あ、それから、画伯は今朝コーヒーをあがったの？」

「は？」

ユリは何故かちょっとためらった。

「召し上りましてございます」

亜久子が何故テーブルやコーヒーを気にしているのかは研吉もちゃんと知っていた。アトリエのテーブルの上に、コーヒーのこぼれた跡があったのだ。テーブルは今朝掃除されたのだから、コーヒーがこぼれたとすれば画伯がアトリエに入ってからと考えるのが順当だろう。誰がコーヒーをこぼしたか？　それは知らないが、亜久子だってそんな事まで知っているはずはない。

6

「密室の謎が解ければ事件は直ぐにでも解決するのですがね」

杉本警部は最前から口惜しそうに同じ言葉を繰返している。

「高山画伯の弟子で、波多野ユリを愛している青年がいるのです。昨日の夕刻以来行方不明なので、現在手配中ですが……」

短くなった煙草を指先で弾き飛ばすと、たてつづけに新しい煙草に火を点けて、杉本警部はアトリエの中をもう一度見廻わした。

「最近、高山画伯がユリに対して食指を動かしているので、この師弟の間が非常に険悪になっているのです。従って、情況さえ許せば、この青年を犯人と見て間違いないと思うのだが、それにしてもいかなる方法で殺害したのか全然見当がつかない。まさか、アトリエの内部の見えぬ塀の外から仕事中の画伯に向って青銅像を投げつける訳にも行かぬでしょうし、画伯が仕事をする位置を予め計算しておいて丁度その頭の上へ青銅像が落ちて来るような細工を施す余地もないのです。後の方法は、先刻云った探偵小説マニアの巡査が、瀬折さんの小説の中で読んだと云うんですがね」

「杉本さん」

最前から屍体の位置と西側の小窓を見比べていた亜久子は、ふと思いたったように庭に降りると、奇妙に淋し気な声を出した。

「この部屋は完全な密室です。その青年は絶対に犯人ではありませんわ」

「としたら、誰一人として犯人ではあり得ぬ訳ですな」

「いいえ」亜久子は大きく首を振った。

「ただ一人の人間にとっては、このアトリエは密室でも何でもないのです。それ故、その人を犯人とする以外にこの事件を説明する方法はありません」

「ただ一人?」

研吉と杉本警部は思わず顔を見合わせた。

「ただ一人というと画伯自身の事ですね」

「いいえ」亜久子は再び首を振る。

「画伯には自殺する理由はありません。画を描いている最中、突然自殺する気になるでしょうか？　投げ上げた青銅像の下に首をもって行くような奇抜な自殺の方法が可能でしょか？」

研吉と警部は訳が分らずに黙りこんでしまった。亜久子は悒鬱そうであった。研吉は今までにこれほど重苦しい亜久子の表情を見た事がなかった。庭へ降りた亜久子は身を屈めて波多野ユリの靴跡を覗きこんだ。

「犯人は堂々と庭からアトリエへ入り、高山画伯を殺害しました。貴方達は足跡がないと仰有るでしょう。所が、チェスタアトン流の表現をかりれば、それは足跡がないのではなく、足跡はあるけれども、貴方達にはそれが見えないのです。そしてその証拠がこれです」

ユリの靴跡から拾いあげた小さなものを指先にかざして、ふっと吹くと、その可憐な証拠はひらひらと宙に舞う。百日紅の花びらだ。

「波多野ユリは、午後三時に庭を廻ってアトリエの屍体を発見したといいます。この靴跡はその時に印されたものであるはずです。所で、あの夕立の前に散った百日紅の花びらは、雨に濡れて地面に貼りついていますから、濡れもせず土もつかぬこの花びらは夕立以後に散ったものと考えてよいでしょう。さて、夕立の後、一時から二時まで強い西風が吹きました。従って、この西風のやむ二時以前に靴跡が印されたものなら、アトリエの西側にある百日紅の木から飛んだ花びらが、かなり離れた所にあるこの靴跡の中に吹き込まれる可能性は充分あります。所が、風は午後二時を境としてぱったり止ったまま、その後は気味の悪い位の無風状態です。ですから、もし、この靴跡がユリのいう通りに午後三時に印されたものとすると、その中に花びらが飛び込むなどという事は、全く想像も出来ないのです。しかもその場合には、一時から二時にかけての西風で、庭一面に拡がっている百日紅の濡れていない花びらを、一枚も踏まずに歩く事は相当困難だったと考えねばなりません。それにも拘らず、事実、花びらは靴跡の中に吹こまれていますし、吹き散らされた花びらは決して踏まれてはいないのです」

亜久子は研吉だけに判るような奇妙な笑いに片靨を作ってアトリエに戻った。

「屍体を発見した時につけた足跡というものは、誰もそれを足跡の中に計算しません。それが見えない足跡なのです。ユリは、実際は午後一時にアトリエに入り、そこで画伯を殺害しました。そして縁先から降りると、驚いて走ったような靴跡を印しながら主屋に戻り、そのまま二時間待って、午後三時になってから、さも今屍体を発見したような顔をして、駐在所へ駆け込んだのです。駐在所の巡査が探偵小説マニアである事も予め知っていて、現場保存の確実さも計算していたのかも知れません。走って来たユリを眼の前に見て、続いてこの靴跡を見れば、観念の連続から、この靴跡は今つけたものだと巡査が思い込むのも無理はないでしょう。しかし、この靴跡は、実に、屍体を発見した時のものではなく、犯罪を行った時のものなのです。ユリ以外の人間にとっては、アトリエは確かに密室化されていたでしょう。しかし、この見えない足跡に気付きさえすれば、アトリエは彼女には密室でも何でもなかったのです。犯行の動機については想像出来ますが、私にはユリにそれを訊くだけの勇気はありません」

亜久子と研吉は、後を杉本警部にまかせて、百日紅の咲く高山邸を飛び出した。早く広い空気の中に出なくては、亜久子が窒息する心配があったからだ。

7

「丁度一時頃、高山画伯はベルを押して、ユリにコーヒーを持って来させたのだろうね」帰途につくと研吉は急に雄弁になった。

「最近、高山画伯とユリの間に何事かが起ったのだ。カンヴァスの裸女はユリを想わせるような女だった。コーヒーを運んで来たユリ。そのユリの肉体の記憶を追いながら、画伯は筆を運んでいた。画伯がユリを征服したのは半ば暴力的なものであったかも知れない。ユリは画伯に対して愛とも憎ともつかぬ感情に悩んでいた。画伯は何かユリの感情を刺戟するような言葉を発したに相違ない。画伯は丁度ユリが入って来た時、画伯はユリの辺りを描いていた。ユリの肉体をもてあそびながら、刺すような言葉が画伯の唇を洩れる。ユリは自分がただ単にもてあそばれていたにすぎぬ事を確実に悟る。反射的に青銅の像が彼女の手に握られる。……警官が来て、犯人が判らぬ様子に、はりつめていた気がゆるむ。何故か死んだ画伯が急に恋しくなって、その場に泣き崩れる。……夫に毒を嚥ませておきながら、親身になって介抱する妻の話は、犯罪史上いくらでも例があるからね」

亜久子は、研吉のドラマティックな解説を一向に聞いていないらしかった。尤も、亜久子とて、それ以上適確な場面を想像してみたに相違ない。

「亜久ちゃん」研吉は元気づけるように声音を変えた。

「ともかく、今日の君は素晴らしい女探偵だったね」

「研吉さんて、案外ぼんやりしてんのね」

亜久子は案外元気な声を出した。

「靴跡の事なんか、とっくに気付いていると思ったのに、あなた、本当に私がいうまで判らなかったの?」

「テーブルの上のコーヒーに気をとられすぎたんだよ。そうでなければ、僕だって当然靴跡の中に花びらの落ちていた事に気付くさ」

「あら!!」

亜久子は研吉の顔をまじまじと見詰めると、まるで気の狂ったように笑い出した。きゅうきゅう声を出しながら丸くなって笑い続ける。

「瀬折さんたら、あなたはますますぼんやりねえ」

可笑しくて可笑しくて息もつけぬ様子である。

「あの花びらは、私が靴跡の中にまいたのよ。杉本さんを納得させるためにね。あの靴跡と風の論理なんて随分いい加減なものだったでしょう？ でも、杉本さんは証拠がなければ私のいう事なんか信用しないから、苦しまぎれにあんな悪戯をやってみたのよ」

「それでは亜久ちゃんは、全く天降り的にユリが犯人だと断定したのかい？」研吉は余りの事に思わず大きな口をあけた。

「勿論違うわ。いくら私が自信家だって、他に信ずべき理由がなければ、そんな思い切った悪戯は出来ないわよ。私は歴然とした論理的な手掛りから出発したの。私達が聞いたユリの供述の中に、ユリを犯人と指向する、法律的な証拠としては無力だけれど、推理上の証拠としては充分なものが隠されていた——といっても瀬折さんなんかには未だ判らないんだろうなあ」

研吉は暫くの間、ユリと亜久子の対話を想い返してみたが、さして重要と考えられる事項は見当らなかった。

「どうも駄目だ。今日は茹卵が気になって、ポアロのいう灰色の小部屋まで密室化されてしまったらしいよ」

「じゃ、教えてあげるわ」

亜久子はハンド・バッグを開いて煙草に火を点けた。

「ね、瀬折さん。あなたがあのアトリエに入った時、一番最初に眼についたものは何だった？」

「一番先に眼に映ったものといえば、高山画伯が穿いていた赤い靴下……あっ、あ、そうか」

研吉はやっと亜久子のいう重要な手掛りに気がついた。

「そうなのよ。誰でもあの部屋に入って、一番先に眼につくのはズボンから飛び出したあの赤い靴下よ。何故でしょう？　それは西側の小窓からさしこんだ強烈な日が、スポット・ライトのようにそれを照らしていたからだわ。所で、波多野ユリが屍体を発見した時、一番最初に彼女の眼に触れたものは一体何だったでしょう？（急に胸さわぎがして参りましたので、こわごわアトリエに歩みよってみますと、床に散った鮮かな血の色がいきなり眼に飛び込んで参りました……）ユリは確かにそう云ったのよ。あのアトリエの床は沈んだ褐色で、普通の光線状態ではどちらかといえば血痕の目立たない色調よ。それなのにユリの眼には、鮮かな血の色がいきなり飛び込んでいる――そうするとどうしても、この時、西側の小窓からさしこんだ太陽のスポット・ライトが丁度血痕の上に落ちて血の色を紅々と照らし出していたと想像してみたくなるじゃないの。そうでなかったら、血痕より先に、屍体や青銅像が印象されるはずですもの。だから、ユリが屍体を見た時、陽ざしは血痕の上に落ちていたと考えてよいの。

さて、私達がアトリエに着いたのは四時少し前――この時、西日は屍体の足許の所を照らしていたわ。ユリが屍体を発見したのは三時頃のはずでしょう？　僅か一時間の間に、太陽のスポット・ライトが屍体の頭部から足許まで移動するでしょうか？　可怪しい――と思って、窓の高さと太陽の位置を目測してみたわ。太陽の動く角度は二十四時間で三百六十度。つまり一時間に十五度――そして窓が血痕と靴下に対して張る角度は約四十五度。従って血痕が太陽に照らされていた時刻は私達の到着する約三時間前なのよ。この推定があたってるだろう事は西側の小窓にカーテンが引いてなかった事からも判るわ。ともかく、三時間前といえば午後一時まさに犯行の時刻そのものじゃあないの。しかもユリはその時刻の光線状態で屍体を眺めていた、その時刻にアトリエに居たと考えなければならないの。どう？　これだけの理論的背景を分析する能力がなかったら、探偵小説は書けても現実の事件は解けないわ」

亜久子の怪気焔にすっかり元気のなくなった研吉が、ふと気付くと彼等はもう大分家の近くまで戻っていた。

「人間は考える葦である——って、パスカルがいったわ」

亜久子はやや真面目な声を出した。

「女は考えない葦である——ってルナールがいっているよ」

研吉がちょっと元気を取戻す。

「知っているわよ。ルナールは男じゃないの」

亜久子はいささか感情を傷けられたような顔をした。

「今日の事件を考えてみると、私はますます男性の横暴さが厭になって来るわ。私はこういいたいの。男は暇さえあれば女をもてあそぶ葦である——って。いつになったら、私が結婚したくなるような葦にめぐりあえるのかなあ」

「僕は君を愛する葦だよ」

「女なら誰をでも愛する葦と訂正しなさい。いや、ちがうナ。あなたは卵を茹でる葦よ」卵の事をいわれて、研吉は苦い顔をした。

亜久子と別れて家へ戻ると、相変らず湯沸しがグラグラ煮立っている。密室殺人事件——そうだ。今日の事件を小説に書こう。小説の中で研吉が亜久子を散々にやりこめるのだ。亜久子は怒るかも知れないがかまうものか。読者はきっとこう云うだろう。この作者は何て頭が良いんだろう、と。

新らしい小説の構想にうきうきしながら、研吉は湯沸しに水を注いで卵をとりあげた。文字通りのハード・ボイルドだ。卵の殻をむきながら研吉は何となく呟く。「殻を破らずに茹卵を作る事は易しいが、殻を破らずに茹卵を喰べる事はむずかしい」

呼ぶと逃げる犬

1　密室論義

その扉の錠は、ピンや糸を用いて外部からかけられたものではなかった。そしてまた、被害者の意志により内部からかけられたものでもなかった。しかも、部屋にはその扉《ドア》以外のいかなる出入口も存在しなかった——

「まあ、すごいわね。研吉さん、こんな密室を考え出したの？」

机の上の原稿用紙を覗きこんだ亜久子が、感心したように研吉の方を振り向いた。

「うん」

研吉は、窓際の長椅子にだらしなく寝そべって、無感動な声を出す。

「素的だわ。どうやって解くの？　教えてよ」

「解けないさ」

「えっ？」

「解けないんだよ」

平然たる表情である。

「そういう密室があったら面白いだろうなあ、と考えて、一応書き留めてはおいたけどね、解けそうにないんだ」

「なあんだ、ばかにしてるわ。そんな無責任な密室なの？」

「きまってるじゃないか。それが解ける位なら、とっくの昔に大探偵小説家になっているよ」

「あら、それでは、研吉さんは大探偵小説家じゃなかったの？」

「いや、大探偵小説家は大探偵小説家なんだけどね……」

そういってから、瀬折研吉は、自分でも論理の矛盾に気付いてニヤニヤと笑った。

「所で亜久ちゃん」

大きなのびをして、むっくりと長椅子から身を起す。

「何か変った密室物のアイディアはないかい」

「そうね」

原稿用紙を離して、亜久子は回転椅子に腰を降ろした。

「うん」

「一番新らしい密室を教えてあげようか？」

「人を殺してから、その屍体を中心に家を建てるのよ」

「読んだよ」

「そう？」

亜久子はちょっと首を傾げて、特徴のある片靨《えくぼ》を浮べた。大人っぽくアップした髪の、大きなリングが微かに揺れる。

亜久子が右頬に片靨を浮べたら、何か奇抜な事を思いついた証拠だ。研吉は、注意深くいずまいを正した。

「誰も住んでいないある建物の中に一人の女が入っていった——っていうのはどう？」

「それから？」

「それからね、警官が銃声を聞いて、その建物の中に入ってゆくまでの間、一人として建物に入った人間もいなければ出て来た人間もいないの」

「うん」

「所がね、警官がそこへいってみると、三人の女と二人の男が死んでいて、十五・六の少年が手にピストルを握って立っていたという話。どう？　研吉さん、これが解ける？」

「最初建物の中には誰もいなかったんだね」

「そうよ」

「女が入った以外に人の出入りはなかった」

「ええ」

「しかも、この謎は論理的に何の矛盾もなく解けるっていうのかい？」

「勿論よ。解らないでしょう？」

「解るさ」

研吉は、亜久子の派手な顔立ちに眼をやって楽しそうに笑った。

「建物へ入っていった女は妊娠していたのさ。建物の中で男の子を産み、その男の子と女の間に四人の子供が生れたんだ。それで数は合うだろう？　警官が銃声を聞くまで数十年経っていた、という所が盲点だな」

「まあ、感心ね」

亜久子は驚いたように研吉の顔を見凝めた。

「研吉さんに判るとは思わなかったわ」

「亜久ちゃんの考える事位判るさ。しかし、どうも余り道徳的な密室じゃないね」

「仕方がないわ」

亜久子は珍らしく顔を赧らめた。

「でも理論的には可能でしょ。それに、思いつきとしては面白くない？」

「大して面白くないな。それよりもむしろ僕には、そういう事を考え出した亜久ちゃんの心理状態の方が面白いね」

「あたしの心理状態ってなあに？」

亜久子の不審気な顔を、研吉は嬉しそうに見守った。

「建物の中で女が子供を産むなんて話を思いつくのはね、亜久ちゃんに、結婚したいという潜在意識があるからだよ。どうだい、亜久ちゃん。僕と結婚しないか?」

「研吉さんなんか駄目よ」

亜久子はアモンド型の眼を吊りあげて出来るだけ恐い眼付きで研吉を睨んだ。

「それに、あなたがどうこじつけても、あたしは絶対に独身主義なんですからね」

「僕に怒ったって仕様がないさ。フロイドが、そういう事を書いているのだもの」

亜久子は、くるりと回転椅子を廻すと、再び机上の原稿用紙を睨みつけた。

「今度フロイドに会ったらね」

ドライアイスのように冷い声を出す。

「あたしがフロイドの事を馬鹿だって云っていたと伝えて頂戴」

2　模倣された芸術

瀬折研吉の家は避暑地として有名なK市のJ町にあって、老年期の丘陵に囲まれたこの一劃は、バスで駅へ出ねばならぬ不便さはあったが、親譲りの家で気楽に小説を書き飛ばしていればいい身分の彼にとっては、さして苦痛は感じられない。風呂出亜久子も、同じJ町の住人で、親がかりの有閑娘であって、暇をもて余すと研吉の書斎を訪れて、好きな探偵小説の話に耽るのだ。

殊に、一箇月ほど前、K市警察署の杉本警部の好意で、高山画伯殺害事件の現場に案内してもらい、どういう風の吹きまわしか、密室事件の謎をものの見事に解決して以来というもの亜久子の自信は手に余るほどで、杉本警部や研吉の顔を見るたびに、現実の事件をせびるのだった。

「何か面白い事件が起らないかしら？」

多少控え目な語調で、亜久子が横眼を使うと、杉本警部はまるで自分の責任のように、

「合憎つまらぬ事件ばかりなので……」

と、巨大な身体を恐縮そうに縮める。

「そんなに事件が欲しかったら、自分で人殺しをすればいいじゃないか」

見かねた研吉がそう口を挟むと、

「駄目よ」

と、亜久子はにべもない。

「自分でやったんじゃ、最初から犯人が判っているんですもの。その位だったら、研吉さんあたがこっそり殺人をすべきだわ」

こんな状態にある亜久子の所へ、久し振りで杉本警部から事件の電話がかかって来たのだから、亜久子が靴下を裏返しに穿いて研吉の書斎にかけこんで来たのも無理はない。

「ちょっと、眼をつぶっていてね」

肉付のよい脚から、シュッと音をたてて靴下を剝ぎとると亜久子は注意深くそれを穿き直しながら、電話の内容を説明した。

「ねえ、研吉さん。今度は純粋の密室らしいのよ。唯一の扉に、内側から錠がかかっているんですって。詳しい事は判らないけれど、あなたの書きかけの原稿と全くそっくりよ」

「ふうん」

研吉は思わず眼を開らき、亜久子が未だ靴下を穿き終っていないので、あわてて再び眼を閉じた。

「それは素晴らしいじゃないか。《現実は芸術を模倣する》っていうからね。僕の小説も、いよいよ芸術と認められるようになったのだな」

亜久子が靴下を穿き終ると、二人は肩を並べて研吉の家を出た。

3　風変りな家

「何だか知らないけど、随分変ってるわねえ」

大抵の事ではあまり驚かない亜久子だが、杉本警部の案内で事件の起った安孫子《あびこ》教授の家を一通り見終った時には、さすがに感に耐えぬように、そう呟いた。

「変っているでしょう?」

杉本警部も得意気である。

「その上、風呂出さん好みの密室事件と来ているのですからね」

「靴下を裏返しに穿くだけの価値はあった訳だね」

研吉のこの言葉は杉本警部には通じない。警部は感ちがいをしたらしく、

「ほう、それは気がつきませんでしたな。安孫子教授は靴下まで裏返しに穿いていましたか?」

と真面目な表情である。

「いや、安孫子教授の事ではありませんよ」

亜久子の事だ――といおうとして、彼女の物凄い視線に、研吉は思わず口をつぐんだ。

「ねえ、杉本さん」

今度は亜久子が話題の転換をはかる。

「どこからどこまで普通とは逆のような家ですけど、安孫子教授は、やはり世間の噂通りに、頭がおかしかったのですか?」

「そうですね。どの程度狂っていたかは疑問ですが、少くとも常識的な人ではなかったようです」

安孫子教授の家は、T八幡宮の横手に当る線路沿いの一劃にあって、殆ど近所づきあいをしない

教授の性格から、周囲の人々にはそれほど知られていないが、亜久子や杉本警部が、変っている——と感心するだけの不思議さをもった家だった。

家そのものの外観は、二間続きの何の奇もない小住宅で、教授と犬の二人暮し（厳密にいえば一人と一匹であるが、教授は愛犬を人間と同格に扱った）にふさわしいものだが、家の内部に見えた家具や、設備に、常識人が頭をひねるほどの奇怪さがあったのだ。

「最初から、少し変だという予感はあったのですが、書斎のスイッチをいれた時、隣室の電灯が点いたのには驚きましたよ。それから色々と細い点を発見したのです」

杉本警部が安孫子教授の家に到着したのは、その日の午前十時頃で、前日の夜兇行のあった書斎は厚いカーテンがひきめぐらされたままの暗さだった。書斎のスイッチによって、隣室の電灯が点滅することを知った警部は、隣室のスイッチで書斎の灯をつけた。同様の転換が到る所で発見された。便利に点灯するためには、廊下のスイッチをひねらねばならなかった。廊下の電灯は便所のスイッチで消すことが出来た。金庫の中には麗々しく紙屑が匿され、紙屑籠の中に多額の有価証券や現金が発見された。書斎の引き窓の捻じ込み錠は、時計の針と逆の方向に捻じることによってかけられていた。玄関や書斎のドアの鍵も、すべて逆の方向に回転することによって施錠された。このような奇怪な家の、密閉された書斎の中で、安孫子教授は背にペーパー・ナイフを突き立てられドアに近い床の上に絶息していたのである、死亡の時刻は前夜の午後十時前後だった。

「細い点をあげればきりがありませんが、その外に、もう一つ非常な傑作があるのですよ」

庭に面した縁先に立って、警部は肥厚した手で庭の一角を指した。黒とも、白とも、斑とも茶褐色とも灰色ともつかぬ不思議な色合いの犬がねそべっている。

「あの犬ですか?」

「そうなんです。風呂出さん、何か犬の喰べそうなものをお持ちですか?」

「ええ」

亜久子はハンドバッグからチョコレートをとりだした。

「その辺に投げて御覧なさい」

敷石の傍に落ちたチョコレートを認めると、その犬は尻尾を振りながらその茶色の破片に近づいて来た。

「ヨシ――といって御覧なさい」

と杉本警部。

「ヨシ」

亜久子の声に、犬は前肢を揃えて、行儀よくチョコレートを見守っている。

「今度はオアズケ――といって御覧なさい」

「オアズケ」

亜久子の唇から、その言葉が出ると同時に、犬は待ちかねたようにチョコレートの塊に飛びついた。

「なるほど」

研吉は思わず感歎の吐息をついた。

「犬に対する命令の言葉が、すべて逆になっているのですね」

「そうですよ」

「それじゃあ、追うと来る訳？」

「ええ」

「面白いわね。叱《しっ》！　叱！」

亜久子が追うと犬は嬉しそうに三人の足許近くやって来た。

「来い、来い！」

犬嫌いの研吉が狼狽して呼ぶ。犬は、三人に背を向けて、一直線に庭を横切り、元の場所に身を横たえた。

「随分変った犬ねえ」

残ったチョコレートを口にほうり込んで亜久子が歎声を発した。

「呼ぶと逃げる犬――なんて、探偵小説の題名になりそうじゃないか」

「しかし、どういう積りで安孫子教授は犬にこんな訓練を施したのでしょうな」

「安孫子教授は」

と、第四の声が、その瞬間背後から杉本警部の疑問に答えた。

「恐れていたのですよ。侵入者を防ぐため、奇妙な犬を飼ったのです」

同時に振り向いた三人の眼に、金縁眼鏡をかけた五十年輩の紳士の姿が映った。

4　教授の生態

「私は、以前に、安孫子さんと同じ大学にいた大谷という者です。暫くお眼にかからなかったので久し振りでお伺いした所、安孫子さんが昨夜何者かに殺害されたというので、大変愕きました」

安孫子教授の唯一の友人と称する金縁眼鏡の紳士、大谷教授は、杉本警部に問われるまま、安孫子教授の日常について詳しい情報を提供した。

被害者、安孫子教授は、ある私立大学の建築科の教授だったが、戦時中、高射砲弾の破片を頭部に受けて以来、少し、頭がおかしくなったという噂もあって、時候の変り目や、気温の異常な日などは、講義中に時折、前後と何の脈絡もない言動をさしはさむ事があって、この脳の故障のため、二十年近い教授生活を捨てて、静養を兼ねて、K市に移住したのである。

正確にいえば、頭部の負傷は、教授の五十三才の春で、負傷以前にも、教授の私生活は学者にあり勝ちの風変りなものだった。

文才に恵まれた安孫子教授は、随筆家としても有名だったが、中でも、《結婚について》という標題のもとに集められた随筆は、その辛辣な警句性と嶄新な逆説性の故に、数年間にわたってベスト・セラーの名を恣ままにし、倒産に瀕した出版社をそれ一冊によって救ったとさえいわれていた。しかも、この《結婚について》の著者は、（結婚こそ、人間の考えついた最大の愚行であり、人生は最も無意義に消費さるべきものである故に、人は皆結婚せねばならぬ）と主張しながら、現実においては六十三才の八月二十一日の日曜日、錠のかかった書斎で屍体となって発見されるまで、生涯を独身で過したのである。

尤も、教授が主張するように、人生の脊椎《バックボーン》が愚行にあるものだとすれば、安孫子教授は結婚に代る愚行を持たなかった訳ではない。

犬・犬・犬――夥しい数の犬の群が、教授の私生活の基調をなしていた。

「最も美しい女は、最も醜い犬と同じように愛らしい」

教授の著書に見られるこの表現は、多くの読者には教授一流の皮肉と受取られたが、教授にとっては、この一行は、案外真実の感覚であったのかも知れぬ。

K市に移り住む以前の教授の邸宅は、さながら、犬屋敷の観があった。純黒の、純白の、斑らの、茶褐色の、灰色の、十指に余る犬が邸内を彷徨し、その絶え間ない鳴き声は、附近一帯の安眠を許さなかった。しかも、そのように犬を愛し犬と起居を共にした教授が、三年前K市に移り住んだ時には黒でも、白でも、斑らでも、茶褐色でも、灰色でもない一匹の犬を、片手に抱えていたにすぎなかった。旧居の庭に立ち並ぶ十三本の松の枝に、針金で首をくくった犬を一匹ずつぶらさげたのである。

移転の日、偶々旧居を訪れた大谷教授は、暴れ騒ぐ犬の首に針金をまきつけつつある安孫子教授の姿を目撃した。

「安孫子さん。どうしました?」

大谷教授の一声に振りむくと、安孫子教授は悲しげな微笑を浮べた。

「どの犬も、皆、儂《わし》のいうことをきかん」

教授は十三匹目の犬を枝に結び終ると大きく息をついた。

「いうことをきかない?」

「儂が呼んでも逃げないのだ。呼ぶと尻尾を振って近づいて来る……」

「しかし、それならいうことをきかぬ所か、かえって……」

「何?」

訪問者を見据えた安孫子教授の眼に宿る異様な耀きと、手にした丈夫そうな針金に気付いて、大谷教授は足早やにその場を立ち去りながら、彼の耳は、安孫子教授が呟きつづける悲しげな声を明瞭にききとっていた。

「儂が欲しいのは、呼ぶと逃げる犬だったのに……」

5　事件の鍵

安孫子教授は侵入者を恐れていた——と仰有いましたね」

大谷教授の話が終ると、杉本警部は考え深そうに口を開いた。

「ええ」

「何か、そんな気配があったのですか?」

「いや、それは私の想像です。しかし、そのように奇妙な犬を飼うとしたら、明らかに侵入者除けが目的でしょう。侵入者に呼びよせられ、餌でごまかされるような犬は役に立ちません。追い払おうとすると寄って来て、呼ぶと逃げるような犬なら、侵入者を当惑させるに理想的だと思うのです。安孫子さんは頭のいい人でしたからね」

「なるほど」

杉本警部は庭の一角にねそべる、黒でも、白でも、斑らでも、茶褐色でも、灰色でもない犬を見やった。

「所で、大谷さん。貴方と安孫子教授の御交際はいつ頃からの事ですか」

大谷教授は、ふと当惑の表情を浮べ、それから、真直ぐに杉本警部の顔を見た。

「これは一部の人には知れ渡っている事実ですから、正直に申上げてしまいましょう。十七年前、私が教授と同じ大学に移った時、私は安孫子教授のお宅の一間を借りていた事があります。その頃、独身主義の教授に、二十才近く年下の意中の人がありました。そして、その人が現在は私の妻であり、私は結婚と同時に教授の家を出たのです」

大谷教授の声が急に低くなり、伏せた視線が亜久子の膝のあたりに落ちると、亜久子は何を思いついたのか、突然研吉に眼配せをして、その場を立去った。

「亜久ちゃん。何だか面白くなって来たね」

「ええ」

二人は扉の所に立っている刑事に会釈をして屍体の横たわる書斎へ足を入れた。

安孫子教授の書斎は、三坪ほどの洋室で、書棚やデスクや椅子が適当に配置された平凡な構造だった。

デスクの前に錠のかかった引き窓があって、この窓の下で奇妙な鳴き声をたてる犬に、異変を予感した郵便配達夫が、カーテンの隙間から屍体を発見したのである。

唯一の出入口であるドアには内側から鍵がかけられていて銀色の鍵は、安孫子教授の指紋を残したまま、内部から鍵穴にさしこまれていた。

「全く、完全な密室だよ」

ドアに面した床に、うつ伏せに倒れた教授の背に突きたてられたペーパー・ナイフの柄を、気味悪そうに見凝めて研吉は亜久子に囁いた。

「ねえ、亜久ちゃん、この謎は簡単には解けそうにないね」

「研吉さんにはね」

亜久子は、首を傾げて、特色のある片靨を浮べた。

「でも、あたしには、とっくに解けているのよ」

「解けている？」

「ええ、ただ、ちょっと、天井裏を調べたいから坐を外したの。大谷教授と杉本さんが話している裡に、私には完全にすべてが判ったのよ」

「天井裏って、まさか、この部屋の天井裏から犯人が逃げたんじゃないだろうね」

「違うわ。それだったら密室っていえないし、第一、この部屋からは天井裏へのぼれないはずよ。きっと隣りの部屋の押入れからのぼれるんだわ」

ほこりだらけになった亜久子が、やがて押入れから再び姿を現わすと、研吉は待ちかねたように声をかけた。

「どうだった亜久ちゃん。予想通りかい？」

「ええ」

亜久子は至極満足そうである。

「研吉さんには未だ解らないの」

「うん」

「ヒントを一つあげようか？」

「ヒント?」

「ええ、そうよ。研吉さん。この家の錠や鍵は、皆新しくてピカピカしているわよ」

「ううん、そうか。判ったよ、どうやら今度も亜久ちゃんに負けたらしいな」

6 呆気ない幕切れ

亜久子と研吉が縁側に戻った時、話の終ったらしい杉本警部と大谷教授は、ぼんやりと庭の芝生に眼を落していた。

「大谷さん。ちょっとお伺いしたいんですけれど……」

亜久子は、珍らしく威厳のある声を大谷教授にかけた。天井裏のほこりが鼻の頭についていなかったら、もっとこの声の効果は大きかっただろう。

「何でしょう?」

大谷教授は振り向いて亜久子の視線を受け、気弱そうに視線を亜久子の膝に落とす。

「貴方は最近安孫子教授に会わなかったそうですね」

「ええ」

「所が、昨夜、貴方の姿を、この附近で見かけた人があるんです」

亜久子の出鱈目な言葉に驚いたのは、むしろ杉本警部の方だった。

「人違いでしょう」

大谷教授は冷い声を出す。

「そう、それだけなら人違いかも知れません。所が、昨夜、貴方は天井裏へ登った時、今、穿いているズボンの一部を、釘の頭にひっかけて残して来たのですわ」

「いいかげんな事をいうのは止め給え」

大谷教授は激怒に顔を染めた。

「昨夜、私は裸で天井裏に……」

言葉が途切れて、大谷教授は絶望的な表情を浮べた。次の瞬間、教授は縁を蹴って庭へ飛んだ。杉本警部が、研吉が、亜久子がそのあとを追った。しかし、最も敏捷だったのは、黒でも、白でも、斑らでも、茶褐色でも、灰色でもない犬だった。犬に行く手を阻まれた教授は本能的にその犬を追い払おうとした。それが教授の最大の失錯だった。追われた犬はますます足許にからみ、あえなく倒れた教授の手を杉本警部がしっかりと摑んでいた。

息をきらして離れた大谷教授を冷やかに見凝めて、亜久子は、ゆっくりと杉本警部に声をかける。

「ねえ、杉本さん。殺人罪の他に裸で天井裏へのぼった位じゃあ、公然陳列罪にはならないの？」

7　亜久子の推理

「一番最初にあたしが不思議に思ったのはね」

と亜久子は三つ目のソフト・クリームを舐めた。陽がかげって、いくらか涼しさをました市中の、ある喫茶店である。

「安孫子教授の家が、どこからどこまで余り変りすぎているっていうことよ。一つや二つ位おかしな所があるのならいいけれど、金庫と紙屑籠が入れ変っていたり、スイッチが逆になっていたり、錠や鍵が反対に動いたり、余りすべてが揃いすぎてるでしょう。そんな非実用的な家に、いやしくも建築学の大家が住むはずはないと感じたの」

「安孫子教授は厭人家だったから、どんな生活をしていたか誰にも判らないわ。でも、逆にいえば、それほど常軌を逸した生活をしていなかったのを、さも風変りであったように見せる事だって出来る訳ね。もし、犯人が、そんな目的をもっていたとしたら、スイッチの配線を変えたのも、紙屑籠に紙幣を入れたのも、皆、犯人が、犯行後にやった事と考えられるでしょ。どうして、そんな奇妙なことをしたか？　答えは簡単よ。奇妙なものを沢山ならべる事によって、特定の奇妙なものを眼立たなくするためね。それならば、その特定な奇妙なものって何でしょう？　いうまでもなく、密室を構成するために使われたドアの鍵なの。ねえ、こんな場面を考えてごらんなさい。安孫子教授の家を訪れた大谷教授は、ひそかに、書斎の窓と、ドアの鍵をそれぞれ逆回転のものにしておく。窓は施錠して、対談中、ペーパーナイフで安孫子教授を刺す。勿論、即死はしない程度にね。それから、ドアを出て外側から鍵をかけたふりをして、ドアをしっかり押えているの。負傷した安孫子教授は助けを求めるため、ドアをあけようとするけど、開かないわ。鍵をかけられたと思って、それをあけるため、ポケットから鍵を出して、いつもと同じ方向に廻わす。所が、逆回転するような錠がとりつけられているため、被害者の意志に反して実はあけようとして鍵をかける結果になる。こうして、被害者の意志でもなく、しかも犯人の手にもよらぬ密室が出来上ったのよ。そのまま、力つきて倒れた安孫子教授の死を確めると、犯人の大谷教授は、悠然と天井裏に上ってスイッチの配線を変え、金庫に紙屑をいれ、紙屑籠に札束を投じて立去ったのよ。しかも、自分の犯行の結果を見るために、そして、あわよくば杉本さんに誤った観念をうえつけるために、翌日、現場へ乗りこんで来るなんて、随分図々しいものね」

「密室はそれで判ったけど、あの、呼ぶと逃げる犬は一体何なのだい？　大谷教授の説明では、侵入者除けというけれど勿論、それだけじゃないのだろう？」

「勿論よ。むしろこの犬が最大のポイントなの」

亜久子は嬉しそうに鼻の汗を拭った。

「侵入者除けなどと云ったのは、私達の眼をくらますための大谷教授のこじつけよ。本当はね、安孫子教授にとっては、あの犬は、自分の許を去っていった意中の人の象徴だったの。ねえ、研吉さん、安孫子教授の有名な言葉を覚えているでしょう。最も美しい女は、最も醜い犬と同じように愛らしい——っていうのよ」

「黒でも、白でも、斑らでも、茶褐色でも、灰色でもない醜い犬——それは美しい意中の人そのものの象徴よ。その意中の人は教授の許を去っていった。呼んだにも拘らず逃げたのじゃないかしら。教授があの犬を愛した理由が、あたしには何だか判るような気がするわ」

「結局、二人の教授と一人の美しい女の間のトラブルが、十七年の後に殺人事件に発展した訳なんだね」

研吉の呟きに、

「そうですよ」

と杉本警部が合いづちをうった。

「あの犬を飼うようになってから、安孫子教授と大谷夫人との間に、新しい感情の進展が起ったらしいのです。今の所、大谷氏は未だ大分神経が亢ぶっていますす、落着けば、すべてがはっきり判るでしょう」

「だけど亜久子ちゃん」

杉本警部と別れて、帰途につきながら、研吉は満足気に舌なめずりをしている亜久子の横顔を見やって不審そうな声を出した。

「亜久子ちゃんが密室の謎をといたのは、大して不思議じゃないけど、どうして、犯人が大谷教授だと思ったんだい。呼ぶと逃げる犬から安孫子教授とのトラブルを思いつくなんて、あまりうまく出来すぎてるじゃないか」

「本当をいうとね」

亜久子は、退屈そうな声をだした。

「あの辺の推理はあてずっぽうなのよ。ただね、大谷教授が最初っからあたしの靴下の、膝の所にある穴をじろじろ眺めるので感じが悪くてしようがなかったのよ。この感じの悪い男を何とかして犯人にして、理窟がつかないかって考えてる裡に、ちゃんと、そういう理論が、出来たんだから素的でしょう?」

「なるほどね」

そう呟きながら、研吉は、当分の間、亜久子の靴下に穴があっても気付かぬふりをしようと決心するのだった。

たんぽぽ物語

本作品中でエラリー・クイーン『Xの悲劇』の犯人の正体とダイイング・メッセージの解答が明かされています。未読の方は御注意ください。

1　四人の仲間

私達四人が、その年の春休みに、湘南の海岸に近いK市で、一箇月近くの間、学生としては相当贅沢なホテル暮しを楽しむ事ができたのは、グループの一員である戸崎エラ子が極度の鼠嫌いだったからに外ならない。

もし、彼女が鼠嫌いでなかったら、あれほど狼狽てて階段を走り降りなかったろうし、階段を走って躓かなければ、買いたてのハイ・ヒールの踵が（いくら値切ったにせよ）折れる訳もない。ハイ・ヒールの踵が折れているのに、気取って歩いていたから、街角でよろめいて、宝籤売りの老婆の上に腰かけてしまったのだ。

尤も、謝罪の意味で買った方の一枚は当らなかったのだから、本当の功労者は、どさくさ紛れに、当った方の一枚を老婆から失敬した西村大吾だという事もできる。ともかく、そんな経緯で手に入れた宝籤の一枚が、見事に一等に当ったため、我々のグループは一夜にして富豪になったのである。

勿論、予定していた事ではないから、亢奮した天野浩介が、スペイン語で、当った、当った、と連呼しながら飛込んできた時には、私達も、さてその金をいかに浪費しようかと首を捻ったものである。

「どこかに別荘でも買わない？」

戸崎エラ子が云った。

「ともかく御馳走を喰べてから考えようや」

西村大吾が云った。

「ユウはすぐ喰べる事ばかりだな。その金で整形手術をして、少し胃袋を縮めたらどうだ」

天野浩介が云った。

それから三人は私の顔を見て、同時に口を開いた。

「おい、瀬折研吉。きみはどう思う?」

「金なんてものは、使っちゃってから、ああすればよかったな、と考えるものなんだ」

私は答えた。

「しかし、考えろというなら、かねてから懸案のグループ旅行をしようや。旅行をしながら、ゆっくり使い道を考えるんだ」

旅行というい最初の案が、K市滞在という話にすり変ったのは、ハイ・ヒールの踵を折った時の、エラ子の足首の捻挫が本復していなかったためと、K市に住む天野の伯父から不思議な殺人事件の通知をうけたために外ならない。

話の順として、この辺で、私達のグループについて、一言説明を加えておく方がよさそうだ。

私達四人、戸崎エラ子、西村大吾、天野浩介、瀬折研吉は、某私立大学の学生で、エラ子が哲学、西村が法律、天野が英文学、私が数学、と、それぞれ専門は違うが、どの一人をとってみても、自分の専攻する学問以外なら何でも知っていると自負しているつわものの集まりである。

エラ子はある貧乏華族の孫娘で、少々エラが張っている所からエラ子と呼ばれているが、実際には仲々の美人で、彼女自身の表現を藉りれば、《子供の時から、避妊薬より重いものは持った事もない》境遇のもとに育った羨ましい身分。

西村の父親は、有名な講道館の高段者で、彼自身も腕力は強く、いささか豪傑がかった風貌だが、そこはさすがに近代人らしく、僅かにニヒルの香を含んで、《僕は、自分の恋人が、眼の前で強姦されても、眉一つ動かさないんだ》という無感動《ニル・アドミラリ》ぶり。

天野は天野で、また口から先に生れて来た男。入学した時、自己紹介を、ヘブライ語でやってのけて、苦心の割に、不評判を買ったほどの、語学マニア。《つい日頃の素養が邪魔をして》訳のわからぬ言葉を口走る欠点がある。

この三人に比べると、秩序整然たる数学を専攻しながら、ひそかに小説を書こうと決心している私などは、極めて常識的な存在のはずだが、友人達の噂によると、《瀬折研吉は循環小数のような男だ》そうである。

そもそも、これほどかけ離れた四人が、一体、どんな機縁で結ばれたかといえば、いうまでもなく、四人が四人、揃いも揃って大の探偵小説マニアだからで、その四人が、スーツ・ケースを網棚に載せて、周囲の善良な乗客の顰蹙を買いながら、K市に着いたのが、四月一日の午後二時を少し廻った頃。大体日付からして良くなかったが、それはともかくとして、後に詳述する殺人事件を正確に読者に伝えるためには、私達四人のK市到着の瞬間からを刻明に書き綴っておかなければならない。

2　表通りの薬局で

「まず第一に断っておくがね」

西村大吾が天野浩介に云った。

「僕は退屈は嫌いだ。だから、だな。君の伯父さんのいう不思議な殺人事件というやつが、本当に面白い事件で、我々を三週間の間楽しませてくれるならいいが、もし、ありふれた人殺しか何かで、三十秒位で解決しちゃうんだったら、こんな田舎町でせっかくの春休みを過すのは絶対反対だぞ」

「まあまあ、文句をいうな。事件の面白さには責任は持てないが、この街が退屈になって、エラちゃんの足が癒ったら、改めてどこかへ出発すればいいんだ。K市の名産を一通り喰べるだけだって四五日はかかるさ」

「ねえ、所で、一番先にどうするの？　ホテルを決める？　それとも伯父さんの所へ行ってみる？」

「そうだな。どっみち、暫く滞在するんだからホテルを先にしよう」

西村も、私も、エラ子も、今までに何度かK市へ来た事はあるが、高校時代にこの街に住んでいた天野の知識に敬意を表して、私達はホテルの選択を彼に一任した。

「旅館でよければ沢山あるけどね。気のきいたホテルは大してないんだ」

歩いても大した距離ではなかったし、エラ子が途中で化粧品を買いたいというので、相談がまとまると、私達は駅前の広場から表通りへ出て、まだ日の高いK市をぶらぶらと歩きだした。

「所で天野、きみの伯父さんと、問題の殺人事件の間に、どんな関係があるんだ？」

「それが、どうもよく判らないんだ。死んだのは池田という弁護士だそうだがね。電話にでた伯父の口吻では、その殺人の嫌疑が伯父の親しい人にかかっているらしいんだ。ともかく、ホテルに荷物を置き次第、伯父の所へ行く事にしよう。晩めしでもおごらせながら、詳しい話をきくんだ」

「晩めしか」

西村は興味なげにそう呟いたが、天野の晩めしという言葉が、かなり彼の情緒をゆすった事は確かだった。

表通りがT字型につき当って、そこを右に折れると、K市銀座と呼ばれる繁華街に出た。

「ちょっと待っていてね」

エラ子が傍の店へ姿を消した。ライオン歯磨の大きな広告のでた薬局である。

歩調を落しながら、ぶらぶらと先に行く天野と西村の後姿を見送りながら、私は、ふと気づいてエラ子の後を追った。

「エラちゃん、何を買うんだい？」

「あら研吉さん？　女の買物を覗くなんて悪趣味よ」

「そうじゃないんだ。煙草がなくなったんだよ」

私は店の一隅にある煙草売場を指した。

小さいが、気の効いた配列をもった店内はひっそりとして、人気がない。

「誰もいないのかしら？」

二・三度声をかけてから、エラ子が呟いた。

「いないなら、品物を貰って、お金を置いて行こうや」

手を伸ばした私が、グラス・ケースの後に置かれたピースをとりあげると、その時、店と奥の部屋との仕切りになっている曇り硝子に人影が映って、ドアが開いた。

「何をさしあげましょう？」

右手に繃帯を巻いた二十七・八の小柄な男が、私とエラ子の顔を等分に見比べた。白昼から、酔ったように赧い顔をしていたが、アルコールの匂いはなかった。

「ピースを貰いましたよ」

と私。

「それから、あたしはクリンシン・クリームが欲しいの」

買物をすませて店を出ようとすると、赧ら顔の小男は、ややためらい勝ちに、口を開いた。

「もし……」

「え？」

「煙草は、どこのをお持ちになりました？」

「ケースのうしろにあった奴」

「ことによると、手をつけてあったかも知れませんが……」

「そう？」

箱を開いてみると、銀紙の端がまくれ上っていたが、中味は別に減っていなかった。

「お取り換えしましょう」

「いや」

表通りへ出ると、二十米ほど前方に、西村と天野が停って待っていた。

「長かったな」

「当り前さ」

私は人の悪い笑いを泛べた。

「薬局の主人が殺されてね。その殺害犯人が主人に変装して出てくるのに時間がかかったんだ。ねえ、エラちゃん。そんな感じだったろ?」

「まさか」

K市銀座がつきて、左手に防風林が見えだすと、その一角に、白いホテルらしい建物が蹲っていた。

「あれだよ」

天野が云った。

「海岸にも、K市銀座にも近い絶好の位置なんだ。夏には部屋の窓から、水着姿の女が見えるぜ」

「三箇月待てないのが残念だな」

私と西村が異口同音に応えた。

3　タンポポ夫人

「皆さんのお噂は、いつも浩介からきいて居りましたが、お揃いで来て頂けるとは思いませんでしたよ」

天野浩介の伯父、天野達之進氏は、卓上に並べたビールの栓を次々とぬきながら、眼を細めて私達の顔を見渡した。

「いや、事件そのものは、別段、それほど複雑ではないのですが、一つだけ、甚だ都合の悪いことがあるので、それを表向きにせずに、犯人を一刻も早くみつけて頂きたいと思っているのです」

「おじさん」

少しビールのまわりかけた天野が、無慈悲に詰問の矢を向けた。

「その都合の悪い事というのは、一体何なのです？」

「それが、つまり、余り発表したくない性質の事なんだ」

「あててみましょうか？」

「うん」

「昨日の電話の話では、伯父さんの親しい人が嫌疑をうけているというのでしょう？」

「そうだ」

「親しい人というのは女でしょう？」

「その通り」

「伯父さんの恋人ですね？」

「これ、何をいう……」

「いいじゃありませんか。伯父さんだってまだ若いんだし、伯母さんが亡くなってから五年も経てば、恋人の一人や二人位できたっておかしくありませんよ」

「そんなものかな」

「そうですよ。所で、恋人が殺人の嫌疑をうけて、伯父さんが困るっていうのは、何だか当然みたいでピンとこない話だな」

「判るじゃないの、天野さん」

エラ子が得意そうに鼻を反らした。

「こうなのよ。殺人のあった時刻に、伯父様はそのかたとどこかにいらしたのよ。だから、いざとなれば恋人のアリバイは証明できるけれど、そのためには、その時刻に二人がどこにいたかを云わなければならない。所が、その場所というのが、余り名誉になる場所でないので困っていらっしゃる――ねえ、そうでしょう？　伯父様」

「うまい」

達之進は感歎の吐息を洩らした。

「お嬢さん。大したものですな。全く、大したものだ」

「伯父さん、感心したふりをしてごまかしていないで、一体、その時どこに居たか、白状に及んだらどうです？」

「いや、それは、ちょっと勘弁してくれ。だが、ともかく、まゆりには絶対にアリバイがあるんだ。タンポポは何か他の意味だったのさ」

「まゆりさんていうのが伯父さんの恋人ですね？」

「タンポポって何の事ですの？」

矢継早やに問いかける天野とエラ子に大きく首を振ってみせると、達之進氏は、改めて事の経緯をゆっくり話しだした。

天野達之進が、江川まゆりと知り合ったのは、昨年の秋の事であった。

かりそめの病に愛妻を喪って以来、K市J町の寓居に、老婢と二人の佗しい日常を送っていた達之進氏は、ある夜、所用に赴いたK市銀座で、大学時代の友人とばったり会った。時刻は既に食事時を過ぎていたので、さして飲めるたちでもなかったが、ふと気の向くままに達之進氏は、友人を誘って傍の店のドアを排した。こうして、偶然一刻をすごしたサロン《たんぽぽ》で、達之進氏は、はじめて江川まゆりを見たのである。

海底のような微光の中で、水色にぬめるドレスをまとったまゆりの姿を眼にした時、達之進氏の胸は、少年のように激しく鼓動した。友人が手洗いに立ったすきに、達之進は、傍の女に訊いた。

「あの人は何という名かね？」

「マダムよ。江川まゆりっていうの？　どうぞ御ひいきに……」

この夜から、達之進氏の生活に革命が起った。肩書に比例して暇の多い身を、毎日のように、サロン《たんぽぽ》に運んだのである、そして半年――さまざまな曲折の後に、はじめて達之進氏が江川まゆりとささやかな逢引を楽しんだその時刻に、一人の男が殺され、手に握られた一茎のタンポポから、疑惑の眼が江川まゆりに向けられようとは、甚だ割のあわぬ話ではないか？

「いい忘れたがね」

達之進氏は、ふと息をついてビールの泡を舐めた。

「まゆりは、病的に――と云ってよい位タンポポが好きなのだ。黙々と運命を風に委ね、運ばれた土地の一隅にささやかな花を開く――そうしたタンポポという植物に、自分自身の姿を見ているのかも知れん」

「仲々、詩的な精神の持主ですのね」

エラ子が最上級のお世辞を提出するのへ、かぶせるように、

「探偵小説の鼻祖といわれるエドガー・アラン・ポーが、《モルグ街の殺人》を書いた頃、喰うに困って、毎日タンポポを茹でて食べていたって話がありますよ。是非、まゆりさんに伝えて下さい」

そう附け加えて、西村がアスパラガスにフォークを突き刺した。不思議なことに、彼の知っている逸話は、きまって喰べ物に縁がある。

「ほう、そうですか。伝えておきましょう」

達之進氏は物慣れた調子でそれを受けとめると、再び言葉を継いだ。

「タンポポのとれる季節が来ると、店の中の一輪挿しには、タンポポの花が咲き並びます。彼女のまとうドレスの九五パーセントまではタンポポの模様なのです。そして、彼女の家の庭には、一面にタンポポの株が植えられ、タンポポ模様のカーテンを張りめぐらした部屋の、タンポポ模様のクッションに腰を降し、タンポポの額の下で、彼女自身、タンポポのついたドレスをまとい、タンポポのついた茶碗で珈琲を飲むような生活を続けているのです。

そんな訳で、人々はまゆりの事をタンポポ夫人と呼びますし、タンポポ、イクォール、江川まゆりと云ってもよい位、彼女のタンポポ好きは有名なのです」

「すると、何ですか。死んだ池田弁護士とかいう人が、サロン《たんぽぽ》の常連であった事と、いまわの際に握りしめた掌の中から一茎のタンポポが現れたというだけの事から、まゆりさんが容疑者になっているのですか?」

「いや、まだ詳しい事は充分聞いていないのですが、外にも色々と事情はあるようです。が、少くとも私は、まゆりが犯人でない事を知っている……それだから、死者がポケットの中に《Xの悲劇》を忍ばせ、しかも、片手にタンポポを握っていたにしても、それには何か別の意味があったのではないかと思うのです」

「《Xの悲劇》?」

私達四人は、同時に頓驚な声をだした。

達之進氏は平然として、

「うん、浩介、お前には、確か電話で話したはずだな?」

「冗談じゃありませんよ。そんな話、何もきいていません。池田弁護士のポケットに《Xの悲劇》が入ってたんですか? あの、エラリイ・クイーンの《Xの悲劇》が?」

「そうなんだ。だから当局では、タンポポに重大な意味があると睨んで躍起となっているのさ」

「ふうん、そいつは面白そうだ」

私達は、あらためて、事件の面白さと、達之進氏の話し方の要領の悪さに、感歎の声をあげた。

4 《Xの悲劇》

「おい、ちょっと恥しいんだけどな」

西村大吾が、あまり恥しくなさそうな声をだした。バスがなくなったので、達之進氏が呼んでくれた自動車で、ホテルへ戻る途中の事である。

「喰べすぎて、パンツの紐でも切れたの?」

エラ子が笑いながら訊いた。

「いや、実はね。さっきは、グループの体面にかかわるから黙っていたんだが、《Xの悲劇》ってどんな小説だい?」

「まあ、呆れた。読んだ事ないの?」

「うん、あれだけは縁がなくてね。今までに五度読みかけて、五度とも途中で邪魔が入ったんだ」

「一度目は?」

「旅行中にトイレットの中で読んでいて、落しちゃったんだ」

「拾えばいいのに」

「汽車のトイレだもの。確か、あれは、石打と水上の間だったな」

「二度目は?」

「友達の下宿で、借り読みをしてたら、恋人が来たからって、追いだされた」

「三度目は?」

「原っぱで読みながら、うとうとしていたら、山羊に喰われちゃった」

「四度目は？」

「本屋で立ち読みしてたら、万引きが僕の読んでる本をもってっちゃった」

「五度目は？」

「僕が読んでいる最中に、天野の奴が、宝籤が当ったたって飛込んで来たじゃないか」

「嘘おっしゃい——あの時読んでいたのは、人前でいえないような本じゃないの」

「でも、あとでエラちゃん借りたがっていたじゃないか」

「ばかあ!!」

「ともかく、《Xの悲劇》は断固として読んでいないんだ」

「無学者のために説明すると、だな」

天野が神妙に解説をはじめた。

「今度の事件に関係のある所だけにしよう。つまり、人間は、いよいよ死ぬという瞬間に、何等かの方法で、犯人の名を示そうとするものだっていうんだ。色々な例があげてあるけどね。《Xの悲劇》という題名の由来は、死者が指をX字型に交叉して、犯人の職業を暗示する所から来ているんだ」

「Xって何だい？　キス・マークかい？」

「違うよ。電車の切符を切るパンチなんだ。指をX型に組む事によって、犯人が車掌である事を示そうとしたんだな」

「なるほど、それで、タンポポに何か意味があるというんだな。判ったよ。うん、これは面白そうだ」

いつもなら、こうした三人の間に入って、負けずに毒舌を揮うはずの私だが、達之進氏の家を出る頃から、激しい吐気に襲われて、私は自動車のクッションに身を委ねたまま、大きな呼吸を繰り返していた。

「おい、研吉。眠ってるのか？」

「いや、気持が悪いんだ」

私はこみあげてくる不快さを最大の努力で抑えながら答えた。

「薬局で、胸のすうっとするような薬を貰ってくれ」

ブレーキが軋ると、天野がドアを開いて飛び出して行った。窓ごしに、大きなライオン歯磨の広告が映った。午後、エラ子と入ったあの薬局だ。

「これから、サロン《たんぽぽ》へ寄ろうと思ったんだが、研吉がのびたんじゃあ、とりやめだな」

薬の包を私に渡しながら、天野か誰へともなく呟いた。

「瀬折さん、きっと喰べすぎよ」

「西村と一緒だと、自分の喰べた量が少く見えて、つい喰べすぎるんだ」

天野が解説の労をとった。

「所で、天野、あの薬局の主人はどんな男だった？」

私は、朦朧たる意識の中で、脈絡のない言葉を呟いた。

「赧ら顔の小男が、主人を殺したんだ。殺して店を乗っ取ったんだぞ」

「小男には違いないがね。青白い顔をしていたよ」

天野の声をかすかに遠く聞きながら、私は眼の前に、揺れ踊る無数のタンポポの花をみた。

5　捜査会議

翌朝、朝食をすますと、私達はエラ子の部屋に集まって、今後の方針について、第一回の捜査会議を開いた。

K市に乗りこんで来る前には、天野の伯父の達之進氏から、もっと詳しい情報がきけると思っていたし、今まで読んだ探偵小説の知識を綜合すれば、どんな事件でもたちどころに解けるように漠然と感じていたのだが、実際問題になると、経験のない私達には、どこから手をつけたものかさっぱり判らなかった。

事件を報じた新聞は一通り買い集めたが、内容はいずれも簡単なもので、三月二十八日の午後一時頃、K市の外れに近い草原の一隅で、頭部を鈍器ようのもので一撃された池田弁護士の屍体か発見された――という程度のものにすぎなかった。勿論、どの記事も、被害者が握っていたはずのタンポポのことや、ポケットにあった《Xの悲劇》について、一言も触れていない。恐らく、記事さしとめを命ぜられたためであろう。

発見者が一般の人間ならば、それでも、その方面から大体の情況は探れるはずだが、運の悪い事には、休暇中の巡査が、偶然通りあわせて、池田弁護士の屍体を発見しているため、私達のような局外者の素人探偵が顔をだす余地は全然ないのだ。

「ともかく、決定的に材料が不足してるな」

西村が残念そうに呟いた。

「まあ、いい、今の所判っている事だけでも書きとめておく事にしよう」

私達は、めいめい手帳をとりだして、次のように書きこんだ。

1　被害者池田弁護士の屍体は、三月二十八日午後一時頃、K市西南部の草原で発見された。（新聞記事による）

2　死因は鈍器ようのものによる頭部の一撃である。（新聞記事による）

3　池田弁護士はサロン《たんぽぽ》の常連である。（達之進氏の言）

4　死者のポケットから、エラリイ・クイーンの《Xの悲劇》が発見された。（達之進氏の言）
5　死者は片手に（左右不詳）タンポポの花を握っていた。（達之進氏の言）

「さて、それでは、いよいよ今後の方針を決めなければならないが、何か名案はあるかい？」

「大した名案はないが……」

私は、エラ子の身体を頭のてっぺんから、脚の爪先まで見わたした。

「今までの感じでは、今度の事件は、サロン《たんぽぽ》を軸として動いているようにも見える。きみの伯父さんの言葉を疑う訳ではないが、江川まゆり女史が当局から睨まれているのにも、それだけの理由はあるのだろう。池田弁護士と江川まゆりの間に、殺人の動機となるような事情が存在するとしたら、舞台はサロン《たんぽぽ》にきまっている」

「そうだ。《たんぽぽ》へ飲みに行ってみようか？」

西村が眼を耀やかせた。

「勿論、そのうちに僕達も行く。が、その前に、もっと有効な方法があるんだ」

私は、もう一度エラ子の顔を見た。

「エラちゃん。きみは仲々美人だね」

「ありがと」

「こんなホテルでお茶をひいてるてはないよ。今日から早速、サロン《たんぽぽ》の女給になり給え」

「うん、名案だ」

天野が嬉しそうに手を叩いた。

「そいつはいいや。《たんぽぽ》に勤めれば、マダムである江川まゆりの私生活も判るし、店へ来る客の中に、ひょっとすると、今度の事件の真犯人がいるかも知れないぞ」

「第一案通過――所で瀬折」

西村が気味の悪い眼付きで私を眺めた。

「さっきから僕は考えているんだが、天野ときみと僕の三人の中で、一番年よりに見えるのはきみだ」

「そうだろう。男は年上に見られた方がいいんだ」

「それ故、だな、瀬折研吉は、できるだけ年長に見えるように扮装して、《たんぽぽ》のマダム、まゆり女史を口説いてみるんだ。そうだなあ、瀬折なら無理をすれば二十六・七に見えるよ。飛び切り上等の背広を作って、札束をバラ撒いて、社長の息子か青年社長のような顔で、マダムを口説けよ。うまくゆくと、ライヴァルか何かが名乗りでて、その辺から新らしい手掛りを摑めるかも知れんぞ」

「不賛成だな」

私は口を尖らせて同情を求めたが、エラ子も天野も冷酷な表情で西村に同意するだけだった。

「うん、瀬折にやれるのは、その位の役だな」

「とうの立ったマダムを口説くのかい?」

私は、我ながら情ない声をだした。

「もし、マダムがO・Kしたらどうなるんだい? 天野の伯父さんが怒るぞ」

「大丈夫だよ。一度位なら、伯父貴に内緒にしておいてやるよ。それに、ハード・ボイルド派の探偵は、女を口説かなければ一人前じゃないんだ」

「きみ達の命令の方が、よほどハード・ボイルドだ」

口では反対したものの、私の若さは、まだ見ぬ江川まゆりに、かすかな好奇心を向けはじめていた。

6　エラ子情報をもたらす

ともかくも、二大方針が決定すると、エラ子は早速、サロン《たんぽぽ》に就職のために赴いた。天野と西村の役割はまだきまらなかったが、天野は何か心に思いあたるふしがあるらしく、二三日東京へ行って、ある事を調査してくる——と主張した。

「ある事って何だい?」

私と西村が、手を代え、品を替えて訊きだそうとするのだが、一向にはっきりした解答を与えない。

「いや、僕の考え違いかも知れないんだ。しかし、念のために調べてくる。もっとも、今夜、サロン《たんぽぽ》を覗いて確めた上でだけどね」

「何を確めるんだ?」

「僕の記憶を確めるんだよ」

「どういう事に関する記憶だ?」

「それは云えない」

私と西村は、天野のこの態度を、グループの統一を乱すものとして非難したが、彼は頑として、それ以上の事を語らなかった。

「それよりも伯父貴に電話をかけて、暫くサロン《たんぽぽ》に近づかぬように云っておこう。瀬折がマダムを口説く所とぶつかるとまずいからな」

二時間ほどすると、エラ子が颯爽と胸をそらせて戻ってきた。

「O・Kだったわ。お勤めの時間は、午後六時から十二時まで。最初の三日間は一時間五十円ですって。その成績で給料がきまるのよ。一日三百円だけど、その他に、指名料とか、本番の時の売上の歩合だとか、チップだとか結構入るらしいわ。私、病みつきになりそうよ」

「マダムってどんな人だい?」

「三十位の、ひどく男心をそそるような感じの人。美人ってほどじゃないけど、身体の線がすごく濃艶よ。研吉さん。へたすると、あなた骨なしになってよ」

「うまくすると、だよ。こいつは少し面白そうになってきた」

「所で、西村さんと天野さんの役割はきまったの?」

「それがね、天野は、何かの調査で東京へ行くんだってさ。西村の方は、まだ決まらないんだ」

「何かの調査って?」

「それは云わないんだよ、おい、西村、きみはどうするんだ?」

「さっきから考えているがね。僕は、何となくみんなの間でふわふわしているよ。エラちゃんにつきまとう変態紳士なんかがでて来たら、ちょっと凄んで追っ払ったり、マダムを挟んで、ライヴァルが瀬折に因縁をつけたら投げ飛ばしたりね。少し運動しないと、胃の働きが鈍っているからね」

「そうね。昨夜なんかも、随分鈍っていたようね」

エラ子がケラケラとけたたましい笑い声をあげた。

その日の夕刻から、エラ子はサロン《たんぽぽ》に働きにでだした。天野は、彼の記憶を確めるため、その夜、かなり遅くなってから、《たんぽぽ》へ行ったが、殆ど店へ入ると同時に出て来たような早さで帰ってきて、満足そうに私と西村の顔を見た。

「おい記憶通りだったぞ」

「どうせ説明しないんだろう?」

「うん、思った通りだったから、説明してもいいんだが、もう少し調査してから、まとめて話そう」

私達の不機嫌な表情に、全然気付かぬふりをして、彼は手早く服を着替えると、慌ただしく部屋を飛出していった。

その夜、エラ子は、したたか酩酊してホテルへ戻ってきた。

「おい。研吉と大吾。エラ子姐さんのお帰りだよ」

周囲の宿泊者の耳を気にして、なだめようとする甲斐もなく、エラ子は廊下の中央で、野蛮な声をだした。

「ういーっ!! 面白かったわよう……」

部屋に入ると、ベッドの端に腰を降して、脚をぶらぶらさせる。

「こら!! エラ子姐さんが情報を提供するから、二人ともメモをとれい!!」

「エラちゃん、お手柔らかに願うぜ」

「うふん。本当は酔ってないのよ」

声が急にふだんの調子に戻った。

「まず、第一にね。マダムの交友関係が大分判ったわ」

「よし順ぐりに云ってくれ」

私と西村は、その日、朝、第一回の捜査会議で、五つの項目を書きとめた手帳を、同時にポケットからとりだした。

「そのまえに、サロン《たんぽぽ》の沿革について云うわ。マダムの江川まゆりはね、五年前までは、どこかで舞台にでていたらしいの。それが、五年前にK市に現れて、サロン《たんぽぽ》を開いたわけ」
6　江川まゆりは、五年前、K市にサロン《たんぽぽ》を開く。(エラ子調査)
「それで」

「死んだ池田弁護士は、一箇月ほど前、はじめて《たんぽぽ》に姿を現わしたが、マダムとは以前からの知り合いらしく、最近、毎日のように《たんぽぽ》へ来る。但し殆どマダムのつけで飲んで帰る。あまり歓迎されていない感じ」

「よし、それを項目の7にしよう。8は？」

「一番古い常連で、公然とマダムを口説きに来るのが元フェザー級の拳闘選手で、今は土地家屋の周旋業をやっているおめかし・ジョオ事、山本丈吉。右腕にライオンの刺青があるのでライオン・ジョオともいう」

「項目9は？」

「もう一人、マダムに物凄い熱をあげているロマンス・グレイがいる。O町にいる歯科医の猪口喬という人。このおじちゃんは、マダムの求愛者というよりも、崇拝者で、酔っぱらうと《マダムに手を出す人間は、片っ端から捕まえて、頭のてっぺんにドリルで穴をあける》ってわめきだす重大人物よ」

「項目10？」

「半年ほど前から、ひっそりとマダムを口説いている四十八才族がいる。人のよさそうな風貌で、最近では、マダムも、まんざらではない」

「誰だ？　そいつは？」

「天野達之進氏よ」

「なるほど。項目の11？」

「今度は、マダムとは関係はないけど、サロン《たんぽぽ》へよく来る小男で、《たんぽぽ》の女給達に不思議なもて方をする人間がいる。名前は浜名信一――これが何と、ほら、研吉さん、あたしがクリンシン・クリームを買った薬局の主人なのよ」

「へえ？　あんな男がねえ？　所で、項目の12は？」

「項目の12。一晩でこれ以上沢山情報が入ると思っている馬鹿が、この部屋に二人いる。研吉と大吾だ」

エラ子は、やはり少し酔っているらしく、ゲラゲラとだらしのない笑い方をした。

7　マダムを口説く

二、三日経ったが、東京へ行った天野からは一向に何の連絡もなく、エラ子の方も、第一日にあまりに能率的なききこみを行ったせいか、その後、これといって附け加えるべき収獲をもたらさなかった。

「おい研吉、そろそろはじめろよ」

ある日、西村が、あらたまった顔つきで、私を見た。例によってエラ子が勤めに出て、一時間ほどした頃である。

「はじめるって何だい？」

「白っぱくれるな。マダムを口説くんだよ」

云われるまでもなく、私は数日来、その事を気にかけていた。いつかは、はじめねばならぬ事だし、そのための名刺もひそかに作ってあった。

「どうしてもやるのかい？」

「当り前だ」

「よし、あきらめた。虎穴に入るよ」

一見元気のなさそうな私のポーズを真にうけた西村は、最初の一回だけは一緒にいってやろうかと、加勢の意を示したが、私はそれを断って、一人でホテルを出た。

本当の気持を云えば、エラ子が、江川まゆりを《ひどく男心をそそる感じの人》と評して以来、私の心は、憑かれたように《たんぽぽ》のマダムに惹かれていたのである。毎日、夜になると、一刻も早くサロン《たんぽぽ》を訪れて、やがて口説くべき当のマダムを、一眼確めたいという激しい衝動に駆られていた。それにも拘らず、今日まで一日のばしにしていたのは、子供が、美味しいお菓子を、できるだけ先までとっておこうとする心理からにすぎない。

表通りへ出ると、私は、まず洋服屋と靴屋を訪れて、これからのロマンスにふさわしい服装を整えた。註文して作らせるにこした事はないが、それには日数を要する。できるだけ身に合いそうな品を撰ぶと、私は今まで着ていた服と靴を、その店にあずけた。上着のポケットは、充分すぎるほどの軍資金でふくらんでいる。私は、鼠と、ハイヒールの踵と、宝籤売りの老婆に感謝の祈りを捧げながら、サロン《たんぽぽ》に向った。

最初、私のテーブルに来たのは、狐のように眼のつり上った女と、喰人種の子孫らしい唇を持った女だった。その狐と喰人種が、左右からとりとめもなく話しかける無意味な饒舌に、いいかげん私が辟易した頃、かなり離れたテーブルで、年輩の紳士と落着いた調子で話しこんでいた女が、軽い会釈を残してその席を離れ、私のテーブルに向って一直線に進んできた。

「ママさんよ」

喰人種が、私のコップにビールをみたしながら呟いた。

「いらっしゃいませ」

マダムの江川まゆりは、銀色の支那服をまとっていた。殆ど無地かと見えたその服地には、近くでみると、図案化された無数の微細なタンポポが、一面にならんでいる。

エラ子のいう《男心をそそる》身体の線を、そのまま模倣した支那服が、ぐっと曲って、江川まゆりは私の向い合いの椅子に腰をおろした。

「マダムはよほどタンポポがお好きと見えますね?」

私は卓上の一輪挿しに眼をやって、まず、あたりさわりのない言葉を口にした。

「ええ」

一瞬、彼女の表情を横切ったものは、しかし、私が予想したような明るいものではなかった。

「とても、好きですわ」

私は、マダムが、池田弁護士の掌に握られたタンポポの花を想い泛べたのではないかと思った。

「マダムに愛される、しあわせなタンポポのために——乾盃しましょう」

私は、マダムの前にコップを置き、傍のビールをとりあげた。

アルコールに関しては、私は以前から自分の胃袋に自信があった。けれども、サロン《たんぽぽ》のマダム、江川まゆりの胃袋も、決して私におくれをとらなかった。

それから四・五時間の間、新らしい客が来るたびに、マダムは挨拶に、そのテーブルに赴いたが、しばらくすると、すぐ私のテーブルに戻ってきて、あらゆる種類のカクテルを私と飲み比べた。最初に顔をあわせた瞬間から、あるいは、マダムは、私に対して、特別な親しみを感じていたのではないか。私はそう信じたかった。けれども、勿論、彼女が特別な親しみを感じたのは、長年の経験が彼女に教えた、私の内ポケットのふくらみに対してだったかも知れない。

ややもすると眼障りになりかねない狐と喰人種に、私はポケットから紙幣をとりだして渡した。

「悪いけど、座を外してくれないか？　ちょっとマダムに密談があるんだ」

その頃には、私もかなり酔っていた。支那服から露出した肉付のよい二の腕に、私は臆面もなく視線を向けた。たわむれに押してみたら、指先がめりこみはしないかと怪しまれる柔かな腕であった。

「マダム。僕は前にもマダムを見たことがある」

私は、意味もなく、ただ嬉しげにその言葉を呟いた。

「確かに見たんだ。マダムの顔を、マダムの腕を、それから、脚も……背中も、みんな見た。マダム。僕はマダムを見たんだ。うん……五年以上前だ。マダムがK市へ来る前に……だ」

何故、そんな言葉が、私の口から出たのか私は知らない。それは、あるいは、神の意志であったのかも知れぬ。私が、その言葉を云い終った時、マダムの顔は冷たくこわばっていた。

「随分、酔っていらっしゃるようね」

マダムは静かに立上った。

「そろそろ、お寝みになった方がよろしいようよ。お自動車《くるま》でも、およびしましょうか?」

8 十人分のキャラメル

「秘密主義がはやるんだな」

西村が怒ったように私を睨みつけた。

「きみが、本当に《たんぽぽ》へ行って、マダムを口説いてきたのなら、その経過について、報告する義務があるんだぞ」

「口説く約束はしたさ」

私はうそぶいた。

「しかし、報告する約束はしていないよ」

実際の所、昨夜の経緯を西村に隠す必要は、一向にないはずだが、私は、自分が、マダムに《男心をそそられた》意識があるため、あの時の情況を再現するのが、いささか恥かしいようでもあり、また、惜しくもあったのだ。

「エラちゃん。瀬折は昨夜、確かに《たんぽぽ》に行ったのかい?」

西村は、エラ子に救援を求めた。

「きたわよ。だけど、あたし、昨日はひつっこい酔っぱらいに絡まれ通しで、とても、研吉さんがどんな事してたか、観察するだけのひまがなかったの」

「ふん、そうか」

西村は軽蔑したように、鼻を鳴らした。

「天野の奴は《記憶を確める》ために、勝手に東京に行った。瀬折はマダムとの、《想い出の一夜》を胸に抱きしめて、ひとりで楽しんでいる。よし、それなら、いいんだ。こっちにも覚悟がある。僕だって、実をいえば、みんなに内緒で、ひそかに調査した重大な事実があるんだ。みんなが云わないのなら、僕も云わない。今後は、絶対に、各自別行動だからな」

「西村さん」

エラ子がおかしそうな声をだした。

「あなたの調査っていうのは、K市中のお菓子屋を調べて歩いたんじゃないの？　さっきブラッシをかけてあげようと思って、ふと気がついたら、あなたの上着のポケットから、キャラメルやチョコレートの包紙が、たっぷり十人分位でてきたわよ」

「女だな」

西村は、冥想的な（つもりの）顔をした。

「すべて、物事の皮相だけしか見ないんだ。あのキャラメルとチョコレートは、強者《つわもの》共の夢の跡なんだぞ」

「何なの、それ？」

「何でもいい。女には判らん事だ」

「そう？」

エラ子は憤然とエラを張った。

「それでは、あなたの軽蔑する、その女に判る事を、一つだけ教えてあげるわ。無理して平気な顔をしていないでも、歯が痛いのなら歯医者へ行ってらっしゃい」

私も、最前から、西村の表情に、とりつくろった所があると思っていたが、エラ子にそういわれて、なるほどと思った。西村は、あわれにもキャラメルを喰べすぎて、むし歯を痛めているのだ。

「ふん」

西村は、再び鼻を鳴らしたが、今度は、前の時の半分ほどしか威厳がなかった。

「それだから、女は浅はかなんだ。僕が、何故に、無理に歯を痛めたか判るまい？　歯医者へ行きたいためだ。どこの歯医者へ行きたいか判るか？　サロン《たんぽぽ》のマダムの崇拝者、マダムの江川まゆりに色眼をつかう男を片っ端から捕えて、その脳天にドリルで穴をあけると豪語している重大な容疑者、歯科医の猪口喬の所へ、診察してもらいに行くためだ」

もし、この時、西村が、騒ぎに紛れて、部屋のドアを叩く、ボーイのノックの音をきき洩らしていなかったら、肩を張りながら、悠然と退場しようとする西村大吾の姿は、まさに大向うの喝采をうけるにふさわしいほど、ドラマティックに見えたであろう。けれども、西村がドアの手前で立停り、更に痛烈な一言を私達に浴びせかけようとした瞬間、しびれを切らしたホテルのボーイが、勢よくドアを開けた。自分の喋るべき科白に気をとられていた西村は、平素の訓練の甲斐もなく、したたかドアのあおりを喰って、あえなく尻餅をついたのである。

「失礼致しました」

ボーイは片手に握った紙片を、うやうやしく私達の前にさしだした。

「ウナ電がきております」

キオクタシカメタ」ダ　イハツケンバ　ンザ　イ」ジ　シヨデ　タンポ　ポ　ヲヒケ」アスカエル」アマノ

天野の電報は大阪からうたれていた。

9　山の上の家で

西村大吾がズボンの尻を払って、再び威儀を正し、自分では颯爽と見えるつもりの歩き方で部屋をでてゆくのを見送ると、私とエラ子は、顔を見合わせてクスクス笑った。

「エラちゃん。天野の奴、何を発見したんだろう？」

「さあ？　判らないわ。それよりも、辞書でタンポポを引けって何の事かしら？」

「それは、エラちゃんにまかせるよ。どこかの本屋でひいてごらん。タンポポという言葉に深い意味があるのかも知れない」

それから私は、いくらかきまり悪そうに、エラ子に訊いた。

「《たんぽぽ》のマダムの自宅を知ってるかい？」

「ええ、書き留めてあるわ」

エラ子は、靴下の頭の方から、器用な手つきで手帳をとりだした。

「でも、どうするの？　研吉さん。あなた、マダムの自宅へおしかけるつもり？」

「勿論さ。鉄は熱してるうちに打つもんだ」

私の言葉は、必ずしもマダムを口説く意味ではなかった。理由は判らないが、昨夜の私の言葉に動揺したらしいマダムを、動揺しているうちに更に揺すぶったら、何かが摑めるかも知れない――その程度の思惑にすぎなかったのだ。けれども、エラ子は、そうはとらなかった。

「研吉さんて、案外手が早いのね。もう、そんな所まで発展したの？　へえ？　見直したわ」

「そうさ」

私は、すましてうなずいた。

マダムの自宅を訪問することは、私の今朝からの予定だった。勿論、何の予告もなしに、しかも恐らくは、女一人であるはずの家を、昨夜会ったばかりの私が訪問することは、無作法であるに違いない。けれども、口実はどんな風にでもつけられるし、今日を逸しては、私の勇気は日毎に衰えてゆくに相違なかった。熱した鉄は、私自身であったかも知れない。

三十分後、丘陵の中腹にある赤い屋根の家に連る細い道を、私はゆるゆると歩いていた。暖かい春の日ざしの中で、あたりには、草と土の、むれるような匂いがたちこめていた。

道がつきた所に、低い石の門があり、大理石の門柱に、洒落れた横書きの表札が、マダムの名を示していた。

私はかたわらの呼鈴を、そっと指先で押した。恋人の肌に、おずおずと触れるあの気持に似ていた。私は耳をすました。遠く、家の内部のどこかで、ブザーの鳴る音がした。けれども、人の気配は一向になかった。私は玄関から庭に廻り、ふと家の屋根を見た。煙突から、淡い煙が立ち昇っていた。暖炉の季節ではない。家の向う側にあるらしい風呂場の煙だった。

私は暫く考えてから、意を決して、更に庭を廻り、浴室の外に立った。スリ硝子を隔てて湯の騒ぐ音と、人の気配がした。

「こんにちわ」

私は、殊更に無邪気な声をだした。

「どなた?」

マダムの声には、かすかな不安が宿っていた。

「昨夜の男です」

私は大きな声で続けた。

「酔って無作法を働いたお詫びに、わざわざ伺ったのです」

「ああ、あの方ね」

マダムは私の声を憶い出したらしかった。

「無作法のお詫びに、今度は無作法な訪問のしかたをなさるのね」

「そうです。入浴中とは知らなかったものですから。それでは、玄関のあたりで、無作法な待ち方をさせて頂きますよ」

「ええ、どうぞ」

マダムの忍び笑いをあとに、私は浴室を離れた。

勿論、私は、おめおめと家の外で待つつもりはなかった。この家の唯一の女主人であるマダムが、浴室にいる事はもっけの幸だった。物音をたてずに忍びこみさえすれば、マダムの私室を探ることもできるはずだ。

私は音をたてぬように靴を脱ぎ、何の躊躇もなく廊下を踏み渡った。浴室と廊下を隔てた所に、マダムの私室らしい部屋があった。豪華なラジオとプレイヤーとテレビ。三面鏡、洋服ダンス、飾棚、小机——そうした品々が華やかな色彩に包まれて並んでいた。

私は小机の花瓶から、一輪のタンポポをぬいて、背広のボタン・ホールに挿した。有名な盗賊が仕事にかかる時、必ずそのような真似をすることを、私は誰かの小説でよんだ記憶があった。

マダムの部屋の調査は、しかし、予想に反して何の収獲ももたらさなかった。私が漠然と求めていたものは、特別な意味をもつ手紙や書類のようなものだった。けれども、状差しや、抽斗から発見されたものは、ことごとく平凡な内容のものに過ぎなかったのである。

私は失望し、半ば諦めをこめて、飾棚の上に並ぶ可憐な動物や、指先ほどの人形を眺めた。飾棚のその下の段には、二・三十冊の小説や画集に挟まれて、周囲と不似合な部厚い漢和辞典があった。辞言をひけという天野の電報が、私の記憶に甦った。マダムが浴室をでたらしい物音をかすかに聞きながら、私は手を伸ばして何気なくその漢和辞典をとりあげた。厚さの割に、その辞典は余りに軽かった。玄関に向ったマダムの跫音が、あわただしくこちらへ引返して来た。私は辞典の中央を開いた。ドアの握りが音をたてた。辞典の内部はくりぬかれていた。ドアが荒々しく開いた。辞典の中に匿されたものを、私はいきなり右手で摑んだ。マダムの叫び声が聞えた。右手をうしろにまわし、振り向いた私の眼の前に、マダムの紅潮した顔があった。辞典が音をたてて床に落ちた。私は右手をかたくなにうしろに廻し、それに向って伸びようとするマダムの手と争い続けた。無言の執拗な争いだった。マダムの、湯上りの肉体が、部屋着を通してなまなましく私の神経をゆすぶった。一歩退ろうとした私の足が、何かにつまずき、私はよろめきながら背後に倒れた。甘い呼気を漂よわせながら、マダムの身体が、私の上に、ずっしりと倒れかかって来た……。

10　辞書をひけ

翌朝、天野がホテルに戻って来たのは、私達が常になく早目に朝食をすませて、エラ子の部屋に集って間もなくの事であった。

「どうだった？　留守中の収獲は？」

天野の質問に、私と西村が横を向くと、エラ子が威厳のある眼で天野を睨みつけた。

「駄目よ。この二人は。秘密主義を標榜して、自分達の調査の結果は何一つ発表しないんだから。あたし、人がいいものだから、最初、色々なことを喋って損をしちゃったわ。もっとも、その後、ちょっとした発見をしまいこんではいるけど……」

「何だい？　その秘密主義というのは？」

「あなたが張本人よ。何も説明せずに東京へ行くって云って、大阪へ行ったりするから、二人がストライキを起したんだわ」

「おい、本当か」

天野は不思議そうに私と西村を見た。

「本当さ」

「つまらない真似はよせよ。僕が黙って行ったのは、余り自信がなかったからだ。帰って来た以上はすべてを報告するよ。どうだい？　各々の調査も相当進捗したはずだから、今日は一つ調査発表会を開いて、今日中に犯人をつきとめようじゃないか？」

「それもいいな」

私は軽く同意した。今まで隠してはいたが皆を驚かせる自信はあったし、独りで情報を楽しむのに、そろそろ飽きていたからだ。

「どうだ？　西村」

「うん、よかろう」

歯の痛むためか、彼の声には日頃の元気がなかった。

「その前に一つ提案があるわ。今のうちに、各自が犯人と思う人間の名前を書きとめておいて、誰のが当っているか、あとで競争しない？」

「へえ？　エラちゃんの調査はそんなに進んでいるのかい？」

私達は、三人とも、感歎の面持ちでエラ子を見守った。

「なあんだ」

エラ子は傍若無人な笑い声をたてた。

「実をいうと、私にだって全然判らないのよ。ただ、ああいう提案をしてみて、みんなが同意するようだったら、相当自信がある証拠だから、余りでたらめを云うのをよそうと思って打診してみただけよ。どう？　ちょっとしたトリックでしょ？」

「女だな」

西村が一つ覚えの科白を呟いた。

「さて、それでは、早速発表にかかろう。大体、僕は留守中の出来事を何もきいていないんだから、知りたい事が沢山ある。それを順次に質問するから、知っている人があったら答えてくれ。……まず、第一に、池田弁護士の屍体が発見された時の情況だが、この中に、それを調べた人間はいるかい？」

「そいつは僕の管轄だ」

西村が得意そうに一歩前へ出た。

「天野も知っているはずだが、弁護士の屍体を発見したのは非番の巡査なんだ。それだから僕以外の人間には、こういう難しい調査はやれまいと思って、特に僕が手をつけた訳だ」

「前おきはその位にして、早く本論に入ったらどう？」

エラ子がじれったそうに、後を促した。

「屍体の発見された草原は、噂によると、子供達の遊び場所、兼、恋人同志の逢引き場所として有名なんだ。巡査が屍体を発見したとしても、その屍体が運び去られる前に、何人かの子供が屍体の廻りに集ったはずだし、場合によっては、巡査以前にその屍体を見ている子供がいるかも知れない。そうした見地から、その附近の子供を片っ端から調べれば、必ず何等かの収獲があると僕は考えたわけだ。

エラちゃんは、淑女にもあるまじき好奇心から、僕の洋服のポケットを探り、この西村大吾が、嬉々としてキャラメルを舐め、チョコレートを嚙ったと思いこんでいるらしいが、実をいえば、あのキャラメルとチョコレートこそは、我が親愛なるトラちゃん、タツオ君、モッコちゃん、ヘラ子ちゃん、その他十指に余る稚い目撃者達から、貴重な証言をひきだすためのワイロだったんだ」

「へえ？　それでは西村さんは、一粒のキャラメルも喰べなかったの？　それにしては、どうしてムシ歯が痛くなったんでしょうね？」

「きみはかしましいね。一粒のキャラメル、もし唇に落ちて死なば、ムシ歯痛むべしだ。勿論、稚い目撃者達に与える前に毒味はした。毒味はしたが、それはやむにやまれぬ行為だったのだ。ともかく、結論をいおう。池田弁護士が倒れていたのは、草原の一隅に群生するタンポポの群に、やっと手の届く場所なんだ。周囲の状況から判断して、被害者は、草原の外れにあるベンチのあたりで、後頭部を一撃され、瀕死の傷を負いながら、タンポポの群の所までいざり寄り、一本のタンポポに犯人の名を托して死んだんだ。昭和三十四年三月二十八日正午前後の事だ」

「お言葉に逆らうようで悪いんですけどね」

エラ子の声には奇妙な意地の悪さがあった。

「どうも、その説明には腑におちない所がありますの。すみませんけど、周囲の情況から判断して——という所から、もう一度、繰り返して喋っていただけません？」

「気味の悪い声を出すなよ」

西村は、感情を害したようにエラ子を睨んだ。

「いいかい。一度だけ繰り返すよ。周囲の情況から判断して、被害者は、草原の外れにあるベンチのあたりで、後頭部を……あっ!!」

西村が、突然、悲鳴に近い声をあげた。

「そうだ。エラちゃん。うまいぞ。ふうん……気がつかなかった」

「でしょう？」

エラ子は、ここをせんどとエラを張った。

「変なことになったな」

天野と私が同時に声をだした。

「殆ど即死に近いほどの勢いで、後頭部を一撃された男に、タンポポの花で犯人を示そうとするだけの思考力が残っているものだろうか？」

「そうなのよ。さっきあたしが云ったちょっとした発見ていうのはこの事だったの。捜査会議の時のメモを何度も繰返して読んでるうちに、突然、これに気付いたのよ。浮力の原理に気づいたアルキメデスのように、解った《ユーレカ》!! 解った!! って叫んでK市銀座を走りたいほどだったわ」

「お風呂へ入っている時じゃなくてよかったね」

天野がニヤニヤした。

「しかし、そうなると、タンポポや、《Xの悲劇》はどうなるんだい？ 被害者にそれだけの思考力がなかったとすると、犯人がタンポポ夫人、江川まゆりに嫌疑を向けるため、故意にあんな小細工を弄したとでもいうのかい？」

「ところが、なのよ」

エラ子がうれしそうな声をだした。

「事実、タンポポは被害者の意志で握られたのよ」

「えっ？」

私達は、完全にエラ子の惑乱戦術にまきこまれたかの観があった。

「おい、エラちゃん。自分ひとりで楽しんでいないで、少しは我々にも判るように順序だてて話してくれないか？」

「そうね。ごめんなさい。わたし、ついうっかりして、みんなが私と同じ位、頭がいいような気がしてたのよ」

私達三人が、まるでエラ子の科白が聞えなかったようにすまして、次の言葉を待ちうけると、エラ子はいささか拍子抜けの態であったが、やがて気をとり直して、言葉をつづけた。

「西村さんがキャラメルやチョコレートを縦横に駆使して、屍体発見現場の情況を探偵した努力には大いに敬意を表するし、その結果生じた歯痛に対しても満腔の同情を捧げるわ。ところが、あたしは、どっちかというと気の短い方だし、あまり子供好きでもないから、もっと簡単な方法で、現場の模様を調べたの。

あなた達がどうして、こんな事に気がつかないのか不思議な位だけど、サロン《たんぽぽ》のマダムは、この事件の容疑者の一人だし、私は、そのマダムの店で働いているのよ。そうだとすれば、マダムの事や、店へ来る客のことを訊きに来る刑事から、私が逆に情報をひきだす位の芸当をやらない訳はないじゃないの。勿論、正面から屍体発見現場の事を訊いたって、そう簡単に刑事が教えてくれるわけはないけど、その気になれば方法はいくらでもあるわ」

「へえ？」

私が、素直に感歎の声をあげた。

「どんな方法で、訊きだしたんだい」

「まず、最初ね」

エラ子は悪戯っぽく舌を舐めた。

「マダムのことを訊きにきた刑事と賭をしたの」

「賭を？」

「そうよ。あたしのブラジァの中にパットが入っているか、入っていないかって賭よ」

「ふん、それで？」

私達は一斉に、興味をこめてエラ子を見た。

「その先を云わせようなんて、エチケットに反するわよ。ともかく、その賭からはじまって、十五分間の間に、あたしは必要なだけの事実を皆訊きだしてしまったわ。

先刻の西村さんの調査の中で、被害者の倒れていた位置や、タンポポの群とベンチの地理的な配置は、まさにあの通りで、どこも訂正する必要はないわ。訂正すべき点は、池田弁護士が、ただ一度の打撃によって死亡したものではなく、数回の連続的な打撃によって死亡したという事なの。

最初の一撃で、瀕死の重傷を負った弁護士は、次の瞬間に来る死を自覚して、必死の努力でタンポポの群にいざり寄り、犯人の名を示すために一茎のタンポポを握りしめたまま、追いすがった犯人の第二、第三の打撃によって完全にこときれたのよ。それだから、手に握られたタンポポの花には、私達が最初想像した通り、犯人の名がかくされていると考えていいわけだわ。

犯行に用いられた兇器は現場には発見されていないけれど、鉛か何かでできた重い玉を手拭か何かでくるんで使用したものらしく、被害者の死亡推定時刻は案外早く、午前十時前後という話だったわ」

「刑事が喋ったのはそれだけかい？」

「そうね」

エラ子は、ちょっと考えてから得意そうにつけ加えた。

「そうそう、そのあとで、帰り際にこんな事をいってたわ。あなたの脚は素晴らしくキレイだって。キャザリン・マンスフィールドみたいだって」

「ジェーン・マンスフィールドだろ」

天野が苦々しげに訂正した。

「すると、タンポポはやはり犯人を示すために、故意に握られたものなんだな」

西村が一同の顔を見廻した。

「異議のある人間は、今のうちにまとめて申しでてくれよ」

「あら、想い出したわ」

エラ子が突然手帳をとりだして、早口によみあげはじめた。

「たんぽぽ、名詞、蒲公英と綴る。（古名たなの、なり。たんはその転にて、ほほは、花後の絮《わた》のほほけたるよりいう）古名、タナ、または、フヂナ、草の名、原野に多し、葉は冬より地に布きて叢生す。みずなの葉に似て大なり。切れば白き汁いづ。春、煮て喰うべし。春の末、数円茎を出す。五寸許、内空しく、頂に一黄花あり。単葉《ひとは》の菊花の如し。また、白花なるもあり、後に絮となりて、茎頭に玉をなし、風に飛ぶ、略してたんぽ」

「何だい？　それは？」

天野が驚いたようにエラ子を見た。

「何だいって、天野さんの電報に、辞書をひけって書いてあったじゃないの。だから、昨日、わざわざ図書館から写して来たんだわ」

「ああ、そうか」

天野がいかにもすまなそうな顔をした。

「日本語にも辞書があることを忘れていたよ。僕はつい語学に通じているものだから、辞書といえば、ラテン語か英語かフランス語あたりをひくと思ったんだ」

「えらそうなこといわないでよ。タンポポの英語くらい知ってるわ。dandelionダンディライアン——でしょう」

「うん、その語源を知ってるかい？」

「dan-de-lionね。ライオンの歯だわ」

「それさ。僕がいいたかったのは、それなんだ」

「なるほど、そいつは面白くなってきた」

西村が叫んだ。

「タンポポのギサギザが、ライオンの歯に似ているんだな。すると、犯人は〈ライオンの歯〉という言葉から思いつく人間に限定されるわけだ」

「そういう人間が、注意人物の中にいるのかい？」

天野が膝をのりだした。

「まて、まて、メモをとろう」

私が手帳をひろげた。

「西村、第一の容疑者は、恐らくきみの会った人間だぞ」

「うん、歯科医の猪口喬だ。いのししを西洋流にいえば、ライオンさ。そして歯科医だ。《ライオンの歯》そのものじゃないか」

私達は意味あり気に顔を見合わせた。

11 まゆりの過去

「話によると、猪口歯科医というのが容疑者らしいが」

天野が我々の顔を見廻した。

「その男には、池田弁護士を殺害する動機があるのかい？」

「池田弁護士がサロン《たんぽぽ》のマダムを口説いたか否かによるんだ。猪口歯科医はＫ市切ってのマダムの崇拝者で、《マダムに手を出す人間は、片っ端から捕まえて、頭のてっぺんにドリルで穴をあける》って豪語している人間なんだよ」

「それでは、資格は充分ある」

天野は荘重な声でいった。

「池田弁護士は江川まゆりを脅迫していたんだ。そして、頭のてっぺんを一撃されて死んだ!!」

「マダムを脅迫していたの？」

「それは、一体、何のことだ？」

「僕が東京から大阪をまわって、何を調べて来たかを、ここらで白状した方がよさそうだね」

天野がおもむろに口を開いた。

「伯父の家で、江川まゆりが、タンポポ狂といって良い位、タンポポの好きな女だと聞いた時、僕はひそかに思い当る事があったんだ。

一体、タンポポなどという平凡な花を、それほどまでに好きになる女が、この世に何人もいるだろうか？　恐らく二人といまい。所が僕が中学生の頃、僕の姉の友達に、一人、物凄くタンポポの好きな女学生がいたんだ。サロン《たんぽぽ》のマダムが、その姉の友達、タンポポ好きの女学生その人である可能性は充分ある。僕は咄嗟に、まずそう思った。

その女学生が、何故、タンポポが好きになったか？　そして、嘗つて、どのような環境の中にあったか？　僕は二・三度、姉の口から聞いた事がある。東京へ行って姉に会い、それから、僕は、江川まゆりが数年前までいた大阪へと足を伸ばした。どうだい？　サロン《たんぽぽ》のマダムとして、K市に姿を現わすその以前に、江川まゆりが、どのような職業に携っていたか？　きみ達は想像する事ができるかい？」

「江川まゆりは」

私はできるだけ平静な声をだした。

「大阪のある劇場で、ヌード・ダンサーをしていたんだろう？」

「えっ？」

エラ子が硬直した眼をみはった。

「どうして、それを？」

天野が驚愕の叫び声をあげた。無感動《ニル・アドミラリ》の西村だけが、ポケットの底から発見したらしい一粒のキャラメルを、つまらなそうに眺めていた。

「なあに、単なる推理さ」

私は故意に嘘をついた。

「盲腸炎の手術の痕が、普通よりも、ずっと下の方にあったからだよ」

そう答えながら、私は、マダムの部屋の、あの分厚い漢和辞典の間から発見したものをちらと想い泛べた。

「虫様突起を切りとる時、手術の痕が観客の眼に映る部分に残らぬように、そういう職業の女は皆特別の手術を受けるんだ」

「じゃあ、瀬折さん。あなたは、マダムのそんな所まで見たの？」

エラ子の視線には、畏敬の念がこもっていた。

「そういう事になりそうだね」

私はポケットからピースを取りだして、ライターを鳴らした。

そうだ。私は、その瞬間、心の中で思わず絶叫した。そうだ。どうして今までこんな簡単な事に気づかなかったのだろう？　それ以外に、説明のしようがないほど、明瞭な事実ではないか？　私は、心をしずめて、もう一度深くピースを吸った。ともかく、まだそれを口にすべき時期ではない……

「ともかく話を続けよう」

私の想念は、天野の声によって断ちきられた。

「大阪へは行ったものの、五年も前の事だし、役に立ちそうな知人もいないので、僕は、大阪時代のマダムの動静を探るために、一流の興信所の手をわずらわすより外はなかった。それだから、これから先の話は、僕自身の確認した所ではないが、大体は信用していいものと思う」

天野は洋服のポケットから、数葉の書類をとりだした。

「要点をかいつまんでいえば、その当時、江川まゆりと池田弁護士は、ベッドの上の友達であったらしい。二十才前後のまゆりが、優に二十才以上年長の池田弁護士と、いかなる諒解のもとにこうした関係を続けていたかは、不幸にして明かでないが、この関係は、何かやむない理由のもとに、半ば脅迫的に続けられていたと思われるふしがあるのだ」

「すると、こういう想像がなりたつわ」

エラ子が得意げに鼻をうごめかした。

「《たんぽぽ》のマダムは、機会を見て池田弁護士のもとから姿をくらまし、K市に来てサロンを開いた。所が、最近になって偶然池田弁護士に発見され、弁護士は《たんぽぽ》の常連の一人となった。こうして、再びマダムの前に現われた毒蛇が、その毒嚢を膨らませ、マダムに向って、過去の関係の復活を迫った時、崇拝する女の危機を見た猪口歯科医が、決然として、立ち上ったんだわ」

「うん、一応そんな所かも知れんな。所で、天野、マダムが脅迫されていたやむない理由というのが何か、見当はつかないのかい?」

「判らない」

天野は私を見返した。

「きみは知っているのか」

「いや……」

私は語尾を濁した。マダムをかばうほどの気持ではなかった。ただ、そのやむない理由を説明するためには、その他にも、まだ説明したくない事実まで話さなくてはならなくなるからだった。

「どっちみち、猪口歯科医に当る必要があるな」

私達の視線は、西村の不気味に膨んだ左頬に向けられた。

「キャラメルを喰べて歯医者に精勤してくれよ。そして、三月二十八日の午前十時頃、猪口歯科医がどこにいたか?　患者達から訊きだすんだ」

12　あてはずれ

私達の有力な容疑者である猪口歯科医のアリバイは、残念ながらその日のうちに確認された。

歯科医は、問題の日の問題の時刻に、池田弁護士の頭のてっぺんに穴をあける代りに、八十六才になる老婆の最後に残った彼女自身の歯にドリルで穴をあけていたのだ。それに、と西村が声を大きくして附加えた。

「あの医者は、人を殺せるほど勇ましくないよ。全然のお人好しさ。もし、猪口歯科医が人を殺せるとしたら、それは治療費の請求書をみて心臓麻痺を起す人間が現れた時に限って可能だ」

「やれやれ」

私達は悲しげな溜息をついた。

「ねえ」

この時、それまで私達の話の圏外にいたエラ子が、眼を耀やかせた。

「西村さん。あなた、腕力に自信はある?」

「何のことだい?」

「黙って答えなさい。あなたは元拳闘選手と喧嘩をするだけの自信はあるの?」

「喧嘩はしないよ。しないが、試合なら多分勝つだろう」

「そう? それでは、これから、みんなで、池田弁護士殺害の、第二の容疑者の所へ乗りこみましょう」

おめかし・ジョオこと山本丈吉の店は、K駅前の広場の一劃にあった。

「この席で待っていてね」

私達三人を、附近の喫茶店に残して、単身敵地に乗りこんでいったエラ子は、間もなくいかにもボクサー上りらしい男を伴って、その店に戻ってきた。ドアをあけると、エラ子は、さりげなく私達にウインクし、私のすぐそばを通り抜けると、予め決めてあった私達の隣りのボックスへ腰を降した。

私達は、エラ子の計画通り、必要に応じていつでもとび出せるように待機しながら、二人の会話に耳を傾けた。

「戸崎エラ子さん――といいましたか、お話というのはどんな事です？」

おめかし・ジョオの声は、身体の割に澄んで美しかった。

「あまり愉快な話ではないかも知れませんわ」

エラ子が云った。

「一週間ほど前、この町の外れの草原で、池田弁護士が殺害された事は、新聞で御存知ですわね？　その事件について、実は、あなたにお訊きしたいんですの」

おめかし・ジョオは、椅子の背一枚を隔てて、私達には背を向けて坐っていたため、エラ子の言葉に対して、この元拳闘選手が、どんな反応を示したかは、残念ながら想像するより外はなかった。

「池田弁護士の屍体は、後頭部に数度の打撃をうけ、手に一茎のタンポポを握って倒れていました。ところが、この時、弁護士がポケットに忍ばせていた小説の内容とてらしあわせてみると、弁護士は、タンポポの花によって犯人を暗示しようとしていたに相違ないのです」

「それで？」

「一方、池田弁護士は、私生活においてサロン《たんぽぽ》のマダムと複雑な関係があります。そのため、弁護士が手にしたタンポポの花は、タンポポ夫人とさえ呼ばれているサロン《たんぽぽ》のマダム、江川まゆりを指すものと信じられ、マダムは警察の監視のもとに、堪えられぬ苦痛の日々を送っているのです。

さて、話は変りますが、英語では、タンポポの事をダンディライアンと呼びます。ですから、池田弁護士が、手にしたタンポポによって示そうとしたのは《たんぽぽ》のマダムの事ではなく、ダンディライアンの事だったかも知れないのです。

所で、山本さん。世間の人は、あなたの事をおめかし・ジョオとかライオン・ジョオとか呼んでいますね。おめかしの人を、別の言葉でいえばダンディともいいます。従って、おめかしのライオンをつないで云えば、ダンディライアンつまりタンポポになるのです。

以上の事実を綜合して考えれば、もうあなたにもお判りでしょう。サロン《たんほぽ》のマダムが疑われる資格があるとすれば、あなたにも疑われる資格はあるはずです。その上、池田弁護士とあなたが、土地の登記の問題で争い、公衆の面前で格闘騒ぎを起した事は、K市の人なら誰でも知っています。ねえ山本さん。あなたはサロン《たんぽぽ》のマダムを愛していらっしゃるはずです。もし、あなたが、池田弁護士を殺害しているのならば、それを告白する事は、同時に、不当な嫌疑に悩むマダムを救うことにもなるのですわ。どうか正直に仰有って下さい。一九五九年三月二十八日の午前十時頃、あなたは、どこにいらっしゃいましたか？」

おめかし・ジョオと池田弁護士の間に争いのあった事は初耳だったが、エラ子の台詞のその他の部分は、私達の予想と大体一致していた。

おめかし・ジョオが、余り長い間、答えなかったので、私達は、ジョオが身動きもできぬほどの激怒に襲われ、やがてそれの解けた時、怒号と共にテーブルをひっくり返すのではないかと、ひそかに避難の準備をしていた。けれども、彼の身体は、やがて小刻みに震えだし、明るい笑い声が私達の耳をうった。

「お嬢さん。こいつは傑作だ、お嬢さんは、全く、大した空想家ですねえ」

おめかし・ジョオは、それからもう一度身体をゆすり直して、心ゆくまで笑い続けた。

見ようとすれば、エラ子の表情は、見る事はできたが、私達は、余りに気の毒で見る気にもなれなかった。

エラ子は、ひどく傷いた声をだした。

「山本さん。それじゃあ、あなたは本当にこの事件と、全然無関係なのですか？」

「勿論ですとも、お嬢さん。なるほど、私はサロン《たんぽぽ》のマダムに好意はもっています。

けれども、覚えのない罪を着るほどのお人好しじゃありません。第一、私が犯人なら、後頭部に軽く一撃を加えただけで、タンポポを拾う余力もない位完全に相手の頭蓋骨を粉砕してしまいますよ。本当のことをいえば、私は、全く、自分の手であの男を始末したいと思っていた位、彼を嫌っていました。しかし、大した悪事さえできず、たかだか麻薬の吸飲にうつつをぬかすような男を相手に、まだ三十年は生きそうな自分の生命をひきかえる気にはなれませんでしたよ」

13　真犯人

何気なく聞き流していたおめかし・ジョオの最後の言葉が、閃光のように私の耳につきささった。

「麻薬――」

私は思わず声をあげて立上った。

「判った!!　犯人が判った!!　エラちゃん。行こう。今度はきみが必要だ」

街角を曲って目的地に近づくと、私は、その附近の公衆電話の前にエラ子をとめた。数学を専攻する私には、どんな電話番号でも、一度眼にすれば必ず記憶する特技があった。私は番号を紙片に書いてエラ子に渡した。

「いいかい?　あの声を覚えているだろう?　彼が電話口にでたら、こういうんだ。警察の手が、、、、、、、、、、まわったから早く処分しろ――って」

エラ子をそこに残すと、私達は、店の近くで電話のかかる時間を見はからった。それから西村を裏口に立たせ、私と天野がつかつかと店の中に歩み入った。

「こんにちは」

声をかけると、店と、奥の部屋との境にあるドアが細目に開き、かなりの間をおいてから、再び大きく開いた。

「いらっしゃいませ」

私はその男の顔を見た。蒼白く、弾力のない皮膚だ。

「何をさしあげましょう？」

「ピースを下さい」

私はゆっくりと附け加えた。

「この間と同じ麻薬入りのピースをね」

薬局の主人であるこの小男が、もし、この時、私と天野に向って飛びかかってきたなら、あるいは、私達二人の力では、この小さな男をもて余していたかも知れない。

「全く、凄い力だったよ。あんな小さな身体のどこから、あれだけの力が出るのか不思議に思えるほどだった」

後になってから、西村大吾がしみじみと述懐した通り、裏口から逃げ出そうとした薬局の主人、浜名信一と、西村の間に行われた格闘の物凄さは、テレビ番組にでものせたい位のスリルに充ちたものだった。

「きみ達も友達甲斐のない人間だよ。こっちが汗を流してあの男を取り抑えようとしている時に、ただ、ぼんやりと傍に突っ立って、ニヤニヤしながら二人の組打を眺めているだけなんだからな」

その日、浜名信一を警察へ送りこんでから、ホテルに戻り、久し振りでのびのびした気持でこの数日間の事件の推移をふりかえった時、西村はいかにも腹立たしそうに、私と天野を睨みつけたものだ。

「ぼんやり眺めてたわけじゃないのよ。瀬折さんと天野さんは、どっちが勝つかビール一打を賭けて、真剣に見守ってたんだっていってたわ」

エラ子が余計な註をいれて、天野につねられ、奇妙な悲鳴をあげた。

「それは仕方がないさ」

私は西村ににこやかに答えた。

「人間にはそれぞれ自分に適した役割があるんだ。犯人を推理するのは僕の役だし、それを捕えるのがきみの役なのさ」

「えらそうな事をいうなよ。たまに紛れ当りをすると、素人はすぐ得意になるから手がつけられないんだ」

「まぐれ当りをした素人で悪かったね。しかし、僕はまぐれ当りをした素人の方が、当らない素人よりましだと思うよ」

「なにい？」

「まあ、まあ」

天野が中に入った。

「今日は瀬折にいばらせておけよ。こんな事は二度とないんだから。けれども、ダンディライアンというのが、ライオン歯磨の広告のでている薬局を意味していた――というのは、歯医者やおめかし・ジョオの場合ほどの面白味がないな」

「面白味があろうとなかろうと、実際に当っていたんだから文句をいうな」

私の鼻息は大いに荒かった。

「でも瀬折さん、今日だけは申分のない出来だったわ。最後まで、自分の気づいた事実を隠していたのは少し卑怯だけど、気をつければ、私達にだって判ったはずの事なんだから、文句はいわないわ。どう？　そんなに嬉しそうに鼻をムヨムヨさせていないで、この辺であなたが真犯人を指摘するまでのすじ道を、説明しないこと？　私達、おとなしくきいてあげるわ」

「訊かれなくたって、説明したくてさっきからむずむずしていたんだ。三人ともそこへ坐り給え。

これからゆっくり説明するよ」

私は三人に向って、窓際のソファをさした。

「それから、ことわっておくが、エラちゃん。僕は嬉しそうなのは事実だが、決して鼻をムヨムヨなんかさせていないよ」

私は、ポケットからピースをとりだすと、火をつけて深くその香りを吸いこんだ。

「さて、それでは、いよいよ本論に入ろう。だが、その前に、サロン《たんぽぽ》のマダム、江川まゆりについて、ちょっと説明しておいた方がよさそうだ。

僕がきみたちの命令をうけて、気がすすまぬながら、いやいやマダムを口説きに《たんぽぽ》を訪れた事は知っているだろう？　あの夜、いささか酩酊した僕は、別に深い考えもなく、マダムに向って、前にどこかで会った事がある——と云ったんだ。勿論、そんな記憶があるわけではなく、その場のでまかせの座興からだ。所が、マダムは、その言葉をきくと顔色を変えた。その様子から、僕はマダムに過去の匂いを感じたんだ。

ことによると、マダムの自宅には、マダムの過去を知るに役立つものがあるかも知れない。これは行ってみる価値がありそうだ——そう思って、僕は、翌日、昨夜の非礼を詫びるという口実で、マダムの家を訪れた。

行ってみると、マダムは丁度入浴中だった。僕は、表でまつようなふりをして、マダムの私室に忍びこみ、その部屋の秘密の匿し場所から、ある品を発見したんだ」

私の瞼に、あの時の情景が、ふと生々しく甦った。

「ある品って、何だい？」

天野が訊いた。

「マダムにとっては致命的な品で、その品を種に、池田弁護士がマダムを脅迫していた品だ。しかし、マダムの名誉のために、その品が何であるかは、諸君の想像にまかせよう」

私は眼を閉じて、あのフィルムを想い泛べた。私の血管の中を、なまあたたかい戦慄がしびれるように吹きぬけていった。

（平衡を失って床に倒れた私の上に、マダムのずっしりと重い肉体が、甘い香りを含んで倒れかかってきた。最初のうち、私達は、無言のまま、私が右手に摑んだ品を奪い合って争った。湯上りの身体が、布片一枚を隔てて私を圧しながら、激しく動き揺れた。そして、その争いは、いつか、いらだたしい愛撫に変っていた。果して、あれは、マダムの一時の気紛れからだったのだろうか？あるいは、私の手から、あの品をとり戻すために支払われた高価な報酬だったのだろうか？　私のこれから暫くの生活は、その疑問を調べるために費されそうな予感があった。いらだたしい動きが、やがて静かなやすらぎに移り、ひっそりと身を寄せたマダムが、やさしい動きで身を起した時、いつか私の手を離れたあの品は、ぽつんと床の上に転っていた。あれを、見られてしまったわね。マダムの眼には、すべてを喪った女の見せる落着いた笑いが泛んでいた。あなたは、あたしを軽蔑なさるかしら？　けれども、数年前のマダムの、まだ稚さの残る肉体を、さまざまなポーズで、あらゆる角度から捉えたその写真から、私の眼は、女の身体の神秘な美しさ以外の何物をも感じなかった。マダムが、弁護士の手許からとり戻したその写真を、焼き捨てもせずに保存した気持が、私にはよく判った。自分の、ある時期における美しさを、彼女はやはり手許にとどめておきたかったのだ）

「それが何であるにせよ」

私は、窓際のソファに腰を降す三人に向って言葉を続けた。

「その品がマダムにとって致命的なものであった事は間違いない。どうして、そのような品が存在したのか？　僕は、それを、マダムの口から確めることは控えたが、勿論、想像することはできる。恐らく、その頃、マダムは、若さのもつ好奇心と、池田弁護士の巧妙な誘導によって、麻薬の味を覚えたのだ。一度その中に入った女なら、禁断症状の苦痛から逃れるため、いかなる犠牲を払っても、麻薬の供給をうけようとする。恐らくそうした弱味を容赦もなく捉えられ、マダムは、このように危険な品を弁護士の手に残すようになったのだろう。おめかし・ジョオが《麻薬》という言葉を口にした時に、僕の脳裡に、こうした推測が一瞬に泛んだのだ。

ともかく、その品を弁護士のもとに残したまま、マダムは、K市に姿を現わし、サロン《たんぽぽ》を開いた。そして、過去の傷痕がようやく癒えようとした時、不幸な偶然が、再び池田弁護士を彼女の前に連れ来たったのだ。

弁護士は、手許に保管したその品をもとに、再びマダムに昔日の関係の復活を要求した。ねえ、天野、きみは伯父さんに当る達之進氏が、最初から僕達をあざむいていた事を知らないだろう？達之進氏が、犯罪の行われた時刻に、マダムと他言を憚るような場所にいた——などというのは全くの虚構なのだ。あの日、マダムは、池田弁護士の指定に従ってあの草原で弁護士に会うため、午前十時を少し廻った頃、犯罪の現場に赴いているのだ。マダムが着いた時、弁護士は約束の草原にいたが、既に生きた姿ではなかった。

屍体を発見したマダムが、第一に想い泛べたのは、あの品の事だった。死者のポケットから鍵束をとると、マダムは直ちに、無人の弁護士の事務所を訪れ、金庫の中からあの品をとり戻した。

こうした事実をどの程度まで、マダムが達之進氏に打明けたかは分明でない。ともかく達之進氏はマダムの無罪を信じ、我々に向ってまでマダムのアリバイを証言し、見事にマダムの無罪を信じこませた上で、真犯人の調査に乗りださせたのだ。尤も、達之進氏の気持としては、マダムの無罪が事実である以上、それをどういう方法で我々に信じこませようと、大差はないと感じていたのだろう」

「ひどいオヤジだ」

西村大吾が不服そうに呟いた。

「いや、親切なナイトさ」

私は訂正した。

「それよりも、気の毒に思ったのは、きみが歯を痛めながら子供達に訊ねまわって調べた事実、いや、更に、エラちゃん、きみがブラジァの中味についての賭までして調べた現場の模様を、発見者の巡査より一足先にマダムが見ている事だ。僕はきみ達二人のどちらよりも正確に、マダムの口からその時の様子をきいて知っていたのだ。しかも、湯上りのマダムの色づいた耳朶を噛みながら。そんなわけで、もし、きみ達の調査に、事実と違う点があったら潔よく訂正しようと思っていたが、その必要を認めないまま、黙って聞き役にまわっていたのだ」

「何が潔よくだ? 勝手にしろ!!」

西村は憤然としてソファの上にひっくり返った。

「さて、ここまでが、本論に入る前おきだ。これから、いよいよ問題の核心に入るから、注意深く聞いていてくれ。

エラちゃん。きみは覚えているだろう? 最初K市に到着した日、僕達はあの薬局で買物をしたね。あの時、店の主人が仲々出てこないので、僕は煙草売場のケースのうしろの方から、その辺においてあるピースを自分で勝手にとりあげたんだ。

所が、その晩、天野の伯父さんの家でビールを飲んでいるうちに、僕は何故か気分がおかしくなった。帰りの自動車の中で、激しい吐気に襲われて、自動車を停めて薬を買ったのはみんなも知っているはずだ。何故あんな吐気などに悩まされたのだろう? 何かおかしいとは思ったが、その時にはまだ理由は判らなかった。ビール位で酔うはずはない。原因は何だろう? 煙草だ。あの時、薬局から勝手に持ってきたピースの中に麻薬が仕込まれていたんだ。常用者でない者にとっては、麻薬は必ずしも快感を与えはしない。僕の吐気は、麻薬入りのピースが原因だったのだ。

何故に、あのピースの中に麻薬が入っていたのか? 正確な理由は勿論判らない。しかし、エラちゃん、きみや西村には想像がついてもいいはずだ。エラちゃんがはじめてサロン《たんぽぽ》の女給になった夜、ホテルへ帰ってきてから、《たんぽぽ》へ来る客のことを次々と説明したね。その客の一人には、あの薬局の主人である浜名信一も含まれていて、きみは彼のことを、女給達に不思議なもて方をする客だと云っているんだ。嘘だと思うなら、あの時のメモの項目の11を読み返して見給え。何故、浜名信一のような見栄えのしない男が不思議なもて方をするか？　答はただ一つ――麻薬だ。恐らく、あの男は、《たんぽぽ》の女給達に、煙草をせがまれるたびに麻薬入りのピースを与えていたのだ。そうして、麻薬の魅力に捉えられた女給達を意のままに扱うことができたのではないか？　あの時、僕が偶然持ち去ったピースは、そうした目的のために作られたものか、あるいは既に完全に麻薬の虜となっている女に、何かの条件のもとに与えるためのピースだったのだろう。

僕とエラちゃんが店へ入った時、浜名は仲々姿を現わさなかった。そして、暫くして出て来た時、平生、蒼白なはずの彼の顔が著るしく紅潮していて、しかも、いささかもアルコールの匂いはなかった。あの時、彼は奥の部屋で麻薬を吸飲していて、そのために店に出るのが手間取ったのだ。

麻薬という一つの線が、サロン《たんぽぽ》のマダムと、池田弁護士と、薬局の主人、浜名信一を見事に結びあわせる。池田弁護士の死が、新聞の上では、余りに簡単にしか、否、むしろ、不自然なほど簡単にしか報道されなかった理由も、恐らくは、当局が弁護士の麻薬常用者である事を知り、その麻薬のルートを探るためには、新聞にかきたてて麻薬取引関係の人々に警戒心を起させぬ方がいいと判断したからではないだろうか？　そのための記事差止めであった事は恐らく間違いあるまい。

こうして、すべてを麻薬の線でつなげば、小気味のよいほど、万事が説明されるのだ。何故に、浜名信一が、池田弁護士を殺害しなければならなかったか？　その背後にも、勿論麻薬が関係していたろう。池田弁護士は、浜名信一の弱味を摑んで、絶え間なく麻薬をせびっていたのかも知れない。そのために、突然、K市に池田弁護士が移住して来たのだとしても、僕は大して驚かないだろう。また、あるいは、遂に、麻薬の供給者は、池田弁護士その人で、浜名信一も、結局は弁護士の餌食となった哀れな吸飲者の一人であったのかも知れない。そうした事は、いずれ、警察がゆっくり調べてくれるだろう。

　浜名信一が、弁護士を殺害する時、何をもって兇器としたかも、僕には空想できめるよりない。これはあるいは突飛な空想かも知れない。しかし、古い煙草屋などで、時折、ショウ・ウインドウの中に飾ってあったりする重い、丸い球を僕は何故ともなく思い泛べるのだ。現在ではアルミ箔のあの煙草の銀紙が、錫箔だった頃、無数の銀紙を雪だるまのように丸め重ね、堅く重く作りあげられた不思議な球体——煙草屋でもある薬局の主人、浜名信一の手許に、そうした過去の遺産が残されていた所で不思議ではない。それを手拭に包み、手拭の一端を握って、池田弁護士の背後に迫る浜名信一の姿が、空想の中では、僕には現実以上に生々しく、グロテスクに映るのだ。エラちゃんと最初に店に入った時、彼の右手に繃帯が巻かれていたのを覚えているだろう？　ことによると、この奇妙な兇器を使用する際に、弁護士の頭と、重い球体の間に、彼の指が挟まれた名残りではないだろうか？　兇器の性質から見て、充分あり得る事だ。

　僕達が、逮捕に向う前に、エラちゃんに電話をかけてもらったね。あるいは、あれは、不必要な行為だったかも知れない。けれども、僕の考えでは、浜名信一は常に検挙を恐れていたはずだし、あのような内容の電話がかかれば、不安に感じて麻薬を処分するか、あるいは、安全な場所へ移し変えるだろうと思ったのだ。その瞬間を襲いさえすれば、巧妙に用意してあるはずの匿し場所を、苦心して探す手数が省ける。事実、彼は匿し場所から麻薬をとりだし、その大部分を身につけたまま逮捕された」

その夜、私達のグループ四人は、マダムからの使者の鄭重な口上によって、サロン《たんぽぽ》へ招待された。

昨夜まで、自分達の仲間であったはずのエラ子が、マダムや私達と共に、今日はお客様として、心祝いのシャンペンを乾す様子を、店の女達は、さも面白そうに見守っていた。

私はほどよく酔い、ほどよく饒舌になった。濃くアイ・シャドウを塗り、金粉を散らしたマダムのきれ長の眼と、顔があうたびに、私は部屋着のマダムを想い泛べた。

嘗つて、麻薬に蝕まれかけながら、激しい意志のもとに、そこから脱け出したマダムの皮膚は、年齢とは無関係に美しくなめらかだった。

麻薬――という言葉が、ふと奇妙な魅力で私の心をゆすぶった。

「あぶないな」

私は、自分に向って話しかけた。

「気をつけないと、当分の間、麻薬中毒になる危険性があるぞ」

しかし、そう呟きながらも、私は常になく楽しく、常になく心が弾んでいた。その危険は魅力ある危険だった。そのために、私の生命の何パーセントかが蝕まれても、決して悔いぬほどの魅力ある危険だった。何故なら、私がこの瞬間に麻薬と呼んだものは、小さな瓶に入った白色の粉末のことではなく、美しく装いながら微笑み続けているサロン《たんぽぽ》のマダム、江川まゆりその人の事だったからである。

虎よ、虎よ、爛爛と——一〇一番目の密室

親愛なる《幻影城》編集者諸君ならびに読者諸兄・諸嬢、一九七×年三月×日、諸君は、その密室の中にいた‼

1

瀬折研吉は不機嫌だった。

昨日より今日、今日より明日と、日増しに退屈が嵩じていたし、それに比例して、彼の不機嫌はつのっていった。

いや、あるいは、世間が研吉に退屈し、研吉に対して不機嫌だったのかも知れない。

ともあれ、その不機嫌が最高潮に達している時に、研吉の書斎を訪れた、風呂出亜久子は、この世で最も不幸な女性であったのかも知れない。

もっとも、現在、この瞬間でも、亜久子を眺めた人は、彼女を不幸な女性だとは、考えはしなかったろう。

自分が、娼家の、それも、ひょっとすると寝室にいるのではないかと錯覚するほど、亜久子の服装は誘惑的であったし、理論的には、このように誘惑的な服装は、全く容貌に自信がなく、肉体以外に頼れるものを持たない女性に限られているはずだった。にもかかわらず、そのような理論とは無関係に、亜久子は、充分、男心をそそるに足る、形のよい唇をもっていたし、街角ですれちがう若者が、思わず口笛を吹きたくなるようなキュートな鼻と、みつめられる事が快い、うるおいのある眼をそなえていた。

いや、何よりも、ノー・ブラジャーを誇示する短目のセーターと、ずり落ちそうなジーンズの間から、時折隠見する縦楕円形の臍は、決して、不幸を連想させる女性のものではなかった。にもかかわらず、亜久子は、まさに不幸だったのである。

「いいかい、亜久ちゃん」

熱中してくるにつれて、研吉の声は、その度合に比例して大きくなり、喋り方は早口になる。

「数学的に云えばだね。こういう観念は、すべて相対的なものに分類できるんだ」

ほんとに、研吉さんという人は——と、亜久子は考える。この理窟っぽい所さえなければ、ベッド・メイトになってあげてもいい位素敵なんだけど、でも、この人とベッド・インしたら、一体、何を云い出すかな？　いいかい、亜久ちゃん、きみは今、理論的にも、情緒的にも、生理的にも、ペッティングを指向する情況下にあらねばならぬ。だから、僕は、理論的にも、情緒的にも、生理的にも……

「亜久ちゃん」

研吉の破壊的な声に、亜久子は、白昼夢から現実に引き戻された。

「きいているのかい？」

「ええ、きいているわよ、そんなに怒鳴らなくても判ってるったら……」

「どうかな、怪しいもんだ。今、きみの眼は、デートの事でも考えているかのように、曖昧模糊とした光を帯びていたぞ」

あら、研吉さんて、意外にカンがいいのね。

「ちがうわよ。あんまり判りきった事を云うから退屈しているんじゃないの。先をお続けなさいよ」

「それでは、と……いいかね。例えば、直線は平面を二つの部分に分ける。その直線上の点を、二つの部分の、どちらに含ませるかは別として、だ」

「次に、一つの閉曲線は……といっても判り難ければ、円でいい。一つの円は、だ。平面を、円内と円外の二つの部分に分ける」

「それで？」

「その円周上の点を、どちらの部分に含ませるかは別にしても——でしょ？」

「その通り、そして、次に、一つの閉曲面、例えば、球は、だ」

と研吉は亜久子の顔を睨む。

「例えば、球は、だね。空間を、球の、中と、外の、二つの部分に分けるんだ」

「そんな事、判り切っているけど、一体、研吉さんは何が云いたいの？」

「ああ、そうか……」

研吉は、今日、亜久子と顔を合わせてから、はじめて、明るい笑顔を見せた。

「そういえば、まだ、本来のテーマに触れていなかったんだな」

「その通りよ」

「実はね、亜久ちゃん」

研吉は突然、声を落した。

「この所、僕はすっかり退屈してしまってね。過去の色々な探偵小説を読み直してみたわけさ」

「お暇で、お羨ましいこと……」

「そして、その中でね。特に、《密室殺人事件》について研究してみた訳だよ」

「ずいぶん古めかしい事をやりはじめたのねえ」

「いやいや、古めかしいと云えば、古めかしいが、何と云っても、《密室》は、本格探偵小説の中で、最も歴史的な原型の一つだからね。およそ、探偵小説マニアで、ある時期に、《密室》の魅力に、とり憑かれなかった人間はいないはずだよ。《密室》は、いわば探偵小説のハシカさ」

「あら、あたしは、猩紅熱かと思ったわ」

「所で、《密室》というのは、一般には、《物理的、あるいは心理的に、完全に鍵がかかり、密閉された部屋の中で、屍体が発見され、しかも犯人は、その密閉された部屋の外にいる》というのが代表的な形だよね」

「まあ、そんな所ね」

「この場合、我々は、部屋というものの観念から、習慣的に、天井や、壁や、ドアで囲まれた、一つの空間の内部を考えてしまうわけだ」

「当り前じゃない」

「所が、さっき云ったように、一般に、一つの閉曲面、例えば球は、空間を、その内部と、外部の、二つの部分に分ける」

「判ったわよ」

「いや、判っていないよ」

研吉は、更に早口に喋りまくるため、大きくいきを吸った。

「ここで説明を判り易くするために、中に虫の入ったガラス玉を考えて見給え。常識的には、僕や亜久ちゃんのいる世界は、ガラス玉の外にあって、ガラス玉は虫を包んでいると考えられるが、数学的な見方をすれば、同時に、虫だけがガラス玉の外にいて、僕や亜久ちゃんのいる世界全体が、ガラス玉に包まれているという考え方も成り立つんだ」

「つまり、研吉さんが、ミュージック・ホールで、ストリップ・ティーズを見ながら、踊子が一枚一枚衣裳を脱いで裸になってゆく、と思ってよろこんでいる時、踊子の方では、一枚一枚衣裳を剝がして、研吉さんを含む全宇宙を裸にしている、と考えているかも知れない、って事ね」

「うむ」

瀬折研吉は、昨夜見た踊子の、なまめかしい黒子《ほくろ》を想い出して、一瞬、たじろいだ。

「いや、僕が云いたいのは、だね、亜久ちゃん」

気をとり直して言葉を続ける。

「一般に、《密室》というのは、《内部から鍵のかかった部屋の中で屍体が発見され、犯人は、その部屋の外にいた》という形にきめられているけど、そのような《密室》が存在する以上は、《外部から鍵のかかった部屋の外で屍体が発見され、犯人は、その部屋の中にいた》という《密室》も存在しなければならない、という事なんだ。それなのに、どうして、今まで、そういう事件が起らなかったんだろうね？」

「多分、それはね……」

亜久子は、研吉の手と、デスクの上のペーパー・ナイフの距離を目測し、もし、研吉がそのペーパー・ナイフを摑んで襲いかかってきても、充分身をかわせるように、要心しながら答えた。

「多分、それはね、研吉さんのように理窟っぽくて、必要でない事ばかり調べまわって、下らないことばかり喋りまくって、せっかくあたしが手に入れて誘いにきたジャズ・コンサートの切符を、もう間に合わなくて無駄にさせるような、自分勝手で、礼儀知らずで、退屈し切って暇をもて余しているような犯人が、今までいなかったからじゃないかしら」

しかし、瀬折研吉も、風呂出亜久子も、それから十二時間もたたぬうちに、二人がそのような密室の中に入る破目に陥ろうとは、その時は、全く予期していなかったのである。

2

アルフォンゾ橘は不本意だった。

一体、こんな不条理な事が起ってよいものだろうか？　華やかで輝かしい彼の女性遍歴の中で、時には、彼の意に従わぬ女がいないではなかった。しかし、彼にとっては快楽の道具であり、セックス・ドール以外の何物でもないはずの女という生物が、これほど完膚なきまでに彼の心を捉え、その足許にひれ伏した彼が、涙を流そうとは!! しかも、一層腹立たしい事には、その涙が女の裸足の甲を濡らした事が、彼にとって耐え難く快かったのである。

一喝のもとに、猛虎をも慴伏させる、このアルフォンゾ《タイガー》橘が……

アルフォンゾ橘は猛獣遣いだった。

それも、文字通り、一喝のもとに、猛虎をも慴伏させる、虎の調教師だったのである。

細身の引き締った身体と、つやのある褐色の皮膚をもったこの青年には、異国風なその名はよく似合ったし、芸名としても耳当りがよかった。しかし、アルフォンゾの名は、職業上の方便として作られたものではなく、生得のものだった。

父が、メキシコ人の母と出遭ったアカプルコの海岸を、アルフォンゾは知らない。

中国人の父は、メキシコの教会で式を挙げると間もなく、まだ母の胎内に居たアルフォンゾを伴って、中国に戻ったのである。

五歳の秋まで、幼いアルフォンゾは、両親の許で平和な日々を送った。そして、悲劇が突然、彼の一生を変えたのだ。森林に近いその地方には、数十年前までは、時折、虎の被害はあった。古老は子供達に、よく、虎の恐ろしさを語って聞かせた。しかし、襲われるのは家畜であり、人間の被害は殆どなかった。

その年の秋も深まる頃、森林の外れで、一人の行商人が年老いた虎に襲われた。通りかかった自動車を恐れて、老虎が逸走したため、行商人は命をとりとめたが、人喰虎が現れたというニュースは、附近の住民に大きな衝撃を与えた。自警団が組織され、猟銃を手に、人々は虎の姿を求めて森林を彷徨した。そして、追いつめられた手負いの虎が、アルフォンゾの邸内に侵入したのである。

外出するために玄関にいた父と、見送りに出た母は、傷ついた野獣の兇暴な一撃に、一瞬のうちに斃れた。召使は窓から庭に逃げ、猛虎は階段を駆け昇って、まっすぐ寝室に突入した。そこには、五歳のアルフォンゾが、無心に絵本を開いているはずだった。階段を駆け昇りながら、自警団の人々は、喰いちぎられて血まみれになった幼児を脳裡に描いた。しかし、開いたドアの間から、彼等は信じられぬ光景を見たのである。

調子外れの子守唄を歌いながら、五歳のアルフォンゾはベッドに腰を降し、楽しそうに足をぶらぶらさせていた。そして、あの兇暴な人喰虎が、その前に肢を揃えて坐り、リズミカルに尻尾を振りながら、喉をゴロゴロ鳴らしていたのである。アルフォンゾが泣き出したのは、虎を射殺した銃声に驚いた時だった……

中国巡業の途次、近くの町で興行中であった橘サーカスの団長が、一瞬にして孤児と化したアルフォンゾを引き取り、日本に連れ帰ったのは、生れながらにして野獣を慴伏させる天賦の才が、この幼児にあると信じたからであり、その信念は、決して裏切られなかった。アルフォンゾ《タイガー》橘は、今や、橘サーカスの大スターであり、世界に知られる猛獣遣いだったのである。

世間一般の猛獣遣いは、猛獣の調教に焼鏝を用いる。焼鏝の熱さを猛獣に教え、後に焼鏝を鞭に替える。猛獣は、鞭を焼鏝と誤認し、鞭を恐れて調教師の意に従うのである。

アルフォンゾにとっては、猛獣の調教に、焼鏝も鞭も不要だった。また、他の調教師がよくやるように、猛獣をなじませるため、同じ檻に犬を同居させるような、姑息な手段も敢て行わなかった。アルフォンゾにとって、猛獣との対決は、初めて顔を合わせた時、互に見交す眼がすべてだった。絶対の自信をもって、相手を見竦める優者の視線——階段を駆け昇って寝室へ踊り込んで来た人喰虎との対決が、その瞬間にアルフォンゾの脳裡に生々しく甦る。殺気を伴った凝視が野獣の眼を射竦める。次の瞬間から、アルフォンゾと猛獣との間には、征服者と服従者の劃然たる落差が生ずるのだ。

自分の眼に宿る不思議な力に、アルフォンゾ橘が初めて気付いたのは、橘サーカスのマスコットとして、大テントの下を駆け巡っていた頃——アルフォンゾが、初めて女を知った時だった。

相手は、空中ブランコの女だった。

その日、女は新しい演し物を練習していた。目隠しのまま、宙に吊られた炎の環を飛び抜けて、前方のぶらんこに移り、続いてそのぶらんこから、もとのぶらんこへと、一回転半の宙返りを伴いながら、炎の環を抜けて戻るのだ。救助ネットは張られていたが、微妙なタイミングを要求する困難な芸であり、時折女はネットの上に落ちた。

空中ぶらんこの芸は、普通は複数の人間によって練習される。女の乗っていないぶらんこを揺らす相手が必要だったし、そのタイミングが重要だからだ。しかし、この新しい演し物は、彼女ひとりで行える工夫が凝らされていた。炎の環を跳躍するテントの上空に、女がひとりだけいる方が劇的効果が強いと考えられたので、女の乗るぶらんこの対面には、このサーカスでは初めての、電動ぶらんこが用意されていたのだ。

練習のため、宙に吊られた円形の環に炎は点じられていなかったけれども、女は目隠しをしてぶらんこに乗った。そして、そのことがアルフォンゾ少年に、ささやかな楽しみを与えたのである。

女が目隠しをすると、アルフォンゾは小型の双眼鏡を好奇心に燃える稚い眼に押し当てた。一週間ほど前、観客席に置き忘れられた双眼鏡である。小型ではあるけれども精巧だった。その拡大された視野の中で、アルフォンゾは、空中に揺れる女の肌を凝視した。

尻と胸を蔽う小さな布片を除いて、女は殆ど裸に近かった。その女の、病的に白い肌の産毛の一本一本が、筋肉のひとすじひとすじが、まざまざと判るほどの近さで、アルフォンゾの網膜に生々しく旋転する。

女の白い太腿には、うっすらと蒼く、二本の静脈が透けていた。ぶらんこを漕ぐために女はゆるやかに脚を屈伸した。アルフォンゾの位置からは、それは、女がゆるやかに脚を開いたり閉じたりしているように見えた。太腿のつけ根で、アルフォンゾの視界を遮っている薄い布片と、その布片を通して感じられる暗い翳りを、少年は熱した視線で凝視し続けた。きっちりと合わされた太腿は、ゆるやかに開かれ、再び頑《かたく》なに閉じる。その動きにつれて、邪悪な布片は、そのやわらかな肌に喰入ってはゆるむ——耐え難い欲望が、その都度、戦慄を伴って、稚いアルフォンゾの肉体を走り抜けた。

練習を終え女が、まっすぐアルフォンゾに向って歩んで来た時、少年は無邪気な微笑を泛べていた。

「坊や、いつも見てるのね」

こっくりと頷く。

「ぶらんこが好き?」

「うん」

「そうかなあ」

女の唇の端に、からかうような笑いがあった。

「坊やが見ているのは、ぶらんこじゃなくて、あたしでしょ?」

女の手が、信じられぬ捷さで少年の背後に伸び、木箱の隙間に置かれた双眼鏡を取り上げていた。

「坊やがこの双眼鏡で……」

女の舌が、ちろりと唇を舐めた。

「毎日、あたしの身体のどこを眺めていたかちゃんと知ってるんだ」

差恥がアルフォンゾの耳を紅に染めた。

「ぼく……」

「いいのよ。男なら誰だって見たがるんだから……」

卑猥さを顔いっぱいに拡げて、女は続けた。

「坊や、もっと見たい?」

女は一歩進み、アルフォンゾは一歩後退した。背後の木箱が、少年の退路を遮断していた。

「見せてあげてもいいのよ。坊やがあんなに見たがっていたものを、ほら……」

両手の拇指が、布片の左右のへりにかかると、その薄い布片は、ぴっちり合わさった太腿の間で、くるりと裏返った。

本来なら、女の一方的な勝利に終り、稚いアルフォンゾが女に凌辱されるはずの出来事だった。にもかかわらず、事態が微妙な変化を見せはじめたのは、絶望したアルフォンゾが、眼前にある女の身体の、不思議な部分を、喰い入るように凝視した瞬間からだった。永遠とも思える数分の凝視の後、女は苦痛に充ちた悲鳴をあげた。

「やめて……坊や、そんなに瞶《みつ》めないで……」

視線をあげたアルフォンゾの眼が、女の眼と往き合った。再び強烈な数秒間の凝視があった。そして女の身体は、白い無力な塊となって、アルフォンゾの足許にうずくまったのである。

人気のないテントの一隅で、アルフォンゾは、女の白い肉体を一方的に犯した。犯しながらアルフォンゾは、自分の凝視に宿る不思議な力を、快く反芻していた。

女を征服する事は、アルフォンゾ橘にとって、極めてたわいのない作業だった。サーカスのトップスターという名声があった。しかも、一歩誤れば猛獣の餌食になりかねないという職業上の悲壮感が、女達のロマンティックな空想を刺戟した。その上、若く引き締った肉体と、彫刻のような彫の深い容貌は、女達を惹きつけずにはおかなかった。

特別の場合を除いては、アルフォンゾの特技である、凝視の魔力を用いる必要はなかった。女の方からアルフォンゾに迫り、女の方からアルフォンゾに与えたからだ。豪華なホテルの柔らかなベッドの上で、人知らぬ入江の背を焦がす熱砂の上で、野獣の唸りに囲まれた深夜のサーカスの片隅で、アルフォンゾは女を抱いた。余りにも安易な、このような女性遍歴が、あるいは、アルフォンゾが、心から一人の女を愛する事を、阻害していたのかも知れぬ。

異変は、何の前触れもなく起った。

それは、サーカスがその地の巡業を終えて出発する前日の午後であった。入口に背を向けて、身の廻りの荷物の整理に余念のないアルフォンゾの耳に、聞きなれた道代の声が響いて来た。

「お客さんですよ。女の……」

続いてコツコツと静かな足音。

「御用件は?」

背を向けたまま、アルフォンゾは、無愛想な声を出した。女の肉体は昨夜飽食していた。そして今は忙しいのだ。

「アルフォンゾ橘さん?」

鼓膜に滲み入るような、快い、低いアルトが、アルフォンゾの耳朶を打った。

「ええ、どんな御用件です?」

口調は少し柔らいだが、依然として背を向けたままだった。

「こういう者ですけれど……」

動く気配につれて、甘い香水の香りが漂い、女のすんなりした指先が小型の名刺を、斜め前に立てたトランクの上に載せた。興味なさそうに名刺を一瞥したアルフォンゾの視線は、しかし、突然空中で凍りついた。そして、次の瞬間、アルフォンゾ橘は奇声を発して跳躍したのである。

トランクが激しい音をたてて倒れ、愛蔵のルイ王朝の花瓶がその中で割れる音がした。しかし、アルフォンゾは気にもとめなかった。

「さあ、さあ、どうぞ、むさくるしいところですが、おかけになってください。いや、いや、こちらのいすのほうが、じょうとうです」

自分でも、何を云っているのか判らなかった。いつもと違って、およそしまりのない口調で、言葉が唇を出てゆくのを押しとどめようがなかったのだ。

アルフォンゾの狼狽を見て、女は微かに笑った。笑ったというより、その冷酷そうな、薄っぺらな唇の端を、笑いが掠めたというべきであろう。

その女の顔を、アルフォンゾ橘は、貪るように瞶めていた。眼と眼が空中で、ひたと合わさった。そして、アルフォンゾ橘は、生れて初めて、敗北を意識したのだった。

女の唇が爽やかに動いた。

「小説の中に虎の事を書きたいのですけれど、あなたなら、面白い話を聞かせてくれるかと思って……」

「どうぞ、どうぞ」

アルフォンゾ橘は再びしまりのない声を出した。

「なんでも、おききになってください」


アルフォンゾ橘の意識の中に、探偵作家江川蘭子が、はじめて登場したのは、半年ほど前のことであった。

巡業中のつれづれに、駅の売店で買った一冊の小説が、彼と蘭子との初めての出遭いであった。探偵小説というものを、それまで読んだ事のなかったアルフォンゾにとって、この目新しい世界は驚異の連続だった。この時、アルフォンゾが読んだ小説は、江川蘭子の出世作といわれる《鍵のかかる部屋》だった。表紙と背と裏表紙に、それぞれの方向から見た風変りな鍵をあしらい、その鍵の下に配された三個の鍵穴には、作者である蘭子の正面、横、背面からのヌードが嵌めこまれていた。口の悪い批評家は、この小説が売れたのは、作品の内容のためではなく、表紙を飾った蘭子のヌードの淫靡さのためだと断じた。この批評に挑戦するかのように、次に発表した作品では、更に淫靡な蘭子のヌードが、恐れげもなく表紙を飾った。事実、江川蘭子の探偵小説が、書店でヌード写真集の棚に置かれ、誤ってその小説を買った顧客が、書店を非難する現象も、珍しくはなかったのである。

江川蘭子は好んで密室殺人事件を書いた。極く初期の習作的な短篇を除けば、彼女の作品はすべて密室物であり、表紙はすべて彼女のヌードで飾られていた。それが、江川蘭子のトレード・マークだった。

アルフォンゾ橘にとっては、密室物が、探偵小説の中で、どのような分野に属するかはどうでもよかった。そこには複雑なトリックと痛快な逆説の連続があった。

「何と頭の良い女だろう。こんな女を、一度抱いてみたい……」

今まで、アルフォンゾの周囲に、論理的な女は、殆ど存在しなかった。すべての女が情緒的であった。眼を潤ませてアルフォンゾの腕に重い身体を投げかけた。

信じられないほどの明快さで、些細な手掛りをとり上げ、空想の肉をつけ、論理的な解決を導き出す女流探偵小説家江川蘭子の頭脳構造に、アルフォンゾ橘は、避け難い畏敬の念を覚えたのである。

悪いことには、小説家という、未知のタイプも、アルフォンゾには魅力があった。夥しい女との、夥しい夜によって、アルフォンゾは、あらゆる職業の女を抱いた——と信じていた。江川蘭子の小説を読み、小説家という職業を呟いた時、アルフォンゾ橘は愕然とした。小説家と名のつく女は、未だ嘗て、アルフォンゾ橘のレパートリイになかったのである。しかも、江川蘭子は、小説家の中でも、最もあくの強そうな気がする探偵小説家だったのである。

「小説家というものを抱いてみたい」

アルフォンゾは物狂おしく呟いた。

「小説家という職業の女は、ベッドの中で、どんな姿を見せるのだろう？」

更に、決定的に悪いことには、続けて買い求めた、江川蘭子の小説の表紙が、蘭子のヌードの代表作と呼ばれる、最も淫靡なポーズの写真を載せていたのである。個人的な好みから云えば、蘭子の顔立ちは、特にアルフォンゾの嗜好とは思えなかった。それにもかかわらず、微かにほほえむ蘭子の写真を瞶めていると、奇妙な危険感がアルフォンゾを擒《とりこ》にするのだ。大胆な言葉を平然と呟きそうな薄っぺらな唇、冷たさを湛えた不思議な眼の光り、ぼってりと厚い淫靡な下腹——その足許にひれ伏して、激しく鞭で叩かれる事を渇望するような、自虐的な悦びを男に感じさせる妖しい魅力を、蘭子の写真はもっていたのである。

想えば、蘭子の小説を読んでから、ここ半年の間、アルフォンゾ橘が抱いたすべての女は、ことごとく蘭子への欲望の代償作用ではなかったか？　ある女は、薄っぺらな唇をしていた。ある女は冷たい目つきだった。そしてある女は、蘭子と同じぼってりと厚い淫靡な下腹をもっていたではないか。

——俺はこの女に、どうしようもないほどいかれている……

トランクの上に、探偵作家、江川蘭子という、可憐な名刺を瞥見した時、それまで自らは気付かなかった蘭子への堪え難い慕情が、突然、疑うべくもなく明瞭に、アルフォンゾ橘の脳裡に凝結した。

奇声を発して跳躍し、トランクを倒してルイ王朝の花瓶を割りながら、よろめいた弾みに、アルフォンゾの尻は、背後に佇む蘭子に触れ、ぼってりと厚い淫靡なその下腹を、服を通して生々しく触感した。恍惚がアルフォンゾの言語中枢を貫き、アルフォンゾ橘は、しまりのない声を出したのである。

「さあ、さあ、どうぞ、むさくるしいところですが、おかけになってください。いや、いや、こちらのいすのほうが、じょうとうです」

3

棟梁の辰五郎は満足だった。

死が彼の足許まで来ている事には、いや、今ではもう、足許から膝頭のあたりまでのぼって来ている事に対しての恐怖はなかった。

想えば長い一生であった。幼い頃から両親を知らず、生きるための方便として、他人様の懐中を狙い、現在、老掏摸として路上に往き倒れても仕方のない人生だった。それが、こうして畳の上で、娘に看取られながら大往生を遂げられるのだ。隣の部屋からは、元気にはしゃぐ孫達の可愛い声も聞えてくる……

少年の頃、辰五郎は、明治の風格を残す最後の掏摸、仕立屋銀次に憧れていた。

自ら迷い込んだ掏摸の世界で、きびしい訓練を積み、いつかは銀次親分の盃を分けてもらうというのが、少年辰五郎の生涯の夢であった。指先を訓練するため、掏りとった財布から必要な中味だけを取り、再びその財布を持主の懐に返すといった、危険なゲームを繰り返した。現金以外で、持主にとっては大切なものを、生きるために、辰五郎の手で紛失させては申訳ないという、辰五郎一流の仁義だった。新橋駅で財布を掏りとった相手が、発車間際の列車に飛び乗ったため、あわてて同じ列車に乗り込み、静岡駅でやっと財布を返した経験もある。こうして一流の技術を身につけたと信じた辰五郎は、機を見て仕立屋銀次の門を敲《たた》いた。結果は意外だった。最初に銀次の唇から出たのは鋭い罵声だった。それから、意外にやさしい声で、銀次は、辰五郎の不心得をいましめた。

「指先が器用なら大工（でえく）にでもなれ」

銀次は即座に辰五郎を知人の棟梁に紹介してくれた。

「でも、おれ、時々指先がムズムズしてくるんで……」

「そこを辛抱するんだ。盗まねえでも、盗んだ気分になれる道楽でも考げえてみな」

銀次のその言葉が辰五郎の生涯をまともなものに変えた。徒弟時代の大工の修業は口では云えぬほどきびしかった。しかし、逆境に馴れた辰五郎は、三度の食事が、まともに頂けるだけでも有難かった。ただ一つ辰五郎を悩ましたのは、時折疼く盗みへの欲望であった。

――盗まねえでも、盗んだ気分になれる道楽でも考げえてみな……

その都度、辰五郎は銀次親分の言葉を想い起した。そして、ある時、辰五郎は、その解答を見出したのである。

考えてみれば簡単なことであった。しかも効果は覿面《てきめん》であった。女房を貰い、棟梁と呼ばれるようになってからも、辰五郎はこの道楽をやめなかった。安全弁であるこの道楽をやめた瞬間に、嘗ての盗心が体内で疼くことを恐れたからである。

「今までに、一体何軒位家を建てたろう?」

切迫してくる呼吸の中で、辰五郎は懐かしくそれらの建物を想い出した。

「そして、一体、何人位、あの仕掛けに気付いたろう?」

いや、気付いた者は殆どいないはずだった。気付けば、その部分には辰五郎の署名が入っている。当然、そのような怪しからぬ仕掛けに対して、辰五郎に文句を云いに来るはずだ。

「俺の名人芸だからな。簡単には気付くまい」

中には風変りな施主がいて、道楽の仕掛けが全く無意味になったこともあった。何といったかな、あの変な女は……。辰五郎は、薄っぺらな唇をした奇妙な女を、突然、想い出した。おかしな女だ。小説書きだと云っていたが、あんな奇天烈な家を建てたのは、あとにも、さきにも、あれっきりだ。土竜《もぐら》じゃあるめえし、地面にもぐった家だと？　鍵は外からだけ掛ければいいのよ。出掛ける時だけ掛けるんだから……あら、おじさん、何だかこのドア、図面の寸法より厚いみたいね――全く冷汗もんだったよ。俺の道楽が、もう少しで見破られそうになったんだからなあ……

辰五郎は、ひどい倦怠を覚えた。膝頭まで来ていた死が、腹部を這いあがり、老いさらばえた心臓に達したのである。

「いつでも開くんだ。鍵あ……掛かっていても……」

その言葉を最後に、棟梁の辰五郎は、がっくりと首を落した。

娘が声をあげて、頑固でやさしかった父親の胸に泣き伏した時、辰五郎の顔には、静かな微笑が拡がっていた。

4

砂村喬は物想いに耽っていた。

午後十時——予定の時刻まではまだ二時間ある。急ぐ事はない。

机の上で、愛用のコーヒー・サイフォンが、ほのかな香りを漂わせている。本職の写真の合間に、余技で嗜《たしな》む彫金の技術が生みだした砂村の傑作の一つだった。銀色の裸婦が、開いた脚を前方に投げ出して坐り、心持胸を張って、前方に差し出した両手で、サイフォンの接合部を捧げ持っていた。

砂村はその裸婦の胴のあたりを摑むと、サイフォンのコーヒーを珈琲茶碗に移した。

ゆっくりと、味わうように、コスタリカの酸味を舌先でもてあそぶ。

「奇妙な女だ」

銀色の裸婦から、壁に並んだヌード写真に眼を移すと、砂村喬は、その言葉を口に出して呟いた。

その部屋の壁には、江川蘭子のヌードが並んでいた。蘭子の小説の表紙を飾ったヌードの原画で、すべてが、砂村喬の撮影したものだった。そのヌードの蘭子が、独得のポーズで壁から砂村を見降していた。

「全く奇妙な女だ」

今から二時間後、今夜の十二時から、新作の表紙を飾るため、蘭子の家でヌードの撮影が行われるはずだった。蘭子は例によって、今夜も裸で待っているだろう。煌煌とライトをつけ、常識を無視した奇怪なポーズを用意して、砂村の到着を待ちうけることだろう。

蘭子がカメラの前で無造作に示す、大胆なポーズを想うと、砂村の心を、痛みに似た欲望が走り抜けた。しかも、なお、砂村は、未だ嘗て、蘭子の肉体に、一指を触れた事もないのだ。

まだ二人が無名だった八年前、ふとした機会に知り合って以来、蘭子と砂村の間は、奇妙な糸で結ばれていた。ポーズをとる女と、シャッターを切る男——二人は、厳密にその関係を続けてきたのである。

八年前の遺産であり、未だに、このスタジオの一隅に、ひそかに隠し持っている数十枚の写真を、砂村は懐かしく想い起した。

知り合ったばかりの二人は、その頃、階段のきしむ、古ぼけた木造アパートに、隣合って住んでいた。蘭子は大部屋の踊子だったし、砂村は売れない写真家だった。細々と生きてゆくためなら、そのままでも生きてゆけた。しかし、蘭子も、砂村も、自分のために用意されているはずの人生を持っていた。蘭子にとっては小説を書く事であり、砂村にとっては作品と云える写真を撮る事であった。その人生に賭けるためには、互に、まとまった金が欲しかった。

「あたしの写真を撮って売らない?」

ある日、蘭子は、事もなげに砂村に持ちかけた。

「きみの写真?」

「ええ、あたし、身体を売るのは嫌……でも写真なら、平気よ」

それは、そのような写真であった。

蘭子の部屋に、数個のフラッド・ランプを持ちこみ、ヒューズが飛ぶのを気にしながら、シャッターを押し続けた最初の撮影を、砂村は永久に忘れはしない。蘭子は、肉体の表現力において、天成の娼婦であった。そして、砂村のカメラ・アイは、蘭子の表現するものを、余す所なく適確に捉えたのである。その写真は、余りに強烈に男の欲望を喰い荒らすという点を無視すれば、一個の芸術と呼んでも良かったろう。写真は面白いように売れた。そして、預金の額が、予定の数字に達した時、砂村は、蘭子の眼前で、すべての原板を焼き捨てた。今なお隠し持つ、一組のプリントを除いて……

最初の裡、砂村は、蘭子がいつかは、その肉体を砂村に向って開くと、漠然と信じていた。しかし、それは砂村の大きな誤算であった。蘭子が砂村を相手に撰んだのは、砂村が、女の意に反して、暴力で挑むタイプの男ではない事を、正確に見抜いていたからであった。

「どう、こんなポーズ？　それとも、男の人って案外、こういう方がいいのかな？　砂村さんなら、どっちがいい？」

あるいは蘭子は、猫が鼠を弄ぶように、そのようなゲームを楽しんでいたのかも知れぬ。

蘭子の最初の長編が出版される頃、砂村も既に、写真家として、確固たる地位を築いていた。蘭子の出世作である《鍵のかかる部屋》の表紙に、蘭子自身のヌードを載せるように提案したのは砂村であった。作品の表紙に、作者のヌードを載せるというアイディアは、読者の好奇心をそそり、蘭子はほどなく流行作家になった。それは、砂村に、望んでいた通りのよろこびを与えた。八年前ほど強烈なポーズではないといっても、蘭子が探偵小説を書き続ける限り、砂村は、蘭子のヌードを撮り続けられるのだ。徒らに空しく欲望し、徒らに空しく拒絶され続けるにしても……

もし、八年前の写真を公表すると云って、蘭子を脅迫したら——砂村は、ふと考えた。無益なことだ。そのような脅迫を恐れる蘭子ではない。砂村に残された蘭子への愛の表白といったら、ただ一つ……

砂村は、心を閉して時計を見た。思わぬ時間が経過していた。そろそろ蘭子の家に向わねばならぬ。遅れてはまずいのだ。

5

喫茶店《豈路理《アニーローリイ》》のマダムはイライラしていた。

もう閉店の時間だし、先刻からこれみよがしに店の中を片付けはじめているのに、話に夢中になっているその二人は、一向に気付いてくれないのだ。

「でも、教えちゃうのは勿体ないな。考えようによっては、ルパンそこのけの大儲けができるんだぜ」

「ばかおっしゃい。泥棒なんかする勇気もない癖に……」

泥棒――という言葉をきいて、スプーンを片づけていたマダムの手は、思わずその動きをとめた。

ただ長っ尻の二人連れだと思っていたら、長っ尻の上に物騒だわ。ひょっとすると、このまま居坐って、強盗に豹変するんじゃないかしら……

「しかし、今どき珍しく心温まる話だなあ。鍵をかけても開いちゃうなんて、すごく楽しいよ」

やっぱり強盗なんだわ。そろそろ船山さんがパトロールに来る頃だから、こっそり裏口から抜け出して、この二人を……

「ねえ、もうコーヒー戴けないかしら?」

「すみませんねえ」

マダムは勇を鼓して答えた。

「もう看板なんです」

「あら、もうそんな時間? ねえ、研吉さん、どこかほかへ行きましょう」

《豈路理》のマダムの安堵の吐息を背後に、瀬折研吉と風呂出亜久子は、店を出た。

6

江川蘭子はもどかしかった。

この世で最も男性的な、猛獣遣いという職業にありながら、アルフォンゾ橘は、どうしてあんなに女々しいのだろう。

蘭子がアルフォンゾ橘に惹かれたのは、猛虎を仔猫のように無造作に扱う、あの男らしさの故であった。舞台で見たアルフォンゾのそのような姿に惹かれた故に、蘭子は取材にことよせて、アルフォンゾを訪れたのだ。それなのに、あの時のアルフォンゾのだらしのなかったこと……

舞台を離れた喜劇役者が、現実の人生では沈鬱な人間である事が多いように、アルフォンゾもまた、舞台を離れればただの男なのであろうか？

アルフォンゾ橘が、蘭子を愛していることは、決して不愉快ではなかった。しかし、蘭子の一挙一動、一憫一笑に、おずおずと気遣わしげな視線を向けるアルフォンゾには、舞台の上での、英雄の面影はなかった。巡業や公演の合間に、アルフォンゾはしばしば蘭子を訪れた。しかも、おずおずと愛の表白を行うのだ。いっそ、蘭子を殴り倒して、暴力ででも犯してくれたら、どんなに嬉しいか知れないのに……

しかし、アルフォンゾは常におずおずと訪れ、蘭子は常に冷酷に追い返した。

そして——今日の午後、蘭子のもどかしさが爆発したのだ。

夕刻からの打合せのため、蘭子が着替えようとしている時だった。大きな花束を携えて、アルフォンゾが蘭子の家を訪れたのだ。

蘭子のイメージの中で、花束を捧げる行為ほど、男を頼りなくみじめに見せるものはなかった。

花束が大きければ大きいほど、みじめさも大きかった。蘭子は、受取ったその特大の花束を、穢らわしいもののように、即座に屑籠に投げ捨てた。もし、この時、怒りに燃えたアルフォンゾが、蘭子を殴り倒してくれたら、どんなに蘭子は倖せであったろう。事実は、その逆であった。

「愛しているんだ」

屑籠の花束を恨めし気に見やりながら、アルフォンゾは蘭子の足許にうずくまった。

「どうしようもない位、あんたを愛してるんだ……」

蘭子の裸足の爪先を、遠慮勝ちに抱きすくめながら、アルフォンゾは苦痛に充ちた声でぼそぼそと呟いた。涙があたたかく蘭子の足の甲を濡らした。

「弱虫！」

蘭子の声は激しかった。

「そんなに好きなら無理矢理に奪ってごらん！　できないでしょ！」

絶望が蘭子を一層冷酷にした。

「それでも、あなたは本当に猛獣遣いなの？　猛獣遣いなら猛獣遣いらしく、虎でも連れてきて、私を脅して手に入れて御覧！」

力なく立去るアルフォンゾの後頭部に、蘭子が投げたスリッパが乾いた音をたてた。しかし振り向きもせずに階段を上るアルフォンゾの眼に、嘗てない不思議な耀きが宿っていることを、蘭子は迂闊にも知らなかった。

追想から醒めると、江川蘭子は、ベッドの傍にある、大きな姿見を眺めた。

「おう、アルフォンゾ、あたしだって、あなたを愛しているのよ」

鏡の中で、全裸の蘭子が、同時に、同じ言葉を呟いた。蘭子は、突然、激しい欲望を覚えた。鏡に映る己の裸身を、蘭子は好ましく見やった。見事な身体だった。

階段のきしむあの古ぼけた木造アパートで、砂村喬のカメラに対したあの若々しい肉体はそこには無かったけれど、熟し切って地上に落ちた果肉の強烈な味覚が、その白い裸像のすみずみまで生きわたっていた。重さを秘めて掌に憩う乳房が、男の欲望に向って開くため今は頑なに閉されたやわらかく白い腿が、鏡の中から蘭子を見返していた。男に歓びを与え自らも充足するその白い肉体を、蘭子はこの上もなく愛していた。

「儀式の時間だわ」

蘭子は、かわいた声で呟いた。

一時間後には、新しい小説の表紙を飾るため、ヌードの撮影が行われるはずであった。そのような時、蘭子はきまって、欲望を自らの手で充足させた。

自ら欲望をそそり、喘ぎ、旋転し、長々しい忘我の後に、充ち足りた静謐が来る——その生々しい余韻が、表紙を飾る蘭子のヌードに、妖しい魅力を添えることを、蘭子の緻密な頭脳は計算し尽していたのだ。

己の手が、その白くやわらかい身体の、どこを犯せば、欲望の疼きが亢まるかを、蘭子は正確に知悉していた。鏡に向って、異様な笑みを泛べると、蘭子の白い手は、自らの肉体を抱いた……

7

その男は酔っていた。

酔ってはいたが楽しくはなかった。

何故酔ったのかも判らなかったし、何故こんな所を歩いているのかも判らなかった。いつも通る道ではなかった。しかし、その道の先に、自分の家が存在するような予感に支えられて、ただやみくもに歩き続けていた。

「俺は酔ってないのかな？」

男は呟いた。

いや、酔っているに相違ない。酔っていなければ、あんな変な家を見るはずがない。門の向うに入口だけがある家なんて、一体どこに住めばよいのだろう？　その上、ドアの鍵穴にささっていた、あの変な鍵は何だ？　モシモシ、鍵が開いてますよ。いや、鍵は掛かっていた。まわしてみたら、ドアが開いたんだから、もう一度まわして鍵を掛けてきたんだ。確かに鍵は掛かっていた。でも、あの鍵をもってくればよかったな。そうすれば、あんな変な家があった証拠になる。でも鍵穴にさしたまま置いてきてしまったものな。

男は、その時、どこかで、猫の啼き声を聞いた——と思った。睡い眼をうっすらと開けて、近くの常夜灯を見る。常夜灯の下を一匹の雷が、音もなく歩いていった。いや、雷にしちゃ変だぞ。うわっ！　トラ、トラ、虎だ。

男は必死で両眼を掌で覆った。両眼を覆ったため、虎の後をゆく、細身の若者には気付かなかった。

暫くして、男が恐る恐る両眼を開けた時、あたりに虎の姿はなかった。やっぱり、俺は酔ってるんだ。酔っぱらうと、こんなに楽しい気分になるものかなあ……ひっく！

8

船山巡査は腹を立てていた。

一体、何という張合いのないことだろう？　K市に生れ、K市に育ち、K市の警察に奉職して、凡そ市の物象は掌《たなごころ》を指す如く知り抜いた自分、洋の東西を問わず、作風の本格・変格を問わず、凡そ探偵小説のすべてを読みつくし、推理の蘊奥《うんおう》を極めたこの自分を、新参の相棒は一体どう評価しているのだろう？

「探偵小説なんて、駄目ですよ、先輩」

不見識にも、堂々と主張する。

「あんなもの読んだって、実際の犯罪には全然役にたちません。何しろトリックを先に考え出して、それに合うような情況をあとから組み合わせた作りものですからね。それに、推理だとか何とか云ったって、所詮はこじつけじゃないですか」

船山巡査は、反駁する元気さえなくなっていた。このような無恥な相棒と、パトロールを続けねばならぬとは、何という苛酷な運命なのだろう。もし、自分の該博な知識を、縦横に駆使し得るような難事件にぶつかりさえすれば、この若僧は、二度と探偵小説の悪口を云わなくなるだろうに……

とは云っても、船山巡査が、現実に事件が起る事を願っていた訳ではない。そして、深夜ではあったが、K市はいつものように平和に眠っているように見えた。少くとも、その材木置場のある角の空地を曲るまでは。

「先輩！　あ、あれは……」

若い相棒が、突然、ひきつったような声を出した。殆ど同時に船山巡査は、その物体に向って突進していた。

まだ暖かかったが、それは、既に人間ではなく物体であった。

「きみ！　きみ！」

船山巡査の腕の中で、男の身体は、ぐんにゃりと揺れた。反射的に時計を見る。十二時五分……

「まだ、死んだばかりだな」

船山巡査は、記憶の中の名探偵のポーズを思い泛べながら、ゆっくりと立上った。

「サカイ族の吹矢だ。矢毒は恐らくとりかぶとの類だろう」

屍体の頸すじに刺さったまま、小鳥の尾羽のように纖細に慄える長さ十数センチの棕櫚の葉をみつめながら、船山巡査はおごそかな声を出した。

「きみはここにいたまえ！　私は本署に連絡して、そこへ行ってみる」

船山巡査は、屍体の指先が、地面に書いた乱れた文字を指さした。

「らんこにやら――って何ですか？」

「蘭子に殺られた――と読むんだ」

「蘭子って？」

「江川蘭子さ。この男とは親しい間柄のはずだ。蘭子に会えば何か判る、何しろ……」

と船山巡査は、万感の想いをこめて、若い相棒を睨み据えた。

「何しろ、江川蘭子は、きみの軽蔑する探偵小説を書いている女だからな」

今は一個の物体と化した砂村喬を、呆然と見おろす若い相棒をあとに、船山巡査の足は勢いよく路面を蹴った。


その家は奇妙な造りだった。

道路に面した門を入ると、左右の植込の間に一枚のドアがあった。ドアのうしろは小さな築山で、どこにも建物らしいものは見当らなかった。

伝説の巨人、江戸川乱歩に私淑し、その中から三字の韻を偸んで筆名を作った江川蘭子は、土蔵の巨人に対抗して、地下の窖《あなぐら》で小説を書き続けていたのである。

その昔、日本が神国であることをやめようとしていた頃、軍の物資を貯蔵する地下壕があったと云われる、K市のその一画を買い取った蘭子は、地下に埋もれたその奇怪な家の中で、世間の好奇心と憶測に包まれながら、華麗な日々を送っていた。

一度中に入ってみたい――その家の前を巡回しながら、船山巡査は、何度そう思った事だろう。今こそ、その機会が訪れたのである。ひそかに愛読する探偵小説の作者である、妖異な美女に向って、権威の名において質問を発する。船山巡査の足どりは弾んでいた。

門を抜け、入口に至り、ドア横の呼鈴を押したが返事がない。ドアの握りを素手で摑もうとして、船山巡査は顔を顰《しか》めた。何という迂闊さ――もし、後からドア・ノブの指紋が問題になった時、自分のつけた指紋が、日本の犯罪史に汚点を残さないとも限らないではないか？　どうかしているぞ、今夜は。よほど気をつけなければならん。

ポケットから新しいハンカチを出すと、巡査は慎重にドアの握りを廻そうとした。予想通りドアには鍵が掛っていた。そして、最初から気付いていたように、ドアの鍵穴から、古風な、風変りな形の鍵が突き出している。ハンカチで包んで、ゆっくり鍵をまわす。カチリと小気味よい手応え――やっぱり、外から施錠されていたのだ。この情況に関する色々な可能性が、船山巡査の、自分ではコンピューターと考えている算盤頭脳を駆けめぐる。

留守だとすれば、この家に入るべきではないが、鍵が置いてあったという事は、盗賊が入ったという事にもなる。ともかく入ってみよう。ドアの握りをまわして押すと、ドアは音もなく内側に開いた。眼の前に方形の踊場があり、階段が地下の部屋に続いている。声をかけながら、階段を二、三歩降りかけて船山巡査は飛び上った。先刻から、奇怪な唸り声が聞えていたようには思う。しかし、常にあらゆる可能性を予測する船山巡査の計算にも、このような予測は入っていなかったのである。

階段の下で、のそりと何かが動いた。光る眼が巡査を見上げた。動物の喉がごろごろと鳴った。助けてくれ！　虎、虎、虎だ！　野獣の前肢が、階段にかかった時、船山巡査は入口の扉をバタンと閉め、門の外へ飛び出していた。電、電、電話はないか？　門の対面の電柱に近く、公衆電話のボックスが、鈍い光を路面に投げかけていた。受話器をとりあげ急いでダイヤルを廻す。

「虎だと？　ねぼけてるんじゃないのか？」

杉本警部の甲高い声が、こんなに頼もしく聞えたのは、奉職以来初めてであった。

報告を終り、大きく息をつく。

あ、ドアに鍵をかけずに来た。しかし、虎にはドアは開けられまい。呼吸を整え、電話ボックスを出ると、船山巡査は、再び蘭子の家に向った。門の前に立った若者が、入口のドアをみつめている。

「おい、きみ」

きみ、何をしてるんだ——声をかけようとした時、若者は無造作にドアの握りに手をかけた。

走り寄った船山巡査が声をかける。

「開けちゃいかん。中には虎がいる……」

振り向いた若者は、奇妙な笑いを泛べた。どこかで見た顔だな。制止もきかず、若者はドアをあけ、階段を降りる。魅せられたように船山巡査も後に続く。階段の下の部屋では、この世のものとも思われぬ奇怪な光景が展開されていた。

「駄目よ、しっ、しっ」

大型の書物机の上に、全裸の蘭子が椅子を構えて野獣を追っていた。そして、その前の絨毯の上を、時折唸り声を発しながら、巨大な虎が歩き廻っていた。階段を降りた若者の姿を認めると、虎は動きをとめ、若者の顔を見上げた。

「坐れ」

ぴたりと四肢を揃えると、虎は大きな欠伸《あくび》をし、絨毯の上に腹這いになった。

「蘭子さん」

机上に佇む全裸の女に向って、歩み寄りながら、若者は、腑抜けのような声を出した。

「おう」

恐怖に半ば失神しながら、蘭子の白い裸身がゆらぐ。

「おう、アルフォンゾ、ひどいわ……」

机の高さが生み出した重力のポテンシャルを秘めて、蘭子のずっしりと重い身体が、真正面からアルフォンゾの腕に向って倒れかかる。ぽってりと厚い蘭子の下腹がアルフォンゾを押し、あたたかい蘭子のいきがアルフォンゾの唇にかかる。江川蘭子は、緊張から解放された気のゆるみから、アルフォンゾ橘は、愛する女との、時ならぬ抱擁の悦びから、抱き合った二人は一瞬にして失神した。

おい、おきろ、やめてくれ——船山巡査は必死だった。アルフォンゾが失神したその瞬間に、虎がのそりと立上って、船山巡査を好ましそうに見上げたからである。

助けてくれ、しっ、しっ——蘭子が捨てた椅子を、あわてて取り上げると、船山巡査は絶望的な面持で、唸り声をあげる野獣に向って身構えた。

こら、近づくな！　しっ、しっ、しっ……

9

杉本警部は困惑していた。

K市の名士であるカメラマンが殺され、K市の名士である女流探偵小説家がその犯人であるらしい事だけで充分だった。それなのに、部屋の中では巨大な虎が歩きまわり、全裸の女と精悍な若者が、かたく抱き合ったまま失神しているのである。

「一体、どうなっているんだ？」

肥満した体軀に似合わぬ甲高い声で、杉本警部は力なく呟いた。

「まず、アルフォンゾさん。あなたのお話を伺いましょう。どうして、虎などを連れて来たんです？」

虎が運び去られ、型通りの捜査がすむと、杉本警部は、今や生気に溢れたアルフォンゾ橋に、質問の矢を向けた。

「僕がこの人を愛していたからです」

部屋着をまとって傍に坐る蘭子を、アルフォンゾは眩しげに見やった。


アルフォンゾ橋の楽屋を訪れて、虎にまつわる数多くの挿話を取材した江川蘭子は、第七作目に当る密室殺人事件《虎よ、虎よ、爛爛と――》を一箇月後に発表した。

自らの作品に自ら挿絵を書き、自ら製本印刷した神秘派の詩人、ウィリアム・ブレークの詩の一節、**Tiger! Tiger! burning bright** ――（虎よ、虎よ、らんらんと）からはじまる蘭子のこの作品は、その密室トリックの難解さとともに、全篇を貫く文学的香気によって、識者の間では、江川蘭子の最高傑作と呼ばれていたが、アルフォンゾ橋にとっては全く別な意味を持っていた。

自分が蘭子に語って聞かせた、とるに足らぬ話に、蘭子の空想が見事な肉をつけ、新鮮な印象で作中の随所にちりばめられている事が、アルフォンゾにとっては驚異であった。アルフォンゾが蘭子と一緒に小説を書いているようにさえ思えた。その上、その題名が、いたくアルフォンゾを刺激したのである。

虎よ、虎よ、爛爛と――

虎とは、アルフォンゾ《タイガー》橋のことではないだろうか？　そして、爛の字は、蘭子が、火のように燃えた姿ではないのだろうか？　蘭子の探偵小説を幾つか読んでいるアルフォンゾは、その中の探偵がよくそうするように、事実を自分に好都合なように推理する技術を身につけていた。

虎よ、虎よ、爛爛と――

アルフォンゾ橘は、そこに、蘭子の、橘への愛の告白を感じたのである。

小説の表紙は、例によって、蘭子のヌードで飾られていた。虎の毛皮にべったりと伏した蘭子が、心なしか、いつもより温い視線を向けていた。虎の毛皮がアルフォンゾ自身に見えた。蘭子が全裸で、アルフォンゾの上に伏している。アルフォンゾの心は耐え難いよろこびに充ちた。この愛の表白を、この蘭子の本を、他人の手に渡したくない。《虎よ、虎よ、爛爛と――》が、出版社の混乱をよそに、地方都市で、時折爆発的に売れたのは、巡業先のアルフォンゾが、眼につく限り、この本を買い漁ったからである。

この事実を、アルフォンゾは蘭子に、打ち明けるべきではなかった。少くとも、蘭子のように自尊心が強く、小説の売れることを誇りに思う女に、告げてはならなかった。それなのに、アルフォンゾは、この禁忌を犯したのである。

「あなたの小説を買い溜めてるんです」

アルフォンゾは、蘭子がその告白に、感動すると信じていた。それほど迂遠な方法で、蘭子の小説の売れ行きをあげる――そのような隠れた行為が女を愛する男の当然の義務だと信じていたからだ。

「買い溜める？」

蘭子の眉が、美しく痙攣した。

「そんな事してもらわなければ、あたくしの小説は売れないとでも思っているの？　アルフォンゾ、あなたは、あたくしの小説を読みたがっている数多くの読者から、優れた作品に触れる悦びを奪い取ったのよ。自分の罪の深さが判らないの？」

普通なら、順調に進んだかも知れなかったアルフォンゾと蘭子の間柄が、互に好意を持ちながら奇妙に喰いちがい、ことごとく反目する形を辿るようになったのは、知り合って間もなくの、このような事件が意識の壁として二人の間に介在していたためかも知れぬ。

アルフォンゾは自信を喪い、蘭子は苛酷に走った。そして最終の決裂が、あのような形で訪れたのだ。

「猛獣遣いなら猛獣遣いらしく、虎でも連れてきて、あたしを脅して手に入れてごらん！」

打ち挫《ひし》がれていたとは云え、それはアルフォンゾに向って、云ってはならぬ言葉であった。今度は蘭子が禁忌を犯したのだ。

アルフォンゾ橘にとって、虎は神聖な野獣であった。その虎を、女を脅迫するという、愚劣な犯罪の道具呼ばわりされることに、アルフォンゾの神経は耐えられなかった。激怒したアルフォンゾは、K市が寝静まると、虎を伴って蘭子の家を訪れた。蘭子を脅すためにではない。蘭子が愚かにも侮辱したその虎に、跪いて非礼を詫びさせるためにである。

蘭子の家の、ドアの鍵穴には、鍵が差し込んだままになっていた。可怪しい気はしたが、思いつめたアルフォンゾは、それほど気にも留めなかった。呼鈴を押すと、ドアの向うに跫音が近づいた。ドアには鍵がかかっていた。アルフォンゾは鍵をまわしてドアを開いた……

その瞬間、神聖な虎に、不遜な女を謝罪させようという、アルフォンゾの崇高な計画は脆くも挫折したのであった。

蘭子は裸だった。しかも、アルフォンゾを見て驚愕と共に呟いたのである。

「あら、アルフォンゾ、あなただったの？」

疑惑が、アルフォンゾの背を、冷い塊となって這い降りた。蘭子は裸で誰かを待っていたのだ。アルフォンゾではない誰かを！

怒りが、アルフォンゾに決断を与えた。深夜に全裸で男を待つ淫蕩な女に対する天誅の怒りだった。アルフォンゾは背後の虎に力強く囁いた。この女を襲え！　この白い肌を、臆面もなく喰い尽せ！

アルフォンゾの背後に虎を見た瞬間、蘭子は一気に階段を駆け降りた。そしてドアを摺りぬけた野獣は、踊場から、階下に向って跳躍した。悲鳴は聞えなかったが、アルフォンゾの空想の中で、蘭子のぼってりした下腹に野獣の牙が快く喰いこんだ。その空想を閉め出すように、アルフォンゾはドアを閉ざし、慄える手で鍵をかけた……。

「撮影のためとは知らなかったんだ。だから……」

「いいのよ、アルフォンゾ。あなた、とっても男らしかったわ」

やれやれ——杉本警部は傍若無人なこの愛人達に、いささか辟易の体《てい》であった。

「それで、アルフォンゾさん、あなたが虎と一緒にここへ来たのは？」

「十二時十分位前だと思います」

「そうね、アルフォンゾ」

蘭子が確認する。

「そろそろ砂村さんがくるかなと思って、時計を見たのが十五分前、その二、三分あとだから、多分、アルフォンゾと虎が来たのは、十一時四十七、八分頃ですわ」

「その時、ドアには鍵が挿してあったと云いましたね、アルフォンゾさん」

「そうです」

「施錠して挿しこんであったのですか？」

「ええ、最初、ドアを開けようとした時、ノブは廻らなかったんです。鍵を廻してからノブをひねると、ドアが開きましたから間違いなく、鍵は掛かっていました」

「なるほど」

杉本警部は、今度は蘭子を見た。

「江川さん、あなたは、外から鍵が掛けられていた事を、御存知でしたか?」

「いいえ、如りません」

蘭子は愕然とした表情を泛べた。

「外から鍵を掛けられたりしたら、この家から出られませんもの、大騒ぎをしていますわ」

「外に出られない?」

「そうです」

蘭子は、いくらか得意そうに見える表情で話し出した。

「警部さんもお気付きでしょうけれど、この家は地下にあります。出入口はあのドアだけなのです。

この家を建てる時、あたくしは妙な事を考えました。一体、人間は何のために、家に鍵を掛けるのだろう? という命題です。結論は簡単です。外出する時、留守中に他人が入りこまないように、人は鍵を掛けるのです。在宅する時には、別段、鍵を掛ける必要はない。とすると、入口のドアというものの基本的な条件は、外からだけ鍵が掛かればいい——という事です。あたくしは、この考えの単純な美しさに惹かれました。変った家を建てたいという計画にもぴったりです。あたくしは、この家を建てる棟梁に、こう云いました。

『おじさん、入口のドアは、一方からだけ鍵が掛かればいいわ』

棟梁の辰五郎は、(確か辰五郎という名でした)昔気質の名人肌の職人で、指物大工としても一流の腕を持っていましたから、特別誂えのあの机や、入口のドアなども、私の希望に合わせて、自分で工夫して作ってくれたのです。そうですわ、家を建てる話をした時、腕の良い大工を知っているから、是非使ってみろと、砂村さんが紹介してくれたのです。頑固な所はありましたが、仕事熱心で、良い腕をもっていました。ただ、せっかちで、早合点をするような所もありました。そのために、おかしな事になったのです。

ひと目みれば判りますけど、入口のドアは、内側の方が、外側よりも立派です。というのは、感違いした棟梁が、内側からだけ鍵の掛かるドアを用意してきたからです。あたくしは、そのドアを、内外逆にとりつけてもらいました。そのため、あのドアは、外側よりも内側の方が立派なのです。棟梁の辰五郎は、ひどくがっかりした顔をしていましたわ。そんな訳で、入口のドアは外側からだけしか掛かりません。内側にはドアの握りがあるだけで、鍵穴がないんです」

「するとあなたは……」

杉本警部は驚嘆した。

「夜中でも入口に鍵をかけずに眠っているのですか？」

「勿論です。もっとも、寝室には、内側から鍵を掛けておきますけれど……」

「ともかく、あなたは、外から鍵のかかっていることを知らなかった。勿論、中にいて、外の鍵を掛ける方法はないんでしょうな？」

蘭子は華やかな笑い声をたてた。

「つまり警部さんは、あたくしがトリックを使って、密室を作った、と仰有りたいんでしょう？そんな事、不可能です。それができたら、新しい密室殺人事件が書けますわ」

「とすると、誰が、何の目的で、外から鍵をかけたんでしょうな」

「誰かは知りませんけれど、誰にでも外から鍵を掛ける事はできたと思います。あの鍵は使わない時は、ドアの内側の、ノブの下にある小さな釘にかけてあるんですから。

午後十一時頃、あたくしは家に戻りました。ハンドバッグから鍵を出し、入口のドアを開けると、その鍵を内側の釘にかけて、下に降りました。考え事をしていたので、アルフォンゾがベルを押すまで、入口のあたりで物音がしたとしても気付かなかったでしょう」

考え事の記憶が、蘭子の眼のまわりを、ほんのりと染めた事に誰も気付かなかった。

「すると、十一時頃から十一時四十七、八分頃までの間に、誰かがドアの外から鍵を掛けた、つまり江川さんは、自分では知らなかったが、その時から、この家に閉じこめられていた――という事になりますな。

虎を放ってから、アルフォンゾさんは鍵を掛けている。うちの船山が、ここへ来たのが十二時十五分――その間も勿論この家は、外から鍵が掛けられていた。しかも、その間、江川さんは机の上にあがって、椅子で虎と戦っていた、いや、船山がこわしたあの椅子は署の方で弁償させて頂きます。ともかく、江川さんは、ずっと机の上にいた。それなのに、被害者の砂村喬は、この部屋の吹矢で殺され、しかも、蘭子にやられた――と読むより他、解釈しようのない文字を地面に書き残したのですぞ。これは一体、どういう事でしょうかな」

杉本警部の困惑とは逆に、船山巡査は幸福の絶頂にあった。K市警察署に奉職して二十三年、ひたすらにめぐり遭う日を待ち続けた、とびきり年代物の不可能犯罪に、ついに出遭ったのである。外からしか鍵の掛からない奇妙なドア、全裸で探偵小説を書く謎の閨秀作家、被害者の頸すじに立ったサカイ族の毒矢、その上、巨大な虎まで登場する。こんなお誂え向きのお膳立ては、畏敬するカーター・ディクスンの小説にもなかった……

「船山君!」

杉本警部の甲高い声に、船山巡査は我に帰った。

「その後、何か判ったかね?」

「はい、被害者の死亡時刻はやはり十二時前後、本官達が屍体を発見した直前です。死因は矢毒で、詳しい分析結果はまだ出ていませんが、とりかぶと属の植物毒だろうということです。あ、それから警部、ちょっと……」

船山巡査は、少し前に、新参の若い相棒から受取った、大きな封筒を警部に渡した。低声で囁く。

「被害者の家の、スタジオのガラクタの中に隠してあったそうです」

封筒はかなり分厚かった。ちょっと中をのぞいた杉本警部は、狼狽てて視線を逸らせた。

「その吹矢ですがね」

再び蘭子とアルフォンゾの前に戻って続ける。

「どうしてそんなものを持っているんです。第一危険だ」

「美しいと思いません？　ここには未開人の素朴な夢がありますわ。可憐な棕櫚の葉が一瞬にして虎をも斃す――あら、ごめんなさいアルフォンゾ、でも、あたくしがこれを貰ったマライ半島では、吹矢を実際に虎狩に使っているのよ。ねえ、警部さん、お判りにならないかしら？　いつでも自分の生命を絶てるだけの毒が、手の届く所にあるって、とてもいいものですわ。そんな充実感の中で、あたくし、小説が書けるんです」

「あなたは特殊な職業の人ですからな、まあ仕方がないかも知れませんな。勿論、矢毒の方は、参考品としてお預かりしますがね。所で、その棕櫚の矢ですが、確かにあなたがでかける時には六個揃っていたのですか？」

「ええ、出際に、吹矢の筒が倒れているのに気付いたんです。筒をもとの所にたてかけた時、飾棚の上に矢が六個並んでいたのを覚えています」

「それが今は五つしかない。しかも六つ目の矢は被害者の頸すじにささっていた」

確かにそうだな――と船山巡査は考えた。という事は、江川蘭子が毒矢と筒をもってあの材木置場に赴き、砂村を殺して、筒とともに戻ってきた事になる……しかし、蘭子はこの家に閉じこめられていたはずだ……

「あなたにとっては好ましくない事実が、他にもあるんです。これが、砂村の家で発見されました」

杉本警部の差し出した封筒を、アルフォンゾが横目でのぞこうとすると、蘭子は両掌でその封筒を必死になって抑えつけた。

「駄目よ、アルフォンゾ、お願いだから、見ないで……」

「警部さん」

蘭子の声には冷たい怒りがあった。

「それでは、警部さんは、あたくしが、この写真を取り返すために砂村を吹矢で殺したと仰有るのね。でも、この家から、砂村さんが死んでいたという材木置場までは、急いでも五、六分はかかりますわ。砂村さんが十二時頃に殺されたとすれば、私はアルフォンゾが来たあとで家を出て、船山さんが来る前に戻ってきていなければならないはずです。ねえ、警部さん、お忘れになっているんじゃないかしら？　その間、この家は外から鍵がかけられていて、あたしが完全に閉じこめられていた事を……」

「ところが皆さん」

階段の下から、新しい声が響いてきた。

「この家のドアには抜け穴があるんです。棟梁辰五郎が考案した痛快無比の抜け穴がね」

一斉に振り向いた人々の視線の中に、瀬折研吉と風呂出亜久子が立っていた。


瀬折研吉と風呂出亜久子が、このような唐突な出現で、この殺人事件に参画できたのは、日頃研吉が軽蔑している亜久子のフルート演奏のお蔭であった。

色々な楽器に手を出し、近隣のサッシ・ウインドウを閉めさせる趣味のある風呂出亜久子は、ここ二年ほどフルートに凝っていた。そして、時折彼女が手ほどきを受ける交響楽団のフルート奏者のもう一人の弟子が、棟梁辰五郎の娘、辰美だったのである。

年齢も境遇も全く異る二人の女が、いつの間にか親しくなり、声をひそめて秘密めいた話のできる間柄になったのは、女という生物の持つ狡猾な社交性の賜物であろう。

「ねえ、亜久子さん、困ったわ」

事件の前日、帰途に立寄った薄暗い珈琲店で辰美の口から、亜久子は辰五郎の恐るべき秘密をきいたのである。

「おとっつぁんがね」

辰美は、父親を必ずそのように呼んだ。

「自分の建てた家の入口に変な仕掛けをつくったらしいの。あなた、江川蘭子さんと親しいんでしょ?」

「ううん、親しいってほどじゃないけど、研吉さんは、同じ探偵作家仲間だから、結構親しいらしいわよ」

「それじゃ、研吉さんにお願いして頂戴! おとっつぁんはね、色々な人の入口に、やたらと仕掛けをつくったらしいの。近頃、うわごとばかり云っているんで、それをつなぎ合わせて大体判ったんだけど、もう長いことないのかしらね」

辰美の長い睫毛を離れた涙が、卓上の珈琲茶碗にぽたりと落ちた。

辰美の話によると、辰五郎は細工したドアの図面を、どこかに保存しているらしいのである。辰五郎が建てた以上、蘭子の家のドアにも、当然何かの細工がしてあるはずである。図面をみつけ次第送るから、蘭子に詫びて、細工を封鎖し、表沙汰にしないようにはからって欲しい——それが辰美の話であった。

研吉と全宇宙密室論を戦わし、帰ってみると、辰美から、蘭子の家の図面が速達で届いていた。亜久子は研吉を電話で呼び出し、《豈路理》のマダムを不安に陥れ、更に梯子を続けた後、午前といえる深夜に、階段を降りて一同の視線を浴びた訳である。

「抜け穴がある?」

悲痛な声をあげたのは蘭子ではなく、船山巡査だった。せっかく、完璧な密室事件に出遭ったと思っていたのに……。勿論、ジョン・ディクスン・カーの小説にだって、抜け穴のある作品はある。

しかし……

「この家を建てた棟梁辰五郎の傑作、これがその図面です」

折りたたんだ図面を警部の前の小卓に拡げると、瀬折研吉は説明に入った。

「詳しい説明は省きますが、棟梁辰五郎には盗癖があった。その盗癖を鎮めるため、辰五郎は自分の建てた家の入口に仕掛けを作った。つまり鍵がかかっていても、いつでも外から入れる仕掛けを作ったのです。いつでも盗みに入れるから、入らないでおこう。辰五郎の師、仕立屋銀次がさとした盗まねえでも、盗んだ気分になれる道楽とは、これだったのです。

辰五郎がつくった幾つかの例を紹介しましょう。開閉式の蝶番のドア全体が、鍵をかけた時だけ、隠し釦で蝶番側の壁の中にスライドして、壁の一部に抜け穴ができる。ドアの鏡板の中央に寄木細工が仕組んであって、鍵をかけた時だけ、寄木細工が手掛りの一片から解け、バラバラになって抜け穴があく。また別の例では、ドアの握りのある方側に隠し蝶番が入っていて、鍵をかけた時だけ、本来の蝶番側が開く――どの例も、鍵をかけた時だけ、抜け穴があく、という所に辰五郎の意識が読みとれるようです。つまり、鍵をかけてない時には、盗みの楽しさがないからです。

さて、いよいよ本題に入りましょう。この図面を研究すれば判ることですが、スプリングやカムの作動原理を説明しても煩雑なだけですから、結果だけを要約します。

辰五郎の予定では、この家のドアは、内側から鍵をかけた時だけ、外側の隠し釦で、抜け穴があく。中に入って、鍵をあけると抜け穴がしまる。という形のものになるはずでした。抜け穴のしめ方を何故こんな風にしたかは明瞭です。盗賊の身になって考えてみましょう。外側から隠し釦で室内に入る。入ってしまえば、抜け穴は、人目を惹かぬように閉めなければなりません。所が普通は抜け穴をしめた瞬間、盗賊は家の中に密閉された形となる。辰五郎は、この密閉の瞬間をとり除こうとしたのです。鍵をあけると抜け穴がしまる、つまり、抜け穴という退路が絶たれた時には、鍵が開いているという退路ができている訳です。凝り性の辰五郎らしいではありませんか。

所が、辰五郎の感違いから、ドアは内と外を逆にして取りつけられる事になったのです。無念だったろうと思いますよ、辰五郎としては。せっかくの細工が、無意味になったのですからね」

「それで、あの棟梁はあんなにがっかりしていたのね」

蘭子が、その時の辰五郎を憶い出したように、華やかな笑声をたてた。

「さて、内外裏返しになった結果としては、現在、この家のドアはこういう構造になっているはずです。つまり、外側から鍵をかけられている時だけ、内側の隠し釦で抜け穴が開く。外側から、鍵を開けると抜け穴が閉じる」

「何だか面白そうね。やってみましょう」

江川蘭子の声に、一同は立ち上って階段をのぼった。


「それでは、船山君、やってみたまえ」

「はい」

船山巡査は、少し生気をとり戻していた。

抜け穴といっても、今までに聞いた事のない珍妙な抜け穴である。カーター・ディクスンほどではなくても、クレイトン・ロースン位の値打はある。しかも、その抜け穴を試す名誉が自分に与えられたのである。

「それでは、まず外側の鍵を掛けます」

一同の見守る中で、見易いようにドアを半ば開いたまま、船山巡査は、鍵穴にさした鍵をまわす。カチリと音がして、ドアの一辺から方形の金属が飛び出す。本来ならば、ドア枠の穴に嵌まって施錠するための金属である。

「次に、隠し釦は……と、ああ、これですね。いいですか、押しますよ」

船山巡査は、ドアの内側に並んだ飾り鋲の一つを、指先で押した。ドアの中央、下辺から六十センチのあたりを中心に、直径五十センチほどの穴がするすると開く。人間が、楽に通り抜けられる穴である。

「サインがあるわ」

穴の下辺に、鮮かな墨筆で辰五郎の署名があった。

「それでは抜け穴を閉めます」

ドアの鍵を先刻と逆にまわすと、カタリと音をたてて抜け穴は閉じた。

どこかで見た事のある鍵だな——研吉は考えた。蘭子の家のドアの鍵を見たのはこれが、初めてのはずだった。しかし、どこかで見た事がある。同じ形で、同じ大きさの鍵を……

「でも、これでは、抜け出すことはできても、もとの状態には戻れませんわね」

「どういう意味ですか？」

と杉本警部。

「つまり、こういう事です」

今度は蘭子がドアに近づいた。

「あたくしが帰宅した十時から、アルフォンゾが虎を連れて来た十一時四十七、八分の間に、このドアの鍵は、誰かの手で掛けられ、船山巡査が来た十二時十五分まで、あたくしは家に閉じこめられていた訳です」

蘭子はドアに鍵をかける。

「この状態で、あたくしは、隠し釦を押せば抜け穴をつくることはできます」

隠し釦を押して抜け穴をつくる。

「こうして、この抜け穴から外へ出る事はできます。でも、一度作った抜け穴は、鍵を開けない限り、閉ざすことが出来ないのです」

抜け穴を閉ざす。

「抜け穴が閉じてしまえば、このドアは、いつもと同じ状態です。あたくしは外にいて、ドアには鍵がかかっていない。結局、あたくしは、鍵をかけられた家の中から外へ出る事はできても、いいいいいい、もとの状態へは戻れないということです。所が、現実には、船山さんが見えた時、あたくしは中にはいたのですわ」

「いや、ちょっと待って下さい」

船山巡査の算盤頭脳は、今や最大限の許容速度で回転していた。

「もとの状態に戻る方法があると思います。警部、これから私が、ささやかな実験を行ってみてもよろしいでしょうか?」

「やってみたまえ」

「それでは皆さん、実際に起った通りのやり方で実験したいので、入口の外で御覧になって頂けますか?」

人々はぞろぞろと外に出た。

船山巡査にとっては、これが、その夜のハイライトであった。密室探偵小説家の江川蘭子がいる。理窟っぽいので有名な探偵小説家瀬折研吉がいる。素人探偵として、《見えない足跡》《呼ぶと逃げる犬》事件の密室を解決した風呂出亜久子がいる。そして、上司の杉本警部がいる。そのような、この道のベテランを出し抜いて、今、この自分が密室の謎を解き明かすのだ。

船山巡査は得意だった。

人々を外に出すと、巡査は、家の中からドアを閉めた。

「どなたか、鍵をかけて下さい」

アルフォンゾが鍵をかける。

「それでは抜け穴を作ります」

カタリと音がして、ぽっかり抜け穴があく。船山巡査がそこから現れて、一同の前に立った。

「さて、私は御覧のように、家の外に出ました。抜け穴を閉じて、もう一度鍵を掛ければ、ドアは、私が抜け出す前の状態に戻り、しかも私は外にいる、という事になります」

巡査は鍵を開けて、抜け穴を閉じ、再び鍵を掛けた。

「さて、これからが問題です。私が中に入り外から鍵をかけなければならない。やってみましょう」

再び鍵をまわしてドアをあけると、家の中に入った船山巡査は、今度はドアを開いたまま鍵を掛け、隠し釦を押して抜け穴をあけた。

これは面白そうだぞ、うん、判ったような気がする……アルフォンゾ橋は亢奮で喉がカラカラになった。

「いいですか」

ドアをぎりぎりまで閉めると船山巡査の顔が、抜け穴から現れた。

「今は、鍵がかかっていますから、ドアはこれ以上閉まりません。しかし、私はこの穴から手を伸ばして鍵をまわす事ができる。非常に素早くやりますから、あらかじめ、その進行具合を説明しておきましょう。

私が、この穴から手を伸ばして、鍵をあけると、ドアは閉められる状態になります。急いで、ドアを閉め、再び鍵を掛けます。最初鍵をあけた瞬間から抜け穴は閉じはじめますが、抜け穴が閉じ切らないうちに、つまり、手と顔をひっこめられるだけの穴が残っているうちに、ドアを閉め、鍵を掛けるという動作を行えば、私は中へ入れるのです。私が中にいて、外から鍵が掛っているという、もとの状態に戻れる訳です」

「ともかく、やってみたまえ」

長たらしい説明にいらいらして、杉本警部が叫んだ。

「それでは……」

船山巡査が颯爽としていたのは、この瞬間までだった。どんな手順で、どうなったのか、誰にも判らなかったが、巡査の手が鍵をまわした次の瞬間、巡査の首だけが抜け穴の中に残っていた。

「はふへてひれ」

巡査の首は紅潮しながら、その言葉を繰り返した。

「はふへてひれ」

人々は魅せられたように巡査の首を瞶めていた。瞶めながら、二つの事柄だけが、明瞭だと思った。一つは、船山巡査の推理が間違っていた事、もう一つは、巡査が、タスケテクレと云っているのだという事……

「絶対に可能なはずなんですがねえ」

首すじについた赤いみみず腫れを撫でながら、船山巡査は、まだ、未練がましくドアの抜け穴をみつめていた。不興気な杉本警部の前で、糸とピンを使ったり、つっかえ棒を抜け穴にあてがったりして、考えつくあらゆる方法を試みたが、その都度、引掻き傷や、みみず腫れが増えるだけで、試みはいずれも徒労に終った。

「いい加減にしたまえ。椅子をこわしただけで沢山だ。船山君、ドアまでこわす気なのか！」

それから一同に向い、

「どうも、うちの船山が下らん事を思いつきまして、御迷惑をかけましたな。それでは下へ行きましょう」

「でも、とっても面白かったわ」

亜久子が嬉しそうに云った。

「それではこの辺で、今まで判明した事実をもう一度整理してみましょう」

蘭子が珈琲をいれ、小卓を中心に円陣ができると、杉本警部が手帳を取り出した。

「まず最初に江川さんが、お仕事の打ち合せで、ここを出たのは、午後五時頃という事ですな？」

「ええ、正確には五時十分過ぎです」

「その時、飾り棚の上には、棕櫚の葉でできたサカイ族の矢は、六個とも揃っていた。勿論、矢毒も、あの吹矢の筒も……」

「ええ」

「さて十一時に、あなたはここに戻ってきた。その時、矢の数には気付きませんでしたか？」

「それほど注意していませんでしたから……。筒が失くなれば、あんなに長いものだし、気付きますけど……」

「本当に長い筒ね」

亜久子が感嘆の声をあげた。飾り棚横の壁にたてかけられたその竹筒の先端は、危うく天井に届きそうだった。

「実際にあんなに長い筒を使うんですか？」

「本当はもっと長いのよ」

蘭子が答える。

「マライ半島には節と節の間が二メートルもある竹があるの。その竹を二本つないで、外側を丈夫な竹で覆って作るから、本物は三メートル前後の長さよ」

「すると、あれは本物ではないんですか？」

杉本警部が狼狽した。

「ええ、持ち帰るために特に短く作らせ、真中でつなげるようにしたんです」

「すると、あれで吹いても矢は飛ばない？」

「いいえ飛びます。五十メートル位ならね」

「ほう」

警部は歎声を洩らした。

「ともかく、吹き矢が失くなっているかどうかは気付かなかった?」

「気付かなくても同じことだわ」

亜久子が杉本警部を制した。

「だって、江川さんは、それからずっとここにいたんでしょ。失くなったとすれば、五時十分から十一時の間よ」

「入口の鍵は一つしかないんですか?」

今度は研吉だった。

「ええ、合鍵はありません」

「うむ」

杉本警部は暫く考えこんだ。

「それはそれとして、十一時に帰宅したあなたは、鍵を、内側の釘にかけて、ここへ降りてきた。十一時四十七、八分――アルフォンゾさんが来た時、ドアは外から鍵が掛けられていた。つまり、この間に、誰かが、外から鍵をかけた事になる。

虎を連れたアルフォンゾさんは、ドアの鍵をあけ、虎を家に入れて、もう一度鍵をかけた。十一時五十分頃でしょう」

「虎がいたの?」

亜久子が素頓狂な声を出した。

「うわあ、見たかったなあ……」

それから、

「すると、アルフォンゾって、あなたがあの有名なアルフォンゾ《タイガー》橘?」

「そうです、お嬢さん」

アルフォンゾはテレ臭そうに微笑んだ。

「さて、それから十五分後の十二時五分に、砂村喬の屍体が、ここから、およそ五、六分の所にある材木置場の道端で発見される。推定死亡時刻は十二時前後で、兇器は、この部屋にあったサカイ族の毒矢、しかも、被害者は地面に、らんこにやらという文字を残している。屍体を発見した船山巡査が、ここについたのが十二時十五分。巡査は鍵を開け、中に入るが、虎がいたので周章狼狽して、外へ飛び出す」

船山巡査は憂鬱だった。新しい聞き手が加わっているというのに、何も、周章狼狽はないだろう……

「巡査が、家の前の公衆電話で本署に救援を頼み、来合せたアルフォンゾさんと階段を降りたのが、ほぼ十二時二十分頃——という事になる」

杉本警部の顔には、いささか疲労の色があった。

「更につけ加えれば、アルフォンゾさんが虎を放ってから、うちの船山と一緒に戻ってくるまでの間、江川さんは……」

裸で……と云いかけて、杉本警部は咳ばらいをした。

「江川さんは、椅子を構えて虎と戦っていた。つまり外側から鍵をかけられていたという事実と合わせれば二重の密室の中にいた事になる。この点は大変江川さんにとって有利ですが、一方、砂村の家の捜査から、好ましくない事実も判った」

「それ、何なの?」

杉本警部は、小卓の上の分厚い茶封筒に眼をやった。

亜久子が好奇心を燃やす。

「いや……」

杉本警部が云い渋った時、意外に蘭子が涼しい声を出した。

「いかがわしい写真なのよ。昔、砂村さんと組んで、そういう写真を売った事があるの。さっきは突然だったので、アルフォンゾに見られたくないと思ったけど、もともと、あたくしは、そんなもの気にしていないわ。

ねえ、アルフォンゾ、亜久子さんは女だから、こっそり見せてあげてもいいでしょ?」

アルフォンゾが頷くと、蘭子は封筒をもって亜久子と肩を寄せ、並んで、そっとその中を覗き込んだ。

「うわあ、ステキ!　きれいね」

亜久子のうるんだ眼を見て、研吉は、その写真が、どの位ステキで、どの位きれいなものか、見当がついた。

「ともかく、今の所は……」

杉本警部が結論を出した。

「江川さんにとって、きわめて有利で、きわめて不利な事件というより他はありません。時間も遅いので、今日は切り上げますが、できれば暫くは、旅行などは避けて下さい」

蘭子とアルフォンゾを後に残して、一同がその奇妙なドアから外に出た時、K市の東の空は白みかけていた。

10

船山巡査は迷っていた。

職務に忠実であるべきだろうか?　それとも愛する探偵小説のために、二十三年間の精進を棒に振るべきだろうか？　ハムレットなら、こんな時、どうするだろう？

右手に持った紙筒に眼をやると、巡査の良心は鋭い痛みを覚えた。こんな卑劣な方法は用いたくない。しかし探偵小説の中では、よく使われる方法なのだ。

心の重い任務だった。しかし、この難解な事件を解く能力のある人間は、この自分しかない。心の重さは、才能のある人間に課せられた十字架なのだ。ともかく、近づきたくない。できるだけ、ゆっくり歩こう。しかし、もう眼の前に、見覚えのある奇妙なドアが迫っていた。

呼鈴を押すと、ほどなく、ドアが開いて、江川蘭子が顔を出した。

「あら、船山さんて仰有ったかしら……」

蘭子の声は歌うように楽しそうだった。肌が微妙なピンクを帯びて、生気に充ちあふれている。先天的な犯罪者だ。船山巡査は心の中で呟いた。昨夜、人を殺してから、まだ十二時間も経っていないというのに、この底抜けの明るさはどうだ？

「ねえ、アルフォンゾ！　お客さまなの、コーヒーを挽いて下さる？」

「いや、ここで結構です」

船山巡査は狼狽した。アルフォンゾが階下にいるらしい。吹矢の筒に紙をまきつける暇はなさそうだ。巡査は急いで続けた。

「それに、他の人には聞かれたくない」

「まあ、面白そうなお話ですこと」

「江川さん」

船山巡査は思いつめた口調で云った。

「自首して下さい。それをおすすめに来たんです」

「自首する？」

「ええ、私は昔から探偵小説が大好きです。あらゆる作者のあらゆる探偵小説を読んできた。あなたの作品も全部読んでいます」

「あら、有難う」

「私は、あなたに今後も探偵小説を書き続けてもらいたい。今、自首して出れば多分死刑にはならないでしょう。死刑にさえならなければ、独房の中ででも、探偵小説を書き続けることはできる。不肖船山が、日本探偵小説界のために、インクと原稿用紙ならいくらでもさし入れます。うん、そうだ、奇抜なトリックも幾つか持っている。それもさし入れましょう……」

蘭子はおかしさを堪えているようだった。

「あなたの気持は有難いけど、でも何を自首すればいいんですの？」

「とぼけるのはやめて下さい。他の誰一人気付かなかったとしても、あなたと私だけには判っているはずのことだ」

「何だか、さっぱり判りませんわ」

「そうですか、それでは説明しましょう」

船山巡査は遂に開き直った。

「このドアにある抜穴の構造は、あなたも御存知の通りです。外側から鍵を掛けた状態のまま、外へ出る事はできるが、同じ状態のままでは、もとへ戻れない。それが昨夜の結論でした。果してそうでしょうか？

昨夜の十二時五、六分前、あなたは、内側の隠し釦を押して、抜け穴から外へ出た。（すみません。ちょっと抜け穴を作って下さい）外に出たあなたは、ドアの鍵は掛けたままにしておいて、この紙で……」

と、巡査は手にした紙筒をほどいた。抜け穴を覆うに足る大きさの紙である。

「この紙で抜け穴を隠したのです。門灯の光が届いているとは云っても、殆ど人通りもなく、ドアは仄暗い光に照らされているだけ。ドアと同じ色の紙で覆えば、誰の目にも普通のドアに見える。

こうして、あなたは材木置場に向い毒矢で砂村を殺した」

「面白そうね」

「茶化さんで下さい。砂村を殺すと、あなたは、急いで、ここに戻った。そして、抜け穴を覆った紙の一部をもちあげて、家の中に入る。内側から、なるべく目立たないように紙を引きよせる」

「それから?」

「数分後に、屍体を発見した私がここに来る。屍体を発見して動転している私は、ドアを覆っているこの紙には気づかない……」

「あら、気がつかなかったわけ?」

それが、船山巡査の辛い所だった。動転していたとはいえ、自分さえ気付いていれば、昨夜のうちに事件は解決していたはずだった。いや、この事件の詳細が発表されれば、自分が、その紙に気付かずに、うまうまと犯人にだまされた事が世間一般に知れ渡ってしまう。辛い事だった。しかし、真実を追求するためにはやむを得ない……

「気がつかない私は、まず、ドアをあけようとする。外から鍵が掛っていることを確認する。それから、鍵を開ける。いいですか、私が鍵をあけた瞬間、ドアを覆った紙の内側で抜け穴がするするとしまる」

「うまい!!」

蘭子が歎声をあげた。

「そのトリック使えるわ。第一、屍体を発見した警官が、自分では気付かずに、犯人のために密室をつくるなんて、最高のアイロニイじゃない。ねえ、あなた警察なんかやめて、探偵小説をお書きなさいよ。力になってあげるわ」

蘭子の讃辞に、相好を崩しかけて、船山巡査はキッと身構えた。

「いや、私は、あなたを追求してるんですぞ! こうして、江川さん、あなたは、完全な密室をつくり、砂村喬を殺害した……」

蘭子は声をあげて笑い出した。

「メイン・トリックはいいけど、それじゃあまだ穴だらけよ。第一、あなたが、ここへ来たのは、砂村さんが地面に書いた、あの文字を見たからでしょう？　あなたが来なければ密室はつくれないのよ。あなたの来る事をどうして、あたくしが期待できて？」

「いや、私が来なくても、アルフォンゾ橘がいます。そういつまでも虎をほうってはおけないでしょう。必ず、連れ戻しに来る。そうすれば密室はできる……」

「いいわ。それは、その通りだということにしておきましょう。それでは船山さん。この音は？」

蘭子は手を伸ばして、鍵をまわした。カタリと抜け穴の閉じる音がした。

「憶い出して御覧なさい。昨夜あなたが鍵をあけた時、今のような音がしたかしら？」

また失敗したのかな？　空しさが船山巡査の心を領した。

「それに抜け穴を隠したこの紙ですけれど、あたくしには、この紙を処分する暇がなかったはずでしょ？　あなたとアルフォンゾが来てから、あたくしはずっと下に居ましたし、瀬折さん達が来て、一緒にこのドアを調べに来た時、こんな紙は、もうなかったでしょう？」

船山巡査は蘭子の声が、ひどく遠い所から聞えてくるように感じた。

「やあ、いらっしゃい」

アルフォンゾが、蘭子のうしろから顔を出した。蘭子のネグリジェをまとったアルフォンゾの頸すじに、鮮かなキス・マークが見えた。

「コーヒーが入りましたよ」

「いや結構です。そろそろ帰ります」

「船山さん」

突然、蘭子が想い出したように訊ねた。

「あなたは先刻、この紙で抜け穴を隠した、と仰有ったわね」

船山巡査は観念の眼を閉じた。

「こういう紙でとは仰有らなかったわ。それに、説明するだけなら、こんな紙、必要ないでしょ。この紙を証拠品かなにかに見せかけて、あたくしをひっかけようとしたわけ？」

「申訳ありません。探偵小説には良くある手なので。実は、隙があったら、この紙を、こっそり吹矢の筒に巻きつけて隠し、それからあなたを訊問しようと思ったんです」

「うまいわ。その隠し場所、あなた、才能があるわよ。警官にしておくの、勿体ない位……」

ところで……と蘭子は言葉を続けた。

「ちょっと杉本警部にお話ししたい事があるの。K署へ戻ったら、そう伝えて下さらない？」

「ええ、お伝えしますが、おくさん、いや、江川さん」

脂汗が額に泛ぶ。

「私が来た事は、どうか内聞に……」

「いいですとも」

蘭子はあっさり頷いた。

「その代り、さっきのトリック、戴いていいかしら？」

「勿論です」

「吹矢の筒に巻く隠し方もよ」

「どうぞ！」

来た時とは逆に、軽い足取りで船山巡査は蘭子の家を後にした。

自分の考えたトリックを江川蘭子が小説に書いてくれる。その本が出るのが楽しみだなあ……

11

風呂出亜久子は得意だった。

また研吉をだしぬいてやれる。半日もたたぬうちに、事件の謎を解いたのである。ただ一つだけ確認しなければならない事がある。しかし、それも、電話一本で簡単に判るのだ。

蒲団のぬくもりから離れるのは心残りだったが、真実の探求が優先した。亜久子はベッドを降り、ストーヴを点けて、電話のダイヤルを廻した。

「もしもし、研吉さん」

「う」

「ねえ、研吉さん」

「う、う」

「犯人が判ったわよ」

「ガタン！」

研吉が、ガタンと云ったのではない。驚いた瞬間に、どこかへ頭でもぶつけたのだろう。笑いを堪えて、亜久子は続けた。

「あら研吉さん、今、ガタンと仰有ったの？」

「僕が仰有ったんじゃない」

研吉の不機嫌な声がした。

「僕のおでこがガタンと仰有ったんだ。それよりも亜久ちゃん、僕は今、夢の中で、きみの声が、犯人が判った――と云ったのを聞いたような気がするんだが、正夢かい？」

「正夢よ」

「ガタン！」

今度は研吉が云った。

「ただ、一つだけ、確認したい事があるの」

「何だい？」

「砂村さんの家を建てたのも棟梁の辰五郎かしら？」

「そうだ！」

研吉の悲痛な声がした。

「そういえば、確かに辰五郎って名の大工だった。何故、今まで憶い出さなかったんだろう。なるほどね。亜久ちゃん、僕にも犯人が判ったよ」

「会おうか？」

「会おう」

「十分後……」

「《豈路理》で……」


《豈路理》のマダムは憂鬱だった。昨夜は泥棒だと思っていた二人組が、話の様子では、どうやら人殺しらしいのである。しかも、その二人にコーヒーを運ばなければならないのだ。いっそ、このコーヒーの中に青酸加里でも入れてしまおうかしら……


「ねえ研吉さん」

亜久子は上機嫌だった。

「たしかに昨夜の事件は探偵小説的よ。江川蘭子は、唯一の出入口に外から鍵をかけられ、（抜け穴はあったけれど、役に立たなかったから、ないのと同じね）その上、虎のために机の上に閉じ込められていた。その同じ時刻に砂村が、蘭子の部屋にあった吹矢で殺され、蘭子にやられたという文字を地面に残している。探偵小説的に云えば、完全な密室殺人事件で、しかも、昨日、研吉さんがあんなに憧れていた、今までとは逆の、裏返しの密室よ。これが探偵小説の中の事件なら、きっと気抜な解決法や、どんでん返しがあるでしょうし、あたしや研吉さんなら、すぐそれが見付けられると思うわ。所が残念なことにこれは実際に起った事件なの。ねえ、研吉さん。良く考えてごらんなさい。実際に、あたしや研吉さんが人を殺すとしたらどうする？」

背後で茶碗の割れる音がした。コーヒーを運んで来た、《豈路理》のマダムが椅子に躓いたのである。話に夢中になっている二人は気付かなかった。

「一番賢い殺人の方法は、殺人の行われた事さえ誰も知らない——という事じゃないかしら？二番目に賢い方法は、人が死んだ事は判っても、誰も殺人だとは思わない——という事、第三に賢い方法は、殺人であることは判っても、犯人が判らない——という事、そして最も愚かな方法が、犯人が判っても、殺害方法が判らない——という形よ。

こういう現実的な考え方で、密室というものを考えてごらんなさい。もし密室殺人事件というものに意味があるとしたら、密室内で死亡しているから自殺だ——と思わせる事だけね。この殺人法は、今の分類で云っても二番目に賢い方法だし、密室殺人を行う価値があるわ。

所が、今度の事件はどうでしょう？　砂村喬の死に、自殺に見せかけようとした跡があるでしょうか？　答はノーよ。

砂村は、背後から吹矢で殺された——明らかに、他殺と判る事を恐れない殺し方よ。

ここで、今度の密室が、どんな種類の密室かを考えてみましょう。研吉さんが嬉しがっているように、私と研吉さん（そして《幻影城》の編集者・読者諸君）を含む、全宇宙がその密室の中に入ってしまうような、風変りな密室よ。この密室の特徴は何かしら？

昨日、研吉さんは、このタイプの密室を、こう定義したわ。《外部から鍵の掛かった部屋の外で屍体が発見され、犯人は、その部屋の中にいた》というタイプの密室だ——って。

普通の密室は、犯人を指向しないわ。所が、この逆タイプの密室は犯人を指向するの。犯人は、その部屋の中にいた——江川蘭子が犯人だ、って……

いやしくも、江川蘭子は探偵小説家よ。それも密室専門の探偵小説家じゃないの。その密室の専門家が、自分が犯人だ——と指向するタイプの密室をわざわざ作るかしら？

あたしは先刻、砂村の死は、他殺と判ることを恐れない殺し方だと云ったわね。恐れないどころか、事実はその逆よ。蘭子の部屋の吹矢で殺され、蘭子に殺られたという文字まで残す——つまり、他殺に見せかけようと努力している、江川蘭子が犯人だと、全力をあげて主張している、と云いたいの。

蘭子が砂村を殺害する動機になったと信じられている、あのいかがわしい写真にしても、考えてみれば不自然な所があるわ。あの写真で蘭子を脅迫するとか、蘭子が写真を取り戻したがってるとしたら、そんな写真が存在する事さえ知らない警官が、砂村の部屋を調べに行った時、一応穏してあったとしても、すぐに見付かるような簡単な隠し場所に置いておくかしら？

蘭子は、恐らく自分で云っているように、そんな写真は大して気にも留めていなかったでしょうし、むしろ砂村の方が、警官に発見させるために、見付けやすい場所に隠した、と考えられそうね。第一、考えてもごらんなさい。あの写真を発表すれば、蘭子のスキャンダルになる事も確かだけど、撮影者が砂村だという事も、同時に世間に知れわたるのよ。あのスタイリストだった砂村が、そんな写真を発表できたかしら？　もし、世間の眼の中で、生きてゆくつもりなら……

こう考えてくると、この事件は、砂村が自殺して、蘭子を犯人に見せかけようとした——としか考えられなくなってくるの。

所が、それにしては、蘭子の密室によるアリバイが、余りに完璧すぎるの。アルフォンゾが、虎を放って、蘭子を机の上に閉じ込めたのは、砂村が、密室を作るために、ドアの鍵を外から掛けた後だから、砂村には予測できない偶発事だと考えられるけれど、それがなかったとしても、蘭子の家の入口のドアに外から鍵をかけるという行為は、余りに完璧な密室を作りすぎてしまうわ。たとえ、密室そのものが、犯人は蘭子だと主張し、情況証拠のすべてが、犯人は蘭子だと主張したにしても、あんなに完璧な密室の中にいては、蘭子は犯人になり得ないわ。どこかに誤算があって、そのために、砂村の意に反して、心ならずも、完璧すぎる密室が作られてしまったんではないかしら？

所が、昨夜研吉さんと別れてから、杉本警部が突然、こんな事を云い出したの。棟梁の辰五郎を、江川蘭子に紹介したのは砂村だって……。ことによると、砂村の家も、辰五郎の建てたもので、入口に抜け穴があるんじゃないかなって。

杉本警部は職掌柄、砂村の家に盗賊が入ることばかり心配していたけど、この話が、奇妙にあたしの心にひっかかったの。あたしの推理に欠けていた最後の環が、ここにあるような気がして。

ベッドの中で、一晩中考えて、あたしはこの事実の持つ意味が判ったわ。砂村が家を建てたのは、蘭子が家を建てる二、三年前のことよ。その間に、もし砂村が、自分の家のドアにある抜け穴に気付いていたとしたら、どうでしょう。抜け穴には、当然、辰五郎の署名がある。辰五郎が、こっそり抜け穴を作った事が判る。ある理由から、砂村は辰五郎を詰問することはやめて、丁度その頃、家を建てようとしている蘭子に、是非、といって、辰五郎を紹介する。辰五郎が蘭子の家のドアにも抜け穴を作るだろうと期待してよ。もし辰五郎を詰問したら、辰五郎が反省して、蘭子の家のドアに抜け穴を作らなくなってしまうかも知れない。そのため砂村は、わざと辰五郎の道楽を見逃し、辰五郎を利用しようとしたわけ。

恐らく砂村は、辰五郎が今までに建てた、他の家のドアを調べてみたかも知れないわ。どの家にも、少しずつ機構は違うが、必ず抜け穴があった。それだから、確信をもって、辰五郎を蘭子の家に送り込んだんじゃないかしら？

何故そんな事をしたかは、想像する他はないけど、砂村は蘭子を愛していたんじゃないかしら？

愛する女の家のドアに、自分だけしか知らない抜け穴がある――男にとって、こんなに楽しい秘密があるかしら？

所が、蘭子の家が完成してみると、砂村の秘密の楽しみは、全く無意味なものになってしまったの。入口のドアは内側から鍵が掛からない――つまり、抜け穴などなくても誰にでも入れるドアだったの。考えてみると、面白いんだけど、蘭子の気紛れは、棟梁の辰五郎と砂村に、云いようのない打撃を与えた訳ね。

ただ一つだけ、こういう事実が残ったの。蘭子の家の入口のドアには、蘭子自身も知らない秘密の抜け穴がある――しかも、その事実を砂村が知っている……という事。これがあたしの云う、欠けていた最後の環よ。

砂村が、抜け穴のある事を知っていたとすれば、もう事件は解けたも同然よ。密室のタイプも、情況証拠も、すべてが蘭子を犯人と指向する。しかも調査の結果、入口のドアには秘密の抜け穴がある事が判明する――このがんじがらめからは、密室作家の江川蘭子も抜け出しようがないんじゃないかしら？

所が一つだけ、砂村の計画に誤算があった。それは蘭子のドアの抜け穴が、実際には、一方通行のもので、密室を作るには役立たなかった――しかも、その事実を砂村が知らなかった、という事ね。そのために、砂村は、確信をもって、ドアの外側から鍵を掛け、心ならずも、蘭子のために、完璧な密室を作ってやってしまった訳。蘭子を犯人に仕立てようとした当の砂村が、よ。こんな痛烈な皮肉があるかしら？

砂村はね、恐らく、自分の家の抜け穴から判断して、自由に出入りできる抜け穴だと、単純に信じていたのよ。そして、それが、砂村の生命取りになった唯一の誤算だった訳。

でもねえ、研吉さん」

亜久子は考え深そうに、瀬折研吉の眼をのぞきこんだ。

「あたしには判らないの。何故、砂村は、自殺してまで、江川蘭子に殺人の罪を着せようとしたのかしら？」

「砂村は蘭子を愛していたのさ」

研吉の声は珍しく沈鬱だった。

「亜久ちゃんは女だから、男の悲しさが判らないのさ。

あのいかがわしい写真を撮影していた頃から、砂村は蘭子を愛していたんだ。何十度となく、砂村は、愛する女のヌードをピント・グラスの上で見続けた事だろう。

伝説によると、蘭子は、自分のヌードを撮影してもらう前に――うん、何ていうのかな。亜久ちゃんの前では云い難いが、自分の欲望を自ら満足させるような行為に耽ったと云われている。事実だろうと思うよ。小説の表紙を飾る蘭子のヌードから漂う、妖気に似たものから、僕は直観的にそう信ずるね。

砂村は蘭子を愛していた。あるいは何度か、蘭子に愛を打ち明けたかも知れない。僕が砂村だったとしても、そうしているさ。ただ、僕なら、暴力ででも蘭子を犯したろう。砂村には、それが、できなかったんだ。余りに深く愛しすぎていたからかも知れないよ。

砂村には、女の意志に反して、暴力で征服するような行為はとれなかった。しかも、蘭子は砂村の愛を受け入れなかったんだ。

蘭子が新しい小説を書く度に、砂村は蘭子のヌードを撮影する。蘭子が考えだした、男の欲望をそそる、さまざまなポーズで、永久に自分のものにはならない、蘭子の肉体を、みせつけられるのだ。あるいは、蘭子にしてみれば、砂村が最も欲情するポーズが、表紙として、最も売れるポーズだと信じて、砂村を試験管がわりに使ったのかも知れない。

蘭子を殺して、自分も死のう、臨界点に達した砂村が、ある時、突然、そう考えたとしても無理はないと思うね。

蘭子を殺して、自分も死ぬ——しかし、このような、直情的な無理心中は、砂村にはできなかった。愛しているが故に、これ以上生かしておけない女を、自らの手で殺害する——砂村のような、気の弱い人間には、眼の前で女を殺す事はできない。としたら、砂村には、どんな方法が残されているだろう？

自分が自殺して、蘭子を犯人に仕立てる。蘭子を死刑台に送って、自分のあとを追わせる——このような華麗な後追心中以外に、砂村には愛を昇華させる方法はなかったのだ。

砂村は砂村なりに、蘭子との恋に、生命を賭けていたんだよ」

瀬折研吉と風呂出亜久子は、同時に無言で、その夜の砂村の行動を脳裡に描いた。

その日、蘭子が外出する事を砂村は知っていた。帰宅は、ほぼ十一時頃、そして十二時からは、新作の表紙を飾る、ヌードの撮影が予定されていた。

外出する前、吹矢の筒が倒れたため、蘭子は矢の数を確認している。六個——その時は、まだ矢は飾棚の上にあったのだ。

砂村が、その矢の一つを用いて自殺するためには、蘭子が外出した午後五時から、十一時までの間に、蘭子の書斎から、兇器の矢を持ち出さなければならない。外出する時、蘭子は入口のドアに鍵をかける。合鍵はない、と蘭子は断言するのだ。それでは砂村はどのようにして、蘭子の家に入ったのか？

もし砂村が、合鍵を持っていないとしたらまず第一に抜け穴を利用して蘭子の家に入ることを考えるだろう。そして、入る目的で、その抜け穴を利用しようとすれば、外から鍵を掛けられた室内に、抜け穴からは入れない事を知り、自分の計画の誤算に気付き、計画そのものを中止したろう。

砂村が、計画を実行したという事実は、彼が抜け穴から入ろうと試みなかった事を示している。

もし、彼が、既に合鍵を持っているとすれば、万一人目に触れた場合に不審を抱かれる抜け穴より、合鍵による侵入を優先するだろう。

蘭子の家の鍵は、ドアの内側にかけられていた。鍵の型をとり、合鍵を作ろうとすれば、その機会はあったかも知れぬ。しかし、砂村には、それよりもっと確実に、もっと楽しみながら、合鍵を作る方法があったのである。

棟梁辰五郎の図面を手に、船山巡査が、抜け穴の機構を調べた時、研吉は、あのドアの鍵をどこかで見たと思った。今、思えば、あのドアの鍵こそは、江川蘭子の出世作、《鍵の掛かる部屋》の表紙に登場した、風変りな鍵だったのである。撮影者の砂村は当然その事を知っていたであろう。ドアの鍵の、正面、側面、裏面からの現寸大の写真があれば、彫金の技術を持つ砂村が、合鍵を作る事など、極めて容易な作業といわざるを得ない。

恐らく砂村は、《鍵の掛かる部屋》が上梓された頃、既に、この方法で合鍵を作っていたのではないだろうか？　愛する女の家に、ひそかに抜け穴を作らせようとする男は、その女の家の鍵を、ひそかに作る事にも、無限の悦びを感ずるだろう。

犯罪者は、時として己の計画の完璧性に酔う。嘗て悦びに充ちて作りあげたその鍵を、今、最後の愛の表白に使う――その殺人様式の運命的な美しさに、砂村が抗し得るはずがない……

合鍵を手に、砂村は蘭子の家を訪れる。ドアは外部から鍵をかけられ、蘭子は外出中である。合鍵で家に入り、蘭子自慢の矢毒を矢の先にたっぷりと塗る。家を出て鍵をかけ蘭子の帰りを、物蔭に隠れて待つ。

午後十一時、蘭子が帰宅し、家の中に消える。静かにドアをあけ、蘭子が、今、ドアの内側に置いた鍵を取りあげる。その鍵で外部から施錠し、鍵穴に鍵を残したまま去る。

家の中では、十二時に砂村が撮影に来ると信ずる蘭子が、そのための欲望の儀式に入る。合鍵を発見されぬように処分し終えた砂村は、船山巡査の巡回コースを撰び、自らの頸すじに毒矢を立て、己の計画の完璧さを信じつつ、地面に指先で、やがてあとを追ってくるはずの愛する女の名を書けばよいのだ……

「ねえ、研吉さん、どうする?」

亜久子は心配そうに研吉の顔をみた。

「この話、杉本警部に教えてやる?」

「いや、よそうよ」

「でも蘭子が殺人罪で死刑になったら……」

「大丈夫さ」

研吉は人の悪い笑いを泛べた。

「いいかい、亜久ちゃん。江川蘭子は密室殺人事件の専門家なんだよ。その専門家の蘭子より先に、門外漢の僕達が、密室殺人事件の謎を解いて、江川蘭子を死刑台から救ったなんて事になったら、こんな不名誉に、江川蘭子が堪えられると思うかい。それ位なら、彼女はむしろ死刑を選ぶと思うよ。

なあに、大丈夫さ。僕ほどうまい小説を書かないが、江川蘭子は一人前の探偵小説家だよ。今頃はきっと、杉本警部に、僕達が考えたのと同じ推理を述べたてているさ」

事実、その頃、江川蘭子は、研吉と亜久子が到達したのと、同じ推理を、杉本警部に語り終えた所だった。

「でもねえ、アルフォンゾ」

江川蘭子は、傍の猛獣遣いに、やさしくうるんだ眼を向けた。

「あたしが、警部さんから絶対に疑われない立場で、安心してこんな説明をしてられるのも、あなたが虎を連れてきてくれて、あたしを完全な密室の中に閉じこめてくれたお蔭よ。あなたは、あたしの生命の恩人だわ」

ていた。アルフォンゾ《タイガー》橘は、相変らずその名にふさわしくない、しまりのない笑を泛べ続けていた。

12

結婚式の客達は、みな意外だった。

あの気性の強いはずの、江川蘭子が、冷酷な唇にあたたかい微笑を泛べ、冷い眼をやさしく潤ませていた。そして、あのぼってりと厚い下腹を、機会あるごとに、さりげなく新郎に押しつけているように見えた。

一方、アルフォンゾ橘は、依然として失語症の気味が抜けなかった。時折、蘭子と視線を合わせて、しまりのない笑いを泛べるアルフォンゾ橘の姿が、瀬折研吉に、奇妙な苛立たしさを覚えさせた。

新郎新婦を乗せた自動車が、けたたましい空缶の音をひびかせながら街角を曲って消えると、研吉は、憂鬱そうな声を出した。

「心配だなあ」

「何が？」

「アルフォンゾがさ」

「あら、腑抜けのように嬉しそうじゃない」

「それが心配なんだよ」

研吉は真面目な顔をした。

「ねえ、亜久ちゃん、アルフォンゾは何かを知っていた――とは思わないかい？」

「何か――ってなあに？」

「つまりね。僕には、江川蘭子の家のドアに仕込んだ、棟梁辰五郎の奇怪な抜け穴が、どうしてもひっかかるんだよ」

「今頃、何を云い出すのかと思ったら……」

「いや、今頃だから云うのさ。今日、結婚式の間中、僕は、蘭子とアルフォンゾの二人を注意深く観察していたんだ。そして、考えれば考えるほど、気になりだしたんだよ」

「何が？」

「まあ、いい。順を追って話そう。

亜久ちゃんは、砂村が、自分の家の抜け穴に気付いていたと云ったね。勿論、それはあり得る事だろう。しかし、素人の砂村が、自分の家の抜け穴に気付いていたとしたら、密室探偵小説の専門家、江川蘭子が、自分の家のドアの抜け穴に気付く可能性は、更に大きいと云っても良いのではないだろうか？

そして、もし、蘭子が、棟梁辰五郎の作った、あの抜け穴の作動機構を正確に知っていたとしたら、彼女は、砂村を殺害することができたんだ。

あの日の夜、十一時四十七、八分頃、虎を伴ったアルフォンゾが、蘭子の家を訪れる。全裸で現れた蘭子は、あら、あなただったの――と呟く。激怒したアルフォンゾは、虎を放って鍵を外から掛ける。虎と共に、家の中に閉じこめられた蘭子はどうするだろう？

最初の裡は、発見された時にそうしていたように、机の上に立って椅子で虎を防いでいるだろう。しかし、このままでは危い、何か虎と戦うものはないだろうか？

机の上から手の届く所に、必要な武器があった。吹矢と強烈な矢毒――亜久ちゃんは覚えているだろう。吹矢の筒は天井まで届きそうな長さだった。あのままでは、室内で虎は狙えない。しかし蘭子は、日本に持ち帰るため、真中から二つにつなげるように作らせたと云っている。半分ならば手頃な長さだ。

椅子で虎を防ぎながら、吹矢の筒を、真中から外す。矢に毒を塗る。筒に矢を嵌めて眼前の虎に狙いをつける……所が、この時、彼女は奇妙な事に気付いたんだ。それまで、唸り声を発して歩き廻っていた虎が、彼女の凝視にあうと、ぴたりと動きをとめてうずくまった。視線を外すと再び、唸り声をあげて歩きまわる。彼女は、自分が、視線一つで虎を制御できる事に気付いたんだ。

その瞬間、蘭子の緻密な頭脳に、ある計画が浮んだ。砂村殺害の完全犯罪の構図さ。もし、自分が、ここから抜け出して、砂村を殺し、今と同じ状態で発見されたら、自分には完全なアリバイができる――そして、蘭子はそれを実行したんだ。

視線を合わせて虎を慴伏させると、蘭子はコートを羽織って入口のドアに向った。アルフォンゾの手で鍵をかけられたドアは、隠し釦のひと押しで、抜け穴を開ける。外にでて、ドアの鍵を開け抜け穴を閉じる。更にもう一度ドアの鍵をかける。これで、すべては、アルフォンゾが、虎とともに蘭子を家に閉じこめた時と同じ状態になる。違う所は、蘭子が、外にいるという事だけだ。

吹矢を手に、蘭子は砂村が来るはずの道に向う。十二時からの撮影のために、砂村は、蘭子の家に向っているはずなのだ。物蔭に隠れて砂村の頸すじに毒矢を射こむ。倒れた砂村の指先を持って、地面に自分の名を書く。屍体を発見した巡回の巡査が、一直線に自分の家へ来て、できるだけ早く自分の計画に協力してくれることを望んでいたからだ。家に戻った蘭子は、ドアの近くの繁みに隠れる。ほどなく、予定通りに船山巡査が、蘭子のドアを叩く。巡査は鍵のささったドアを見、鍵をまわして家の中に入る。

その時、家の中の虎は、唸り声をあげて歩きまわっていたはずだ。階段を降りかけた巡査の眼に虎がとびこむ。巡査は、驚愕の余り、ドアから外へ飛び出す。勿論、勢よくドアを閉めただけで、鍵など掛ける心理的余裕はない。この時、蘭子はドアから中へ入ったのだ。道路を隔ててドアの対面に公衆電話がある。巡査は恐らく、そこから本署に連絡をとるだろう。ダイアルを廻す時には、巡査の眼が絶対に家のドアから離れると計算していたのかも知れない。

本署に連絡し、気をとり直して戻ってきた船山巡査が、アルフォンゾの後から、恐る恐る家の奥まで行った時、蘭子はコートを脱ぎすて、吹矢の筒をもと通りにつないで、再び全裸で、弱々しく椅子を構え、虎を防いでいればよかったのさ。

船山巡査が、だしぬけに虎を見た時、鍵を掛けずに飛び出すだろうという事は、蘭子には充分予測できた。万一、船山巡査が、虎に喰い殺されてしまったとしても、それはそれでよかったんだ。巡査の喰い殺された室内に後から入り、机上に上って虎と戦い続ける。そのうちに、虎を取り戻しに来たアルフォンゾが、十二時十分前から、蘭子はずっと虎と戦っていたと証言してくれるだろう。ドアは巡査によって開けられ、巡査は喰い殺されたという事になる。いや、事実、その場合にはその通りなのだからね。

蘭子にとっての唯一の危惧は、虎を放って鍵をかけたアルフォンゾが、蘭子の家を見張っていたのではないか——という懸念だった。それ故に、万一の口封じのため、アルフォンゾが再び姿を見せた瞬間、惜し気もなく全裸の自分をアルフォンゾ橋に投げ与えたのだ。おお、アルフォンゾ、ひどいわ……これこそ、江川蘭子、一世一代の大芝居だったのさ。

ねえ、亜久ちゃん、そう思ってみると、結婚式の二人の、いつもと違う態度が判る気がしないかい？　蘭子は、いたずらにべたべたアルフォンゾに寄り添い口封じに懸命だし、アルフォンゾはアルフォンゾで、失語症を装い、何も喋らぬ事に専念している。互に罪の意識に脅えているのさ。蘭子は殺人の罪に、アルフォンゾは蘭子の肉体を購《あがな》うため、良心を悪魔に売った罪に……」

「すごく面白かったわ」

亜久子のけたたましい笑い声に、研吉はいささか自尊心を傷けられた形だった。

「すごく面白い！　研吉さんて、意外に頭がいいのね」

また亜久の奴、僕の明快な推理のあらさがしをはじめるな——研吉は、亜久子の上機嫌さに反比例して不機嫌になった。

「でもねえ、研吉さん、あなた、とても大切な事を一つ見落しているんじゃない？」

「ドアの鍵だろ？」

研吉は不愛想な声を出した。

「最初、アルフォンゾが虎を連れて来た時、ドアには既に鍵が掛っていて、その鍵は鍵穴にさしたままになっていた――という事だろ」

「あら、知っていたの？」

「勿論、知っているさ。知っているから、さっきから、その解決策に頭を悩ましているんだ。どうだい、亜久ちゃん。何か名案はないかい？」

「そうねえ」

亜久子は可愛い舌で、唇を舐めまわした。

「こんなのは、どうかしら？　同じ夜、砂村は砂村で、蘭子の殺害を計画していた。しかし、その計画は、私と研吉さんが、前に考えたようなものではなかった。

その日の夜、十二時からヌードの撮影がはじまることを蘭子も砂村も知っていた。十二時が近くなると、蘭子は撮影に具えて、欲望の儀式をはじめる。早春の部屋に、ガス・ストーヴを焚いて、惜し気もなく全裸になった蘭子は、やがて己の欲望に集中する。もし、この時、部屋の中に、小さな異変が起っても、意識を一点に集中している蘭子は恐らく気づくまい。砂村は、その瞬間を狙った……

いいこと、研吉さん。あなたは、砂村には殺人はできないというけど、自分の見えない所での遠隔殺人なら、気の弱い男でも、できるんじゃないかしら？

万一にそなえて、砂村はまず入口のドアに鍵をかけて、蘭子を家の中に閉じこめる。続いて裏庭にまわった砂村は、蘭子の家のガスの元栓を閉じる。

部屋の中で、蘭子の意識は欲望に集中している。今まで勢よく燃えていたガス・ストーヴの火が消えた事には当然気がつかない。

一度、元栓を閉じた砂村は、ストーヴの火が消えた頃合を見計らって、再び元栓をあける。部屋の中には急速にガスが充満する。欲望が果てて、気付いた蘭子は、必死でガスの充満した家から逃れようとする。階段を昇り、入口のドアを開けようとするが、ドアには外から鍵が掛けられている——いえ、恐らく、蘭子は、充足した肉体に、歓びの微笑を泛べながら、自分がガス中毒で死んだ事も知らずに死ぬのよ」

「でも、実際に蘭子は生きているよ」

「当り前じゃないの。今私が喋ったのは、砂村の頭の中の蘭子殺害計画よ。そのような計画に従って、砂村は、まず、入口のドアに外から鍵を掛けた——所が、予想外の事実が、砂村の計画を変更させたのよ。

鍵をかけ、裏庭に回ろうとする砂村は、蘭子の家に近づく跫音をきいたのよ。物蔭に隠れて様子をうかがうと、アルフォンゾ橘と虎が現れる。蘭子とのやりとりがあって、アルフォンゾは虎を室内に放ち、蘭子と虎を閉じこめる。砂村の意識の中では、蘭子は虎に喰い殺されることになったんだわ。

アルフォンゾが蘭子を殺してくれるのなら、何もガスの元栓を閉じたり開けたりする事はない——一部始終を見届けた砂村は、そのまま帰途についた訳。砂村が、後から蘭子に吹矢を射こまれたのも、実は、蘭子の家に向っていたからではなく、蘭子の家から帰ってゆく所だったからじゃない？」

「一応、話にはなっているけどね」

研吉は余り乗ってこなかった。

「亜久ちゃんは、やっぱり女で、男の心理が読めてないよ」

「あらそう？　悪かったわね」

「まあ、聞きたまえ。砂村の蘭子殺害計画は確かに面白いし、当っているかも知れない。しかし、アルフォンゾが虎を放って、自分の代りに蘭子を殺してくれる、という事で満足して帰途につく――というくだりは頂けないね。

いいかい。無理心中というのは崇高な行為なのだ。たとえ砂村のような弱々しい男でも、他人に蘭子を殺させて満足はしない。遠隔操作であろうと何であろうと、自らの手で蘭子を殺し、あとを追ってこそ無理心中は完成するのだ。僕が砂村だったら、むしろアルフォンゾを阻止するね。自分で蘭子を殺すためには、蘭子を死なせてはいけないのだから……

それにね、亜久ちゃん。きみの推論に従うと、世の中に殺人者が多すぎる事になるよ。砂村はガスで蘭子を殺そうとする。アルフォンゾは虎で蘭子を殺そうとする。そして当の蘭子は、この二つの殺人計画を利用して、砂村を殺害する。全部が殺人者じゃないか。しかも、同じ夜の、同じ時刻に――余りに偶然が多すぎるよ。

その位だったら、ドアの鍵について、もっと楽しい憶測がある」

「あら、どんな事？」

「例えば棟梁の辰五郎だ。大往生を遂げた棟梁の辰五郎に、悪戯ざかりの、探偵小説狂の二人の中学生の孫がいるとする」

「それで？」

「辰五郎がドアに細工をしていた事を遺書で読んだ二人が、賭をするんだ」

「面白そうね」

「おじいちゃんは、ドアの秘密を施主が知らないといって得意がっているけれど、その家の人が、自分の家のドアに施された細工に気付かずにいるだろうか？　絶対に気付く、いや気付かない――こうして二人の孫は反対の主張に賭け、それを証明するための実験を行うことにしたんだ。

幸い、探偵小説家の江川蘭子の家のドアにも、その仕掛けがある。探偵小説家といえば普通の人間よりも、些細な点に気付く人類に属する。もし、江川蘭子さえ、入口のドアの細工に気付いていないとしたら、誰も気付いていないと考えていい。

こうして、二人の中学生は、江川蘭子に対して、ある実験を企てた。方法は簡単だった。江川蘭子が在宅している深夜、まず、入口のドアに外から鍵を掛けて、蘭子をとじこめる。あとは、ただ家の中の蘭子に電話をかけて、門が火事だといえばいい。驚いた蘭子が外に出ようとすると、ドアには外から鍵がかかって、閉じこめられている。蘭子が、ドアの秘密を知っていれば、即座に隠し釦を押して外に出るだろう。火事だと云われながら、外へ出てこないとしたら、蘭子は本当にドアの細工を知らないのだ。

このような実験のために二人の探偵小説狂の中学生が、蘭子の家のドアに鍵をかけた瞬間に、アルフォンゾと虎が蘭子の家を訪れる。意外な事態の進展に、中学生達は実験を中止し、アルフォンゾは、鍵穴にささったままの、その鍵をまわす——といった想定さ。

どうだい、亜久ちゃん。この憶測の方が面白いだろ。ユーモアがあって、その上……」

研吉は、突然、言葉を切ると、亜久子の顔を、まじまじと瞶めた。亜久子の顔が木の葉のように蒼ざめていたからである。

「研吉さん」

亜久子の声はかすれていた。

「辰五郎には、本当に、中学生の孫が二人いるのよ」

「え?」

今度は研吉の方が蒼ざめる番だった。

「しかも、二人とも探偵小説狂でね……」

亜久子は続ける。

「その上、悪いことには、あたし、二人が賭をしている所を聞いてしまったの。おじいちゃんの細工に気付いた人がいる、いないって……」

「亜、亜、亜久ちゃん」

研吉の声はうわずっていった。

「亜久ちゃん、本当かい？」

「本当だと思う？」

亜久子と研吉は暫く顔を見合せた。それから二人は、同時にけたたましい笑声をあげた。

「人が悪いなあ、亜久ちゃんも……」

「でも、研吉さん、ちょっとの間だけ、本気にしたような顔をしたわよ」

いつか二人は、亜久子の家の近くまで歩いてきていた。

「ねえ、研吉さん」

亜久子はしんみりした口調になった。

「江川蘭子も、アルフォンゾ橘も、あくは強いけど、善良な人達よ。研吉さんだって、まさか、さっきの蘭子犯人説を、本気で信じている訳じゃなくて、理論的な可能性を探偵小説的に楽しんでいるだけでしょう？」

「うん」

「江川蘭子はアルフォンゾを愛しているし、アルフォンゾは蘭子にいかれているから、二人とも、人目もかまわず、べたべたしているだけだと思うわ。いいものじゃない。愛し合っているって事……

研吉さんがね、蘭子が殺人者だの、アルフォンゾが悪魔に良心を売り渡したのって騒いでいるのは、きっと、あの二人が羨ましいからなのよ」

「そうかも知れないな」

研吉は素直に頷いた。新婚旅行にでかけた友達を、羨ましく思わない人間がいるだろうか……

13

江川蘭子とアルフォンゾ橋は、無茶苦茶に倖せだった。

常軌を逸するほど、倖せだった。教会を出てから、かなりの時間が経っていたが、二人を乗せた自動車は、相変らず、空缶のけたたましい音を響かせながら、走り続けていた。話に夢中になった二人は、予約したホテルの前を数時間前に通過した事など、全く気付いていなかったのである。もう夜になっていた。

「ねえ、アルフォンゾ」

その呼びかけが、その日の朝から千三百八十二回目の《ねえ、アルフォンゾ》だということも、勿論、二人は知らなかった。

「ねえ、アルフォンゾ。あなたは知らないかも知れないけれど、ウィリアム・ブレークって詩人は、塀の高い庭の中を、おくさんと二人で、裸で散歩したんですって。あたくし達もそうしてみたいわね」

「そうだね、蘭子」

アルフォンゾは優しく新妻を顧みた。何と頭のいい女と結婚することができたのだろう！　これから先の夥しい夜々を想うと、ハンドルを握るアルフォンゾの手は、よろこびに慄えた。

「虎よ、虎よ、爛爛と――」

アルフォンゾが歌った。

「虎よ、虎よ、爛爛と――」

蘭子が和した。

そして、二人を乗せた自動車は、二人のヘッド・ライトをらんらんと輝かせて、さながら、一匹の若々しい虎のように、深夜の道を、ただ、ひたむきに、走り続けていった。

落石

1

汽笛が聞えた。短く、続いて長く――

いつになく近い。東南風だ。呻くようなあの音は、五九八列車が、T峠のトンネルにさしかかったのであろう……

桑木医師は、その時、書斎の窓に凭れて、黄昏の仄暗さの中に埋って行く線路沿の家並を、ぼんやりと眺めていた。

午後の往診から帰宅して夕食までの一刻。やっと自分自身を取り戻したような寛ろいだ気持。窓から外へ向けられた視線は、必然的にどこにも焦点を結ばない。快よい疲労が全身に滲みわたって、まばたき一つするのも、もの懶くだるい。

――何という静かな黄昏であろう。華村杏子が担ぎ込まれて来たのも、丁度このような日であった。あの時も、汽笛の音は近かった。――不思議な女……

追憶の生々しさに、ふと肌寒いものを覚えながら、彼はいつかその日の事を想い浮べていた。

……………………………………

……荒々しく断続する警笛・火の粉を吹いて軋る車輪・急停車した機関車の、吐息にも似た排気音に、事故があったな！　と窓から身を乗り出すと、夕暗の黝《あおぐろ》さを凝結して、ポッカリ山肌に口をあけたトンネルの出口の辺りに、数匹の虫にも似た人影が、慌ただしく蠢めいていた。運転手が降りる。乗務員が駅へ走る。やがて人の群は、こちらに向ってざわざわと動き出す。担がれている若い女。急ぎ足に階段を降りると桑木医師は診察室の灯を点ける。人々のざわめきが段々大きくなる。玄関のドアが開いた。右肘関節轢断・意志の強そうな唇・華村杏子・二十三才。

――Tトンネルに入って最後のカーヴを曲ると、今まで暗黒だった視野の中に、明るいアーチ型の出口が飛び込んで来ます。A駅まで七〇〇米。合図の警笛を鳴らして、ふと気がつくと、今まで視野の外にあった電柱の蔭から、若い女が線路の方へ静かに近づいて来るじゃありませんか。飛び込むナ！　瞬間、ギリリというようなあの轢断音の記憶が、背すじにずんと重く甦ります。もう間に合わない……私は狂気したように警笛を鳴らしました。

――所が、列車が近づくと、その女は突然立ち止りました。そして何か凝っと考え込んだのです。あと三十米――女は急いで、レールの外側に寝ると、肉付のよい、白い――それ自身まるで独立した一個の生物のように見える右腕を、ぐっと差し伸ばしてレールの上に載せ、顔をこちらに向けて、にっと微笑んだのです。その微笑を見た時、私は何故かぞっとしました。

――十年以上列車に乗っている間には、随分風変りな自殺者を見たこともあります。しかし、何だってわざわざ右腕丈を……

手当が早く、処置が完全だったので、女は比較的早く元気を恢復したが、自分の行為に関しては何一つ説明しようとしなかった。そして一週間経ったある朝、突然桑木医院の病室から脱走してしまったのだ。ベッドの上には、充分な治療費を納めたピンクの封筒が置かれてあった。

――あたくし、思った通りの事をしたのですわ。何故こんな事をしたか？　今に自然に判る時が参りますでしょう……

そして鬼気を感じさせるような、物凄い微笑――一週間の間に、彼の知り得たのはこれだけであった。

――シラクサのヴィナス、遂に誕生す

三日後、新聞の映画欄にその女の写真が載った。そして彼女が自ら予言した如く、その女の奇怪な行為の理由は、自然に判明したのだった。

……探偵作家クラブ賞受賞作品《落石》は中央映画株式会社の手によって映画化と決定し、女主人公役の女優を予ねて詮衡中であったが、役柄が要求する特殊な肉体的条件のため、適当なる主演女優を得るに到らず、その後、百万円の懸賞金をもって広く一般より募集せる中にも、この条件を完全に満足させる女性はなく、その結果、原作者と会社側製作スタッフの間に、脚本変更に関して意見の対立を来たし、一時は製作不能に陥るかと危ぶまれていたが、昨日に到り、同社専属昨年年度ニュー・フェイス華村杏子が、同映画に主演する事と決定した――

主演女優未定のため製作中止の気配濃厚な撮影所の会議室へ、ここ一週間ほど姿を見せなかった華村杏子が、その前日突然現われたのだった。ドアを後手に閉めると、杏子はやや蒼ざめた顔を、この映画のメガフォンをとるはずの稲田監督に向けて、

「あたくしに主役を下さい」と云った。

彼女がこの役を欲しがっていた事は有名であったし、異常に蒼いその表情に何かただならぬものを感じて、人々は暫く押し黙っていたが、ややあってから、稲田監督は訝かしげに反問した。

「しかし、華村君。外の役と違ってこの女主人公は何しろ右腕が……」

華村杏子は物凄い微笑を浮べると満足相に一座の人々を見廻してから、その時までオータム・コートの下に隠していた右腕を、おもむろに前方に差し出した。

「先生。これなら宜しいのでしょう?」

彼女の右腕は、肘から無かった。

× × ×

映画《落石》は、主演女優のドラマティックな登場と共に、完全に世人の注目を惹き、華村杏子は一躍銀幕の女王となった。右袖の無いドレスが流行し、デザイナーは左右非対称の美を強調した。

義手製作会社は彼女に巨額の広告料を払い、保険会社は宣伝のため、杏子の右手の残り半分に五百万円の傷害保険をつけた。若い娘は自分達の健全な右腕を恥かし気に隠し、恋人の頸に左腕を捲いた。しかしさすがに右腕を切り取る女は現れなかった。こうした世間の狂熱を、華村杏子は例の不思議な微笑を浮べて静かに眺めていた。撮影は順調に進んでいた。

華村杏子が、二度目に桑木医院を訪れたのは、それから三ケ月経った十二月の末であった。

「先生、あの時は本当にびっくりなさったでしょう?」

見違えるほど美しくなって、その上、どこかに、一種の風格さえ具わってきた杏子の背後に、隠れるようにして若い女が立っていた。

「妹ですの……」

軽く頭を下げてから、すっと挙げた澄んだ眼が、鮮やかな印象を残した。ほっそりした身体つきに姉とは異質の美しさがあった。

「日曜日は休診でお暇なのでしょう? 明日、R川の吊橋で野外撮影があります。……妹を迎えによこしますから、是非見にいらして頂きたいんですの。ね、生生。お約束しますわ」

約束の日曜日、空は気持よく晴れて、風はなかったが、肌を切るような寒さだった。

映画の中の季節は初夏なので、杏子は薄地のツウ・ピースを纏い、あらわな二の腕の鳥肌を防ぐため、オーバーを二枚重ねて焚火に当っていた。彼等が着くと間もなく撮影が開始された。桑木医師は、杏子の妹、葉子と肩を並べて、不思議な幻覚を覚えながら《十二月の太陽に照らされた初夏の風物》を眺めていた。

恵まれた天候の下で、撮影は手際よく進み、三時間ほどで、最後の場面が終った。映画《落石》の全撮影が終了したのだ。関係者の唇から一斉に軽い吐息が洩れた。労苦を犒らう声が取り交わされる。

「華村君、寒かったろう。さ、早く焚火に当り給え」

その時、吊橋の外れに立って、放心したように対岸を見やっていた杏子は、稲田監督の声に、くるりと首をめぐらした。眼が妹を求める。桑木医師を見る。稲田監督を見る。そして再び妹に戻る。唇の端に例の不思議な微笑が浮んだ。

「及川さん。……クランクして頂戴!」

切りつけるような口調に、若いカメラ・マンは思わずファインダーを杏子に向けた。殆んど無意識に手がクランクに行く。

カメラが廻り始めると、杏子はもう一度微笑んだ。声の無いざわめきが人々の間を走り去った。

「さようなら……」

水色のツウ・ピースがひらりと宙に躍る。

吊橋があった。岩肌があった。その向うに青空が高かった。だが、もう、そこには華村杏子の姿は見られなかった……

× × ×

華村杏子の劇的な登場振りにふさわしい鮮かな死は、いたく世人の好奇心を挑発し、自殺の原因に関して各種の臆説が囁かれたが、その大部分は陳腐にすぎて世人を満足させるに到らず、一方世人を喜ばすに足る空想は、余りに創作の香が強かった。妹の葉子は全く口をつぐみ、騒然たる好奇心の渦の中に、映画《落石》のロード・ショウが行われ、空前の群集に武装警官が出動した。

——

杏子が自殺して間もなく、葉子はR川の吊橋附近に小さな家を買った。

終戦の翌年、相ついで両親を亡くし、今また唯一の姉に去られて、全く孤独となった葉子は、杏子が右腕を失った土地、自ら命を絶った土地に対して、奇妙な愛着を覚えているらしかった。

——とうとう全部引払って、こちらへ来る事になりましたの……

葉子の澄んだ眼に宿る人懐っこい表情に、桑木医師は、いつか漠とした期待を抱くようになっていた。

A市に移り住んだ葉子は、まず第一に人夫を傭って、R河原から二〇貫目に余る大石を自宅の庭に運ばせた。この石は、姉の杏子が断崖から身を躍らせた際、鮮血に染めた曰くつきのもので、中央部のくびれた円筒状の形は奇怪なるトルソー（彫像の胴体）を想わせた。彼女はこの石に《杏子》と名付けた。

四肢と首のないこの《杏子》は、中庭の一段高い芝生の上に、不安定な姿勢で置かれ、軽く手をかけただけでもゆらゆら動いた。

「葉子さん、これは危険だ」

初めて葉子の家を訪れた桑木医師は、《杏子》の肩を撫でて呟いた。

「揺れますでしょう？　でも、揺れるだけで案外しっかりして居りますの。……大丈夫ですわ。お姉さまが守っていて呉れますもの」

こう答えた時、葉子の顔をある捕捉し難い閃めきが走ったように思われた。

「お姉さま、これからは、ずっと葉子が一緒ですわ」

妹の愛撫に《杏子》はゆらゆらと動く。桑木医師はこの瞬間、突然、華村杏子のあの不思議な微笑を思い浮べた。あの微笑の面影をこの時、葉子の上に、ふと認めたように思われたのだ——

……………………

二度目の汽笛が、桑木医師を追憶から書斎の窓際へと引き戻した。

呻き声は徐々に大きさを増し、Tトンネルを抜けた五九八列車は、彼の視界を横切ってA駅の構内へすべり込もうとしている。二条の鉄路の彼方に駅の灯があった。背後に岩山が黝くうずくまり、R谿谷を隔ててN山塊が春の夕空に浮き出していた。

——葉子も、今、列車の音を耳に、姉の追憶に耽っているのではないだろうか……

桑木医師の視線は、自然とN山麓の灯に落ちる。その瞬間、卓上電話がけたたましい音をたてた。

「せんせい、あたくし、葉子です……石が……石が倒れて、脚を……挟みましたの。直ぐ来て……頂けないでしょうか……」

2

Aの街は東西に長い。街の東側を鉄道が南北に走り、その先をR川が平行に南下している。桑木医院は街の東南端にあって、A駅まで徒歩八分。葉子の山荘へ行くには、更に駅の北で踏切を越え、岩山の切通しを通り、R河原から三〇米の高さに架る全長二十七米の吊橋を渡らねばならぬ。

この辺で一度くたびれたR谿谷は、南下するに従って、V字型に開いて五〇米ほどの巾に戻り、そのまま下流へと縦って行く。桑木医師が吊橋にさしかかった頃には、夕暗はいよいよ濃く山肌を彩って、眼下のR河原は灰色に霞んでいた。

R谿谷の東岸には、N山塊が一杯に迫って、吊橋を過ぎた径は真直ぐ石切場から山腹の炭焼小屋へと続いている。径が未だ石切場の急坂にかからぬ辺りで、数個の小径が左右に分岐するが、これがこの附近に点在する山荘への専用の小径で、最後の岐径を右に折れると、間もなく目指す家の玄関の灯が見えた。

葉子は寝室のベッドの上で、身を丸くして苦痛に耐えていた。血痕が点々と床を染め、電話のある居間の方へ続いている。彼の姿を認めると、葉子は、ほっと、安堵の色を見せた。

傷は思いの外深く、左踝の関節にひびが入っているかも知れなかった。表皮が剝脱して鮮かに露出した肉の表面に、芝や小石粒が附着したまま、その上を強くハンカチで縛ってあったが、出血の少いのはそのためであろう。

「石粒を払い落さなかったのが、傷口を塞いで、却って良かったのですね」

桑木医師、鞄を開いて注射器をとり出すと、もの馴れた手付でアンプルを切った。

「一体どうしたのです？」

「躓いた弾みに、《杏子》に摑まったのですわ、すると、この間から前屈みになっていた《杏子》が、あっと云う間に倒れて……」

鎮静剤が効いてくると、葉子の表情はようやく本当に復したが、傷に響くのか、声は囁くような低さであった。口調にどこか機械的な固さがあるのは、苦痛を抑えているためであろう。応急の手当を済まし、やっと落着いて室内を見廻した時、桑木医師は奇妙な当惑を覚えた。

部屋の東側の壁には、大きな姿見と造り付けの衣裳棚が嵌め込まれ、前に置かれた小机に山吹の花を挿した青磁の花瓶があった。北側にある広い窓には、白と桃色の二種のカーテンが引きめぐらされ、その下の、精巧な彫のある飾板を持ったベッドの上に、葉子が静かに横たわって居る。若い娘の寝室――ヘリオトロープの香が、急に強く感じられた。

「女中さんは？」

「街へ買物に行って居りますの」

「そうですか……」

桑木医師は立上った。

――廊下の血痕を拭いておこう。今の内なら落ちるかも知れぬ……

「あ、お行きにならないで……」

細い手が彼の上着を捉える。

「ふみやが帰るまで、ここにいらして……」

「え、ですが、血を拭いておきましょう」

「そんな事、……ふみやがしますわ。それよりも、ここにいらして……」

浮かしかけた腰を、再び椅子に降すと、葉子は安心したように眼を閉じて、にっこり笑った。枕元の電気スタンドの、水色のシェードを透った柔らかな光が、眼を閉じた葉子の横顔をくっきりと浮ばせる。捲毛の垂れた広い額・思わずつつきたくなるふっくりした頰・長い睫毛・恰好の良い鼻・濡れた唇。——お行きにならないで……ここにいらして……ふみやは買物に行って居りますの……

「痛みますか？」

微笑みながら、黙って首を振る。桑木医師は、眼を葉子の足許に転じた。純白の繃帯が眼に痛々しい。

——この美しい足首が、永久に動かなくなるかも知れぬのだ……

繃帯から半ば現れた踝の丸さを瞶めている内に、強まって来る感情に抗しかねた。桑木医師は、身を屈めると、葉子の踝に唇を押し当てた。

「あ」

葉子のかすかな悲鳴を頭上に聞いた。が、彼女はそのまま凝っとしていた。

その翌朝、新聞配達の少年によって、矢口一の惨死体が、R河原に発見された。

矢口氏墜死の現場は、吊橋東岸の崖沿いの径を、少し北に行った所で、径巾は狭いが誤って足を踏み外すような場所ではなく、転落の原因に関しては不審の点が多かった。

砂袋を投げ出したように押し潰れた屍体から数米離れた所に、見慣れぬ色の大石が転がっており、この石はN山麓の石切場から切り出されたものと知れた。石切場は矢口氏が足を踏み外した崖径の真上にあって、石はその石置場から転落したものに相違ないが、これも自然に落下したというよりは、矢口氏を突き落した犯人が、落石事故と思わせるために、作為を弄したものとも考えられる。

「第一、場所が突き落すのに絶好の地点なのです。横手の岩には、人一人身を隠すに充分な窪みがあり、歩行者の曲りはなを狙えば失敗する恐れはありません。……大体、矢口氏はああいう人ですから、自然敵も多く、この街だけでも、三人や四人は彼の死を望む人間は居るでしょう。我々としては今の所、他殺の線に沿って調査を続けている訳です」

矢口一は、A市から三つ目のO市に、光学工場を持っていた。元来この会社は、葉子の父である華村宏三の所有であったが、空襲によって、精密工場としての機能を殆んど喪失し、そのまま閉鎖されていたものを、戦後その辣腕をもって急速に擡頭した矢口が、殆んど捨値同様に買い取って、新らしい角度から経営を開始したもので、曾つて華村光学の一職工長であった彼の、旧社長に対する取引の悪辣さは、華村氏が不治の病床にあった時だけに一部の顰蹙を買ったが、同時にまたこれは、事業家としての彼の才能を証明するものでもあった。狡猾・機敏・冷酷——対人的にはとやかく云われるが、いざ事業となれば万事にそつがなく、人一倍仕事熱心の彼は、現在でも汽車で一時間の距離を意にも介さず、毎日午前八時半までには必ず社長室の椅子に納り、午後五時の退社時刻まで社内を監督して歩き、五九八列車で帰宅するのが常であった。屍体となって発見された前日も、矢口社長は五時過ぎに退社してO駅に向っており、死亡の推定時刻はその日の午後六時から七時の間と思われるので、当然この時刻前後における唯一の通勤列車である五九八列車でA市に戻り、帰宅の途上奇禍に遭ったものと推定され、調査の結果、幸運にもA駅の改札係が、五九八列車から降りた乗客の中に矢口氏を記憶していた。

「お連れはありませんでした……」——

この日、五九八列車は定刻より三分遅れて十八時二十六分A駅に着いた。駅から墜死の地点まで、男の足で約七分、矢口氏が真直ぐ家路を迹るとすれば、六時三十三分頃現場附近を通過する事になる。何等かの理由で、駈足で現場へ赴いたとしても四分はかかるから、少くとも、矢口氏は六時三〇分までは生存していた事になり、墜死の時刻は六時三〇分から七時の間、特に六時三十三分頃、という考が一番有力であった。

考えてみると、桑木医師が葉子の電話を受けたのは、五九八列車がA駅に入る直前であり、一・二分後には家を出ているのであるから、六時四十二・三分頃吊橋附近を通過している事になる。既にこの時には事故は発生していた訳で、もう少し明るい時刻ならば、あるいは屍体を発見していたかも知れぬ。事故発生後、恐らく一番早く現場附近を通過した立場から、桑木医師は自発的に警察を訪れた。

「すると、貴方は途中誰にも会わなかったと云われるのですか?」

顔見知りの瀬尾警部は、桑木医師のすすめる英国煙草に火を点けると、明らかに困惑の表情を浮べた。

「そうなると、高井達夫には完全なるアリバイがある……」——

× × ×

矢口光学技師高井達夫の妻登紀子は、結婚前には矢口氏の秘書であったが、当時既に病妻と別居していた行動派の社長と、どちらかと云えば娼婦型に属する美貌の秘書との間には、必然的に、ある種の関係が想像されていた。

事実、秘書時代の登紀子は、速記者兼タイピストとして優秀な技術を持っていたにしても、単なる秘書としては常識外の高給を支給されていたし、華美な服装や、夥しい数にのぼる装身具が、この特別な関係を明白に示していた。《社長と女秘書》の関係は、こうして殆んど公然の秘密として社員の間に知れわたっていたが、それにも拘らず、矢口氏らしい巧妙なやり方の故に、彼等が会社以外にいつどこで会っているのかは、誰一人として知る者はなかったので、登紀子の讃美者の中には、彼女を《単なる秘書》として弁護する者もあり、高井達夫もその中の一人であった。《登紀子の純度を証明するために》彼は自らを試験管と化した。——彼は登紀子と結婚したのである。そして、この試みは、彼が矢口光学の研究室で行った数多くの実験の中で、最大の失敗であった。

結婚と同時に、登紀子は会社を退めたが、彼女の生活の華やかな色彩は、一向に変化を見せなかった。変化はむしろ不幸なる夫の上に現れた。寛容で快活であった高井技師は、眼に見えて憔悴して行き、数ケ月後には別人の如く陰鬱な性格に変ってしまったのだ。彼は、いかに必要な場合でも、社長に対して決して口をきこうとしなかった。

「一体、君は、どうしてそんな眼で儂を見るのかね」

「……」

微笑を浮べて矢口氏が訊ねた事がある。微笑の陰には、かすかなる優越感があった。

高井達夫は、ぶるぶる唇を顫わせただけで何も応えなかったが、やがて社長の姿が見えなくなった時、静かに呟くのだった。

「自分の指を噛んだ蝮の頭を撫でるほどお人好しじゃないよ。……ふん、今に見るが良い」

翌日、彼は辞表を提出した。

登紀子は相変らず美しく楽しそうだった。——

× × ×

矢口氏が墜死したのは、高井技師が辞職してから二週間後であった。

屍体を運び去ってから、かなり広範囲にわたって現場附近を調査した瀬尾警部は、崖の中腹にあるえにしだの茂みから、一枚のハンカチを発見した。

T・Tの頭文字——高井達夫は、当日の午後吊橋附近を彷徨した事を否定しない。

「しかし、僕が午後二時頃、この附近を歩いたという事実と、矢口氏が夕刻墜死したという事実の間にどれだけの関係があるのです？——なるほど、僕は矢口氏の死を喜んでいます。が、もし僕がやるとしたら、もう少し気の効いた方法を採りますね。——突き落す！　そんな原始的《プリミティブ》なやり方は僕の趣味じゃありません。——貴方達が何故僕を疑っているかは知っていますよ。散歩の途中、不幸にもハンカチを落したのです。貴方達にとっては、幸運にもというべきかも知れませんがね。——頭文字の入ったハンカチです。多分、それを、屍体の附近ででも発見したと云うのでしょう？違いますか？」

取調に際して彼の示した態度は、捜査陣の反感を買うに充分であった。妙に落着き払って、一見無雑作に述べたてるその話し振りの背後に、何か特別の意図がひそんでいるのではなかろうか？

午後二時頃、現場附近を歩いたと云う。しかしそれは午後六時半であったかも知れない。ハンカチを落したと云う。しかし、落ちたのはハンカチではなくて矢口氏であったかも知れない……

面白い事に、当日の午後から夜へかけての彼の行動の中で、誰にも証明する事の出来ぬ部分が、同時に、この事件にとって最も重要な部分なのであった。

その日の午後六時四十五分頃、高井達夫がA駅裏の茶房《銀の靴》に姿を現わし、それから一時間近くの間、薄暗い隅のボックスに腰を降してウイスキー・グラスを甜めまわしていた事は、その場に居合わせた女給達の証言によって確認されたが、六時に映画館を出て友人と別れてから、《銀の靴》に現れるまでの、最も肝心な四十五分間の行動が、全く不明なのだ。《銀の靴》は、A駅のR谿谷寄りの裏にあって、現場から七分の道程であるから、彼には、六時三十三分頃矢口氏を落す機会は、充分あったはずだ。瀬尾警部は、それ故ひそかに高井達夫を犯人と目して捜査を続けていたのだ。所が、桑木医師の証言により、事情は一変してしまった。

A駅の北にある踏切から、吊橋の先までは一本道で、もし高井達夫が六時三〇分から六時四〇分の間に吊橋を渡って《銀の靴》に向えば、当然途中で桑木医師に会って居らねばならず、桑木医師をやり過ごしてから吊橋を渡ったのでは、六時四十五分に《銀の靴》に現れる事は出来ない。墜死の現場から茶房《銀の靴》へ赴くには、どうしてもこの道を通らねばならぬ関係上、高井達夫は矢口氏殺害の犯人ではあり得ないのだ。

「いや、全く危い所でした。もう少しで飛んでもない誤りを犯す所でしたよ。……華村さんのお嬢さんも、実際うまい時刻に怪我をして呉れたものですな」

――華村さんと云えば……と、瀬尾警部は机上の報告書に眼をやった。

「あの人も矢口氏のためには随分ひどい目に会って居りますね。矢口氏は殆んど詐偽同様にO市の工場を手に入れているのですが、華村氏の死後はさすがに寝醒が悪いか、負債の返債期限を好意的に延期したりしていたようです」

警部の視線を追って何気なく手にとった、報告書の頁をパラパラと繰って行く内に、桑木医師はふと眉を寄せた。返債期限昨年九月末の華村宏三名儀の証書が、同年九月十六日付をもって華村杏子名儀に書き換えられ、返債期限が、一ケ年間延期された事実があるのだ。――九月十六日……右肘関節轢断……断崖……

瞬間、桑木医師の心に、ある疑惑が黝く尾を曳いて揺らめく。

――そうだ。それだから杏子は毒を嚥む事が出来なかったのだ……それに違いない……だが、瀬尾警部に気取られてはならぬ……

「現在では返債済になっておりますね」

「そうです。杏子さんと云いましたか……あの自殺した女優が一挙に家運を挽回しましたからね。……あれもやはりR河原でしたか。――実は、今度の墜死事件で矢口一の貸借関係を調べてみたのですよ。その際、以上の事実が判明した次第です。華村葉子の家は現場の近くですし、矢口氏に対してある程度の怨恨は抱いているはずですから、一応は容疑圏内に入れた訳です。……ですが、その怪我ではとても歩行は困難でしょうな」

桑木医師は、点々と打ち続く血痕を思い浮べた。《杏子》から居間の卓上電話へ、そして寝室へ……。歩行!? あれだけの距離を匍い移っただけでも、傷ついた葉子にとっては非常な努力であったろう。仮令、もし彼女が歩き得たとして、血痕を残さずに歩く事は出来ぬのだ。だが、それにしても……

新たに二・三の容疑者が調べられたが、思わしい結果は得られなかった。そして、瀬尾警部自身、決して満足してはいなかったが、矢口一の墜死事件は、結局、落石事故によるものと断定された。

× × ×

3

キシ・キシ・キシ………

白皮のロウ・ヒールが、快よいリズムで無限に打続く小石の平面を踏みしだいて行く。

キシ・キシ・キシ………

靴の上には、すんなりと伸びた葉子の脚があった。川魚の腹のように、優美なカーヴで膨んだふくらはぎ――ぴっちりとそれを包んだ絹靴下の縫目に沿って視線が上ると、ゆれるスカートの裾から、歩くにつれて微妙な変化を見せる膝の後の窪みが、悩ましく隠見する。

キシ・キシ・キシ………

「厭！――後からそんなに御覧になっちゃ……」

ふと、気付いて葉子は振り向いた。カールした髪が大きくゆれる。

キ・キ――

靴が滑って足が大きく宙を流れる。――危い……しかし、二・三歩よろめいただけで、彼女は直ぐ平衡を取戻した。

「貴方が不可ないんですわ。――葉子を先に歩かせて、後からなんて……狡い方！」――だが、桑木医師は葉子の言葉を聞いていなかった。魅せられたように立ち竦んだまま、彼はその不思議なものを瞶めていた。

――云うまでもなく偶然の事象にすぎない……しかしその偶然には、何か運命的な重苦しさがあった。もう殆んど癒っていたとは云え、もし、葉子の足首が傷ついていなかったならば、彼女は決して、躓きはしなかったであろう。もし彼女が躓かなければ、あれほどの激しさで小石を蹴りはしなかったであろう。そして、もしも飛んだ小石が、丁度その位置に落ちなければ……

吊橋が河原に長い影を落していた。その影に半ば身体を没しながら、桑木医師は化石したようにいつまでも褐色の小さなものを瞶めていた。地上のあらゆる物が、動きを止めたように思われた。そしてこの静止した世界の中でその不思議なものだけがいつまでもくねくねと動いていた。

一瞬の内に無限の断想が流れて、彼は再び歩を進めた。

キシ・キシ・キシ………

――葉子は美しい脚を持っている。否――脚というものは美しいものだ……女の脚は美しい。殊にそれが絹の靴下に包まれている時に……。そして、真実というものも、結局は女の脚と同じなのだ。我々は、故意に真実を神秘の靴下の中へ匿そうとする事がある。より美しい人生を欲するが故に――

キシ・キシ・キシ………

キシ・キシ・キシ………

葉子の足の傷が殆んど癒り、桑木医師との婚約が発表されてから、二週間ほど経ったある日、二人は連れ立ってR河原を歩いていた。

そそり立った絶壁の間からのぞく黝ずんだ空に、太陽が金色の亀裂を刻み、岩肌の所々に蟠《わだかま》る木々の緑が、小石の海の白さと鮮かな対比を見せる。岩によって截り取られたこの狭い空間の底では、空気は静かに澱んで汗ばむような温かさであった。

「疲れたでしょう？　余り歩き続けると、せっかく癒った足がまた痛みますよ」

桑木医師は、手にした上着を、手頃な岩の上に拡げた。晴天続きのR川は、すっかり河床を露わして、流れは細くゆるい。

「もう大丈夫ですわ。でも……」

と拗ねたように背を向けて坐る。

「あたくし、本当は、余り早く癒ってしまって悲観していますの。だって……足が癒ったら、もうちっとも手をひいて下さらないんですもの……」

子供のように悪戯っぽい表情で、くるりと首をまわした葉子は、しかし、右手に遠く霞む吊橋に眼をやって、何か物想いに沈んでいる彼の横顔につき当ると、思わず口をつぐんだ。

——そうだ。やっぱり何かあったのだわ……

「ねえ」

声が急に低くなる。

「どうなさったの？」

「いや」

と葉子の視線から狼狽てて顔をそらした。

「何でもないんです」

「何でもなくありませんわ」

彼女は立上って桑木医師の正面にまわる。

「何故お匿しになるの？　あたくし、ちゃんと知ってますわ。先刻、あの吊橋の下であたくしが躓いたでしょう。あの時からですわ。貴方がすっかり考え込んでしまったのは。……あの時、あたくし、女学生時代の事を話して居りましたわね。何かお気に触ったのでしょうか？　それとも、急に何かお想い出しになりましたの？　あれから、あなたはあたくしが何を云っても、まるで聞えていないようですわ」

眩しそうに葉子の顔を仰いで、

「いや、それは葉子さんの思いすごしだ。実は昨夜遅くまで仕事をして、少し睡眠不足なので、それで……」

「嘘——嘘ですわ。それなら何故あたくしの顔を真直ぐ御覧になれないんですの？　あたくしそれほど馬鹿ではありませんわ」

相手は黙って河面を見凝めている。

「どんな事でも関いませんわ。仮令、あなたが、もうあたくしをお厭になったと云うのなら、それでも関いませんわ。あなたがお匿しにならずに打明けて下されば、葉子は笑って聞きますわ。でも、お匿しになるのだけは厭なんです。——私達の間に、どんな小さな秘密でも、秘密が存在するようになったらお終いですわ。ね、お願いですわ。葉子にお話して……」

「葉子さん」

河面から眼を離してゆっくりと立上ると、桑木医師は両手を彼女の肩にかけて、奇妙な淋しさを宿した眼で葉子の顔を覗き込んだ。

「貴女の推察通り、私は先刻から、果してこんな事を貴女に云うべきだろうかと迷って居りました。……恐らく云うべきではないのでしょう。しかし、私達の間に秘密があってはならない——と貴女は云われる。そして私のこうした態度に気付いた以上、あくまでそれを匿そうとする事は、却って貴女に余計な心配をかける結果になるかも知れません。それ故、私は今すべてをお話する事に決めました。ただ、その前に一つだけ、是非とも貴女にお約束してもらわなければならぬ事があります。それは……」

彼の顔に優しい微笑が浮んだ。

「私がこれから仮令どんな事をお話したとしても、それによって、私達の愛が少しでも変ってはならない……という事です。約束してくれますね」

手が静かに葉子の肩を引き寄せる。彼女はそっと眼を閉じた。——二人はそのまま、河原に腰を降した。

×　×　×

「先刻、貴女が躓いた時、私は一体何を見たでしょう？　それは、一匹の小さな動物でした。そしてその瞬間、ある暗示によって、今まで疑問の霧に鎖されていた一連の事実が、実に明白な姿で私の前に現れたのです。私は思わずその事に気を奪われました。奪われすぎた——と云うべきでしょう。そのためにこうして貴女にお話しなければならなくなったのですから……いやこんな事をくだくだしく述べたてても何にもなりません。それよりも、最初から順を追ってお話する事にしましょう。

まず、私の第一の疑問は、貴女のお姉さんの自殺に始まります。《落石》の撮影が終了した瞬間、杏子さんは私達の面前で絶壁から身を投じましたね。——あの時、私はいかにも不思議でならなかったのです。

人間は、誰でも、美しく死にたいと望むものです。いかに醜く生れようとも、せめて最後の瞬間には美しく死んで行きたい——そう希うのが人間と生れて極く自然な感情ではないでしょうか。まして杏子さんのように若く美しい人が、どうしてボロ屑のように押し潰れた死体を人の眼に曝す気になったのでしょう？　女王の如く盛装して、毒杯を呷ってこそふさわしいではありませんか。何故でしょう？　毒を嚥む事の出来ぬ理由があったのでしょうか？　毒を嚥めぬ事情——服毒した場合、屍体は必ず解剖に付されます。剖見の結果……それを杏子さんは恐れていたのではないでしょうか？——妊娠していた⁉　私は、ふとそうした疑惑を抱きました。

杏子さんが腕を轢かれて私の所へ来た時から、自殺の前日、二度目に私を訪れるまでに三ケ月の時日を経過しています。その三ケ月の間隔を置いて見た私の医師としての眼に、杏子さんの身体つきの微妙な変化が映ったのです。恐らく平常親しく見ている人達には、全然気付かぬ程度の変化だったでしょう。また私とてもそれを断言し得るほどの確信はありません。しかし、あのような自殺の方法と思いあわせた時、私のこの疑惑は略々確定的なものとなりました。妊娠三ケ月——これが私の第一の推論でした。

さて、この推論の上に立って更に考え進んだ時、自殺の三ケ月前という日付が、私に第二の暗示を与えました。杏子さんが右腕を失ったのは、丁度自殺の三ケ月前ではありませんか！

以前、私は、アメリカの一女医が、手術でメスを揮う際に邪魔になる右手の薬指と小指を、自ら切り捨てたという記事を、ある医学雑誌で見た事があります。その時にも、私はその女らしい冷い情熱に奇妙な感動を覚えたものですが、昨年の秋、《落石》の主役を得るために、杏子さんが右腕を切り取って撮影所に現れた時には、私はその情熱の執拗な冷たさには、更に深い——むしろ恐怖に近い感動を味わいました。外科医が指を切り捨てる——それはあり得る事でしょう。だが、杏子さんの行為はそれ以上でした。指を切り捨てる事によって外科医の得る便宜は生涯のものであるに反し、右腕を失った女は《落石》の撮影後、女優としての生活を断念しなければなりません。しかも杏子さんは敢て自らの腕を切り捨てたのです。百万円の懸賞金・莫大な出演料・夢にまで見た女主人公の役・空前の盛名……だが、ただそれだけのために、若く美しい女が自らの腕を捨てるでしょうか？　女優としての未来を無視してまで右腕を捨てる——といった異常な行為の裏に、それを支える心理の脊椎があったのではないでしょうか？——列車が近づくとその女は突然立上りました。そして凝っと考え込んだのです。あと三〇米——女はレールの横に寝ると……——あの運転手の言葉が頭に浮びます。そうです！　杏子さんはこの時、明らかに自殺を決意していたのです。しかし、列車が近づいて来た時、彼女はふと素晴らしい啓示を得ました。死ぬのならいつでも死ねる。それよりも、もし右腕を切り取る事が出来たら……もしも右腕を！　彼女は微笑みました。運転手を恐怖させたあの微笑でした。自殺を前提としてのみ、右腕轢断の異常な行為が、初めて不自然でなくなります。恐らく彼女は右腕を捨てるその瞬間から、撮影終了と共に自ら命を絶つべく予定していたのでしょう。

ある意味では、杏子さんはあの時右腕と共に死んだのでした。その後の三ケ月間、彼女は、《落石》の主演女優としての莫大な収入で、華村氏の残した負債を償うため、惰性で生きていたに過ぎません。彼女に自殺を決意させたもの——右腕を捨てさせたものは、一体何であったか? 妊娠三ケ月という事実から私はそれを容易に想像する事が出来ました」

桑木医師は言葉を切って、煙草に火を点けた。

「矢口氏の墜死事件の際、私は華村宏三氏が彼に対して相当額の負債に喘いで居られた事を発見しました。負債の全額はその後杏子さんが《落石》に出演するようになってから、完全に返債されており、現在では既に何も問題はないのですが、ただ一つその中に見逃す事の出来ぬ事実が私の注意を惹きました。それは、最初、昨年九月末と定められてあった負債の返債期限が、九月十六日に到って急に無償で一ケ年延期されている事でした。九月十六日と云えば杏子さんが右腕を失った日ではありませんか。私の関心の中にこうして矢口氏がクローズ・アップされてきました。九月十六日に、杏子さんに自殺を決意させる何事かが起った。その結果彼女が不幸にも妊娠するような何事か——その代償として矢口氏が《好意的に》返債期眼を延期するに足る何事かが。——恐らく、私の結論は誤ってはいないでしょう」

「姉は謀られたのですわ」

いたわるように肩に廻した桑木医師の腕の中で、葉子の身体が微かに慄えた。

「返債期眼を延期してもらうために訪れた矢口の家で、コーヒーに入れた麻酔剤を飲まされたのです」

吊橋の彼方に、あげた眼が一抹の鬼気を孕む。

「応接室の長椅子の上で、眠りから醒めた姉の傍に、調印された期日延期の書類が置かれ矢口の姿は見えませんでした。……ねえ。覚えて居りますでしょう？　吊橋の横から身を投ずる直前、姉は谿谷を隔てて矢口の家の方を眺めていたのですわ」

暗い追想が暫の間二人を沈黙させた。消えた煙草が桑木医師の手を離れ、弧を描いて河面へ飛ぶ。桑木医師は語を継いだ。

「こう考えて来ると、葉子さん――貴女には矢口氏を殺害すべき充分な動機が生ずるのです。だが、いかにして貴女は彼を殺害する事が出来たでしょうか？　足に怪我をしたという貴女の電話を受けた時、私は窓から五九八列車がA駅に入って行くのを眺めていました。その列車に矢口氏が乗っていたのです。どうして貴女に、矢口氏を突き落す事が出来たでしょう？　何等かの自働装置であの絶壁を歩む人を転落させる事は出来るかも知れません。しかし、貴女には犯行後その装置を取除く事は出来ないでしょう。不可能です。医師として私は、貴女の足の傷が、庭から電話室へ、寝台へと匍って行けたのが精一杯である事を知っています。その貴女に矢口氏を突き落す事が出来ようはずがありません。とすると、やはり矢口氏は誤って転落したのでしょうか？　落石に打たれたのでしょうか？　何かしら割切れぬものを感じながら、貴女とこの河原を歩いている時、私は先刻遂に最後の暗示に突当ったのです。

吊橋の下で貴女が躓いた時、私は小さな動物を見たと云いましたね。それは一匹の蜥蜴でした。貴女の靴先から飛んだ小石の下に、さながら生けるが如く動き続ける褐色の尾を残して、恐怖に打たれたこの小動物は逃げ去りました。尾を捨てて逃れる蜥蜴！　自然は何という賢さをこの動物に与えた事でしょう。尾を捨てて逃れる！　この瞬間、私の脳裡にある閃光がひらめきました。尾を捨てる！　それは弱き者の賢さでした。そうです。貴女もまた、尾を捨てれば良かったのです。貴女のお姉さんは、曾つて右腕を捨てる事によって一瞬の内に名声を築き上げました。その血は貴女の血管にも色濃く流れているはずです。否定する事の出来ぬ血液の相似性――貴女は、まさに左足を捨てる事によって、完全なる復讐をなし遂げたのです。

生涯取り返しのつかぬ不具ともなりかねぬ大怪我を、誰が自ら好きこのんでするると思うでしょうか？　足に怪我をしたと云う電話を受け、貴女の傷ついた足を眺めるならば、誰でも貴女が電話の直前に傷いたと信ずるでしょう。ここに心理の盲点があったのです。貴女は注意力の死角を巧妙に利用しました。そして完全なアリバイを作ったのです。

五九八列車の警笛を聞くと、貴女は私の所へ電話を掛けました。――石が倒れて怪我をした。直ぐ来て欲しい……勿論、この時、未だ貴女の左足は針でつついたほどの傷も受けていませんでした。電話を掛け終ると、貴女はコートに身を包んで絶壁へ急ぎました。列車を降りた矢口氏が、やがて吊橋の彼方に姿を現わします。貴女は周囲を見廻します。どこにも人影はありません。隠れていたか、あるいは話しかけて隙を見て突き落したか、それは知りません。ともかく、いずれかの方法によって矢口氏を突き落すと、貴女は崖上の石置場から、落石を装ってかねて用意の大石を落し、大急ぎで我家の庭先に戻り、《杏子》を倒して足を潰し、電話のある居間へ、ベッドへと血痕を曳きながら匍い移ったのです。今思えば、傷の割に出血が少なかったのは、石粒が傷口を塞いだからというよりは、負傷の時刻が電話よりもずっと後だったからに過ぎません。間もなく私が到着し、貴女のアリバイは完全に出来上りました。殺人後の昂奮や動揺は、傷ついた足の苦痛を示す表情に隠れて、気付かれる心配はありませんでした。こうして、貴女は巧妙にもお姉さんの讐をうったのです。

動機が表面に出ていないため、貴女は殆んど嫌疑さえ受けませんでした。しかし、仮令どのような嫌疑を受けようとも、貴女のアリバイは破れなかったでしょう。私のように、以前から貴女を愛し、絶えず注意深く貴女の上を見守り続けている人間以外には……」

桑木医師は、ここでもう一度言葉を切ると、真紅の花びらを想わせる葉子のういういしい二枚の唇に、優しく接吻した。

「貴女がA市に移り住んだのは、お姉さんの想い出の地というよりは、むしろ矢口氏を殺害する機会を、窃かに求めるためでした。《杏子》を河原から庭先へ運ばせたのも、お姉さんをしのぶためよりはアリバイを作る準備でした。私の忠告にも拘らず、《杏子》は不安定な姿勢で今にも倒れそうに置かれてありました。これ等の事は、すべて完全なる復讐のための小道具に過ぎなかったのです。殆んど嫌疑のかからぬ立場にありながら、しかもこれほど周到なアリバイを用意したのは、貴女の生来の要心深さにもよりますが、それには更に大きな理由がありました。お姉さんの血に染った石――そしてその故に貴女が《杏子》と名付けた石――その石によってアリバイを作るという事が、復讐を志す貴女の心理にとってこの上もない魅惑だったのです。お姉さんの鮮血をもって潔められた石は、貴女を護らずにはおかぬでしょう。《杏子》を利用するアリバイ――これ以上の素晴らしい方法が、復讐者にとって考えられるでしょうか！　貴女は、そのためには、自分の足を一生失うかも知れぬ事などは、もう問題ではなかったのです……」

いつか片雲が太陽を蔽って、河面を小波が走る。葉子の頬に一条の涙が糸を引いた。

「あたくしお姉さまの讐を討ったのですわ」

「そうです。そして、既に復讐は終りました……」

桑木医師は静かに身を起して、遠く谿谷に架る吊橋を感慨深く見やった。雲間を割った太陽がカッと燃えて、河原は再び光の波に埋まる。

暗き日は終った。彼等はもう二度とこの問題に触れる事はないであろう。それで良いのだ。生ける者には生ける者の未来がある……

×　　×　　×

「あなたのお話の中に、一つだけ事実と違う所がありましたわ」

ハンカチをたたみながら、葉子は、つと許婚者に寄り添った。

「あたくしがA市へ来たのは、復讐の機会を探すためもありましたけれど……」

指と指とがそっと絡らむ。

「まず何よりも、あなたにお会いしたかったんですの」

氷山

日記　1

註――この日記は、一九四×年七月十三日、K市海岸の別荘にて服毒自殺を遂げた探偵作家多摩村卓也の、書斎机上から発見されたものである。

七月七日（火曜日）

ここ暫くの間、身体の調子が思わしくなかったため、約束の原稿も皆断って、一昨日は月例のパーティも中止してしまったが、昨夜あたりから大分元気になった。この分なら、午頃からは起きられるだろう。

一ケ月の内、数日は病床にある夫を持っては、麻由子の額に年齢より早く皺が訪れるのも当然であろう。月一回のパーティも、不幸な妻の気分転換のためには、必要な儀式だ。そうだ、次の日曜日には久し振りで盛大なパーティを開こう。黒木医師には、往診に来た際に伝えるとして、櫟と藤井には招待状を書かねばならぬ。浅井という青年には、麻由子から出させた方が良い。未だ私とはそれほど親しくないのだから……。

×　　×　　×

午後から一週間振りで海岸を歩いてみた。

夕凪には間があったが凪は思いの外ない。キシキシ音をたてて水を吐く砂の特有の感触が、裸足への誘惑を伴う。

新らしいプロットを追いながら、人影の無い海辺を歩く――それだけでも、人間は充分幸福であり得るのに。

潮風と共に、思考の盲点をついて、突如として新らしい構想が浮ぶ。伏線をなす小さな環が現れては消える。そして熱病患者のような偏執的な視線の中で、素晴らしい空想が固定した時、不安が忍びやかに歩み寄る。この新らしい傑作を書き上げぬ内に、何か避け難い偶発事が私の生命を奪うのではないか、と。書かれざる傑作の魅力は既に死の恐怖によって半減されてしまう。

七月九日（木曜日）

女中は昨夜から親元に帰って夕刻までは戻るまい。麻由子が買物に出たため、やむなく留守番の形。しかし、樹蔭に出した籐椅子の読書も悪くはない。

× × ×

風に吹かれすぎたか、少し頭痛を覚える。未だ妻が帰るまでには大分間があるようだ。電気冷蔵庫の氷を氷のうに詰める……。

麻由子が帰るまでに頭痛が去って呉れれば良いが……。

七月十日（金曜日）

すっかり気分も落着き、身体の調子も申分ない。

「麻由子、どうだい。三年振りで競泳でもやろうか？　素晴らしい海だね」

妻は、優しい叱責を含んだ微笑を浮べた。痛々しい微笑――こんな冗談は云うべきではなかったかも知れぬ。

十二日のパーティまでは、少し自重しなくてはならない。せっかくの催しが、病気のために中止になったりしては、最初から計画しなかったより悪い。

七月十二日（日曜日）

これが果して信じられる事であろうか？　昨日まであれほど若々しく、あれほど、美しく、あれほど優しかった妻が、今は一個の蠟人形にも等しい骸《むくろ》と化して、この部屋に横わっている。

午後のお茶の時間であった。

私の役は勿論審判だが、それでも直射日光は少し激しすぎる。浅井青年と麻由子の、ワン・ポイントを争う熱戦を後に、我々四人は一足先に部屋に戻った。

台所の電気冷蔵庫から、自慢の濃縮飲料を持ち出して、水差に氷塊を浮べ、主人自らの接待。卓上の盆には、庭に居る二人の分も入れて、カット・グラスが六個。

まずエッセンスを眼の前のグラスに注ぎ、水差の冷水でそれを割る。

「案外、これが馬鹿にならぬのですよ」

私の例にならって、黒木医師、藤井、櫟の順。注ぎ終るのを待って乾杯！

林檎酒に似た甘酢っぱい舌触りが、快よい後味を残す。

「なかなか、馬鹿にならぬ所ではありませんね」

よほどのどが渇いていたと見えて、藤井の如きはたて続けに二杯。勿論、誰も異常はなかった。

私は立上って窓を開く。

「良い加減にして早く来給え。せっかくの飲料が駄目になるよ」

丁度、ゲームの終ったらしい二人は、ラケットを小腋に、こちらに向って歩み始めた。

ちょっと座を外してから、私が部屋に戻ると、浅井青年が水差を取上げている所だった。

「勝負はどうだったね」

問いかけながら、壁に掛った額の位置を直そうと伸ばした手が滑って、木彫の方形は、床に激しい音をたてる。

「奥さんに花を持たせておきましたよ。何しろ、これからの御馳走に影響しますからね」

「まあ、あんな事を……」

浅井青年は、まず妻のグラスへ、そして自らのグラスへ冷水を割る。

「偉大なる探偵作家の健康のために！」

カチリ、とグラスが鳴って、ぐっと呷った次の瞬間、まるで支えを失ったように、二人の身体が崩れ落ちる。

かけよった私の耳へ、水差を覗き込んだ黒木医師の声が響く。

「青酸加里――しかし、誰にもそんな機会はなかったはずだが……」

アモンドの香が、微かに戦慄をただよわせて、部屋の中を拡って行く。

七月十三日（月曜日）

開け放された窓からは、潮騒と共に、微かに木蘭の香を含んだ夜気が忍び寄り、夜目に黝い防風林を吊り上げよと尾を曲げた蝎座《さそり》の星々が、南天に高い。

私は今、最後の別れを惜むため、柩から出した麻由子を、机上に横たえた所だ。

拡げられた真新らしいシーツの上に、美しく粧われた麻由子は、北を枕に静かに眠る。青酸中毒特有の、生けるが如き顔色。無雑作に束ねた髪の一房の乱れが、はらりと頬に落ち、優しく胸に組んだ指先の屍斑の紅が、花びらの如く眼に滲みる。

部屋の主は既に生をやめたと云うのに、すべてのものが未だ呼吸を続けている。

机上のスタンドは、麻由子の横顔を惜しめと照らし、大理石の裸女が抱く卵型の置時計は、夏の夜の一刻をきざむ。部屋の隅にたてかけられた未完の刺繍は、空しくも女主人の指を待ち、机上に読みさしたマラルメの詩集は、引き絞ったカーテンを押してそよりと吹く風に、自ら頁を繰ろうとする。何という空々しさ――麻由子は死んだ。

星の美しい夜だ――。

私の頭の中には、死のもたらす激しい悲しみが去来している。これから先、私にとって、一年間が三百六十五個の憂鬱な追憶でしかないならば、生は一体何を意味するのか？

×　×　×

日記　2

註――この日記は、一九四×年七月十三日、K市海岸の別荘にて服毒自殺を遂げた探偵作家多摩村卓也の、生前愛用せる書斎書物机の鍵のかかった抽出の中から、発見されたものである。

空想によって日記をつける事が、詩人の才能を要求するものとすれば、私は疑いもなく詩人であろう。

七月七日（火曜日）

午後海辺を歩いた――と、私は机上の日記に記した。しかし、私は決して歩き続けはしなかったのだ。

私の姿が松林へ消えるのを待って、妻は家を抜け出した。私は既に、それを予想していた。三ケ月前から、麻由子の態度に微妙な変化の起った事に、未だ私が気が付かぬと思っているのであろうか？

妻が抜け出した頃合を見計らって、私は庭先から家の中へ戻った。出来得れば、女中にいつ帰ったかを、気取られたくなかったからだ。

私は麻由子の部屋に忍び込んだ。複製した机の抽出の鍵を、ポケットの中でまさぐりながら……。

×　×　×

予想していた通り、問題の源には浅井晃がいる。私は麻由子の机の抽出から、彼の手紙を三通発見したのだ。

手紙の日付には、夫々二週間ほどの間隔があるが、内容は皆同じようなものであった。

勿論、言葉は常に二重の意味を持つ。理論的に否定しようと思えば、この手紙は単なる友情を示すのみで、求愛の文字ではない、とも説明出来よう。しかし、浅井晃よ！　二重の意味を持つ言葉を用いる以上は、常に悪い方の意味に解される事を覚悟しなければならぬのだ。

×　×　×

数年の空虚の後に故国の土を踏み、やっと探し当てた曾つての許婚が、十五も年齢の違う探偵作家に嫁いでいると知った時、麻由子に対する彼の視線が、平静なものであり得ない事は解る。しかし、今更何を望もうと云うのか？　麻由子は既に私の妻である。そして先取権は野獣の世界においてさえ、あれほど尊重されているではないか。

問題は、麻由子がそれに対して、いかなる態度を示しているか——である。

が、この点に関しては、私は神に感謝しよう。私は、浅井に宛てての、麻由子の手紙を発見したのだ。それは、人妻と呼ばれる女性が、恋を打ち明けられた場合に書くにふさわしい——思いやりに包まれた断固たる拒否——であった。

私は妻を信ずる。私に対する愛情において、浅井青年の求愛に対する、冷静なる態度において。

七月九日（木曜日）

女中も麻由子もいない。ただ一人で考えるにふさわしい日——

私自身に関しては、何の危惧もない。麻由子は賢い女だ。とすれば、問題は浅井の盲目的な情熱である。盲目的な情熱それ自身は恐れるに足らぬ。拒否された情熱が、絶望的な勇気を生む事が恐ろしいのだ。

私の健康が許しさえすれば、麻由子を伴って、浅井の眼の届かぬ土地へ旅行する事が、一番良い方法なのであろうが……。

× × ×

氷嚢が、私の熱した額を、快よく冷やして呉れる。うまく行かぬはずはない。何も恐れまい。私は最善を尽しているのだ。

七月十日（金曜日）

私が、ひそかに妻の秘密を嗅ぎ出したという事は、行動自身としては、余り良い事ではなかったかも知れぬ。しかし、麻由子の上に迫ろうとする危機に対して、常に注意深い視線を送るのは、夫としての義務であろう。今では私は、麻由子の表情を、時折暗いかげがかすめるのを見ても、漠然たる不安を感じなくても良いのだ。時と共に、浅井晃の狂熱が鎮まって行けば、やがて麻由子の顔にも微笑が戻る。

ともかく、十二日には、浅井を招待する事にした。麻由子にしてみれば、招待を取り止めるために、私を納得させるだけの口実を探すのが困難なのだから。

× × ×

特にこのパーティのために、駅前のベーカリーに誂えたケーキは、当日の午頃にならねば出来ぬとの事。夕食のための買物を兼ねて、女中を使に出さねばならぬ。一時の上りバスで出掛ければ、帰りはどうしても二時十分の下りバスになろう。スケジュールの上で、その時刻にテニスを組み込めば、女中がいなくとも別に不便はない。

× × ×

「そうですね。奥さんは別として、外の人達なら、左手でお相手しても大丈夫ですよ」

浅井青年も、テニスには、自信があるらしい。ラヂオの長期予報では、この晴天はあと二週間は続くとの事。明後日は絶好のテニス日和といった寸法だ。

もう一度当日のスケジュールを考え直してみよう。何か忘れてはいないだろうか？

七月十二日（日曜日）

悲劇の予感はあった。そして、それを私は恐れてはいた。しかし、その悲劇が、こうした形で、このように急速に訪れようとは、夢想だにしなかった。

平和であったこの海岸の別荘が、警察の無神経な手で攪き廻されようとは！

――無理心中ですな。――

悲歎に暮れた夫を前に、あの連中の口にする言葉は、いつでもこんなものなのだ。

× × ×

「お気の毒ですが、皆さん、もう一度事件の起った通りの位置に坐って下さい」

杉本課長――でっぷり肥った、それでいて女のように声のたかい捜査主任。確か杉本という名だった――が、習慣的に威圧するような視線を投げる。

私は卓上の盆に、六個のカット・グラスを乱雑に並べた。そして水差と濃縮飲料の瓶。

「水差も、瓶も、御主人が持って来られた。女中さんは買物に出ていられた。――という訳ですな」

部屋の隅に、買物から戻って来た女中の、青い顔が控えている。

「では注いでみて下さい」

まず私、黒木医師、藤井、櫟、銘々が手当り次第にグラスを取り上げる。

一通り注ぎ終ってから、同時にグラスを干し、続いて藤井のみ二杯目を注ぐ。飲み終った時、水差は卓子の中央に置かれてあった。

他の三人の眼に触れずに、水差の中に毒を投ずる事は不可能だ。

「調査の結果、青酸加里は、水差と、死亡した二人のグラスの中から発見されました。皆さんが飲んだ時には異状がなかった――とすると、毒物は、これから後に投ぜられた訳です」

杉本課長は先を促す。

私は立上って窓際に歩む。

「声をかけてから、二人がここへ現れるまで、凡そどの位の時間がかかりましたか?」

「多分、二、三分でしょう。……私がトイレットへ行って戻って来ると、丁度浅井君が水差を取り上げた所でした」

私は最初から嫌疑の外にいる。杉本課長は、私が座を外した間の、三人の行動を調べる。しかし、誰も水差に手を触れる機会は、なかった。

課長は凝っと考え込んだ。

「被害者のグラスに毒が投ぜられた方法について、二通りの場合が考えられます。一つは、云うまでもなく、最初、水差に毒が投ぜられ、その水を、被害者がそれとも知らず自ら自分達のグラスに充たしたと考える方法。――もう一つの考えは、まず被害者のグラスに毒を投じて、二人が倒れ、他の人の注意がそちらに向けられている暇に、今度は水差に毒を投じ、さも水差の毒が最初から存在していた如く見せかけようとした場合です。

さて前者に関しては、生き残った四人の中で、誰一人としてチャンスを持った者はいなかった――これは明白な事実です。結局、問題は後者の場合に限られますが……。

最初、グラスを配られたのは、御主人ですな。――すると、貴方はグラスに毒物を附着させておく機会はあった……誰がどのグラスを取るかは、この場合、各自が盆の上から任意に撰んだのですから、偶然にまかせるより外はなかったとしても、ともかく機会丈はあった……いや、これは勿論単なる可能性の問題ですから、余り気にされては困りますが。――誰も、偶然の結果とり残された二個のグラスに、触れてはいない。可能性のあったのは御主人だけ。所で二人が倒れている間に水差に毒を投ずる芸当は、御主人には出来なかった。水差は反対側に置かれてありましたから。――で、これは黒木医師と、櫟氏以外には可能性はない。まあ、結局、強いてこの四人の中から、他殺としての犯人を探すとすれば、御主人と黒木医師（あるいは櫟氏）が共同で企てる以外に方法はない訳です。勿論、これは前にも言った通り、グラスの撰択を偶然の機会にまかせるよりないのですから、単に結果的に可能だと云うだけで、現実の問題として受け容れるには余りに多くの理論的難点を含んでいます。それに、お二人の間に、共通の利益とか、共同の敵といったものも、ありそうにないのですから……」

× × ×

家に集る連中なら、誰でも知っている事実だが、せっかく櫟や藤井が沈黙を守っているのに、黒木医師は、私が青酸加里を持っているはずだと証言した。そのため、私は机の抽出を開放しなければならなかった。

青酸加里の小壜――これは昔の写真道楽の名残りだが、その同じ抽出に入れておいたこの日記が、杉本課長の眼に触れたのは失策であった。

「浅井という青年が……なるほど、そうだったのですか。――失礼ですが、それでは夫人の部屋を拝見させて頂きましょう」

×　×　×

「大変長い間お引き留めしましたが、結局、この事件は、皆さんとは関係のないものと判明しました。どうぞ御自由にお引取り下さい」

杉本課長の説明によれば、我々四人には、二人を殺害する機会がなかった、と云うのだ。

「浅井晃という青年は、執拗な求愛を夫人に拒否されて、絶望の余り無理心中を企てたのですよ。貴方達は誰も水差に触れていない。毒を投ずる機会を持ったのは浅井だけなのです。いいですか、もう一度あの時の事を考えてみましょう。御主人がトイレットから戻られて、額縁を床へ落されましたね。皆の注意がその物音に向けられている間、誰にも気付かれずに水差を自由にする事が出来たのです。その上、死者の所持品を検査した結果、浅井青年の上着のポケットから、微量の青酸加里が附着した紙片が、発見されました。(云い忘れましたが、貴方達の所持品からは、毒物に関係のありそうな品は、何一つ発見されませんでした) 恐らく、彼はひそかに無理心中の機会を狙って、この紙片に毒物を包んで持ち歩いていたのでしょう。

無理心中に、何故こうした時と場所を撰んだか? については、これは単に臆測の域を出ませんが、多分、麻由子夫人と二人丈でテニスをしている間に、何か浅井青年の決心を促がすような会話が、交されたのではないでしょうか? 咄嗟に情死を決意した青年は、毒物を紙片から取り出し、指の間に隠し持って部屋へ入ります。部屋の中に飲料が待っている事は、御主人の言葉――早く来ないと飲料が駄目になる――によって予期していた。その機会を利用しようと思ったのでしょう。御主人が額縁を床へ落した瞬間を、青年は機敏に捕えました。こうして毒物は水差へ投ぜられ、水差からグラスへ、グラスから唇へ――と、まあ、こういった順序でしょう。

麻由子夫人は、全く御気の毒でした。――しかしどうも、青酸加里の壜を机の抽出に入れておくのは、余り感心出来ませんな。使用された毒物と幾分成分が異っており、また壜の封蠟や内容物の状態から、最近手を触れた模様のない事が判明したから良かったようなものの、もし御主人が水差の近くに坐っておられて、その上強力な動機を持っておられたら、毒殺事件の犯人と云われても、弁解のしようがありませんからな」

七月十三日（月曜日）
愛の言葉と、接吻のために形造られた唇は、再び開こうとしない。
二人の夢のためにのみ、鼓動を続けた胸は、再び動こうとしない。
麻由子は、今、潮騒を聞きながら、静かに眠っている。
私の心には、悲劇の余韻が、未だ長く尾を引いている。
――これはしかし、避け得られる偶然ではなかった。
私の心にも、再び、平和が訪れようとしている。

日記　3

註――この日記は一九四×年七月十三日、服毒自殺を遂げた探偵作家多摩村卓也の、生前居住せるK市海岸の別荘を買い取った筆者が、同氏が書斎として使用せる部屋の、壁板に設けられた秘密の匿し場所から、偶然の機会に発見したものである。

七月七日（火曜日）

人生には常に三つの面がある。そして、それを残りなく記録するためには、少くとも三個の日記が必要であろう。

第一の日記は机の上に置かれる。そして、これは誰の眼に触れる事もはばからぬ極く平凡な日記である。

第二の日記は、大抵の場合、鍵のかかった机の抽出の中に置かれる。この日記は、一見いかにも秘密らしく見せかけねばならぬのだ。しかし、注意深い観察者は、この日記もまた明らかに、記述者の妻や、親しい友人や、そして場合によっては警察官の眼を意識しながら書かれたものである事に気付くであろう。

そして、個人の真実の生活は、更に第三の日記と共に、常に壁の中深く塗り込められているのだ。

× × ×

二ケ月前のあの日の事を、私は未だ昨日の事のように、ありありと記憶している。

執筆の打合わせで上京した際、私は、黒木医師にも麻由子にも内密に、変名で専門医の診断を受けたのだ。結果はやはり絶望だった。私は勇気を振い起して訊ねたのだ。平静を装いながら。

「そうですね。色々と整理なさる事もあるでしょうから、率直に申上げましょう……」

最初の医者は三ケ月と云った。次の病院では長くて四・五ケ月という診断であった。

「元来、病気というものは、皮相的な症状の所見丈で、軽々しく決める事は出来ません。ですから、仮令、現在貴方の心臓が……」

——あと三ケ月……

慰め顔に附け加える三人目の老医に背を向けると、私は力なく磨り減った階段を歩み降りた。

診察室に至るこの古めかしい階段を、いかに多くの足が、希望を抱きながら上り、絶望に打ちひしがれて下った事か！

――あと三ケ月……

最近頻発する痙攣的な激痛、ぎこちない心臓の鼓動、診断を受けるまでもなく、自分でも判っていたはずではないか？　今更、あわてる事はあるまい。三ケ月と云い、三十年と云い、所詮、人間は一個の死刑囚に過ぎない――

――あと三ケ月……

黒木医師も麻由子も、果してこの事実を知らぬのであろうか？　否――恐らく知っておりながら、私には隠しているのであろう。それならば却って好都合だ。私はどこまでも、知らぬ顔で快活に振舞えば良い。そしてこの残された三ケ月の間に、是非とも麻由子の問題を解決しなければならない。

×　　×　　×

死の宣告を受けた瞬間から、私の心の中に、あるおぼろなる計画が胚胎した。それは、徐々に大きさを増し、やがて明確な姿になって行った。私の生命が、僅かあと三ケ月しかないというのなら、何も麻由子を生かしておく必要はない。二人を一緒に葬り去れば良いではないか。――それならば簡単だ。

不快を口実に引き籠った病床の、大半の時間を費して、私は計画を練った。方法は極めて単純であった。ただ、問題はそれを可能ならしむる時期であり、背景であった。

冷い飲物とテニス。――それを求めて、私は二ケ月の間、静かに待ったのだ。

×　　×　　×

麻由子の額に、年齢より早く皺が訪れる。――こんな言葉が、第一の日記に書かれている。しかし、第三の日記においては、彼女を美化する何の必要も認められぬ。

病弱な夫を持った麻由子。額に皺が訪れるより早く、心に不平が訪れる。不平と共に昔の夢が……。麻由子はそうした女なのだ。

海岸の散歩と詐って、私は数々の証拠を握る事に成功した。なるほど、麻由子は浅井に対して――思いやりに包まれた断固たる拒否の手紙――を書きはした。だが、その手紙が彼女の部屋にあるという事は、それを発送しなかったという事実を示す。彼女は、自分の僅かに残存せる良心に、安らかさを与えるため、発送する意志もなく、拒否の手紙を書いてみたに過ぎぬのだ。そして、それが彼女の私に示し得る最大限の誠意なのだ。

確証を握るまでもない。私には、三ケ月前、浅井晃が初登場した時から、今日の結果は予想されていたのだ。

今、私は一ケ月の生命を余すのみ。既に計劃は完全に組まれている。七月十二日のパーティが、彼等にいかなる運命をもたらすか？――それは、私以外の誰にも分らぬ未来である。

七月九日（木曜日）

私の巧妙なる計劃の中で、最も重要な因子をなす氷山の実験のため、麻由子を買物に出した。女中は勿論夕刻まで帰るまい。

――電気冷蔵庫の氷を、氷嚢に詰めた……何というスリリングな表現だろう。それが何を象徴するかを知ったら、麻由子は決して浅井を招待しないであろうが。

今日は単に時間を測る丈だ。実物を用いる必要はなかろう。私は、判り易いように、核には食紅の溶液を用いた。これは簡単に凍結する。そして一番心配していた氷山の製作も、それほど面倒ではなかった。

最初の案では、まず適当な大きさの氷塊を二分し、その中間に核を嵌め込んで凍結するはずであったが、これは接合が困難な上、接合後も継目が眼立つので中止し、別の方法を用いる事に決めた。新しい方法とは、熱した焼串で氷塊の中心に向って坑を穿ち、その坑の奥に核を嵌め込んでから、坑を塞いで凍結するのだ。三個ほど作る内に要領を覚えた。もう心配する事はない。計画は九分通り成功だ。

さて実験の結果、三個の平均値をとれば、完全に溶解するまでに七分から八分。そして五分以後は危険状態となる。これに合わせて、一幕劇を書けば良いのだ。何しろ、私は探偵作家なのだからな。

七月十日（金曜日）

長椅子に腰を下して、私は麻由子と来るべきパーティの予定を樹てる。彼女は上機嫌だ。浅井が来るからだろう。

楽し気な声で、彼女は私達の予定表を読み上げる。

「午後からテニスね。でも、貴方は審判でお気の毒だけれど……」

ちっともお気の毒ではない。それが私の計劃になくてはならぬ役割を果すのだ。審判台の横に並べて置かれる彼等の上着――いや、浅井の上着丈でよいのだが、この細工が一番難かしい。気付かれぬように、しかも、私の指紋を残さぬように。

黒木医師、藤井、櫟、そして麻由子と浅井。決勝戦に残るのは最後の二人に決っている。テニスらしい恰好に見えるのは、この二人だけなのだから……。

× × ×

駅前のベイカリーに、特製のケーキを誂えた。麻由子は大喜びだ。哀れな女よ！　私がケーキを誂えたのは、女中を買物に出すための口実にすぎない。電気冷蔵庫に氷山をセットする際、女中がいては困るのだ。それとも知らずに――麻由子よ！　恐らく、お前はそのケーキを口にする事はないのだよ。

いよいよこれで殆んど準備は整ったようだ。あとはただ、浅井青年の手紙を麻由子の机の抽出から盗み出す事。あまり早くから盗んでおいては紛失に気付く懼れがあるから、十一日の夜にでも手に入れる事にしよう。手紙から《例のもの》を作った残りは燃せば宜しい。

×　×　×

七月十二日（日曜日）

空前の成功！

勿論、充分の自信の上に組み立てられた計画ではあったが、二人が飲み終るまでは一抹の不安もあった。

もし、麻由子が水差をとりあげたら！――それが、私の最大の危惧だ。十中の八・九までは、フェミニストを以って任ずる浅井が、麻由子のために飲料をとるであろう。しかし、もし万一、麻由子が水差を採り上げたら……私は飾棚の上の花瓶を、《誤って》倒さねばならぬ。そして彼女にその始末をさせるのだ。この間に浅井が水差を取ればよし、とらぬ場合にも臨機の処置はある。

――だが、案ずる事はなかった。水差を採り上げたのは浅井だったのだ。私は、彼の手許から他の人々の視線を離すため、額縁を床に落す。

――探偵作家の健康のために乾杯！　か。

×　×　×

ハンカチに隠し持った《例のもの》を、浅井青年の上着に細工し終ると、二人をテニスコートに残して、私達は部屋に戻った。

製作しておいた氷山を電気冷蔵庫から出して、水差の中に投ずる。――これだけで、私の準備は完了したのだ。

氷山——水差の中に浮ぶ氷塊は、一見平凡なる一片の氷としか見えぬであろう。だが、その中心部には、青酸加里の溶液を凍結した核が嵌め込まれているのだ。かくも簡単に、私は人の生命を奪う事が出来る！

最初、私達の飲んだ時には、氷山は未だ半分以上の大きさを保っていた。水差の水は、事実無害であったのだ。四分経過——時間を見計らって、私は庭の二人に声をかける。汗を拭いながら、彼等が部屋に入って来た時には、氷山は既に完全に溶け終って、水差には充分過ぎる量の青酸加里が溶け込んでいる。以前から所持していた毒物は、わざとそのまま使用せずにおき、別の経路から入手した同種の毒物を使用した用意周到さも、予想通り机の抽出が調べられた現在決して無駄ではなかった。杉本課長は、私の用意した第二の日記の暗示に、訳もなく誘い込まれる。しかも、浅井青年の上着から、彼の指紋のついた毒物の包み紙の残骸が現れるに到っては、局面はもはや決定的だ。

麻由子に宛てて書いた恋文が盗まれて、その便箋の余白が、こんな風に利用されようとは、彼にとっては想像も及ばなかった事であろう。いかなる人間でも、便箋の左下隅の余白に、無意識の内に左手の指紋を押さずに手紙を書く事は出来ない。これこそ絶好の毒物包装紙であろう。私はただ悲劇に捲き込まれた不幸な夫の役割を演じて見せれば良いのだ。

七月十三日（月曜日）

すべてが終った。

私は今、完成の喜びに、快よい疲労を覚えている。もう思い残す事はない。死の恐怖に捕われながら、手を拱いて一ケ月先の終局を待つ必要はないのだ。

現在私の欲するものは、アモンドの香を含んだ一杯の冷水——彼等に与えた、その一杯を、今、私もここに啜ろうとする……。

附記――日記の文中、随所に見られる、、は、筆者が特に後から附したものである。

ひまつぶし

――太初に退屈があった。

神々は退屈して犯罪を造った。

1

オルゴールが可憐な音をたてた。机上の時計に眼をやる。八時――そろそろ喬の現れる時刻だ。

「あ、あ、あ――」

しなやかな身体を思い切りぐっと伸ばして、あられもなく大きな欠伸をすると、弓子は読みかけた書物をパタリと閉じ、壁際の姿見に近づいた。上辺に取付けた蛍光灯の灯を受けて、入念に化粧された美しい顔が、長方形の視野に仄白く浮ぶ。アクァリウムの中の深海魚――少し口紅が濃すぎるようだ。

「でも、女が退屈すれば、口紅が濃くなるのは当然よ」

手を伸ばして化粧棚の上からスプレイアを取りあげる。香水の虹。もう一度のびをすると、彼女は寝室を出て廊下の電灯を点け、パタパタとスリッパの音をたてながら台所の方へ歩いて行った。妹の由利子は友人達とスキーに行っていたし、家政婦の中杉《女史》まで年末の休暇で昨日からいない。ふだんはそれほどにも感じないが、二日も続けて独りで取り残されてみると、建築技師だった亡夫の好みで建てさせたこの家が、妙にだだっ広く、がらんとしていて、鍵の手に曲った廊下の、光の届かぬ隅の辺りに、物の怪が蠢めいているように感じられ、何となく足が竦んでしまう。

「喬さん。早く助けに来て頂戴！　どうやら戦慄《スリラー》小説の悪影響が現れてきたらしいわ」

弓子は恐怖を払い除けるために、くすりと笑ってみた。けれども、その笑い声は自分でも判るほど力がなかった。

暇と財産に恵まれた上、未だ三十に間のある美しい未亡人——喬に云わせると、凡そ女性と生れて、これが最良の条件なのだそうだが、実際にそういう立場に身を置いてみると、弓子には弓子で人知れぬ悩みがあった。毎日が恐ろしく退屈なのだ。

「本当に、人生ってどうしてこうも退屈なのかしら。窒息してしまいそうだわ」

美しい眉を大げさにひそめて呟くと、喬は決ってこう答える。

「退屈するんですか？　この人生に！　全く羨ましい身分だなあ」

「お止しなさいよ。私、羨ましいって言葉大嫌い！　七〇％の軽蔑に三〇％の嫉妬を加えると羨ましいって言葉が生れるのよ」

「おやおや。随分手酷いな。けれど貴女位自由な身の上で、そんな贅沢を云ったら罰が当りますよ」

「喬さんは二言目には、自由、自由、自由って云うけれど、私のような生活を続けていると、その自由からの自由が欲しくなって来るものなのよ」

「それだったら、結婚すれば良いじゃありませんか」

「まあ、失礼ね。——でも誰と？」

「僕とですよ」

「プふ、馬鹿ねえ。私の方が年上じゃあないの」

弓子は全然相手にしなかったけれど、喬の方では案外冗談に紛らして本音を吐いているのかも知れない。少くとも、由利子はそう主張する。

「だってね。この間喬さんが貸してくれた本の間に、大切そうにカヴァをかけたお姉さまの写真が挟んであったの。お姉さまはあの人に写真をあげたりしないでしょう？」

「ええ」

「じゃ、やっぱり私のアルバムから盗んだんだわ。いやだなア。あの人少し手癖が悪いわ。でも、盗んだ写真をそっとしまっておくなんていじらしいじゃないの。どう？　お姉さま感動した？」

弓子の呆れたような表情を疑い深そうに瞶めて、

「ね、誤魔化さなくても良くってよ。私、知っているわ。何故って喬さんは亡くなったお義兄さまそっくりでしょう。だからお姉さまだってあの人好きなはずよ。そうでなければ論理に合わないわ。お姉さまの方が年上だって関わないじゃないの。私、これから大いにネジを捲くわよ」

大学英文科の一年生で、悪戯好きの由利子は、そう云って大きな眼をくりくりさせる。

「そうかしら。私は喬さんは口ではそう云っても、本当は由利ちゃんが目当てだと思うんだけどなあ」

「ネヴァ・ハプン、絶対にそんな事ないわ。見ていらっしゃい。私がスキーに行ったあと、お姉さま独りになれば、ますます頻繁に出没するから……」

演劇部の出身だけあって、お芝居のうまい由利子の事だから、写真盗難事件もあるいは彼女の単なる創作かも知れないが、このような会話の後、弓子の眼に、喬の姿が今までと別の形で映りだした。現に、喬が訪ねて来ようという今夜、由利子も《女史》もいないという状態が、彼女の空想を楽しく刺戟して、その結果いつになく、濃い目の化粧を施し、誘惑的な夜の香水を撒りかけた訳なのだが、廊下の角まで来て、暗闇に蠢めく物の気配を感じた瞬間、先刻まであれほど楽しかった弓子独りという事実が、今度は逆に逃れようのない恐怖を呼んでしまったのだ。

なるべくその隅の暗がりに眼をやらぬように努力しながら、弓子は殆んど走るような足取りで廊下を通り抜けると、台所のドアを開いて壁際のスウィッチを探った。カチリ、と音をたてて白い光が開いた瞳孔に眩しく流れ込む。瞬間、彼女の身体は棒を呑んだように硬直した。直ぐ眼の前に、全身黒ずくめの見知らぬ男が、ピストルを擬して立っていたのだ。

こんな瞬間に笑えるという事がひどく意外だったが、つい今しがた恐怖を払いのけようと試みた時には、頰がこわばってどうしても笑えなかった癖に、その恐怖が実現してこうして夜盗と向い合った瞬間、不可ない！　と思いながらも、弓子は思わずくすりと笑ってしまった。何でもない廊下の暗がりを恐れて、夜盗の待ち構えている台所へ大急ぎで飛び込んだ自分の恰好が、この上もなく滑稽に思われたのだ。

「おくさん。静かにして下さい」

低い、押し殺したような作り声。妙に丁寧な言葉遣いが却って薄気味悪い。早まって来る呼吸を整えるために、深く息を吸うと、弓子は改めてその男を見やった。

黒いベレー、黒い眼鏡、黒いマフラー、黒い手袋、黒いオーバー、黒いズボン、黒いゴム靴――ベレーを眉まで引き下げた上、顔の下半分をマフラーで蔽っているので、顔だちは全然判らなかったが、どことなく若々しい感じだった。もしかしたら……ふと、奇怪な空想が頭を擡げる。いや、そんなはずはない。由利子より背が高いし、喬よりはずっと頑丈そうだ。でも、どこかで見たようだわ……

「おくさん一人ですね」

黙って頷く。

「壁の方を向いて、手を後へまわしてください」

素直にその言葉に従うと、男はオーバーのポケットから取り出した紐で、彼女を後手に縛り上げた。

「ふり向いては不可ませんよ」

跫音が二、三歩遠ざかると、食器棚の開き戸が軋る。水道の音。間もなく、黒い手袋が、弓子の鼻先へ半分ほど水の入った、コーヒー茶碗をつきつけた。

「これを飲んで下さい」

「何ですの?」

「眠り薬です。仕事をする間、ほんの二時間ほど眠っていて頂きます」

弓子が躊躇しているのを見ると、男は威嚇するようにピストルを動かした。

「極めて簡単です。薬を飲んで二十分経てば自然に眠ります。二時間後に眼が醒めると既に私はいないという寸法です。舶来の高級品ですから、頭痛その他の後害作用は全くありません。――早くして下さい。それとも……」

銃口が脇腹に当る。

「二時間の眠りより永遠の眠りを撰ぼうと仰言るのですか?」

弓子は眼を閉じて、茶碗の液体を一気に飲んだ。昂奮していたため、味は殆んど判らなかったが、飲み終った後で、僅かに舌が苦かった。

2

台所の灯を消すと、男は弓子を先にたてて次々と部屋の中を見て廻った。

応接室、食堂、広間、浴室、サン・ルーム――由利子の部屋は鍵が掛っていて開かなかったが、金庫のある居間と、宝石類を入れた衣裳箪笥のある寝室が、充分夜盗の食欲をそそったらしい。

「おくさん。それではお気の毒ですが、薬が効いて来るまでの間少し窮屈でしょうが我慢して頂きますよ」

寝室の化粧机の横にある椅子に弓子をかけさせて、くびれた胴を椅子の背にベルトでくくりつける。足首を椅子の脚に結える。手袋を透してではあったが、男の指先が必要以上に長い間、弓子の素脚を撫で廻しているように感じられて、彼女は思わず身体を固くした。椅子をゆすってみて、身

しい。

跫音がして部屋が明るくなると、弓子は重い瞼を開いた。屋根を叩く微かな音。雨が降り出したら暗黒の中で、無限の時が流れた――と思われたが、実際は、十五分位のものであったろう。再び上を絹の長靴下でしっかりと縛った。電灯が消され、跫音が居間へと遠ざかって行く……動き出来ぬのを確めると、男は化粧机の抽出からハンカチを取り出して弓子の口にふくませ、その

「現金は案外少いですなあ。どうも、これだけでは……」

衣裳箪笥の鍵穴へ、先刻化粧机の抽出から取り出した数個の鍵を順次に試みて行くと、快よくスプリングの弾ねる音がして抽出が開く。激しい睡魔と戦いながら眼を閉じていた弓子は、夜盗の短い歎声から、彼が宝石箱を発見した事を知った。

眠い――無性に眠い。どうしたのかしら？　ああ、そうだ。麻酔薬を飲まされたのだわ。雨の音。喬さん、本当に遅いわね。何してるの？　八時までには必ず伺いますって……もう八時半になるわ。

「おくさん。どうです？　眠くて良い気持でしょう？」

肩を押されて弓子はハッと我に返った。瞼が鉛のように重い。

「窮屈だったでしょう？　今、解いて上げますよ」

雨の音。――初めて喬さんと音楽会に行った夜。あの時もひどい雨だったわ。中央線に事故があって、泥だらけのプラットフォームで二時間近く待たされたっけ。――ああ、やっと口が楽になった。あんなに強く絹靴下で縛るのだもの。声なんか出しはしないのに。あ、そっちへ曲げちゃ腕が痛いわ。――喬さんたら癇癪を起して、たてつづけに煙草ばかり吸っていたのね。可笑しかったわよ。ほら、覚えているでしょう？　どこかの学生が火を借りに来て、無神経な指先で貴方の差し出した煙草の吸口の所をぎゅっとつまんだの。あの時の貴方の顔ったら！　残念そうに押し潰れた吸口を眺めると、未だほんの一口しか吸っていない煙草を、その人の眼の前でくちゃくちゃに潰して捨てたわね。潔癖なのは良いけれど、何もその人の前で――あら、何するの？　いや！　いけない

わ…………。

身体がすっと宙に浮いて、ふわふわしたものの上に降される。ベッド⁉　力のある手が弓子の肩を抑えつける。眠い。骨が溶けてしまいそうだ。

「おくさん。生れ附き私は荒っぽい真似は嫌いなのです。けれどもおくさんは美しすぎる。それに、どうもこの口紅は少し濃すぎるようですねえ」

必死になって身をもがこうとしたが、睡魔が弓子の意志を裏切った。

——喬さん。助けに来て頂戴——

混沌として行く意識の隅で、彼女は夜盗の指先が静かにドレスの下に忍び込んで来るのを感じた。

——ああ、喬さん。早く……

雨の音が一際高くなった。

3

最初に網膜に映ったのは、上へ抜けた光の縞が、仄白く天井に描いたスタンドのシェードの影であった。未だ雨が降っている……

あ——弓子は、毛布をはねのけるようにしてベッドの上に半身を起した。部屋着の前がはだけて、ふくよかな乳房がゆらめく。

「醒めましたね」

枕元の椅子に喬がかけていた。本能的に手が部屋着の前をかき合わせる。

「喬さん。あたし……」

意識が絶ち切れた記憶を遡る。眠り薬——黒い男——雨の音。赧らんだ頰が急速に色を失い、唇が純白のベッド・カヴァよりも白くなる。

　夜盗のために……!!

弓子の感情は、必死になってこの恐ろしい事実を否定しようと試みた。けれども、彼女の皮膚は鮮明にその傷痕を認めていた。

「ああ」

屈辱と差恥の交錯した叫声が、弓子の唇を洩れた。

気が付くと、部屋着の下には何も纏っていなかった。何も纏っていない事は、むしろ当然であろう――それならば、一体、誰が部屋着をきせかけてくれたのか？　夜盗ならば、ドレスを剝ぎ取り目的を達した後に、わざわざ部屋着をきせかけるはずはない。恐らく、その後に現れた喬が、無意識のまま横たわる弓子に、部屋着をはおらせて毛布を掛けたのであろう。

「喬さん。これ、あなたが着せて下さったの？」

「ええ」

青年は床に眼を落したまま、低く応えた。

夜盗のために――その姿を、あろう事か喬の眼に曝そうとは……

永い沈黙があった。その中で、弓子のすすり泣きが唯一のクレッセンドとなった。

暫くの間、喬はいたたましげに泣き崩れる女の姿を見守っていたが、やがて椅子を離れてベッドの端に腰を降すと、弓子の肩にやさしく手を置いた。

「ね、弓子さん。僕と結婚して下さい」

「喬さん。こんな時に、そういう冗談をいうなんて残酷よ」

「冗談？」

青年の顔を奇妙に勝誇った表情が掠める。

「いや、確かに僕は残酷な冗談を行動したかも知れません。けれども、残酷な冗談を云った覚え

ったのです。

言葉の意味を解しかねるように眼をみはった弓子の視線に、いつになくきびしい喬の表情が映った。

「弓子さん。貴女は盗賊のために――と思っていられるのでしょう？　所が僕がここへ現れた時、彼は未だ貴女に一指も触れていなかったのです。いや、それだけではありません。狼狽した盗賊は安全ピン一つ盗み得ずに退散したのです」

青年の眼が化粧机の上に落ちた。頸飾、腕環、ブローチ、耳環、札束、銀器、数個の鍵――時計が十一時を指している。まあ、二時間半も眠っていたのだわ……

「ベッドの上に白々と貴女のヌードが横たわっていました。けれども、そこには犯罪の香はありませんでした。脈搏はゆるく正しく、貴女はむしろ安らかに眠っていました。僕は暫くの間、ただ呆然としてこの美しい光の塊を瞶めました。そして、ふと我に返った時、ある考が僕の脳裡に忍び込んだのです」

言葉を切って立上ると、喬は考えをまとめるように部屋の中を歩き始めた。

「ね、弓子さん。聞いて下さい。――幼い頃から、僕は蜘蛛や蝶々や蜥蜴を美しいと思った事はあっても、一度として人間の女を美しいと思った事はありませんでした。勿論、二十五歳の現在までに、僕とても何人かの女友達と親しく交際する機会はありましたし、それらの女の中には、僕に対して特別な関心を寄せた人達もないではありません。けれども、肩を露わしたドレスや、胸の隆起を誇張するスウェタァや、切抜細工のような海水着に包まれた女達を眺める時、僕はただそこに己を売らんとする雌の悲しみを読み取るだけで、更にそれ以上の美や魅力を感ずる事は曾つてなかったのです。

人生には三個の危険なる魅力がある。――僕は常々そう思っていました。それは麻薬と音楽と賭博だ。女は単に魅力のない危険にすぎない――と。それ故、僕は自分が未来において憑かれる事が

――女に憑かれる事があろうなどとは、決して思っていませんでした。にも拘らず、いとも容易に僕は貴女に憑かれてしまったのです。

いかなる美が僕を捉えたか？　それを説明しようとは思いません。恐らく女の美しさというものは、説明出来ぬ所に価値があるのでしょうから。――ともかく、初めて貴女を見た瞬間、詩人が運命と呼び、哲学者が錯覚と呼ぶあの不思議な感動が、僕を身動き出来ぬまでに縛りつけてしまったのです。他の人達が何と呼ぼうとも、僕にとってはそれは疑う事の出来ぬ真実でした。そして真実こそは、僕を支配し得る唯一のものだったのです。『いかなる手段を用いても』僕は呟きました、『この美しい生物を所有しよう』と。

貴女は、理論家というものを御存知でしょうか？　彼は神を信じません。法律を信じません。道徳を信じません。彼の信ずる唯一のものは、理論的な真実であり、彼の認める唯一の罪悪は、知識への意志を怠る事なのです。理論的に必要となれば、彼は何の躊躇もなく敢て殺人をも行うでしょう。そしてその夜、彼は前夜と同様、幼児の如く安らかに眠るでしょう。彼の場合、良心もまた、理論に属しています。人を殺したために平和な眠りが得られぬなどとは、理論家にとっては起り得ぬ事なのです。もし、彼が良心の苛責に平和な眠りを妨げられるとしたら、それはむしろ、理論的に必要と知りながら、憐憫に駆られて殺人を行い得なかった場合のみなのです。

幸か不幸か、僕もまたこうした理論家に属していました。それ故、貴女に対する愛を自覚した瞬間、手段はもはや問題ではありませんでした。貴女を所有する!!――そのためには最も原始的であり最も素朴であり、それ故に最も魅惑的である結婚形式の掠奪さえも僕は敢て辞さぬ積りでしたし、また、その結果いかなる刑罰を受けるのも厭わぬだけの覚悟がありました。

彼は、法律も信じないし、道徳も信じない――と云っても、近代的な社会の一員である以上、犯罪が存在すれば必ずそれに附随した刑罰が存在する事は知っています。人を殺せば死刑になります。盗んだものは償わねばならぬでしょう。しかし、僕の云いたいのは、刑罰は常に犯罪の後にある

——行われた罪は取り戻す事が出来ないという事です。

犯人を死刑にした所で、死者を甦らせる事は出来ません。ひとたび僕が貴女の美しい唇を盗んだあとで、貴女がいかに僕を非難し軽蔑した所で、僕の唇からこの甘美な追憶を拭い去る事は出来ないでしょう。百貨店で所定の額を支払えば任意の物品を購う事が許されると同様に、我々は所定の刑罰を支払う事によって、任意の犯罪を購う事が許されるのです。犯罪に潜む甘美さが、刑罰を支払うに価すると感ぜられる間は、人々は決して犯罪を止めはしないでしょう。

僕の日常を知る貴女には、こうした言葉が異様に響くかも知れません。なるほど、僕は蟻一匹さえも理由なくしては殺す事の出来ぬほど弱々しい人間です。誰一人として、僕が声を荒げるのさえ、見た人はないでしょう。『喬さんは全然情熱なんてものと無関係なのね』由利ちゃんが云った事がありますが、貴女達は知りませんでした。理由なくしては蟻一匹殺し得ぬ人間が、同時に、理論的必然性のもとに、最も冷静にして情熱的な、殺人者たり得る事を。そして、理論家とは常にこうした形で存在するのです。

僕はベッドの上のヌードを瞶めました。肉付のゆたかな両腕を、投げ出すように左右に開いて、貴女は静かに眠っていました。恰好の良い乳房はほど良く締まり、そのあわいから腹へかけての一線の窪みが、ゆるやかな呼吸につれて見事な陰影を刻みます。ぐっとくびれた胴から下腹へかけてのなだらかな起伏。卵を並べたかと怪しまれるゆたかな太腿を捨て、軽く曲げた膝を経て、すんなりとのびた脚の先端に視線が到った時、僕は思わず一瞬眼を閉じて、呼吸を整えました。ルビーとも見紛う真紅の爪が、真珠色の肌の先端に五枚ずつぽっちり並んで、この上もなく不思議な肉感をそそったからです。

来たるべき時が来た——そういう感じでした。僕は静かに部屋の扉を閉めると、掛金を降しました。その後の行動については、何も説明する必要はないでしょう。僕は求めるものを得たのです。いささかの罪の意識もなく。

決して、単に瞬間の衝動に駆られて貴女を求めたのではありません。二時間の自由――それは偶然が僕に与えた機会でした。けれども、もしこの機会が与えられなかったとしても、僕は早晩自ら同様の機会を作っていた事でしょう。

僕には、最初からこの犯罪を、(もし犯罪と呼ぶならば)盗賊に転嫁する意志はありませんでした。何故なら、他の人達の眼にはどう映ろうとも、僕にとってはこの高価なる犯罪は、誇るべきものでこそあれ、決して恥ずべきものではないからなのです。ねえ弓子さん。僕は僕らしい方法で貴女を愛しました。それに対しては、いかなる非難でも受けましょう。けれども貴女は、僕の意識から《盗まれた眠り》の甘美なる記憶を拭い去る事は決して出来ないでしょう。そして……」

「もう沢山よ。喬さん」

弓子の声は妙に冷たかった。

「それより、ここにお掛けなさい」

青年がベッドの端に腰を降すと、弓子は黙ってその眼を瞶めた。

「あなた仲々演説がお上手ね。でも、そんな事で、あたしを誤魔化せると思ったら大違いよ。――あら、あたし怒っているのではないわ。あなたの親切な嘘には感謝してよ。でも、親切も時と場合によるわ。あたしはね、喬さん、あなたにそんな嘘でかばってもらうよりもむしろ軽蔑される方が良いの」

「嘘?」

喬は眼をみはった。

「嘘って一体何の事です?」

「お芝居はお止めなさい。『貴女の眠りを盗んだのは僕です。それに対してはいかなる非難でも受けましょう』そして尤もらしい即興演説――空々しいわ。あたしは知っているの。あなたは間に合わなかったのよ。確かに夜盗は宝石や現金は盗み損ったかも知れないわ。けれども、最も高価なものを盗む事には成功したんだわ。あなたの言葉を借りれば《眠りを盗む》事にね」

「弓子さん。では、貴女は犯人は僕ではなくて盗賊だ——と云うのですね」

「そうよ。ただあなたは少しでもあたしの気持を軽くするために、盗賊の罪を着ようとしているのよ。——ね、喬さん。本当の事を云って頂戴。あなたは間に合わなかったのだって。そしてその上で、これから先、いつかあなたが私を愛して下さる事が出来るようになるかどうかは、新らしく考えるべき問題よ」

「どうも貴女は少し神経が過敏になっているようですね。——本当の事を云えと云っても、僕が犯人である以上、外に云いようはないではありませんか」

それでも弓子は未だ半信半疑の様子であった。

「じゃ、あなたは、どうあっても犯人は自分だと仰言るの？」

「そうです」

「それに対して、どんな償いでもする？」

「ええ」

「それではね」

弓子の口許に、からかうような微笑が浮んだ。

「あたしの眠りを盗んだ罰として、今度は意識のあるあたしを盗んで頂戴！」

部屋着が惜し気もなく肩を滑り落ちた。

4

オルゴールが十二時を報ずると、喬は手を伸ばして脱ぎ捨てた上着のポケットから、シガレット・ケースを取り出した。二本くわえる。火を点ける。一本を弓子にくわえさせる。

突然、気が狂ったように弓子が笑い出した。いかにもこみあげて来るおかしさを抑えかねるように、若々しい身体を美しくくねらせながら、涙さえ浮べて彼女は笑い続ける。涙が長い睫毛を離れて、ぴんとはった乳房に落ちる。笑声と共にチーズに似た呼吸が青年の頬に絡む。

「ユミ、一体これは……」

「叱！　黙って！」

白い腕が喬の頸を捲いて、肩が合わさる。

――解った《ユーレカ》！　解った！　アルキメデスもそう叫んだ時、やっぱり裸だったんだわ。――身を離すと、弓子はマシマロの肌を部屋着に包んだ。うきうきと弾んだ声。

「ね、喬さん。もう十二時。バスも電車もないわ。帰れなくってよ。さあ、覚悟なさい。今夜、これから徹夜で宴会を開きましょう」

急にはしゃぎだした弓子の顔に、見違えるような晴れやかさが宿る。

「……それには、まず盛装しなくっちゃ。ね、あの衣裳箪笥の二番目の抽出を抜いて来て頂戴！」

云われた抽出には錠が降りていた。盗賊に荒らされた直後だけに、喬にはそれが不思議だった。

「鍵？　ああその箪笥はね、閉めると自然に錠が降りるの。だからなのよ。鍵は化粧机の上にあるわ」

青年が衣裳箪笥の鍵を取り上げるのを見て、弓子はくすりと笑った。抽出が運ばれる。衣裳が撰ばれる。弓子のしなやかな身体をぴっちりくるむドレスに対して、喬は淡い嫉妬を覚えた。

乱れた化粧を直すと、弓子はつと立上る。

「あなたは居間から小机を運んで来て頂戴。あたしは台所から何か探して来る――と云ってもシャンペンと鑵詰しかないのよ。それで我慢なさいね」

喬がいると思うと、もう廊下の隅の暗がりも恐くはなかった。ふと思いついて、弓子は玄関を覗いた。敷石の上に、鏡のように磨かれた喬の靴が光っている。満足そうな微笑と共に彼女は台所の扉を開き、大きな盆の上にワイン・グラスやフォークを並べ始めた。

寝室へ戻ると、喬は煖炉の前に小机を置き、その両側に椅子を並べて待っていた。

「鑵詰を切るのは殿方の役目よ」

愛撫の後の貪婪なる二個の胃袋——青年が何杯目かのワイン・グラスに唇をつけた時、殆んど何の抑揚もなく、極くさりげない調子で弓子が訊ねた。

「だけど喬さん。あなたどうして夜盗なんかに化けたの?」

シャンペンに噎せて、身をよじって咳込む青年の様子を、さもおかしそうに見やって弓子は続ける。

「その位の噎せ方は当然よ。あたしの苦しみに比べたら、それでも未だ不充分だわ。喬さんたら、本当にひどい人ねえ」

咳が治まると、喬はいかにも口惜しそうに指を鳴らした。

「由利ちゃんが帰って来るまで内緒にしておこうと思ったのに、どうして判ったのかなあ」

「あなたは少くとも三つの手抜かりをしているのよ」

ワイン・グラスを両手で捧げるように挟んで、弓子は唇をうるおした。

「これから説明してあげるから、シャンペンを呑みながら、ゆっくりお聞きなさい——

あたしが眠りから醒めて悲しんでいた時、喬さんは、盗賊があたしに一指も触れなかった——と云ったわね。何故、あたしがその言葉を信じようとしなかったか、貴方は知っている? 夜盗があたしをベッドへ運んで、ドレスを脱がせた時、私は殆んど無意識の状態だったの。外部からは、もうあたしは意識を失っていると見えたでしょう。けれど極く微かに、あたしの感覚の片隅には、未だ意識が残っていたの。あたしはその片隅の意識で夜盗があたしに加えた行為を記憶していたのよ。

それなのに、あなたは、盗賊はあたしに一指も触れていない——なんて云うでしょう? それで、あたし、最初はあなたがあたしの気持を軽くするために、夜盗の罪を着ているのだと想像した訳よ。所が、あなたはあくまで自分が犯人だって主張したわ。あたし、ちょっとあなたをからかってみたくなったの。眠りを盗んだ犯人があなたなのならば、あたしが抱擁を求めた時、それを断わる口実はないでしょう？　けれども、実際は夜盗が犯人なのだから、その直後にあたしから抱擁を求められたら、あなたは一体どんな顔をするでしょう？　その顔が見たかったの。驚いた事には、あなたはあたしに接吻したわ。いえ、それだけじゃないわ。もっと――ね。一体これはどうした訳でしょう？

あなたと初めて音楽会に行った時の事覚えてる？　あの時、あなたは見知らぬ学生が吸口の所を持ったというだけの理由で、新らしい煙草を捨てたわね。その潔癖家のあなたが、夜盗の接吻した直後の唇へ接吻する気になるでしょうか？　夜盗の抱擁した直後の肉体を抱擁するでしょうか？　これに対する解答はただ一つ

――それは、夜盗イクォールあなたという事よ。

そう考えると思い当る事があるの。最初台所で夜盗に直面した時、私は前に一度どこかで見たような印象を受けたのよ。いえ、顔や身体つきじゃあない、服装なのよ。先刻思い出したのだけれど、あの黒い男の扮装は、喬さんが由利ちゃんに貸してくれた探偵小説の中の夜盗と同じなのよ。勿論、あなたは自分では気が付かなかったでしょうけど、扮装に際して、あなたの潜在意識がこんな悪戯をしていたって訳なのね。

さて、そこであたしはあなたを試してみたの。何の事だか判る？　衣裳箪笥の鍵よ。化粧机の上に並んだ六個の鍵の中から、何の雑作もなくあなたは衣裳箪笥の鍵を拾い上げたわ。まるで予言者ね。もし、あなたがその前に、夜盗として鍵を使用した経験がないのなら。

もう一つ不思議な事があるの。大雨が降ってから現れたはずのあなたの靴が、濡れた路を歩いた跡もなくピカピカ光っているのよ。もっとも夜盗が入った時には、未だ雨は降っていなかったけれ

ど――この点から考えると、あなたは夜盗の扮装を未だこの家から運び出していない訳ね。どこにあるか当ててみましょうか？

鍵のかかった由利子の部屋よ。

大体この事件には、最初から由利子が関係していると思われるふしがあるの。二週間ほど前、裏口の鍵を紛くしたって、騒いでいたのが、そもそも夜盗事件の準備だったのね。あなたはその鍵で台所から侵入したのでしょう？　それに、ふだん家を空ける時、滅多に自分の部屋に鍵をかけていった事のない由利子が、今度のスキーに限って鍵をかけて出掛けたのよ。それは、あなたにその鍵を渡しておいて、由利子の部屋へ夜盗の装束を匿したり、そこで着替えをするためだったのでしょう。

けれど喬さん。あなたはどうして夜盗なんかに化ける必要があったの？　あたしが欲しいのなら、喬さんのままの姿で現われて、あたしの肩へ手をかけさえすればそれで良かったんじゃないの」

「今になってそんな事を云うけど、ユミ、貴女は僕が結婚して下さいって頼んだ時、プふって云ったじゃありませんか。プふ、って云うのが承諾の言葉だとは、今まで知りませんでしたよ。――それに、貴女は人生に退屈していたでしょう？　だから僕は、実際に人生がそれほど退屈でない事を実験してあげたかったのです。確かに、貴女にとって、今夜の人生はそれほど退屈ではなかったようですね」

「今夜も、そしてこれから先もよ。――退屈なんて、やはり未亡人の科白なのね。これから当分、退屈とも、未亡人ともお別れだわ。そして、その二つともあなたの責任よ」

「かしこまりました女王様。――所で、僕の扮装はどうでした？」

「見事だったわ。あなたよりずっと大きく見えるわ。怖かったからかも知れないけれど」

「未だ、多少は憤慨しているのでしょう？」

「ふふふ――今に仇をうってあげるわよ。それよりもあのピストルは？」

「射撃クラブの銀製の賞牌ですよ。記念にあれを鋳直して、結婚指環を作ろうと思っているんです」

「一体、何十人と結婚するつもり?」

二人は声を揃えて笑った。

「色々と理窟はつけてみても……」

最後に喬がしんみりした口調で附加えた。

「僕を夜盗に仕立てたものは、結局原始人への郷愁なのかも知れませんね」

「原始人結構よ。あなたにそれだけの勇気がある事を発見して、あたしとても嬉しいの。さあ、原始人のために乾杯しましょう!!」

ワイン・グラスが灯をうけてキラリと光った。

すとりっぷと・まい・しん

MENS CURVA IN CORPORE CURVO.
（ひねくれた心はひねくれた肉体に宿る）

1

少量の粥と、消化の良い魚肉、すり潰した野菜、卵と果汁――それらのものが食道を通過した後の胃部の鈍痛や、それにもまして耐え難い腹部の圧迫感を、強いて忘れようとつとめながら、仰臥したまま、看護婦の熟練した手が順序よく運んで来るスプーンから、何の味覚もなく短い食事を済ますと、私は眼を閉じて、冬の日の街から遠く微かに響いて来る午後の物音に耳を傾けた。

枕元の時計のセコンドが、いつになく遅く感じられるのは、私自身の脈搏が平生より速いためであろう。凝っと、耳を澄ましていると、規則的な時計の音は次第に聴覚から遊離して、冴え返った神経には、街の発する各種の物音のみが、恐ろしいほど鮮かに浮き上って来る。新聞や雑誌を殆んど手にしなくなってから既に半年――苦痛を表現するためにのみ存在すると思われる各種の器官は、未だすべてこの痩せ衰えた肉体の中に、執拗に生き残っていたが、私を楽しませ得る器官と云っては、時折の読書に使用する落ち窪んだ眼と、堅い枕のために半ば押し潰れた左右の耳だけであった。そしてその耳も、時としては、私を暗い想念の中に引き込む媒体となった。

実際、外光をさえぎるために引きめぐらされたカーテンの外に、晴れ渡った空があり、その下で、人々は今日も欲望し、嫌悪し、享楽し、恐怖しているという事実――いや、何よりも、彼等自身の足をもって地上を歩いているという事実が、現在の私には、自分の耳で彼等の跫音を直接確めぬ限り、容易に信じられぬ奇怪な現象のように思われていた。双の腕は、注射を受けるために、必要でもあろう。しかし、私にとって、萎えしなびたこの脚が、何故に必要なのであろうか。曾っては、私もそれらを用いて、今、騒音の響いて来る街を歩いた事があった。けれども、それは今では石器時代の記憶にも似て空々しかった。それ故、耳がこうした連想を強要する時、私は逃れようのない孤独に襲われた。

しかし、この時私を取りまいていたものは、こうした孤独ではない。その朝、一ケ月振りで外出した叔母の、リズミカルな跫音を聞いたためか、私の心は妙に楽しく弾んでいた。平生、私とは全く無関係の外界も、その中に叔母が加わる時、私は、そこから響いて来る物音に、限りない愛着を覚えるのだ。

見知らぬ人々が、彼等の脚を用いて思いのままに地上を歩む跫音——しかも恐らくは、歩むという行為に対して、いささかの感動もなく、ただ漫然と歩み続ける跫音を聞く時、私の心には、失った者の忿りが立ち罩めたが、その跫音の一つが叔母のものだと思う時、やはり人間には脚があった方が良いのだ——と思われてくる。アスファルトの固い路面をコツ・コツと叩き去って行くハイ・ヒールの音を聞きながら、私は、その上に連なる叔母の三十七歳とは見えぬ若々しい肉体を空想していた。空想の中で、私は注意深く、しかし不器用な手付きで、叔母の衣裳を一枚ずつ剝ぎ取って行った。そして、この三十七歳の未亡人が、身にまとったすべての不自然なものを取り去った時、その仄白いヌードは、いつか私の網膜の上で、あの〈黒い女〉に変っていた。私はかなり以前から、叔母を一個の女として愛していたのだ。

幼い頃両親を失って、古武士の風格をしのばせる祖父の許に、厳格な少年時代を送った私にとって、性は一つの禁忌であった。生来の虚弱な体質で、発育も普通の少年に比べれば遥かに遅れていた私は、中学時代、周囲の少年達が得意気に語り合う、女とその周辺——に関する偽悪的な会話に、ついてゆく事は出来なかったし、級友達が歓声をあげてとりまく怪しげなヌード写真を眼にする事があっても、私はただそこに、貴族趣味の欠乏を淋しく感じ取るにすぎなかった。

勿論、こうして病床に横わる現在まで、私の心を恋愛的な感情が一度として横切らなかったとは云えぬ。第二次世界大戦も末期に近い重苦しい空気の中で、私もまた、曾つて一人の少女を愛したことがあった。灯火管制の薄暗い街角・公衆電話のボックスの中の慌ただしい接吻——中国人を父とする不遇の少女と、性そのものに対して罪の意識を抱く学生の恋愛が、幸福な結末を生むはずはない。そう考える事は甚だ苦痛であるけれども、今思えば、私のこの恋愛は、学生生活の自由に対して無用の圧迫を加えようとする戦争追随者達に対する反抗の一表現であり、それが不幸な結末を辿った、最大の原因は、周囲の無理解よりも、むしろ私自身の内部にひそむ、性に対する罪の意識にあった。恋愛が、破局に面した時、少女は〈現在を記憶するために〉私の肉体を求めた。絶望が私に勇気を与えた。己れを傷ける事に自虐的な魅力が加った。性の禁忌さえ色あせて見えた。けれども私は動かなかった。鎖につながれる事に馴れた犬は、鎖が解かれても急に走りだしはしない。

祖父が死に、戦争が終り、大学の応用化学科を卒業しようとする二十三の年に、私は突然喀血した。一九四九年の春である。下宿を引払い、不要の書籍を整理すると、私は唯一の親戚に当る叔母の樫村未亡人の許で、単調な療養生活を開始した。最初、病状は順調に回復に向った。植物学者であった樫村博士を同じ病いに失った経験が、叔母を優秀な看護婦に仕立てていた。叔母の注意深い看護の裡に、順調に進むかと思われた私の病状は、しかし、その年の夏、ちょっとした不注意から食中毒を起したのを契機に、急速に悪化して行った。半年間の病床生活に疲労し、全く抵抗力を失っていた胃腸が、結核菌によって犯され始めたのである。病変は急速であった。割れるような頭痛・随時の貧血やめまい・頬から耳へかけての激しい紅潮・胃部の痙攣・腹部の圧迫感・日に数度の下痢・そのあとに来る速脈・遅脈・一時間と続かぬ浅い眠り・絶え間のない咳・悪寒——体温表の熱型は衝撃電流の如く脈動し、私にとっては一日は二十四時間の苦痛であり、一週間は七日間の恐怖であった。

絶対安静——と医師は云う。最初の内、病体から排出するあらゆる醜いものを、美しい叔母の手に委ねる事は、私の潔癖さが許さなかった。大きくはためく鼓動に耐えて、数歩毎に休息をとりながら、私は壁を伝って手洗に赴いた。しかし、そうした無理は長く続かなかった。美感は遂には肉体に屈する。それに——と私はふてぶてしく呟いた。既に排泄器官を保有している以上、排泄物を蔽い隠す事にどれだけの意味があるのか？

絶対安静の病床の中で、天井の白さと対決しながら、私の心の中を何物かが動いて行った。この世のあらゆる存在物がヴェイルを脱ぎ捨てた感じであった。行動のない絶対の静止が、却って私の心に活潑な動きを与えた。残された生命は短かかった。事物の枝葉に拘泥する暇はなかった。私の意識は事物の核心にのみ集中された。私は初めて己の眼をもって見たのである。性の問題も既に私にとっては禁忌ではなかった。醜いと信じていたものは、単に醜いと、教え込まれていたに過ぎない。そして、誰一人として、現在の私に〈教え込む〉事は出来ぬのだ。

叔母の知人であるメキシコ在住のＡ・Ｋ氏から、ストレプトマイシンが贈られてきたのは、こうして私の病状が最悪の段階にあった一九五〇年の初頭であった。

哲也さんが——と叔母は、子供のように弾んだ声で、黒い鉄のバンドのかかったボール箱を、私の眼の前でゆすってみせた。〈もし万一手に入らない時、哲也さんが失望すると却って不可ないから〉叔母は私には何も知らせずに、幼馴染のＡ・Ｋ氏に依頼の手紙を出していたのだった。持ちにくそうに握ったペンチでバンドを切り、もどかしげにボール箱を開くと、眼の醒めるような鮮やかな光沢で、緑色の小函が並んでいた。まあ綺麗！——私は、金色の産毛の生えた叔母の耳朶がバラ色に上気しているのを、ぼんやりと眺めていた。

当時、ストレプトマイシンは、この国では未だ試作の域を出なかった。実験のための、少量の輸入は行われていたが、それらはいずれも療養所や大学病院の特殊な患者に対し試験的に用いられるにすぎず、一般の患者の入手は殆んど絶望であった。勿論、法外な闇値を支払えば、それを手に入れる事も不可能ではなかった。しかし、翻訳の下請けによって、ひっそりと暮して行く未亡人にとって、その金額は天文学的数字であったし、また、こうした手段で購った薬品には、当然、不純品や摸造品が混入する危険が伴った。

週に三度病床を訪れる主治医のK医師は、私達に向って、早速にもマイシンの注射を開始するようにすすめた。(哲也さんの衰弱は主に腸から来ているのですから、これさえ手に入れれば、もう大丈夫ですよ) 私の苦痛を外部からより眺められぬ人々が、いかにも軽々しく、癒る、癒る——と繰返えす都度、それが私を慰めようとする意図から出たものと知りながら、私は常に激しい忿りを覚えた。私の苦痛を理解し得るものは、私を措いてない。彼自身、墓石を脳裡に描きながら、ただ儀礼的に繰り返えすこうした〈慰めの演技〉が、一体何の役に立つというのか? 大丈夫ですよ——と云い切るK医師の唇を、私は冷い憎悪を以って眺めた。私は未だ信じてはいなかった。なるほど、結核菌はやがて死滅する事もあろう。けれども、それは彼等の棲む病体が死滅し、焼き払われるが故に外ならぬ。

ストレプトマイシンの注射は、一日に二回、十二時間の間隔を置いて為される。老齢の医師を四十日間にわたって朝夕二度ずつ迎える事は甚だ困難であったから、一・二度手ほどきを受けた叔母が朝夕の注射を繰り返えす事となった。「簡単だから直ぐ覚えますよ」ゆっくりと同じ操作を反覆して見せるK医師の手許を、形の良い眉をひそめて、叔母はこわごわ覗き込んだ。

白い粉末の詰った小さな壜。ピカピカ光るアルミニウムの舌を指先で起して、矢印の方向へ引きむしると、カクンと手応えがあってドウナッツを喰いちぎった形の金具が外れて来る。もう一つ下にあるアルミニウムの蓋を外す。錆朱色のゴム地が露われる。一〇ccの蒸溜水を注射筒にとり、ゴムの露頭に注射針を突き通す。ゴムは拒み、細い針は左右に撓う。ようやく針が通り、蒸溜水が小壜の中に送り込まれる。針を抜き壜を振る。見る見るうちに透明に溶ける。再び針がゴムに刺さり、五ccの空気が壜の中に送られてから、五ccの溶液が吸い取られる――器用とは云いかねる叔母の指先が、たどたどしくこれ等の準備を仕遂げるのを待ちながら、私は緑色の小函に印されたメルクの社標を、なつかしく見凝めていた。（薄暗い応用化学科の薬品室の一隅に、メルクの砂糖が入った大きな壜があった。壜は封印されていたが、私達は壜の底に巧妙な穴を穿った。実験に疲れると、学友達は戦時下の街では味う事の出来ぬ甘いコーヒーを楽しんだ。学友の一人は戦場に倒れ、一人は空襲で死んだ……）注射器を傍に置き、小さな方形を絆創膏から切り取って、アルコールを滲ませた脱脂綿を取りあげると叔母は、蒲団の裾をまくる。「あら！」叔母は珍らしく楽しげな笑い声をあげた。「Kせんせいったら、哲也さんのおしりにインクで印をつけて行ったわ」初めて注射器を握る叔母のために、K医師は、万年筆で書かれた径数センチメートルの円形をもって、臀部の注射に適した部分を示しておいたのである。

注射を始めて三日ほど経つと、未だ下痢は完全には止まらなかったが、それまで三十七度を超えていた体温が、数ケ月振りで三十六度代に下った。注射をし終る瞬間、心臓が大きくはためき、熱っぽく体内を駆け巡っていた血液が急にひんやりと気持よく、脈搏が瞬時にして二・三十近く少くなる。紅潮しこわばっていた頬がいつか充血を忘れる。この注射後の二・三時間が、私にとってこの上もない悦楽であった。私は見も知らぬA・K氏に感謝し、尻に触れる叔母のしなやかな指を楽しく反芻した。

熟練した指ならば、軽くつまみ上げた皮膚に一気に注射針を挿入する。けれども、無経験の叔母に対して、K医師は〈皮膚の弾力を利用して、眼に見えぬほどそろそろと突き刺す〉方法を撰ばせた。自分が注射を受ける時にさえ眼を閉じてしまう叔母にとって、他人に注射を施す事は、最大限の勇気を要した。

「ね、大丈夫？　哲也さん。痛くない？　あ、恐いなあ……」――苦痛というものには、少くとも人工的な苦痛というものには、必ず多少の性的な感覚が附随する。叔母が不器用であればあるほど、注射が手間どれて、この可憐な苦痛が永びけば永びくほど、私のひそやかな楽しみは倍加した。息を殺して注射針を押す叔母の姿を視界の外に、私の心には奇怪なる妄想がたち罩めた。

注文しておいた数冊の米書が到着した旨の通知が、日本橋の某書店から来たのは、マイシンの注射を開始して一週間ほど経ったある午後であった。米書が円で買えるという新聞記事を見た時、「まあ、哲也さん、久し振りねえ。……気分の良い時に読むように、早速注文しましょう」叔母のうきうきした声を聞きながら、私は柩の前に空しく積まれた数冊の書物を予感していた。これ等の書物はすべて予約注文であり、それが到着するまでには少くとも一ケ月の日数が必要であった。そして一ケ月という期間は、病床の私には無限の未来にも等しい。（叔母さま。無駄ですよ……）しかし、この言葉は声にはならなかった。自分のことのようにはしゃいでいる叔母が、強いて忘れている暗い明日を話題にのせる必要もない。――しかも、こうして注文の書物が届いた時、少しずつではあるが、私は再び本を手にする事が出来るようになっていたのだ。翌日、私の世話を臨時雇いの看護婦に委せ、一ケ月来積み重った用件の処理を兼ねて、叔母は騒音の響く街の中へと歩み出して行った。

到着した書物の大半は、小型の文庫本であった。紙質も悪かったし装幀も貧しかった。けれども、パリパリと頁をはぐった時に嗅ぐあの印刷インクの香が、懐しく私の心をゆすぶった。私はその中から、かねて読みたいと望んでいたシャァウッド・アンダァスンの〈オハイオ州ワインズバァグ〉を取りあげた。

三度の食事も叔母の手に委ねたまま、未だ首を横に廻わす事さえ出来ぬ状態の中で、顎の下から差し出した左手の指先で僅かに本を支えながら、私は読み進んで行った。注射の後の快よい半時間・珍らしく気分の優れた午後の十数分――二十四個の連鎖的な短篇よりなるこの物語は、最初の一頁から私を魅了した。高い窓辺に据え付けられたベッド・心臓の発作に悩む老人・ひそかに書き綴られる妖異の書——学生時代、ひそかに書きかけた未完の原稿〈しゃくとり虫の歌〉を本箱の一隅に匿して、再びペンを握る事に絶望しつつ病床に横たわる私にとって、この物語の持つ幾つかの暗合は、奇妙な感動を与えた。殆んど会話のない平易な文体・特有のリズム・小道具の不思議な美しさ——この物語の二十二番目の鎖をなす一篇〈死〉の中に、次のような一節がある。

The sick woman spent the last few months of her life hungering for death. Along the road of death she went, seeking, hungering. She personified the figure of death and made him, now a strong, black-haired youth running over hills, now a stern quiet man marked and scarred by the business of living. In the darkness of her room she put out her hand thrusting it from under the covers of her bed, and she thought that death like a living thing put out his hand to her. "Be patient, lover," she whispered. "Keep yourself young and beautiful and be patient."

(病み疲れた女は、最後の数ケ月を、切なく死に憧れて過した。まさぐり飢え求めながら死の道を歩んだ。女は死を人と見た——時には、小高い丘を駈けめぐる雄々しき黒髪の若者に見えた。時には、生の苦悩を深く刻んだ、きびしく寡黙なる男に見えた。仄暗い部屋の片隅で女は、ベッドを蔽うものの下から痩せ細った手を差し伸べて思った——死もまた生けるものの如く手を差し伸べる。「まだなのよ、あなた」女はやさしく云う。「あなたは、いつも若くみずみずしいの——ねえ、もう少し待って……」)

——私の瞼の裏にもいつか死が若い女として棲みついていた。どちらかと云えば、ほっそりとした身体つきでありながら、その女らしい部分には充分肉のついた不思議な女——雪白の肌に、白さを誇張するかの如く純黒のドレスをまとい、頸には金色のペンダントをさげて。この頃、私は良く、coitionを夢みた。行為の対象は時には黒衣の〈死〉であり、時には中国の少女であった。ecstasyに夜半ふと眼醒むればいつかejaculateしている……

完全なる肉体の休止が、私の心に不思議な炎を燃え上らせていた。私は黒衣の〈死〉を夢み、中国の少女を夢み、やがてさまざまな女の仄白い肉体を夢想した。黒衣の女は一つの象徴であった。それは、抽象的にはすべての女性的なるものであり、象徴においては一人の女であった。私はそれを〈黒い女〉と呼んだ。

祖父と過したあの少年時代から、私は女の肉体に関してある種の嫌悪感を抱いていた。少年の纖細なる神経は、女の身体の、植物ならば花に当る部分に対して、ある醜悪さを感じていたのだ。再び何物かが私の内部を動いていった。病に肉体を喪失すると共に、私は徐々に肉の美しさに惹かれて行った。醜くかったはずの、女性の恥部そのものが、いつか私には、この上もなく、美しく見え始めたのである。仰臥したまま、頸を横に曲げる事さえ自由に出来ぬ状態の中で、私はひそかに空想の女を愛撫した。〈黒い女〉の香り高き肉体に対して、空想の許す限りのあらゆる無恥な愛撫――しかも、私はそこに一点の醜をも感じ得なかった。私は腐った果実の甘さにも似た、妄想の魅力に憑かれていたのだ。

私は呟いた。

――Mens curva in corpore curvo.

重く曳きずるような跫音が、窓の下を通過して行った。見知らぬ人のものである。こつ・こつ・こつ……やがて突然、ざっ・ざっという音に変る。路を拾数メートル北に行った処で、鋪装道路が砂利道に変るのだ。帰る人の跫音であろう。未だ叔母の帰る時刻ではなかった。

私は再び空想の中の仄白いヌードに立向った。叔母こそは〈黒い女〉であった。中国の少女も叔母であった。ざまざまな女が叔母であった。私は叔母を愛している――勿論、病体の中に息づくこの奇怪な愛を、いささかたりとも彼女は知らぬであろう。知らせる必要もない。恐らく、恋愛とは、由来一人の人間の心の中のみに起る現象なのであり、その上、妄想によって、既に私は、現在の私が叔母から求め得るすべてのものを、残りなく与えられているのだ。知らせる必要は更になかった。けれども、愛とは、求める事である以上に与える事でなければならない。いかなる愛といえども、求める事のみでは完成されないであろう。私の愛を完全なるものとするためには、何物かを叔母に与える事が絶対に必要であった。ひそかに求めた以上、ひそかに与えねばならぬ。だが、私が何を与え得るというのか？――一瞬、何も与え得ぬという自覚が、この上もなく私をいらだたせ傷けた。しかし、次の瞬間、私はふとある事実に想い到って狡猾な微笑を浮べた。

――そうだ。私には、誰にも気付かれずにあの男を殺害する事が出来る……

2

鋪道を歩み去る跫音を耳にし、妄想の中で叔母を愛撫しながら、僅かに右に向けられた私の視線は、その時、淡碧色のカーテンの割目から、一匹の動物を眺めていた。想念が灰白い肉体の上にあったため、最前からその動物の不思議な運動を見守りながらも、私は未だ自分の眼に映っている現象を、正確に理解してはいなかった。しかし、思索が突然殺人の上に及んだ時、私は瞬時にしてすべてを理解したのである。この動物こそは、私の殺人計劃にとって唯一の可能性であった。ひっそりと病床に横たわっている私が、少くとも徒歩で三分を要する地点に住むあの男を殺害し得る――こうした奇怪な犯罪を可能ならしむるために、この動物は生を享けたのではなかろうか……

猫の恐水病が流行しているのです――数日前、K医師と叔母の間にとりかわされた会話を私の耳は記憶していた。（犬に噛まれるのですな。最初、食欲がなくなって、物の蔭や机の下に隠れるようになります。それから二・三日経つと狂暴になるのですね。ええ、勿論、その猫に噛まれれば人間も恐水病になります。そう、唾液が危険なのです）――それまでに、私は未だ恐水病に罹った動物を実際に見た経験はなかったが、カーテンの割目に蠢めくその動物が、恐水病に犯された猫である事には、疑念をさしはさむ余地はなかった。病室の窓の外に張り出した露台の上で、隣家の猫は茶褐色の毛並をうねらせ逆立てて荒れ狂っていた。中心の狂った独楽のように不安定な動作で、長々と唾液を垂らしながら病める猫は走り跳ね躍った。氷柱の如く唾液の垂れ下った口辺が、時折、陽をうけて鈍く光った。

私は耳を傾けた。看護婦は台所に居た。食器を洗う微かな音――少くとも、未だ十分ほどは安全であろう。私は静かにベッドの上に半身を起した。半年振りであった。反射的に指先が脈搏を採る。一一〇――悪くはない。癒着した左胸部が微かに痛む。私はゆるやかに身をひねった。枕元の小机の上に、叔母の用いる注射器があった。ガーゼの包みをほどき注射針をセットする。鼓動が大きく二つはためいた。ベッドから身を滑らす。一寸・二寸……三寸手がゆるゆると窓を開く。猫は既に居なかった。私はいきを切らしながら露台の上に身を乗り出した。猫は既に居ない。けれども充分であった。点々と露台にしたたる病み猫の唾液に注射針を近づける。注射筒に吸い取った唾液を陽にかざすと、殆んど透明であった。計劃の最も困難な部分は、終ったのだ。閉め終った手を窓枠にかけたまま、私は暫く、呼吸を整えた。脈搏が一三〇を超えていた。窓を閉め、カーテンを元通りに直すと、私は再び耳を澄ました。看護婦は未だ食器を洗っていた。汽笛が聞えた。どこかで子供が泣いていた。

私は再び枕元の小机に向った。ストレプトマイシンの注射に用いる蒸溜水のアムプゥルがあった。私はベッドの傍にある紙屑籠を探った。求めていたものは直ぐに見付かった。正にお誂え向きであった。私は紙屑籠から拾いあげたヴィタミンＢ１の空のアムプゥルを指先で拭った。どこから見ても完全だった。

昨日、薬局から求めたヴィタミンＢ１の注射液の中に、一つだけ中味の空のアムプゥルがあった。外観は全く他のものと区別がつかなかったが、良くみると凸出部の先端に小さな穴があった。薬液がそこから蒸発したのであろう。その時には、何気なく叔母がそれを紙屑籠に捨て去るのを見守っていたが、今、私はこのアムプゥルに私の殺人計劃を托そうとしているのだ。私は凸出部の穴に注射針を挿入した。猫の唾液はアムプゥルを半ば充たした。残りを蒸溜水で埋める。小机の端に停電用の蠟燭立があった。凸出部の穴を蠟で塞ぐ。それで終りだった。出来上ったアムプゥルはどこから見てもヴィタミンB1の注針薬としか思えなかった。私は残った蒸溜水で何度も注射器をすすぎ、最後に不要のものを一まとめにして紙屑籠の下部に押し込んだ。注射器は注射の直前に煮沸する習慣だったから、どっちみち危険はなかった。こうして完成した〈殺人アムプゥル〉をいつでも取り出せるように蒲団の間に挟むと、私は再びベッドの中に身を滑り込ませ、微笑みながら天井を見凝めた。

ざっ・ざっ・ざっ……再び跫音が私の耳を占領した。砂利道ではその区別を聞き取る事は難かしい。けれども、私は微かに響いて来るその跫音がK医師のものであろうと予想していた。午後二時——いつもの往診の時刻である。

主治医のK医師は六十を越した穏やかな紳士で、診察や注射の済むたびに、ふん、ふんと小さな声を出して頷く奇妙な癖と、銀色に耀く見事な頭髪を持っていた。有名なアルピニストを弟に持ち、彼自身、ある遭難事件の名残りを右脚に留めていた。歩く所を見ても判らなかったが、跫音には明瞭に左右の別があった。

ざっ・ざっ・ざっ……跫音は徐々に大きさを増し、やがて鋪装道路にかかる。コツ・こつ・コツ・こつ・コツ・こつ……左右の足にかかる力が異るというよりは、むしろ片方の靴の鋲が磨滅している感じ——紛れもなく私の待ち望んでいるK医師のものである。北——町から南——町へ順コースの往診。私はもう一度頭の中で自分の計劃を計算し直してみた。不都合な点は見当らなかった。太陽系は相変らず、私を原点として、運行を続けていた。

「おくさんはお出掛ですか……珍らしいですな」

フォップから取り出した旧式な懐中時計を片手に、医師は私の脈を探る。指先が冷い。戸外は冬なのだ。

「九十五——少し速いようですね」

声を出して頷く例の癖を一度間に挟んでから、肋骨の目立つ胸に聴診器を載せる。

「今朝、少し血痰が出ました」

私は予定の嘘をついた。

「そう——しかしラッセルは少いですよ。……まあ、一応止血剤を打っておきましょう」

K医師は、平らなアルミニウムの容器に、注射薬のアムプゥルを入れて持ち歩いていた。蝶番でとめた容器は、開くと倍の広さになり、一個ずつ留具で抑えられた様々な大きさのアムプゥルが、その中に一面に並んでいる。私のためのヴィタミンやカルシウムの注射薬は、手数を省くため、叔母がまとめて薬局から購入常備しておくが、時折の解熱や止血の注射の際に、このアルミニウムの容器が開かれる。長い間の観察で、私は、その中に並べられるアムプゥルの位置や、その使用の順序に、一定の法則があることを発見していた。

K医師が常用しているヴィタミンB1の注射薬は、当然の事ながら、叔母が薬局から購入しておくものと同じ会社の製品であった。従って、私がもし例の〈殺人アムプゥル〉を、アルミニウムの容器中のものとすり換える事が出来れば、K医師は何の疑念もなく、彼の患者に対して猫の唾液を注射するであろう。北——町から南——町へかけて順コースの往診の際、K医師が私の次に訪れるのは、あの男の家であり、脚気の気味があるため、あの男がB1の注射をうけている事を私は、先日何気なくもらしたK医師の言葉によって知っていた。アルミニウム容器中の、次に使用さるべきヴィタミンB1のアムプゥルと〈殺人アムプゥル〉を取り換える事さえ出来れば——それが私の狙いであった。

K医師の習性によれば、ヴィタミンB1のアムプゥルは、アルミニウム容器の蓋の方の、蝶番に沿った一区劃に並べられており、外側のものから順次に使用されていた。血痰が出たと佯れば、止血剤の注射が行われる事は、今までの例からみて確実であった。アルミニウムの容器は、多分、枕元の小机の上に開かれるであろう。注射の始まる頃には、看護婦は手洗用の湯をとりに台所へ去る。左腕が痛むという理由で、右腕に注射を依頼する事に何の不自然さもない。K医師は小柄の身体を乗り出すようにして私の右腕に止血剤を打つであろう。蒲団の間から〈殺人アムプゥル〉を取り出した私の左手は、その間に、充分の余裕をもって、K医師の視界の外にあるアルミニウム容器中の、次に使用さるべき最外端のB1のアムプゥルと、それをすり換える事が出来るのだ。数少い特技の中の一つであるトランプの手品で鍛えられた自分の指先の動きに対しては、私は絶対の信頼を寄せていた。アルミニウム容器が、手の届く場所で開かれさえすれば、何も、問題はない——そして、事実、それは、小机の上の絶好の位置に開かれたのだ。かくて一人の男は死ななくてはならぬ……

往診を済ませたK医師が立上る時、その必要はないと思いながらも、私はやはり一応訊ねずには居られなかった。今日に限って往診のコースが変更される事はないだろうか？

「M氏はその後いかがですか？」

「簡単な風邪だが、仲々云う通りに養生しないので……しかし、もう二・三日で癒るでしょう。これからMさんのお宅へ廻る所ですよ」

思えば、一週間前から、風邪気味のM氏がK医師の往診を受けているのも偶然であった。脚気の気味で、B1の注射をうけているのも偶然であった。往診の順序が隣り合っているのも偶然であった。同じ製薬会社のB1である事は偶然でないにしても、紙屑籠の中に空のアムプゥルが存在した事も偶然であった。蒸溜水や注射器や蠟燭が、ことごとく小机に揃っていた事も偶然であった。隣家の猫が狂犬に咬まれた事は、更に偶然であった。しかし、単なる偶然の集積のみからは、決して何事も起りはしない。それ等の偶然を統合して、一個の生命を賦与したものは、外ならぬこの私なのである。

3

この時、私が何よりも奇異に感じたのは、己の手を血に染めぬ限りにおいて、人は殆んど何のうしろめたさもなく、いや、むしろひそかなるよろこびをもって殺人を行い得るという事実であった。

最初私がM氏の殺害を計劃した唯一の動機は云うまでもなく彼の死が叔母にもたらすもののためであった。経済的な理由から五十歳に近い現在もなお独身生活を続けているこの吝嗇な銀行家が死ねば、彼の莫大な遺産は、当然唯一の血縁である実妹の樫村未亡人のものとなるであろう。彼の財産の一部は、樫村博士の死後、遺産整理の名目に隠れて、人の好い叔母から掠め取ったものであるから、ある意味ではそれが正当の所有者の手に戻ると云うにすぎない。叔母はあるいは兄の死を歎くであろう。しかし、徒歩数分の距離に住む兄妹でありながら、この二人の間には殆んど何の交渉もなかった。彼等は全く異質の、二個の宇宙に棲んでいた。そうした兄のM氏が死んだ所で、叔母が精神的な打撃をうける理由はない。本能的な数滴の涙の後、彼女の生涯は保証されるのだ。もはや、他人の名によって発表される翻訳の才能に、貴重な人生を浪費する必要はない……

私が、ひそかに叔母に与えようと欲したのは、こうした人生であった。これを与えんがために、私は、個人的には何の怨恨もないM氏に、敢て死を処方したのであった——いや、少くとも、行動を起す以前においては、私はそう信じていた。淡碧色のカーテンの割目から病み猫を眺め、一瞬にして殺人計劃のあらゆる細部に着想した私は、かかる方法によってM氏を殺害する事——その結果、ひそかに、M氏の遺産を叔母に与える事——によってのみ、私の愛が完結されると、微笑んだのである。

殺人の動機は、あくまで、恋愛の形態を完全なるものとするためであった。しかるに、半年振りでベッドの上に半身を起し、〈殺人アムプゥル〉の製作にとりかかった時、私は自分の内部に揺曳する、殺人行為そのものに対する不思議な情熱を感じていた。

芸術の目的は、多くの場合、その制作の結果であって、制作の過程ではない。けれども、芸術家が、そのいずれにより多くの歓びを見出すかは、俄かに断定し難い問題であろう。

M氏殺害の究極の目的は、云うまでもなく、〈ひそかに与える〉ことによって、恋愛の形態を完成するにあった。けれども、そのための殺人の過程において、私は、本来の動機から全く独立した一個のよろこびを感じていた。〈殺人アンプゥル〉による、M氏殺害計劃の完璧さが、この上もなく、私を魅したのである。

三十七歳の美しい未亡人に対する私の奇妙な恋愛は、全く生活の表面から隠蔽されたものであったから、その愛情の一表現であるM氏の殺害も、誰一人として気付くもののないような方法によって、行われねばならなかった。私が犯人として逮捕される事は勿論、M氏が人為的な手段で殺害されたと気付かれる事さえ、避けねばならぬ。そのためには、恐水病菌の注射は、まさに、絶好の方法であった。

狂犬に咬まれてから発病するまで、普通二週間から二ケ月間の潜伏期間がある。時には半年以上経過して、当人が既に犬に咬まれた事を忘れている頃になってから、突如として発病する事さえ稀ではない。それ故、M氏自身犬に咬まれた記憶がなく、また身体のいかなる部分にも、咬傷の痕が発見されぬとしても、人々はそれほど問題にしないであろう。狂犬に咬まれた自覚がありさえすれば、発病前に予防注射をうける事によって、死から逃れる事も出来る。しかし、M氏にその自覚のあろうはずもなく、しかも一度び発病した後には、現在の医学をもってしては、一〇〇%の死を待つより外に方法はないのだ。M氏が発病すれば、医師達は、多分どこかで狂犬に咬まれたのだ——と肩をすくめる。そして、少くとも徒歩で三分を要する地点に横たわる瀕死の病人が、かかる悲劇の因をなしているなどとは、全く空想してみる事もないであろう。これほど巧妙に世人の眼を伴った犯罪が、曾つて地上に存在したであろうか？

寝ながらにして一人の人間を殺害し得るという着想が、妖しいまでに私の心をゆすぶった。僅かに指一本を動かす丈で、誰にも知られずに一人の人間を殺し得る能力を与えられた時、指を動かさずに居られる人間が、果して何人この世に存在するであろうか？　人間の性は本来邪悪である。アムプゥルを取り換える事によって、何等犯跡を残す事なくM氏を殺害し得ると確信した時、私の胸中には既に〈黒い女〉の仄白いヌードは存在していなかった。

私の唇にうかんだものは、完全なる殺人そのものをたのしむ人の微笑であった。誰にも気取られる事なく、妄想の中で叔母の肉体を愛撫する事が、既に、一つの完全犯罪であった。こうした完全犯罪の前歴を持つ私が、新たに完全殺人の魅力に憑かれる事に、何の不思議があろう。アムプゥルをとりかえる。――後はただ、（M氏が狂犬に咬まれた。恐水病になった……）という情報をまちさえすれば良いのだ。計劃の完璧さを想う時、自然にこみあげて来る笑いを、叔母の眼から蔽すため、それから数日の間、私は故意に不気嫌を装いながら、ふかぶかと蒲団に顔を埋めねばならなかった。単調そのものに見える灰色の人生の背後に横たわる驚くべき真実を、正確に理解しているものは、この地上にただ私一人なのだ。何というたのしさであろう。私はこの時、天地の創成に当って造物主が曾つて味わったであろう優者のあの傲慢なよろこびを感じていた。

間もなくM氏の風邪が癒り、往診の必要がなくなったため、K医師の口から彼の消息を聞く事は出来なくなった。そしてこの独身の銀行家の身に起った異変について、私が聞いたのは、〈殺人アムプゥル〉を医師に托してから三週間以上経過したある晴れた朝であった。私の待ち望んでいた知らせは、叔母の形のよい唇によってもたらされた。

「哲也さん、Mさんが狂犬に咬まれて、大変なんですって……」

この瞬間を想い起すたびに、私は人間の心が一瞬の間にいかに多くの想念に耐え得るかを、怪しまずには居られない。

（やった！　やった！　やった！）

心の裡で双手を拍ちながら、しかし、私は無表情な視線を叔母に向けた。心持ち眉をひそめて。

（叔母さま、M氏が狂犬に咬まれたんですって？　狂犬に？　そうですか。狂犬にね。きっとその狂犬は、目盛りのあるシリンダーと銀色の針を持ったとても珍らしい犬だったに相異ありませんよ）

「Mさんが？」

さりげなく私は反問した。

「門の前で、Kせんせいに伺ったのだけれど……」

（おやおや、Kせんせいまで、あの珍らしい犬を探しているんですか？　その犬は三週間前、せんせい自身の鞄に入れられて運ばれたのですよ。……ね、叔母さま。どうしてそんな暗い顔をしていらっしゃるんです。M氏が死ねば、泉水のあるあの庭も、珊瑚樹の蔭のあづまやも、数寄を凝らした邸宅も、部厚い預金通帳も、すべて皆叔母さまのものになるのではありませんか。死は悲しむべきもの――けれども、運が悪かったのですよ。犬に咬まれるなんて……犬というやつは、あれで、仲々咬むべき人間を知っているのですね。いや、今僕が云っているのは目盛りのある犬の事ではありませんよ。だって、叔母さまはM氏が普通の狂犬に咬まれたと思っているのでしょう？　銀色の針を持った聡明な犬の事は、僕一人しか知らないのですものね……）

私には、自分自身犬に咬まれたと信じているであろうM氏が、この上もなく愚か見えた。自分で猫の唾液を注射しておきながら、M氏が犬に咬まれたと信じている白髪の医師が、この上もなく愚かに見えた。そして、遂には、このような事件が、外ならぬ自分自身のために仕組まれている事を知らぬ叔母さえも、不本意ながら愚かに見えざるを得なかった。

（叔母さま。M氏は本当は犬に咬まれたのではなかったのです）

舌先から危く転がり出ようとするこうした言葉を、私はようやくの想いで切断した。

（僕がやったんです。信じられないでしょう？　でも、事実、僕がやったんですよ……何故？　叔母さまは、何故、僕がそんな事をしたか——お訊きになりたいのでしょう？　愕いてはいけませんよ。僕が、叔母さまを愛しているからなのです。そうです。アダムがイヴを愛したように。樫村博士が叔母さまを愛したように。——この連想は、僅かに私を傷けた——すべての男がすべての女を愛したように。そのように、僕は叔母さまを愛しているのです）

私の奇妙な恋愛において、愛の告白が行われるべき瞬間があったとすれば、それは、この時を除いてはない。ひそやかに愛する事は、やさしい。ひそやかに殺す事も、やさしい。しかし、必ず一度は彼を訪れるであろう人生のウィーク・モゥメントにおいて、告白の欲望から自由である事は難かしい。もしこの瞬間に、叔母の唇から、あの意想外の言葉が飛び出さなかったならば、私は、うわごとの如く脈絡のない、愛の言葉を口にしていたであろう。

上辺のかすかにまくれた印象的な叔母の唇はゆるゆると動き続けていた。その一語一語が明確な意味をもって私の脳髄に突きささった。

「右脚をとてもひどく咬まれたんですって……でも、昨日やっと予防注射が終ったから、もう大丈夫だって仰言っていたわ」

もろもろの映像が、私の脳裡で音をたてて崩れ去った。M氏は実在の犬に咬まれたのであった。十八回にわたるワクチン注射が昨日済んだと云えば、恐らく私が〈殺人アムプゥル〉を与えた二・三日の後であろう。私があらゆる偶然の集積を統合して組立てたこの巧妙なる殺人計劃は、偶々同じ頃M氏の右脚を咬んだ一匹の愚かな犬の行為のために、脆くも崩壊し去ったのである。

突然、激しい笑いの発作が、急速に私の腹部を攀じ登って来た。怪訝そうに眼を瞠る美しい未亡人が、私の笑をいかに解釈するかも念頭になく、私は脚をよじり、身体をふるわせて、笑い続けた。——一体、何事が起ったのか？　何事が起ると信じていたのか？　なるほど、ひそかに死の注射を受けながら、それに気付かなかったM氏は、愚かでもあろう。狂犬の役割をつとめながら、それを自覚しなかった医師も、愚かであろう。それらの狂言が、自分のために仕組まれたとも知らぬ叔母も、あるいは、愚かであろう。

しかし、それにもまして、すべてを知りながら、しかも偶然の前に最も愚かであったのは誰なのか？　激しい笑いに、咳きこみ、むせび、狂いまわりながら、喀血するぞ——という微かな恐怖を意識の底に、私はただとめどもなく笑い続けた。

そして、私の病気はやがて恢復期に入っていった。

山女魚《やまめ》

1

「せっかく腕を振ってお待ちしてましたのに。——本当に済ませていらしたんですの？」

明らかに失望の色を見せた月子夫人の視線を、柄にもなく受け止めかねて、新進探偵作家の韮山《にらやま》は恐縮そうに首を縮めた。

「バスがこんなに都合よく連絡すると思わなかったので、駅前の食堂で怪しげなディナーを詰め込んで来たのですよ。——奥さん御自慢のフランス料理に間に合うと判っていれば、そんな馬鹿な真似をするんではなかったのですが——」

「あら、御自慢というほどのものではありませんけど——」

「いやいや」

と大きく首を振って、

「奥さんのお料理は我々の仲間でも既に有名ですよ」

未だどことなくあどけなさの残っている月子夫人に、からかうような微笑を向けると、韮山はポケットを探ってラッキー・ストライクに火をつけた。

「だから我々は、貴女が有坂君と結婚した時、彼を羨やむと同時にちょっと心配もしたのです」

新らしい玩具《おもちゃ》を見付けた時の子供の表情。

「美しい妻君と、腕の良い料理人は、長生きの最大の敵だ——と云いますが、奥さんは一人でその両方を兼ねている。有坂君の病気が仲々回復しないのは、どうも奥さんの責任ではないんですかね？」

正面切ってずけずけと型破りの挨拶に、応えるすべを失って頬を染めた妻の横顔を、美しいと見やりながら有坂が救《たす》け船を出した。

「まあまあ来るそうそう、余りいじめるものじゃあない。――月子、リプトンでもいれて韮山君の口を塞いで、その間に僕達もここで失礼して夕食を済ませてしまおう」

運ばれて来た濃い紅茶に浮ぶレモンの高い香りを味わいながら、韮山は暫くの間珍しく無言で、三人分の夕食を征服して行く有坂夫妻の若い食欲を、楽しむように眺めていたが、

「しかし、冗談はともかくとして、一時に比べると有坂君も見違えるほど元気になりましたね。……全く、奥さんの献身的な看護の賜物ですよ」

「存じません。私はどうせ長生きの敵でございます」

美人は怒ってみせてもやはり美しい。

「いや、奥さん。先刻《さっき》のは失言です。取り消しますよ」

スプーンの先で、レモンをソーサーのヘリに置くと、残った紅茶を一気に飲んだ。

「奥さん。その魚は山女魚ですね」

「ええ」

「随分立派なものだ。――R川で獲れるのでしょう?」

「お隣りに釣好きの中学生が居て、よく持って来てくれるんですの。……韮山さんがいらっしゃる間は、特約してありますのよ。――本当にこれだけでも召上って下されば宜しいんですのに……」

「いや、今日はもう、とても……」

とろりとしたドレッシングに蔽われて、いかにも食欲をそそる山女魚料理に眼をやった韮山は、何を思ったかこの時奇妙な微笑を口許に浮べた。

「御存知かも知れませんが、山女魚は正しくは《あまご》と云って、元来非常に悪食《あくじき》の魚です。悪食のため腹から先に腐ると云われ、馴れた釣師は、この魚を釣り上げるとまず腸《はら》わたを出して洗っておくという位ですからね。――有坂君。君はもう五年もここに住んでいるのだから、R川の山

女魚が何故こんなに肥っているか——知っているのだろう？」

「いや——一向に知らないね」

「おくさんは？」

「さあ……」

「何か曰くでもあるのかね？」

「曰くと云うほどのものでもないが……結婚してここへ移ってから一年もたたぬ奥さんが知らぬのは当然だが、五年もいる君が、あの話を知らぬとは驚いたね」

「面白い話でもありますの？」

月子夫人が好奇心に眉をあげた。

「面白い——と云うよりは、不思議な話と云った方が良いでしょう。……奥さんは探偵小説はお嫌いですか？」

「さあ、韮山さんのでなければ好き」

「やられた——ともかく、探偵小説がお好きとあらば申分ない。……R川の上手に、美女ガ淵という場所があります」

「あの丸木橋のある……」

「そうです。あれから左手に入ると一面の栗林となりますが、その栗林の中に近代的なバンガローがあるのを御存知ですか？」

「赤い屋根の？」

「それそれ、そのバンガローで、今から凡そ十年前、有坂君好みの密室事件が起ったのですよ」

「それがR川の山女魚と関係がありますの？」

「そうなんです」

「おいおい、カーの新作でも手に入れたのではないのかね」

「いや、違う――それに密室事件と云っても、正確に云えば密室の中で殺されたというのではない。出口のない部屋から人間が一人蒸発する――という話なのだ」
「何だか面白そうですわね」
「ええ、奥さん。この事件は非常に探偵小説的な所があるのです。……どうです。食後一刻《ひととき》のひまつぶしに、奥さん、奥さん達でこの事件を解決してみませんか?」

2

山村竜太郎氏は決して迷信深い性質ではなかったから、夢の持つ意味については、フロイド的な解釈以外には決して信じようとしなかった。従って、その日の夕食のあとで、麗子夫人が珍らしく心配そうに、昨夜もまた同じ夢を見た――と訴えた時にも、彼は大してそれを気にとめる様子はなかった。

麗子夫人の不安が真剣に取り上げられなかった責任の一半は、彼女の方にもある。

山村氏が関係しているある映画会社の大部屋女優から、美貌を認められて一躍山村氏の正妻に迎えられた麗子夫人は、演技力の不足から、女優としての未来には恵まれていなかったが、その寝室的な容貌と蠱惑的《こわくてき》な姿態は生来の享楽的な気質とマッチして、この上もなく魅力的な妻であった。齢不惑を超えた山村氏にとっては、女とは肉体以外の何物でもなく、幾つかの会社の重役を兼任している身とて、家庭の雑務や経済はすべて女中や家政婦にまかせて、《妻というものは、ただベッドの上で美しくありさえすれば宜しい》と豪語する事も出来る。女優時代の麗子夫人は、奔放な性格の故に数多くの恋愛事件にその名を連ね、こうした面ではかなり有名でもあったが、山村氏と結婚すると不思議にも彼女の浮気はぴったりと止んだ。少い時でも五指を超えた彼女の恋人達が、突如として彼女の周囲から消え去ってしまったのだ。

独身時代に浮名を流しながら、結婚と同時に貞淑な妻と化する例はそれほど世間に珍らしくないし、また、一説には、事業視察のため二十代で海外に遊び、異国の街に蕩名を轟かせた山村氏の巧妙な愛撫が、麗子夫人を完全に征服しているのだとも云われるが、ともかく結婚後一年ほどの間、麗子夫人は噂さ雀の期待を完全に裏切って、山村氏の貞淑な妻となってしまった。

もっともこの間にただ一つ小さな変化があった。それは、結婚後間もなく、彼女が熱烈な探偵小説のファンとなった事である。時間と財産をもて余している山村氏のこと故、美しい妻を伴って享楽するひまつぶしのカリキュラムには事欠かなかったが、それでも妻という身になれば、何かにつけて時間をもて余す事が多く、その退屈しのぎにふと手にした探偵小説が、いつか麻薬の如く彼女を捉えたのであろう。最近では、海外の作品を原語で味わいたいばっかりに、英語や仏語を習い始めるという始末。その手ほどき役を仰せ付かった某外交官未亡人の言によれば、《素晴らしい語学の才能》だそうである。

もともと、茶目で悪戯好きの性質で、結婚一カ月目の四月一日には、巧妙な偽手紙で山村氏を脅迫し、もう少しで警察沙汰になる所で、やっと種明しをして事無きを得た――という位お芝居っ気のある麗子夫人が、探偵小説のファンとなって、各種のトリックを覚え込んだのだから、山村家では月に一度や二度は不思議な事件が起る。事件と云っても、《鍵のかかっている金庫の中から、一つしかないその金庫の鍵が現れる》といった類いの他愛ない出来事だが、その出来事には必ず何か論理的な不可解性があり、麗子夫人は事件後決してそれを説明しようとはせずに、ただニヤニヤして独り楽しんでいる形――今では女中・家政婦・運転手から山村氏に至るまで、ひそかに《事件》を楽しみにしているほどで《朝起きてみて、右手が左の肩から生えていても驚かない》位の習練が積んでである。こうした状態では、山村氏ならずとも、麗子夫人の不思議な夢を、大して気にかけはしないであろう。

「ねえ、あなた――あなたはちっとも本気になって心配して下さらないのねえ」

むっちりした白い腕を山村氏の首にまわして、麗子夫人は夫の広い胸を身体でゆすぶる。静養と避暑を兼ねて、この一夏をA市の山荘に閉じ籠り、宿痾の神経痛のため、妻のベッドにも遠ざかり勝ちの山村氏には、膝の上で揺れているやわらかい肉体の方が、不思議な夢よりもよほど気にかかりそうだ。

「また同じ夢なのかね」

手が麗子夫人の背を這い降りる。

「ええ、あたくしの身体が見る見る内に小さくなって行くの。――その時、多分あたくしはお風呂に入っているんですわ。そして、あ、身体が小さくなった。あら、あらって驚いていると、いつの間にか、細い管の中を流されているんです。それが不思議ですわね。自分が流されて行くのをもう一人の自分が眺めている感じなんですもの。――自分の叫び声で眼を醒まして、ベッドに比べてみてあたくしの身体が縮んでいない事を確めてホッとするんですけれど。――駄目よ。あなた、お止しになって……跫音がしますわ」

話の半ばから、いつか自然に愛撫の形をとっていた山村氏は、廊下を踏む跫音に空しくも腕を解いた。

「お風呂が沸きましてございます」

女中の春やだった。

3

入浴中に、夜には珍しい断水があって、そのため、井戸の水をモーターで汲み上げねばならず、常になく長びいた湯から上って、山村氏が寝室に入ると、居間の時計が八時を打った。

「ゆっくりでしたのね」

「断水したのでね――春やに汲ませておいたから、タンクの水を使うといいよ」

「じゃ、ちょっと浴びて来ますわ」

豪華なダブル・ベッドの端に腰を降した夫の顔を、覗き込むようにして素早い接吻を与えると、麗子夫人は足速に部屋を出る。ドアの彼方に消えて行く若い妻の、ワン・ピースに包まれた豊かな後姿に眼をやって、山村氏の心は少年のように楽しく弾んだ。

スプリングの効いたやわらかいベッドの上で、思い切りゆったりと手足を伸ばして、湯から上って来る妻を待つ気持――数え切れぬ多くの夜・あらゆる種類の皮膚を持った女。上海で、香港で、ウイーンで、ミラノで、パリで、マイアミで。あらゆる民族のあらゆる体臭にむせびながら、あらゆる国語を通して聞いた愛の言葉――その夥しい遍歴の歴史も、すべてはただ現在この一個の抱擁への踏石ではなかったか？　常に新らしく、常に美しい妻、麗子。――山村氏はいつか空想の中で、隅から隅まで知り尽している麗子の肉体を、好ましげに愛撫していた。若い女には珍しい肉付の良い腕・心持ち外を向いてしまった堅い乳房・抱擁のために形造られたくびれた胴・愛の歓びを約束する豊かな臀・男の欲望を最後の一滴まで吸い尽さずにはおかぬ貪婪な肉体……

正確に云って、それが悲鳴であったかどうかは知らない。何か異常な叫び声の如きものが、突然山村氏の空想を断ち切った。紛れもなく麗子の声である。反射的に寝室を飛び出した山村氏は、浴室へ曲る廊下の角で春やと一緒になった。数歩で脱衣室のドアに手がかかる。ドアが開く。脱衣籠の中に、主のないワン・ピースがスリップやブラジァと一塊になって脱ぎ捨ててある。手が伸びて浴室のガラス戸にかかる。錠が降りている。

「麗子！」

返事がない。

「麗子！」

ガラス戸を叩く音のみ徒《いたず》らに高く、それが途切れると沈黙の大きさがひしひしと身に迫る。脱衣籠からワン・ピースを取り上げて素早く拳にまく。ガラスの破れる音。破れ目から指先が内部の掛金を探る。掛金が外れ、恐しい勢でガラス戸が開く。勢い込んで浴室へ飛び込んだ山村氏は、一瞬、ポカンとして立竦んだ。

八分目まで湯を湛えた浴槽・金網を張った通風孔・鍵のかかった窓――そして麗子はどこにもいない。視線がもう一度浴室の内部を改めてからタタキの一角にある排水口に到った時、山村氏は訳の分らぬ恐怖を覚えた。排水口の網蓋が開いている!!――何のために？　直径一〇糎《センチ》に足らぬ排水口から妻が流れ去ったと云うのか？（あ、身体が小さくなった。あら、あらって驚いていると、いつの間にか細い管の中を流されているんです。……）そんな馬鹿な事が!!　しかし、その翌朝、山村麗子の一糸もまとわぬ美しい屍体が、その排水管の流れ込んでいる美女ガ淵で発見されたのだった。

4

「ここで、山村家の浴室の構造について、詳しく説明しておいた方が良いでしょう」

韮山は、考えをまとめるために、ちょっと言葉を切って、月子夫人が注いで呉れた二杯目の紅茶に口をつけた。

「この浴室は建物の西外れにあって、二坪ほどの広さの総タイル張りで、山村氏がガラスを破った脱衣室側（東側）のガラス戸が唯一の出入口に当り、西側は一面タイルの壁、北側はタタキから四尺位の高さの所に窓、その更に上に金網を張った通風孔があります。南側には二個のタンクがあって、一個は電気ボイラーと直結した熱湯用のもの、他の一つは時折の断水に備えて井戸水を汲み込んでおくタンクです。後者は専ら断水時のみで、平常《ふだん》は、給水には熱湯用タンクの下から突出している水道を用いている訳です。山村氏はタイルの肌触りを好まず、そのため、浴槽には檜材を用い、板の厚い立派なものが、西側の壁に寄せて置かれてあります。

さてここでちょっと問題になるのは、現在では浴槽の蔭に隠れているが、以前に薪風呂を用いていた時の焚口が、西側の壁面の下部にある事です。この焚口は高さ一尺五寸巾三尺ほどのもので、下辺がタタキから一尺五寸ほどの高さの所にあります。浴槽が動かせさえすれば、この焚口から脱出する事は容易で、麗子夫人の消失は何の不思議もなくなりますが、檜の厚板を用いた豪華な浴槽は、仮令《たとえ》空の時でも一人で動かす事は難かしく、まして山村氏が発見した時には八分目まで湯を湛えていたと云うのですから、麗子夫人が女の身で動かし得たとはちょっと想像し難い所です。

北側の通風孔は金網張りですし、窓に内側から鍵のかかっていた事は先刻申上げた通り——これはお断りしておいても良いのですが、この窓の鍵も、脱衣室側のガラス戸の掛金も、麗子夫人が直接浴室の内部からかけた事は事実だったのです。——さておくさん。このような状況のもとに麗子夫人は消失した訳ですが、麗子夫人がどのような手品を用いたか、おくさん達に想像がつきますか?」

「韮山さんは不可思議な点ばかり強調して、未だ推理の材料を充分提出していないわ」

月子夫人が不平を洩らす。

「山村氏の入浴中に断水したというのが何だか怪しいね」

「うん、まあ一応は疑うべきだな」

と韮山は特徴のある手付きで灰を落しながら、

「麗子夫人の消失に暫く呆然と立ちつくしていた山村氏は、やがて気を取り直すと、落着いて浴室の内部を点検しました。その中で、重要な点を挙げれば——

（1）浴槽の湯に手を入れてみると、かなりぬるかった事。
（2）熱湯タンクの湯（八〇度C）が相当減っている事。
（3）供水タンクの水が殆んど消費されている事。
（4）水道の蛇口は栓の部分を中心にして、任意の方向へ動かせるようになっているが、それが浴槽へ水を注ぐ位置に置かれてあった事。
――などです」

「ちょっと待って」月子夫人が口を挟む。

「その水道の栓は締めてありましたの？」

「ええ――二つのタンク、及び水道の栓は、充分しっかりと締めてありました。勿論、これ等の栓は浴室の外部から、紐やピンを用いて操作する事は出来ません。

さてその時山村氏が調べ上げたのは大体以上のような点ですが、その外に次のような事実を附け加えておきましょう。――同じ日の深夜山村家へ夜盗が侵入した事。何も盗まれなかった上、麗子夫人の屍体発見の騒ぎに紛れて、山村氏も春やもこの事実に気付きませんでしたが、貴方達に手掛りを与えるため敢えて説明するならば――
（5）夜盗は麗子夫人の部屋と浴室に侵入した事。
（6）何かを盗む事が目的ではなく、何かを置いて行く事が目的だった事。
（7）夜盗の立ち去った直後に断水が直った事。
それから、最後に（これを云っても麗子夫人消失の謎が解けなかったら、もう決して探偵小説なんか読むんではありませんよ）――
（8）脱衣室の床は浴室のタタキから一尺五寸ほどの高さにある事――」
「ほうら、やっぱり水よ」

月子夫人が嬉しそうに手を拍《う》った。

「けれど、タンクの栓も、水道の栓も皆しまっていたんだよ」

「そうね、それが変だわ。……ちょっと、韮山さん。夜盗は一体……」

「月子、いや、――それで良いんだ。《夜盗は何かを置いて行った》と云うのだ。問題はどうやら置いて行ったものにあるらしい。……なるほどね。しかしこれは少し月子には無理だな」

「あら、あなたには判ったの？」

「勿論さ。……教えてやろうか？」

「厭！――結構よ。自分で考えるわ。月子は水道の栓の構造を知らないだろう？　だから駄目なんだ。

「いくら考えたって無駄だよ。月子は水道の栓の事なら、あたしにだって判るはずよ」

――水道のツマミをね、一杯に戻して、水流が全開になっても構わずに更に戻して行くと、座金と一緒にツマミが外れる。ツマミの軸の先には穴が開いていて、この穴の中に長軸を嵌め込んだ形でコマのような金具が挿し込んである。このコマの反対側の面にゴムか皮が貼ってあって、ツマミがねじ込まれるとこのゴム面が水の出口を塞いでいる訳だ。――麗子夫人はこのコマのような金具を外して行ったのだよ。だから栓は締めてあっても、人工的な断水が直れば、水は栓の部分を素通りする。――そういう訳さ。どうだい。それで謎は解けたろう？　今後は、《あなたア、また水道が止まらなくなっちゃったア。直してエ！》などと云わずに、自分で研究して直す事だね」

「ええ、そうしますわ。――その代り、今後は、あなたも落ちたボタンは自分でおつけ遊ばせ」

月子夫人はお冠の態であった。

5

プップツと音をたててスナップが外れると、花模様のワン・ピースがスリップと一緒にするりと

に笑いかける。

抜けて、すべすべした肉感的な肩が露われる。ブラジァを外しブルマースを脱ぐと、麗子夫人は一塊の衣服を無雑作に脱衣籠に抛り込んだ。両手を腰にあてて、ぐっと胸を反らし、姿見の中の自分に笑いかける。

——誰でもこの美しい身体をきっと欲しがるわ……

満足そうに片目をつぶってみせて、さてこれから今日のプログラムに取りかからねばならぬ。

浴室に入って入口のガラス戸に掛金を降ろし、窓に鍵をかけると、彼女はひそかに携えて来たレインコートを拡げた。中から現れる三つの品。ゴム靴・スパナ、そして三メートルほどの長さの紐を付した大きなコルクの栓。レイン・コートを素肌にまとい、ゴム靴を穿くと、排水口の網蓋を開き、コルクの栓を嵌める。手をのばして浴槽の底の栓を抜く。ぐつぐつ音をたてて流れ出た湯が、タイル張りの浴室全体に拡がる。湯が動かなくなると浴槽に栓をして、残った湯を手桶で汲み出す。供水タンクの栓が開かれる。浴室の水面が序々にせり上る。五寸・六寸・七寸……水面が一尺近くなると、ゴトリと音がして檜材の重い浴槽が床を離れた。手をかけると、ゆらりとゆれて西側の壁を外れ、人一人身をくぐらすに充分な旧焚口がぽっかりと口を見せる。水面が一尺五寸に達すると、麗子夫人は給水タンクの栓を閉じた。水道のツマミを戻す。先刻、山村氏の入浴中、ひそかに邸外の水道の元栓を閉じてあるため水は出ない。ツマミを外し内部の金具を取り去る。再びツマミが取付けられ固く締められる。熱湯タンクの栓が開かれて熱湯が浴槽に注ぎ込まれる。一寸・二寸・三寸……浴槽内の水面を見凝《みつ》めながら、麗子夫人は浴槽を動かしてみる。未だ動かせるわ。まだ、まだ、もう少し……。浴槽の底がタイルの床にかすかに触れる。熱湯タンクの栓が閉じる。準備完了——もう一度浴室の内部を見廻わす。鍵のかかった窓。掛金の降りたガラス戸。満足そうに頷いて、焚口から外へ出る。手にした紐が烈しく引かれ、コルク栓が排水口を離れ、焚口から外へ。同時に浴槽の下辺にかかった手が、力一杯ずるずると浴槽を壁側へ引き寄せる。水の流れる音。浴室の水面が下る。——三寸・二寸・一寸。水が流れ去ると、内部から鍵のかかった浴室では、壁側の元の位置に浴槽が置かれ、麗子夫人は見事に消失している。そして開かれた排水口の網蓋——山村氏が発見した際と、ただ一つ違う所は浴槽の内部に小量の熱湯が入っている事だけ。麗子夫人は落着いた足取りで、邸外にある水道の元栓に近づく。スパナでそれを開く。——浴室の内部では、今、水道の水が浴槽に注がれている事であろう。じっと夜光時計の針を見凝める。何分間で浴槽の水面が上るかを計算してあるのだ。やがて元栓を閉じると麗子夫人は浴室の外側に近づく。呼吸を整えてから、思い切り芝居がかった一声の悲鳴——小走りに跫音が邸外の闇に消える。かくて麗子夫人の《浴室の妖術》は終ったのだ。

数分後、彼女は栗林の外れにある小さな山小屋風の建物の前に立っていた。コトコトと扉《ドア》を敲《たた》く。

「野々宮さん。開けて頂戴！」

扉が開いて白い光がパッと木立の中に拡がって行く。

「おくさん——こんなに遅く？」

「うふん。……驚いた？」

麗子夫人は上々の御気嫌だ。奇抜な悪戯に成功した後の楽しさ。——今頃、悲鳴をきいて駆けつけた山村氏はどんな顔をしているだろう。何しろ愛妻が排水口から流れ出てしまったのだから……

「今日は夜中までゆっくりよ」

部屋に入って扉を閉めると麗子夫人は楽しそうに室内を見廻した。

思い思いの姿勢で、壁際に乱雑に並べられた数個の立像・トルソー・首。——部屋の中央にある制作台の上には、灰碧色の、等身大の粘土像が、腹に手をあてて突立ち、その足許に数葉のデッサンと油土と竹ベラが転がっている。

「またいじっていたの？」

「ええ、どうもこの辺が……」

と青年は、粘土像の肩の辺りを指した。

「気に入らないのです。おくさん。暫く立って呉れませんか?」

「今日は堪忍して……」

麗子夫人は眼をモデル台にやって首を振った。

「それよりも、やっと一週間振りで抜け出して来たのよ。──ね。いいでしょう?」

灰色の蝶が、さっと舞ってレインコートが床に落ちる。油を塗ったかと怪しまれる白い滑らかな肉塊が、眼を瞠《みは》った野々宮青年の腕の中に、ゆらりと崩れ込んだ。

6

「山村氏にとって、麗子夫人にとって、野々宮青年にとって、いや、更に云うならば、おくさん、あなたにとっても不幸な事には、野々宮青年との一刻の歓楽の後に、麗子夫人は突然、心臓麻痺を起して、この若い恋人の腕の中で急死してしまったのです」

「あたしにとって、どうしてそれが不幸な事なんですの?」

月子夫人が首を傾《か》しげる。

「それはいずれ、後ほど説明します」

と韮山は、悪戯っ子のような眼付きで、月子夫人をまじまじ瞶《みつ》めながら、

「鏡を鼻先に置き、脈をしらべ、指先を焼き、思い付く限りのあらゆる検査を試みた後、微かな呻き声と共にその場に崩れ落ちた麗子夫人が、既に完全にこときれている事を確認すると、野々宮青年は小屋の灯を消して、彼がこれからとるべき行動について、慎重に考え込みました。

この夏、A市のダンス・ホールでふと知り合った麗子夫人の、美しい身体の線が彫刻家としての彼の眼を否応なしに捉え、芸術家らしい無遠慮さから、山村氏に内密で二度三度とモデル台に立っ

てもらううちに、《彫刻家とモデル》はいつか《青年と妖女》の関係に進展していたのです。何も知らぬ山村氏に、レインコート一つで彼を訪れた麗子夫人の死を報告する訳には行きません。医師や警察は彼と夫人の関係を隅々までほじくらねばおかぬでしょう。屍体をどうしたら良いのか？　彫像の中に塗り込める？——それは探偵小説家のたわごとに過ぎません。灯の消えた山小屋の中で、窓から流れ込む星明りに仄白く浮ぶ麗子夫人の屍体に、瞳をこらして考え込んでいた野々宮青年は、先刻麗子夫人が携えて来たコルクの栓に考え及んだ時、突如としてある素晴らしい方法に思い到りました。

麗子夫人が、今宵、山村氏を驚かせるために、巧妙な方法で浴室から脱出して来た事は、最前彼女の口から詳しく聞かされていました。聞かされてみれば、それは他愛ない悪戯にすぎません。しかし、山村氏は、未だ麗子夫人が、どんな形でどこから出現するか全然知らないのです。(「三日も続けて同じ夢を見たって云っておいたのよ。だから、山村はきっとあたしが排水口から流れ出したと思っているわよ」「おくさんはこれからどうするんです?」「裏口が開けてあるから、夜中になったら、そこからそっと家へ戻るの。そしてね、裸のままで山村の部屋へ現れるの……うふん、気にしちゃ駄目よ。——そしてね。〝お風呂へ入っている内に、身体が小さくなって流された。気が付いてみたら、裸で美女ガ淵に浮んでいた〟って真面目腐って話すのよ。浴室の排水管は美女ガ淵に流れ込んでいるでしょう。だから、仲々怪談めいて響くと思うわ。勿論山村は真面目にそれを信じやしないけれど、どうして私がいなくなったか想像出来ないから、決して文句は云わないわ。〝あんたの悪戯は、相変らず堂に入ったもんだね。さあ、遅くなった。風邪を惹かぬように早く寝給え〟多分、この程度で済むと思うの。ねえ、素的でしょう?」)——麗子夫人の屍体を美女ガ淵に浮べておけば、容易に二十世紀の怪談は成立するでしょう。山村氏同様、誰一人としてこの怪談を信ずるものはないでしょう。しかし、ある程度それは人々の思惟を混乱させるでしょうし、死因が心臓麻痺である以上、警察もそれほど執拗に、この事件を追いつめる事はないでしょう。野々宮青年は、ただ唯一の証拠品であるコルクの栓を粘土像の中に塗り込め、麗子夫人が開けておいた裏口から窃かに山村家に忍び込んで、レインコートとゴム靴を夫人の部屋に戻し、浴室の水道の栓を直してから、スパナで水道の元栓を開けばよかったのです」

「そう説明されれば、一応すじは通るが」

と有坂が不満足そうな声を出した。

「しかし、どうもこの種の手品じみた話は、最後になると飽気《あっけ》なくてね」

「まあ、それはやむを得まい。何分にもこれは実話なんだからねえ。探偵小説にあるような奇抜なトリックは望めないさ」

「所で韮山さん」

と月子夫人が不思議そうな顔をした。

「お話はこれでおしまいなんですの?」

「ええ、おくさん。――これでおしまいです」

「あら、だって韮山さんは、麗子夫人の急死が《あたしにとっても不幸》だって理由《わけ》を未だ話して下さらないわ。――それに、この話は、大体、R川の山女魚が何故肥っているか――って理由を説明するために始めたのでしょう? それなのに、あなたは、まだその点にちっとも触れていないじゃありませんか?」

「ああ、それですか」

韮山は相変らず人の悪そうな微笑を泛べている。

「実は、その理由は、おくさんにはお話しない方が安全だと思うんですがね」

「どうしてですの?」

「それを聞くと、おくさんはきっと後悔するんです」

「厭ね。思わせぶりな事云って……今更遅いわ。ね、聞かせて頂戴」

「では云いますがね。あとで恨んでも知りませんよ」

韮山はもう一度念を押してから、再び話を続けた。

「脂肪ののった雪白の肌に、一糸もまとわぬ麗子夫人の屍体が、木の葉を洩れる光の縞に彩られて、美女ガ淵に浮んでいた――などと云えば、甚だ頽廃派好みの構図ですが、屍体を発見した人達の話によると、麗子夫人の美しかった皮膚は、見るかげもなく喰い破られ、その下から鮮紅色の肉が痛々しく露出して、全くふた眼と見られぬ悲惨な外観を呈していたそうです」

「韮山さん！　まさか……」

「そうなんですよ。おくさん。――先刻もお話したように、山女魚というやつは非常に悪食なんです。つまり、R川の山女魚の集団が麗子夫人の屍体を襲って……」

その時、月子夫人が、どんな叫声を発して洗面所へ転り込んだかについては、何も書かぬのが作者のエティケットであろう。ともかく、この時の有坂家の洗面所を見た人々は、《胃袋の内側が、宇宙の外側と一致する》という、ある天文学者の不思議な空間論を信ずる気になったかも知れぬ。

数時間後、気分がようやく平静に復した月子夫人は、台所にある未だ料理されていない数匹の山女魚を、有坂家から一哩《マイル》以遠の土地に捨てるように主張して、夫とその友人の探偵作家を困らせた。そして翌朝、美しい人の感謝の言葉を期待しながら、特約の山女魚を魚籠《びく》に満たして、隣家の中学生が訪れた時にも、月子夫人は蒼い顔をして寝室のドアを内側からしっかりと抑えたまま、決して会おうとはしなかった。

7

三日ほど滞在した韮山がO市へ帰る日、有坂夫妻はバスでA駅まで送って行った。

初夏の空は暗碧色に冴えて、R谿谷から吹き上げた冷い風が、快よく人々の頬を嬲《なぶ》る。プラットフォームへ上ると、殆んど待つ間もなく上り列車の警笛が聞えた。

「おくさん、大変お世話になりました」

乗り込んだ列車の窓から、半身を乗り出すようにして謝意を述べる韮山に、何を想い出したか月子夫人が急《せ》き込んで訊ねる。

「妙な事？」

「いいえ、韮山さん。――そんな事より、あたし、今、妙な事を思いついたんですけれど……」

「どうしてですか？」

「ええ、韮山さんがいらした晩お話になった《密室事件》ね。あれ、本当にあった事ですの？」

「だって、あなたのお話によると、あの事件の秘密を知っているのは野々宮青年だけなのでしょう？　それなのに、どうしてあなたがそれを御存知なんですの？」

韮山はいかにも嬉しくて堪らぬ表情である。

「それに、浴室の焚口がタタキから一尺五寸も高い所にあるなんてどうも変よ」

「おくさん」

耐《こら》え切れなくなったと見えて、とうとう笑声をたてた。

「あの《密室事件》は勿論僕の即興的な創作です。あんな良い加減の物語を、おくさん達が今まで変だと気付かなかった事の方が、僕にとっては、むしろ不思議ですね。――実は、おくさん。僕は生れ付き山女魚と生瓜の二つだけはどうしても喰べる事が出来ないんです。けれども、お料理自慢のおくさんが、せっかく用意して下すった山女魚料理を、嫌いだからとお断りする気にもなれず、あの時は、夕食を済ませて来たから――と、一応辞退したものの、お話の様子では、中学生と特約して、毎日山女魚料理に腕を振われる懼れがあり、それを防止するために、苦しまぎれにあのような物語を捏造したのですよ。……R川の山女魚は、我々の祖先が猿であった頃から丸々と肥っているんです。決して気味悪く思う必要はありません。さあ、これから家へ帰って、お二人で精一杯山女魚料理を堪能して頂くんですね」

月子夫人の眼を瞠った愛らしい顔をプラットフォームに残して、列車は静かにA駅を滑り出して行った。

佐渡冗話

作者の言葉

「佐渡冗話」は、標題の示すように、一つの（むだばなし）です。戦争の傷痕もようやく癒えんとする現在、一日に数分ずつ煩雑なる現実の生活を離れて、作者と読者が一個の（むだばなし）を楽しむ事も、あるいは許さるべきではないでしょうか。こうした意味で、作者はまず何よりも先に、この物語においては、読者を最も多面的にたのしませるよう工夫をこらしてみたいと思います。

人生の流れの中に、めまぐるしく消えては結ぶ（むだばなし）の泡――そうしたさりげない冗話の中に、時としては却って真実なる人生の破片を見出す事も出来る――と。これは作者のひそかなる自負でもあります。

カマキリ青年

「こまかくしてもらえない?」

女のような白い手が、指先に千円札を挟んで、お婆さんの眼の前に、すっと現われる。生れてから鍬を握った事もなければ、ろを漕いだ事もない、非生産的な(都会もん)の手だ。(都会もん)は嫌いだけれど、指先に挟まれたものには魅力がある。お婆さんは不器用な笑顔を作った。

「何か買うて下さいな」

「一番安いものは何あに?」

「新聞ですけど……」

「新聞か——新聞は新潟駅で買ってしまったんだ。外に何かないかな」

「そんなら、ぶどうを買うて下さい」

ぶどう——眼が素早く陳列台を見廻す。未だ青い林檎・梨・ぶどう・どぎつい表紙の雑誌類・新聞・絵ハガキ・旅行案内……

「ぶどうは——持ち難いからなあ」

不衛生と云いかけて、それでもあわてて言葉を変えた。手の白い割に顔の色は浅黒く、頬骨が高い上に痩せているから、眼が一層大きく見える。背ばかり高い細い身体、灰碧色のズボンにネクタイなしのワイシャツだけ。小さなボストン・バッグを腋の下にはさんで頭の上に(シッポの生えた帽子)をのせた青年の恰好が、お婆さんには先刻からカマキリに見えて仕方がない。お婆さんは仮令(都会もん)が嫌いでないとしても、カマキリは子供の時から大嫌いなのだ。

「じゃあ、林檎はどうですか?」

「林檎ね——それを二つばかり貰おう。いくら？」

「四十六円です。それに珍らしい佐渡の新聞を一枚つけて、五十円で買うて下さいな」

ボストン・バッグに林檎を抛り込んで、新聞をズボンのポケットに突き立てると、カマキリ青年はゆらゆらと奇妙な足取りで、佐渡汽船切符売場の窓口に近づいた。

「二等一枚」

切符をフォッブに落して釣銭を紙入れにしまう。卵を飲んだ蛇のように膨んだ大型の皮の紙入れ——無雑作にワイシャツのポケットに入れ歩くのはちょっと不要心だが、自分の用に追われる周囲の人々は、カマキリ青年の紙入れが痩せていようが膨んでいようが、そんな事は誰も気にとめはしない。いや、正確に云えば、ただ一人気にとめた人間がいた——待合室の壁に凭れて短くなった煙草をつまむようにして吸っていた若い女がいかにも気のない様子で、チラッと視線を走らせたようだ。しかし女というものは特別に興味を覚えた時に限って、こんな眼付をするものである。

待合室

待合室の中には煙草と汗と磯の香と、極く小量の香水の入り混った、不思議な匂いが漂っていた。煙草の匂いも一種類ではない。一〇％の外国煙草・三〇％の両切・六〇％の刻み——一〇％の外国煙草をもって観光客を表現するならば、三〇％の両切は合自の用件に追われる色彩のない旅行者であり、六〇％の刻み煙草こそ、最も鮮明に地方色を現わしているこの土地の人々のものであろう。

こうした（刻み族）の一群が、最前から待合室の中央にあるベンチの上で、一枚の新聞をとりかこんで打ち興じている。拗音の多いこの地方の言葉を、普通の文章に直してみれば、こんな具合になる。

「汝ハコノ物語ノ作者ト談話ノ経験アリヤ？」

「否――ソノ経験ハナシ、シカレドモ、彼ガ空気銃ニテ小鳥ヲ狙撃シ居ルヲ数度目撃ス」

「現在彼ガ病床ニアルト謂ウハ真実ナリヤ？」

「シカリ、シカル故に汝不用意ニ該新聞紙ニ接近スベカラズ。病菌ノ伝播スルヲ懼ルレバナリ」


ひょう軽な男が、出来る丈遠くの方へ手を突き出して問題の新聞紙を読む真似をすると周囲の者が、ドッと笑い崩れた。察するに、（刻み族）の一人と同郷の作者が、その新聞に小説を書いているらしい。新聞の名は佐渡新報と読めた。

カマキリ青年が林檎を買った売店の前には、霜降りの服を着た高校生らしい二人連れが、ズボンのポケットに両手を突込んで立っていた。一方を造る時に五寸ほど長く造りすぎた造物主が他方を造る時にその分を取り返えした、とでも空想したくなるような対しょ的な存在――陳列台から、非未成年者向の雑誌を引き出してパラパラと頁を繰る。何が気に入ったのか、開いた頁の一隅を指して、ノッポがチビの脇腹をつつく。指された所を読み終ると、くすくす笑いながら、チビがノッポをつつき返す。お婆さんにはこの二人組が気に入らない。こんな学生に限って学校の成績は芳ばしくないのだ。硫黄島で死んだ伜が少年の頃は、こんなではなかった。あの頃の学生は皆良く勉強した。このような雑誌など、見向きもしなかった。時勢が悪いのだ。死んだおじいさんと、初めて新潟駅前に土産物の店を出した頃――お婆さんのしなびた頬は、未だつやつやと光っていた。白髪に蔽われた頭も、曾つては、みずみずしいひさし髪を載せて若者の眼を惹いたものなのだ。水道はなかったが街は平和であった。佐渡へ渡るには、船脚の遅い木造船で数時間も揺られねばならなかった。けれども、日本海には、浮遊機雷は浮いていなかった。何と云っても、時勢が悪い……

飛び易い帽子

改札の時間が近づくと、待合室を出た乗船者の群は都会と農村と漁村の断片を不規則に織り込みながら、改札口を一端に長々と列を作る。乗船場の屋根からはみ出して、ざわめきながらうごめくこれ等の人々の群は七月の太陽に灼かれて身もだえする一匹の巨大な百足とも見える。

その百足の尻のあたりでは、先刻の（刻み族）が、佐渡郡両津町湊遊廓における男女共学に関して活発な意見を交換している。その直ぐうしろには、一見他国者と判る若いアヴェックが何か落着かぬ様子でぎごちなく腕を組んでいる。チビとノッポの高校生が、アヴェックの姿勢をそのまま真似て、奇妙な恰好で腕を組みながら、くすくす笑っている。つば広の麦わら帽子をかぶった五・六才の子供、その手を引いた都会風の婦人。

「ねえ、ママ、このお兄ちゃん達何笑ってんの?」

突風が坊やの買いたての帽子をさらう。

「あ、ボクの帽子……」

待合室から出て来たカマキリ青年が、ひょいと手を伸ばして坊やの帽子をつかまえる。

「坊や、良かったわね。おじちゃんにお礼をお云いなさい――今度はあご紐をかけておくんですよ」

「おじちゃん。ありがとう」

「おいくつですか？　ほう随分大きいですね。――坊や、いいものをあげよう」

もて余していた林檎をボストン・バッグから取り出して、坊やの両手に一つずつ握らせると、カマキリ青年は煙草に火をつけた。

「済みませんが火を……」

横合から、五十年輩の重役タイプの紳士がカマキリ青年の火を借りる。何気なく煙草をさし出しながら、青年はオヤッという表情を作った。

金縁眼鏡の背後に隠された細い鋭い眼・削ぎ落したような鋭角的な鼻・うすく引締った非情な唇――その唇の下を縦に走った一線のすじが。頤に男性的なアクセントを添えて、見るからに機敏な感じである。手入れの行届いた皮膚。ネクタイ・ピンにはダイヤがちりばめられ、胸からのぞかせたハンカチから仄かに香水の香が漂う――火を点けて足速やに歩み去る金縁眼鏡の紳士の後姿に眼をやって青年は残念そうに首を振った。確かに見た事がある。だがどうしても思い出せない……

接近

カマキリ青年が百足の最後尾につくのを見ると、京子は白皮のハンド・バッグを片手に持ち直し、短くなった煙草を指先で弾いて、ゆらりと壁を離れた。乳房の形には自信があるからバスト・パッドは使わない。その乳房が、薄地のツウ・ピースの下で出来る丈魅力的な形を作るように胸を張って、背後からカマキリ青年の腕のあたりを、そっと押してみる。

(これで振り向かなければ男じゃないわ……)

青年が振り向いた時、京子は半歩後へさがって、心持首を傾げ、自分の顔が一番うつくしく見える角度から青年を見上げて、にいっと笑った。

「お・ひ・と・り?」

若い男なら、必ず京子の凝視を受止めかねて、あるいは眼を伏せ、あるいは意味のない笑を泛べ、あるいは恐い顔をしながら、ぎごちない返事を口にするものだ。今までの経験から云って、京子のうつくしさに狼狽しない男はいないはずだった。しかし、カマキリ青年は、少し変っていた。

まず、たっぷり三十秒間ほど京子の顔をみつめ、それから、少し頭を後に引くようにして、空色のツウ・ピースに包まれた京子の身体を無遠慮にじろじろ見廻してから、まるで独り言のように静かに呟いたものだ。

「胴が少し長い――しかし、良いからだをしているね」

京子はちょっとはぐらかされた形――けれども直ぐに立ち直った。第一、同じ誘惑するなら少しは抵抗のあった方が楽しい。

「あなた絵を描くわね」

「どうして判る?」

「その帽子・大きな指――それに、あたしのような美人を、あんなに平気で眺められるのは、十才以下の子供か、画家位のものよ」

くすんと身体全体で笑って、カマキリ青年の差し出すシガレット・ケースから煙草を一本抽き出す。火をつけると京子は、満足そうにふうっと細く煙をはいた。

改札が始ったと見えて、それまで荷物の上に腰を降していた人達が一斉に立上ると衣服の塵を払う。百足が大きく一つ身体をうねらせる。都会の、農村の、漁村の断片が、入り混りながら改札口を過ぎ、タラップを通って、クリーム色の新造船こがね丸の脇腹へ吸い込まれて行く。この時、チュウインガムを嚙みながら遅ればせに待合室から姿を現わした若者に眼をとめると、京子はあらわな嫌悪を見せて唇を歪めた。頭をトンボのように光らせたその若者は、カマキリ青年と京子を興味深げに見比べてから、京子に向って片目をつぶって見せる。

「知り合いかい?」

百足が数歩動いてから、突然カマキリ青年が京子に訊いた。横を向いていると思ったのに、いつ見ていたのだろう。

こがね丸の夏

初冬から春先にかけて、人間の無力さを嘲笑するかの如く荒れ狂う日本海も、田植が終り、待合室の壁が観光ポスターで埋り、水平線の一角に入道雲が沸き立つ季節になると、すっかり女性的に変ぼうして、まるでアイロンをかけられたように鎮まり返る。新潟——両津間を二時間半で連絡するクリイム色の新造船こがね丸が、他の季節には余り見受けぬ観光客の群を載せて、この平らな日本海を横切る頃になると、しなやかな身体を趣味の良い夏の装いに包んで、どこからともなく毎年京子が現れる。

夏が来るから海が凪ぎ、観光客が賑い、京子が現われる——論理的にはこうした順のはずだが、それが一つの習慣となると、こがね丸のボーイ達は奇妙な錯覚に捉われる。今年のカレンダーが、三分の一の厚さになっても、京子が現れぬ限り夏ではない——と錯覚するのだ。六月が暮れ、七月が更けても、どうした事か、今年はその京子が一向に姿を見せぬため、何か地球の回転に異常を感じていたこがね丸のボーイは、この日カマキリのような青年と腕を組んで颯爽とタラップを登って来る京子の姿を十ケ月振りに認めて、ホッと溜息をついた。とうとうこがね丸に、今年の夏が来たのだ。

京子の職業は、彼女の好む呼名によれば、さまよえる天使——その職業上の一日丈の恋人を物色する場として、こがね丸を利用するようになってから既に四年になる。今日のように、乗船前にカマキリ青年を捉えるなどは、どちらかと云えば異例の現象で、通常、待合室で第一次の撰択を行い船上での企まれた偶然によって目星をつけた相手を捉える。そしてその時のこがね丸の進行方向に従って、この急造された一対の恋人は、あるいは新潟の、あるいは佐渡の一流のホテルに納るといった寸法——数よりも質を尊ぶ主義故、一週間に一人も恋人があれば、優に生活は成り立つ。後の数日は、ただ漫然とこがね丸の甲板を逍遥しながら、潮風にスカートをはためかせれば事足りる。

四十九里と誇称される波の上を、振子の如く行きつ戻る習性から、ボーイ達は彼女を（行き戻り）お京と呼ぶが、京子がこがね丸を好むにはそれ丈の理由がある。彼女が初めて夫に会ったのが、五年前の六月中旬初航海のこがね丸の船上でなのだ。従ってこがね丸の一等船室にはスプリングの効いたバースがあるが、京子は決してそれを職業的には利用しない。灼けるような海・燃えるような空・初めて夫を知ったこがね丸のバース。だがその記憶も既に遠い……

眼の大きなボーイ

船首寄りの二等船室の入口では、制服のボーイが、白い上衣の胸をそらせ、全身を眼と耳にして、舷側の廊下から流れ込んで来る乗客の群を見守っていた。

夏季の、それも晴天の日には、さほど長くもない航海の時間を、船室内で過すよりは、むしろ見晴らしの良い上甲板で、香り高い海の空気を呼吸して過す方が遥かに好適なため、半分以上の乗客は、船室へは入らず舷側の廊下を突当って直接上甲板へ上るし、二等船客の数は、三等船客に比べるとずっと少いから、廊下を踏む足音の激しさの割に、この船室へ入って来る客の数は少い。かなりの間を置いて一人二人宛、船室の中央に突出した通路に靴を脱いで、コの字型にジュウタンを敷きつめた一段高い平面の、好みの場所に席を占める。毎日二度宛繰返される船客のこうした生態をこの少年が飽きもせずに注意深く見守っているのはしかし、必ずしも何かと気を配って些少のチップにありつくための打算からではない。

一番年も若く、仲間のボーイ達からは子供扱いにされているが、この白い上衣の少年は秘かに文学を志しているのだ。やがて、一世を驚倒する傑作を書く、そのためには、常に大きく眼を瞠って、彼の周囲を回転する人生の断片を、注意深く凝視しなければならない（二等船客が置き忘れて行った難かしい外国の翻訳小説を、ある日退屈の余り読むともなく手にした事があった。それが、たまたま佐渡へ観光に赴いた若い女流作家の眼に止ったのだ。「あなた、こんな難かしいものを読むの？　えらいわねえ」サングラスをかけた眼の表情は分らなかったが、にっこり笑った時、左頬に泛んだ片エクボが、香水の絡んだ甘い肌の匂いと共にいつまでも忘れられなかった。そうだ、今に素晴しい小説を書いてあの人に読んでもらうんだ……）

ボーイの眼の前を、都会風の婦人に抱かれて、ツバ広の麦わら帽が横切った。帽子の下から出た小さな手が、半分齧った林檎をしっかりと握っている。続いてカマキリの如く痩せ細ったベレー帽の青年。それを最后に、舷側の足音はそのまま消えて静かになる。

乗船はどうやら終ったらしい。

酔った事のない男

「いやあ、おくさん。今日のような凪なら絶対に大丈夫ですて」

二等船室のコの字の右肩の部分に席を占めた肥満型の男が、トランクの上に上着を脱ぎかけて、さも自信あり気に平穏な航海を保証する。

「何しろはじめての船なものですから」

と婦人は坊やの麦わら帽を壁から突出した荷物掛にかける。

「それに、この子は、未だこんな長い旅行をした事がないので、すっかり疲れて居りますの」

「なあに、子供は却って船には強いものですよ」

ネクタイをゆるめ、カラーのボタンを外して、扇子で頸の辺りに風を送る。

「冬の間は海も荒れるし酔う人も多いが、夏場は湖水を渡るも同様、酔いたくたって酔えるもんじゃあ、ありません。……尤も、あたしゃ生れてから未だ船に酔った事がないので、一度でよいから後学のために酔ってみたいと思っておりますがね」

コの字の左肩に腰を降して二人の会話を聞き流していた金縁眼鏡の紳士が、この時突然ぎくっとしたような表情で、視線を酔った事のない男の手許に走らせた。偶然、その動きを捉えたカマキリ青年が、素早く紳士の視線を追ったが、別に何の異常も認められない。件の酔わぬ男は、壁に背を凭せて、まさに煙草の火を点け終った所、カチリとライターを閉じて、ワイシャツの胸ポケットへ落す。そのまま手をぐっと伸ばして大きなアクビをした。

すべての船客が荷物を整理し終り、ちょっとした沈黙が船内に漲る頃、やっと出港の銅鑼が鳴り、汽笛が止むと、突然スクリューがけたたましい音をたてる。船が岸壁を離れる。スクリューは滑らかな低い音に変り、窓外の建物がゆらゆらと遠ざかる。泡だつ海面にむらむらと湧上るものを求めてかもめが低く舞う。新潟中央埠頭を離れたこがね丸は信濃川の河口を静かに滑り出して行く。

船が河口を出て、急に激しく揺れ始めるとカマキリ青年はベレーをかぶり直して船室を出た。暑気に乾いた喉を、上甲板にある喫茶室の飲物で癒そうと云うのだ。それに何と云っても、オゾンに富んだ日本海の空気が懐かしい。

リンゴを投げる

「当るさ」

と事もなげに云い切ってズボンの横の所で、しゅっしゅっしゅっと音をたてて林檎を擦ると、大きな口をあけてつややかな皮に噛りついた。

「当るもんか」

「あ・ぬあ・うる・よ」

林檎が口に入っているため、発音は不明瞭になったが、当ると云う主張に変りはない。

「相手には羽があるんですよ。飛ぶんですよ。動くんですよ。……それでも当るかい」

「くどいなあ。当るよ。……本気にしないならコーヒーを賭けても良いぜ」

「よし、賭けた。さあ、あててみろ」

「まてまて、もう少し喰べてからだ」

下甲板の、船尾の手摺に凭れて、白く湧き返る航跡の上に群がるかもめを眺めながら、チビとノッポの果しない議論は遂にコーヒーの賭にまで発展する。囓じり終った林檎の芯を、船尾近く舞っているかもめに命中させる、出来るものかの議論なのだ。

これ以上囓じりようのない所まで器用に囓り終ると、チビ君はおもむろに口を拭いて、右手を大きくワインド・アップする。さっと弧を描いて指先から飛んだ芯が、かもめの胸に突当ろうとする直前、一瞬羽いた鳥は横に身を捻り、そのまま円弧を描いて海面に落ちて行く林檎の芯を追う。

「これが我が野球部の主戦投手なんだから、負けてばかりいるはずさ」

コーヒーにありついたノッポ君が嬉しそうに喝破した。

船が信濃川の河口を離れて、波の色が次第に黒ずんで来ると、船体の動揺は却って少くなる。水平線の一角に、妙に薄よごれた雨雲がひっかかっているが、それを除けば、海も空も一面のらん碧色、煙突から立昇る透明な煙が、空中に陽炎を萌えたたせて、水底のような縞模様を甲板に落す。晴天と凪に誘われて、いつになく賑っている上甲板の人の群を縫いながら、国警新潟県本部の田所刑事は長閑な歩を運んでいた。

かもめに林檎をぶつける高校生、帽子の横に切符を挟んで、一杯気嫌で寝そべったおっさん、他国者のアヴェック、麦わら帽子をかぶった坊や、その手を引く婦人、鉢巻をして新聞を読んでいるあんちゃん――すべてがものうく、暑く、平和である。ははあ、あのツウ・ピースは（行き戻り）

お京だな。だが、お京と話し込んでいる若者は？　トンボのように光った頭、チュウインガムを噛む口許――ふむ、あれは掏りのハンサム・ジョージゃないか。どうしてこの船に乗っているのだろう？　こいつは気をつけねばならん……

喫茶室で

席が空くのを待って喫茶室の椅子に腰を下すと、ズボンの辺りが妙にひきつれる感じがする。ポケットを探ると、先刻待合室の売店で、林檎と一緒に買わされた新聞が、細長く折ったまま入っていた。

（そうか、忘れていた）

ウイスキー紅茶を注文して、それを待つ間、カマキリ青年は、ガサガサ音をたてて新聞を卓上に開いた。

佐渡新報――稍小型の一枚刷の地方新聞である。急に興味を覚えて眼を新聞の小説欄に落す。と、突然、紙面が暗くなって、仄かに香水の香が空気を貫く。

「ここにいたの？」

返事も待たずに、京子はカマキリ青年の横に尻を割り込ませた。

「随分探したのよ」

「何か用事でもあるのかい」

「まあ、御挨拶ね。別に用事はないけれど、お互に独りで退屈していたって意味がないわ」

「二人なら退屈しない？」

「ええ、まあ、追々と退屈しないようにしてあげるわ」

注文のウイスキー紅茶を運んで来た給仕に、カマキリ青年の眼を盗んで、素早く十ケ月振りの挨拶を交す。

「それ、ウイスキー紅茶?」

「左様でございます」

「あたしにも頂戴」

かしこまって引き退ろうとする給仕へ、京子の声が追い縋る。

「但しね、ウイスキー紅茶の中へ、紅茶を入れるのを忘れて欲しいの。ね、いいでしょう?」

唇の端にコビを浮べて、片目をつぶってみせれば大抵の難題は通る。給仕はますます固くなって引き退らざるを得ない。

「少し飲んでるね」

「あら判る?」

手を唇の前に置いて、ふうっと息を吹いてみる。

「今ね、ある所でポケット・ウイスキーを二杯ほど御馳走になって来たの。……ほら良く云うでしょう。ウイスキーに酔っておけば、船に酔わないって」

「僕は酔った女は嫌いなんだ」

「大丈夫よ」

いかにも自信あり気に宣言する。

「明日になれば、酔った女が好きになるわ」

「所で、あなたのお名前を聞かせて頂戴」

「名前なんか訊いてどうするの？」

「どうするって、少くとも今日一日は、あなたは、あたしの恋人なのよ。恋人の名前位覚えておかなくちゃあ……」

「なるほど」

ちょっと考えてから、青年は、

「キンタイチ・コウスケ」

と答えた。

「あら、嘘よ」

京子はうけつけない。

「さっき、乗船票に書いてあったのは、そんな名前じゃなかったわ。ええと、そうそう、確か、コウヅ・キョウスケ、って云ったわね」

覚えているのなら訊かなければ良いのだが、それが女という生物の不合理な所。カマキリ青年は見破られても一向に狼狽しない。

「ああ、あれはね。キョウヅと云うのは母方の姓なんだ。だからキョウヅ・コウスケとも云う事がある」

「コウヅ・キョウスケじゃなかったの？」

「キョウヅ・コウスケさ」

「何だか怪しげなスプーナリズムね」

「え？」

青年はひどく愕いた声を出した。

「スプーナリズムなんて洒落た事を知っているんだね」

「そう馬鹿にしたものじゃないわ。これでも、あたしは大学教授の娘よ」

一瞬、粛然としたものが辺りに漂い、京子の表情を暗いものが横切る。忘れようとする過去の断片が、会話の表面にふと浮び上ったのだ。

「その君が、どうして、こんな事しているの?」

青年の声は、傷口を撫でるように優しい。

「夫が長い事病気で寝たっきり——だから、あたしが働かなくてはならないの。でも、近頃は大分元気になって、退屈しのぎの小説なんか書いているわ」

小説と聞くと、カマキリ青年の眼が急に輝きを増した。

「ペン・ネームは何ていうの?」

「え?」

ちょっと、口ごもった京子の眼が、テイブルの上に拡げられた「佐渡新報」の小説欄に落ちる。

佐渡冗話(10)狩　久
「狩久って云うのよ。知っている?」

「聞いた事はあるね。……でも、小説が書けるならそれで生活できないの?」

「駄目々々」

大きく首を振る。

「原稿料なんて薬代にもならないわ」

ハンサム・ジョー

潮風に吹かれて耳の横に垂れた毛を、うるさそうに薬指で掻き上げると、河村丈一は、ウイスキー・ボトルをポケットに戻して、ゆっくりと立上り、ズボンの塵をはたはたと払った。

新潟市古町通りの裕福な宝石商の長男。結婚十年目に出来た子を、父は後継と喜んだが、子は平穏な家業を好まなかった。十九の年にふらりと家を出たまま――四年後、再び新潟に姿を現わした時には、生れ付き白く長い指は、魔術の如き素速やさに訓練されていた。ガムを嚙みながら新潟駅のプラットフォームに鉱脈を探る立居振舞の、多分にアメリカナイズされたゼスチュアに、人呼んでハンサム・ジョー。その新潟駅専門のジョーが、乗った事もないこがね丸に姿を現わしたのだから、田所刑事の心配するように、これは只事ではない。

例によってガムを嚙みながら、救命艇の横を通り、喫茶室の傍を抜けた時、ジョーは背後に乱れた足音を聞いた。振り向いた視線が此方を睨みつけている背の低い高校生の蒼ざめた顔を捉える。

(ちぇ、厭な奴が乗っている……)

瞬間、ハンサムと云われる整った顔が、ふっとこわばるのを、無理に微笑で綻ばせた。

「よせ、よせ」

蒼い顔を引つらせて荒れ狂うチビ君を、ノッポ君が懸命に背後から抱き止める。

「だって、あいつが……」

「よせよ、馬鹿」

突然、チビ君の身体から力が抜けて、がっくり膝をつく。声はないが、両眼から溢れ出た泪を、上着の袖で横にぬぐった。ハンサム・ジョーはどこへ消えたか既に姿はない。泪をぬぐいながら、チビ君の脳裡に自殺した姉の記憶がフラッシュ・バックする。群衆の雑踏する新潟駅・巧妙に切られた手提バッグの腹・紛失した会社の金・谷地の浜に打ち上げられた姉の真蒼な唇………

勿論、どこにも証拠はない。仮令、紙幣束が紛失した同じ時刻に、ハンサム・ジョーが新潟駅に居たのを見た者があっても、そんな事は何の証拠にもならない。証拠にはならないがチビ君は信じている。紙幣束を盗んだのはあいつなんだ。あいつが姉さんを殺したんだ。

飛んだ帽子

河口を出てから既に一時間。波上にねそべる佐渡の島影が、刻一刻と蒼碧色の肌を濃く見せ始める頃、少し前から動き出した薄汚い雨雲が、急速に上空を蔽いはじめた。黄ばんだ太陽がいつか姿を消し、風が出たためか、船の動揺がようやく大きくなる。

「ね、坊や、もうお部屋へ帰りましょう」

「ううん、もう少し」

「でも、こんなに風が出て来たら、もうお魚は飛びませんよ」

船首に近い手摺りに、のびあがるように片手をかけ、もう一方の手で母親の帯をしっかりつかんで、坊やは一心に海面を見凝めている。時折、波間から、さっと跳躍した飛魚が、羽のような鰭を拡げて、二十米近く空中を滑るのが、不思議でならないのだ。

「じゃあ、もう一つだけですよ」

「うん」

その一つが、思い切り遠くまで飛んだのに満足して坊やはやっと手摺りを離れた。風向が変ったため、あっと云う間に麦わら帽が宙に舞う。京子と話しながら喫茶室から現れたカマキリ青年が、突嗟に手を伸ばしたが、僅かにその指先をかすめて帽子は甲板に落ち、そのまま船尾の方へ転って行く。

「帽子、帽子」

母親の手を振りもぎって坊やがかけ出すのを、危く京子が抱き止めた。

「坊やちゃん、危いわ」

手摺とすれすれに、手品のように鮮かに転って行く帽子が、いよいよ甲板から外れようとした時、白く長い指が、横合から素速くその広いつばをつかんでいた。さすがはハンサム・ジョー。

新らしいガムを口の中に抛り込んで、片手で帽子をくるくる廻しながら、大股に坊やの所に歩み寄る。

「ね、坊ちゃん。このあご紐が悪いんですよ。つめてあげましょう」

坊やは、帽子はそっちのけで、ハンサム・ジョーの口許ばかり見凝めている。

「ああ、そうか、チュウインガムね」

あご紐をつめて坊やにかぶらせると、ポケットからガムを出して小さな手に握らせる。

「おじちゃん。ありがとう……ねえ、ママ、帽子が飛ぶたびに何か貰って、ボク、とくしちゃう」

坊やは仲々の御気嫌だがこの母子が体を並べて歩み去るのを、ハンサム・ジョーは更に上気嫌で見送っていた。さあ、これで佐渡へ着くまで安全だ。田所刑事がいくら執拗に後をつけて来たって恐くはない。

救命艇の中から

ぽつぽつと冷いものが落ち始めて、ようやく人影のまばらになった上甲板の中腹。カンヴァスのカヴァの掛った救命艇に、背を向けて凭れながら、例の他国者のアヴェックがひそひそと囁き交わしている。

「ねえ。本当に後悔していないの？」

黄色いブラウスの胸からハンカチを取り出して、指先にきりりと捲く。

「後悔なんかしないよ。いや、僕はむしろ嬉しいんだ。ただね……」

濡れたマッチにようやく火がついて、男は煙草をくわえ直す。

「ただね、もとはと云えば、僕が意気地がないからなのに、君を道連れにするのが、苦しくて仕方がないんだよ」

「あら、そんな事ないわ。云い出したのは私なんですもの。それに、どっちみち私の身体だって、もうそう長い事はないのよ」

「だって医者は癒るって云ったじゃないか」

「気休めよ、私知っているの」

そのまま、ちょっと言葉が途切れると、今度は女は気を引き立てるように明るい表情を作った。

「ね、そんな事より、もっと楽しい事をお話しましょう。……佐渡へ着いたら、まず一番立派な旅館に泊ってそれから観光バスで色々な所を見て歩くのね」

「加茂湖・根本寺・阿仏坊・真野御陵・恋ケ浦・矢島経島・尖閣湾――そうだ今なら相川の鉱山祭が見られるかも知れない。そして最后に、僕達は金北山の頂きで、海府の海を見渡しながら静かに毒をのむのだ」

「落葉が私達を隠し、やがてその上を雪が蔽うのね。そして春になり雪が溶けると、その下から、私達は二本の苗木になって萌え出すのだわ。五十年・百年……私達は逞ましい大木となって、いつまでも決して離れないの。けれど……」

女のロマンティックな表情が一瞬翳る。

「もし雷が落ちたらどうしましょう。私恐いわ」

「大丈夫だよ。金北山には雷はない。それよりも、あの薬は紛くさないだろうね」

「ええ、ここにあるわ」

振り向いて、男の背負ったリュックサックのポケットを抑えて見せると、女は四辺を見廻した。どこにも人影はない。

「ね――」

全身にこもる稚いコビが痛々しい。男の手が湿ったブラウスの肩にかかり、四枚の唇が一つになる一瞬、二人にとって全世界は停止する。

背後の救命艇のカンヴァスのカヴァがゆれて、そこから人間の首がのぞき、続いてするすると伸びた手が彼等のリュックを探るのを抱擁中の男女は少しも気が付かなかった。

下甲板

舷側の廊下をカマキリ青年と京子が腕を組んで通り過ぎるのを認めて、白い上衣のボーイは嬉しそうな微笑を洩らした。

人生の美しい半面のみを求めたがるティーン・エイジの少年にとって（行き戻り）お京は一つの偶像であった。彼女の人生が正常のものかどうかは知らない。しかし、恋をあきなう――とは何と魅力的な言葉であろう。ボーイが小説の中で読み取った花束の如き人生がお京の周囲には現実に存在するのだ。それ故、お京の相手が少年の好みにそわぬ単なる成金趣味の、小切手が洋服を着たような紳士の場合、ボーイは傷いた心に苦々しく唇を噛んだ。しかしカマキリ青年なら良い。可笑しな恰好をしているけれども、あの人はきっと芸術家だ。僕自身芸術家だからそれが直観的に判るんだ。うん、カマキリ青年なら良い……

船室の中では、コの字型のジュウタンの右肩の所で、出港の時から殆んど同じ姿勢のまま、蒼ざめた顔に眼を閉じて（生れてから船に酔った事のない男）が壁に凭れていた。夏期の中でも一際珍らしく良く凪いだ今日の航海に、最初船酔を心配していた麦わら帽の坊や達までが、上甲板に散歩に出るというのに、この男だけは、しっかり眼をつむったまま、時折、喉のあたりに奇妙な音をたてて、胸をさすっている。後学のために一度は酔ってみたいと云う先刻の言葉から推すと、何とかして酔おうと努力しているのであろう。

左舷から歩廊に入った背の高い高校生が、洗面所と船室の中をのぞいて右舷へ抜ける。

「どこへ行っちゃったんだろうなあ」

呟きながら歩廊下を船尾に向って歩んで行くと、何か落着かぬ足取りで後部の洗面所から飛び出して来た金縁眼鏡の紳士と突当った。

「失礼」

紳士はそのまま船首の方へ歩み去る。暫くすると、ガムを嚙みながらハンサム・ジョーが同じ洗面所から姿を現わした。

高校生が船尾に近い曲り角へ近づくと、果物らしい大きな木の箱の上にひっそりとより添っていた一対の男女が、残念そうに身を離した。カマキリ青年とお京だ。却って狼狽して歩を速めるノッポ君の背後から、からかうように二人の会話が流れて来る。

「スカートというものはね。本当は脚を隠すために穿くんだよ」

「そうかしら？　あたしはまた、脱がせてもらうために穿くのかと思ったわ」

死んでいます

後部三等船室の中に、盗難事件が発生したと聞いた時、田所刑事は、複雑な表情を浮べて額の汗をぬぐった。出港後間もなく、ハンサム・ジョーを上甲板で発見して以来、彼は一秒といえどもこの熟練したスリから眼を離さなかった。ジョーは一度も船室へ降りていないから、その盗難事件が、田所刑事が監視を開始してから後に起ったものとすればこの事件に関する限りジョーは犯人であり得ない。ジョーの無罪を証明し得た点では、監視は決して無駄ではなかったが、これから盗難事件の調査に三等船室へ赴くとなると、せっかく今まで続けて来たジョーの監視を断念しなければならない。監視されていると気付いて居ればこそ、今までおとなしくしていたのだが、田所刑事が眼を離せば、ハンサム・ジョーの白い指は、直ぐにも獲物に忍び寄るであろう。かと云って、盗難事件を抛っておく訳には行かぬ。見るともなく腕時計に眼をやる。二時五十一分――（不味いことになった）カチリとライターを鳴らして、煙草をくわえたまま洗面所へ入って行くハンサム・ジョーの後姿を見やって、田所刑事はもう一度額の汗をぬぐった。

予想以上の高値に馬が売れて、すっかり良い気持になり、一杯気嫌で眠り込んでいたその男は、先刻まで確かに鞄の中に入れてあった紙幣束の紙包みが、僅々三十分足らずの間に消え去ったというので、睡気も酔も一度に醒め果てた形――踏みつけられた雑草のようにしおれていた。（あの金がのうては、首を吊らんならん）好奇心を同情の衣に包んでうるさく問いかける周囲へ、見向きもせずにむっつりと黙り込む。禁足された船客達は、階段を降りて来る田所刑事の、五尺八寸二十貫の巨軀を、期待と不安の入り混った気持で重苦しく見守った。

ハンサム・ジョーを見捨てて来た丈に、田所刑事は最初から気嫌が悪い。その上、船室には熱気と汗と煙草の煙が臆面もなく同居している。不気嫌な皺を刻んだ額の汗を、ぬぐうにつれて刑事のハンカチは灰色から黒へと、変貌する。ハンカチの黒さに比例して額の皺が更に深くなる。盗難事件の被害者が、要領の悪い返答に三十分近くも刑事を手古ずらしたあげく、突然奇妙な叫び声をあげ眼の色を変えると、今まで自分が腰を下していたトランクを開き中から盗まれたはずの問題の紙包みを取出して、廻転の狂ったレコードの如き発音で、自分の思い違いを詫び始めた時、田所刑事の不気嫌はまさにその頂点に達した。若しこの瞬間に、慌ただしく階段を駆け降りて来た喫茶室の給仕が、うわずった声で田所刑事に呼びかけなかったら、刑事は民衆の公僕にもあるまじき罵声を発していたかも知れぬ。

喫茶室の給仕は、立つ事も出来ぬほど膝頭を慄わせながら、途切れ途切れに喘いだ。

「上甲板で……人が死んでいます」

禁足

田所刑事の美点は、いかなる場合にも決して物の手順を誤たぬ所にあった。人が死んでいる——と云う給仕の言葉からは、それが自殺か他殺か、あるいは過失死であるかを判断する何の根拠もなかったが、刑事はまず最悪の場合に対処する行動を取った。他殺と仮定して万全の策をとる——その後で、単にそれが過失死と判明した所で、用心深さを笑われる丈で済む。用意を怠って当然捕え得べき犯人を逸するような事があったら取り返しがつかぬ。

死んでいます——と聞いた瞬間、刑事は一歩に数段を踏みながら、三等船室の階段を駆け登っていた。前部後部の各船室に禁足を命ずる。通路の要所にボーイや船員を配置する。発見者の給仕を促がして上甲板へ突進する……

三十分近く降り続いた雨がようやく降り倦んだと見えて西の空が明くなる。未だぽつりぽつり落ちてはいるが、雲の周辺が銀色に輝いて、船尾の東天では再び空があい碧色の肌をのぞかせている。舷側の手すりに凭れ、組んだ左手で京子のしなやかな指先を弄びながら、めまぐるしく眼下を走り去る泡の群を見凝めていたカマキリ青年は、風の如く船内を吹き抜ける不思議な囁きに、ふと耳を澄ました。

毒薬……上甲板……死んでいる……

青年の腕の中で、京子の手が、きゅっとこわばる。

「どうしたんでしょう」

「見て来る」

短く云い残して青年は手すりを離れる。京子があわてて後を追う。上甲板への昇降口には既に見張りが配置されていて、二人は空しくそこに立止った。

「皆さん。どうぞ、お静かに……ちょっとした事故がございまして、暫く上甲板へはお出になれません。……どうぞ、船室の方で、お待ちになって下さい……」

二等船室では、白い上衣のボーイが、大きな眼を一層大きくして辺りを見廻していた。ええと、船室から一度も出ないのは、酔った事のない男丈で、あのおくさんと坊やは雨が大降りになる直前に戻って来て、金縁眼鏡の紳士は刑事が禁足を命ずる十分位前に帰って来たんだし、それから、カマキリさんはどうだっけな、ああ来た来た。お京ちゃんと一緒だ。あれっ、ワイシャツの肩の所に口紅がついてらあ……

ポケット・ウイスキー

機関室の屋根と救命艇置場の間の、狭くなった上甲板に、船尾に頭を向け、折れ曲った白く長い右手の指先を、床に突き立てるようにして、ハンサム・ジョーはうつ伏せに倒れていた。救命艇を置いた台座に近く屍体の右脚の辺に中蓋をねじ込まれたポケット・ウイスキーのビンが落ち、その一尺ほど船首寄りに外蓋のカップが転っている。雨に打たれて明瞭な輪廓を失してはいるが、小量の吐瀉物が左肩の横の床を汚し、左手は喉の辺りに曲っていた。

「青酸中毒……それも、未だ死後三十分と経っていませんな」

剝きたての茹卵のように滑らかな額を、折から雲間を割った太陽に惜し気もなく耀やかせて、こがね丸の船医は言葉を続ける。

「左手を顔の近くに曲げているのは、恐らく指を喉に突込んで吐こうとしたためで、毒と知らずにのんだか、あるいはのみかけてから急に自殺の意志を翻えしたかですが、瞬間的に作用するこの毒物の性質から推定して、知らずにのんだと思うのが穏当でしょう……毒物は」

と、ウイスキー・ボトルをハンカチでくるむようにして拾い上げ、蓋をとる。外蓋のカップを、同じようにハンカチでつまみ上げて匂いを嗅ぐ。

「雨が吹きこまなかったため、カップの内側に小量のウイスキーが残っていますが、毒物はこのカップの方に盛られたものです。罎の内容には異状はありません。何なら……」

と酒好きらしい赤い鼻をうごめかして、

「飲んで御覧に入れます」

「死亡時刻にはどの位の巾がありますか?」

「そうですね。酔っていたとすると多少違うかも知れませんが、この罎の様子ではせいぜい四・五杯でしょうから、それほどでなかったとして、死後二十分から三十分という所ですか」

田所刑事は反射的に腕時計を見た。三時十七分——頭の中で色々な時間の組み合わせが際限もなく廻転する。

盗難事件の調査のため、ハンサム・ジョーの洗面所へ入る姿を見送って三等船室へ降りて行ったのが、確かに二時五十一分だったから、死後経過時間から逆算した結果と考え併せるとジョーが毒を飲んだのは二時五十一分から二時五十七分の僅か六分間の出来事となる。雨が本降りになったのは、田所刑事が三等船室に居る間だったので、詳しい時間は知らぬけれど、これは航海士か運転士に訊けば正確に分るかも知れぬ。恐らくジョーの毒死直後に本降りになったため、晴れるまで発見が遅れたのであろう。

〔刻み族〕の乱闘

屍体の状況からも、前后の事情からも、ハンサム・ジョーが自殺したとは思われなかった。他殺とすれば犯人は当然ジョーの死の直前に、ポケット・ウイスキーの蓋カップに毒を投じたはずであり、また、死后ジョーのポケットをさぐったらしい形跡があるので、二時五十一分から二時五十七分前后の人々の位置が重要な意味を持って来る。三百名に及ぶ乗船者の、この時刻におけるアリバイを調査する事は、一見不可能のように思われるが、綿密な検討を加えて行くと、思わぬ幸運なども手伝って、決して不可能でない事が判明した。

思わぬ幸運と呼ぶべき最大のものは、前部三等船室における〔刻み族〕の乱闘であった。二時四十五分頃、空が一面の雨雲に蔽われて、冷いものがしとしとと落ち始めると、未だ濡れると云うほどの降りではなかったが、上甲板に陣取っていた旅行者の群は、一斉に下甲板の舷側や船室へ避難を開始した。そして殆んど大部分の人達が各自の船室に納った二時五十分頃、前部三等船室の入口の階段の下で、酒に酔った〔刻み族〕が、この夏行われるミス・佐渡美人コンクールの下馬評に絡んだ他愛のない争いから、突如として勇壮な乱闘を開始したのである。暑さと、アルコールとエンヂンの響きに刺戟されて、奇声を発してよろめきもつれる〔刻み族〕の華やかな舞踏に、船室の入口を占領されては、他の乗客は不本意ながら船室内にカン詰にされざるを得ない。このカン詰状態はハンサム・ジョーの屍体が発見されるまで続き、そのために、盗難事件に禁足された後部三等船室の乗客と併せて、ここに二百名近くの乗客のアリバイが一瞬にして成立したのであった。

残されたのは、数の上では比較にならぬほど少数の一・二等船室の客、そして舷側の廊下に雨を避けた二三十名の乗客達――しかも一・二等船室には、それぞれ船室付のボーイが居て人々の動きを記憶して居り、舷側の廊下に居た乗客も、大部分は相互に附近の人々を印象していたから、簡単な調査の結果、確実なアリバイを提示し得ぬものは、全船を通じて僅か二十数名にまで圧縮された。

これ等の人々を下甲板の後部に集め、臨時の捜査本部に充てた喫茶室で各個の訊問を開始する手はずを整え田所刑事がもう一度念入りに汗を拭った時、アリバイのない人の群からカマキリ青年がつかつかと歩み寄って、田所刑事に名刺を差出した。

「少々お話したい事があります」

ジン問開始

「あの小説の犯人は一体誰なのですか?」

訊いたのは、こがね丸の船長。喫茶室の中では、ボーイが最初の被訊問者を呼びに行った間、船長と田所刑事とカマキリ青年が、奥まった椅子に並んで腰を下し、愉快そうに会話を取り交わしている。

「それが、実は未だはっきり決っていないのです。何しろ資料調査を依頼した友人から一向に返事がないため、数年前の記憶を頼りに後は殆ど空想で書いているものですから、何となく自信がありませんのでね。それで今日こうして実地に乗ってみてから犯人を決めようと思っているのです。希望によっては、船長、貴方を犯人にして差上げますよ」

「いや結構々々」

葉巻の煙をふわりと吐きながら、船長は手を振った。

「しかし、記憶と空想であれ文書ければ大したものです。ワシの息子などは……」と刑事は汗を拭う。

紛失した毒薬

「是非犯人を当てるのだと云って、大いに愛読して居りますよ」

カマキリ青年が恥しそうに何か弁解しようとした時、喫茶室の入口にボーイに導かれて金ブチ眼鏡の紳士が姿を現わした。

「御足労をかけます」

向い合いの椅子を紳士にすすめて、田所刑事の表情が緊張する。

「先刻、船長から皆さんにお話がありました通り、当船内に殺人事件が発生しましたので、それについて小々おたずね致したいのです。どうか犯人捜査のため御協力をお願いします」

金縁眼鏡の紳士は示された椅子に腰を下すと、シガレット・ケースを開き、カチリとライターを鳴らした。

田所刑事が、姓名・職業・旅行目的・被害者との面識の有無・推定犯行時刻前後における行動等を順序よくきき取って行く間、カマキリ青年は、宍戸剛造と名乗るこの金縁眼鏡の紳士をぼんやりと眺めていた。

(確かにどこかで見かけた事がある………)

ポケットから膨んだ、皮の紙入れを取出す中から紙幣束ほどの大きさの手帳を抜くと、紙入れは産卵を終えた鮒のように平らになった紙入れも机上に置き、手帳を開いて万年筆を走らせる。質問の要点でも書き留めるのだろうと何気なく横からのぞき込んだこがね丸の船長は、危く生笑を抑えた器用に特徴を捉えた宍戸氏の似顔絵が、カマキリ青年のペン先で躍っている。

別に変った事もなく質問が済んで、他国者のアヴェックの男の方が既に立上りかけた時先刻から何か物云いたげに連れの表情をうかがっていた黄色いブラウスの女の方が、決然とした表情で田所刑事にたずねかけた。

「下の人達の噂では毒殺との事ですが、それ本当でしょうか？」

女の顔色に、ジン問開始以来初めての手掛りらしいものを予感して、三人の神経がピンと緊張する。

「何かお心当りがありますか？」

「青酸加里の入った小ビンが紛失したのです」

一瞬制止しようとする男に首を振ってみせて、一度話し始めると女の舌は滑らかに動いた。

失職した男・胸を病む女——ええ、佐渡へ観光に行くのは本当ですけれど、その後で死ぬ積りだったんです。薬は終戦で引き揚げる時、万一の自決用に渡されたものを、記念に持っていました。小さなビンに入った結晶状というか粒状というか、そういった状態のものです。雲が出て、雨の降り始めた時、救命艇の所でリュックサックの上から抑えてみて確かにありました。その時周囲に誰か居たかと仰有るんですか？　いえ、私達丈でしたわ。誰も居ないからこそ私達は接——いえとにかく二人丈でした。間もなく下甲板へ降りて、それからずっと舷側の後尾の物蔭で、そのリュックサックに腰を下していたのですもの、落す事も盗まれる事もないはずですわ。それが今気がつくと、外には何もなくならずにそのビン丈がないんです。いえ、大丈夫ですわ。こんな事申上げる以上は、私達はもう死ぬ積りはありません。殺人事件があったと聞いたら急に死ぬのが恐ろしくなったんです……」

「早業ですなあ」

アベックの姿が見えなくなると、船長が感心したように呟いた。

「これで毒薬の出所はどうやら判明した」

と田所刑事。

「しかし、盗んだとすると犯人はどうして今のアベックが青酸加里を持っている事を知ったんでしょうな」

「落したと見る方が安全かも知れませんね。偶々毒薬を拾ったので、急に殺害を思いたつという事もあります」

「雨が降り始めた時にはリュックサックにあったというと、毒薬の紛失は二時四十五分以後という事になります。それから十分ほど後には、既にジョーは死んでいるのですね」

「ともかく、早業ですよ」

船長が繰り返した。

夫妻対面

下甲板の後部に集まった人達の間では、重苦しい沈黙があたりを支配していた。ボーイに導かれて順次に上甲板へ昇って行く被質問者は、実際には一・二分で戻って来るのだが、自分の順番を待つ人々には、それが永遠の長さに思われる。滅多に不気嫌な表情を見せた事のない京子までが、周囲の雰囲気に捲き込まれ、憂鬱そうに頬をふくらませて、エンヂンの響に合わせて細く振動する手摺に凭れ、泡立つ航跡を見凝めていた。

大体カマキリ青年の態度が気に入らない。殺人事件が起ったとなると急にそわそわし始めて、あげくの果京子をこの憂鬱な群衆の中に残したまま、さも親し気に田所刑事と上甲板へ登って行ったきりいつまで待っても降りて来ない。

（全く見損ったたわ。遊山半分の素人絵描きか何かだと思ったら、あれで私服かしら。それにして

はどこか抜けている感じだけれどなあ、あれが手なのかしら？　脚を見せてやっただけ損をしちゃったわ）

大分手間取った他国者のアヴェックが戻って来るとやっと彼女の番が来た。質問の済んだ人達は夫々各自の船室に戻って、もう残っているのは七・八人になっていた。

稍大きな唇をきゅっと結んで、吊り上った眼尻に怒りを表わした京子が、喫茶室の入口に姿を表わすと、カマキリ青年はニヤリと笑った。田所刑事は怒りの女神におもむろに椅子をすすめる。

「水沢京子。職業や旅行目的は云わなくても御存知でしょ。雨の降っている間どこに居たかお知りになりたければ、そこの……」

とカマキリ青年を顎で指して、

「キョウヅさんとか云う私服さんだか探偵さんにおききになると良いわ。果物の木箱の上で、どんな素的な事をしていたか詳しく説明して下さるでしょうよ」

女神は鰻の如く頬を膨らませるが、カマキリ青年は相変らずニヤニヤしている。

「この人は探偵ではない。小説家です」

田所刑事が説明する。

「こがね丸を舞台にした小説に、この事件を採り入れるため、我々と一緒に捜査に加っているのです」

「小説家？」

「知らんですかね。佐渡新報に小説を書いている狩久という人ですよ」

「う・う・う」

奇妙な叫び声をあげる京子へ、いかにも楽しそうにカマキリ青年が続ける。

「僕が狩久夫人、原稿料が安いため、貴女を働かせねばならず、全くお気の毒です」

ジョーの新鉱脈

「船が新潟の河口を出て間もない頃、貴女は確かハンサム・ジョーと何か話をしていたようですが」

京子の驚愕が納まるのを待って、田所刑事は質問を続けた。

「ええ」

京子は未だどこか少し空気の抜けた表情である。

「何故ジョーがこの船に乗っていたのか、御存知ないですか?」

「新らしい鉱脈を発見したんだ――って云っていましたわ」

刑事に応えながら、未だ恨めしそうに横眼でカマキリ青年を睨んでいる。

「新らしい鉱脈?」

「ええ、ジョーは自分の獲物の事を鉱脈って云うんです」

「すると彼が眼をつけた獲物がこの船に乗っていたのですな。………しかし、ジョーともあろう者が、どうして乗船前に掏らなかったのだろう。船上では逃げ場もないし、危険なのに」

「それが今度は品物を狙っていたんではないらしいんですの。(どうだい、京ちゃん。いつまでも意地を張らないで、この辺で仲直りしようや。この仕事がうまく行けば当分二人で遊んで暮らせるぜ)独りで良い気になって、勝手な事を吹いていましたわ」

「貴女とジョーは仇敵の間柄だからなあ」

云い終ってから、田所刑事はチラッとカマキリ青年の顔色を伺った。「行き戻り」お京の当面の恋人の前で、彼女の過去に触れるのは、営業妨害というものだ。青年は卓子の一隅にポケットごとに区別されて置かれた、ハンサム・ジョーの所持品を考え深げにながめている。

上衣の胸ポケットに、色ハンカチとスポイト容器の眼薬、右ポケットに白ハンカチとチュウインガム、シガレット・ケース、マッチ、左ポケットはウイスキー・ボトルを入れていたと見えて空で、左胸ポケットに茶灰色の紙入れ、ズボンにはヒップ・ポケットに靴ベラ、右ポケットに五円硬貨が二枚——白い指先でこの硬貨を弄びながら、テネシイ・ウォルツなど口ずさんでいたのであろう。これ等の品物の堆積の傍に置かれたウイスキー・ボトルの中で、船の動揺に合わせて琥珀色の液体がゆれている。

「狩久夫人」

カマヤリ青年が京子に呼びかける。

「ポケット・ウイスキーを二杯ほど御馳走になったと云うのはこのビンですね」

「ええ、そう」

「その時に比べて、どの位減っているか判りますか」

「さあ、二杯位じゃないかしら」

高校生

「嘘は云わない方がいいな」

ずっと一緒に居たと主張する二人の高校生に向ってそれまで田所刑事の質問に殆んど口を挟んだ事のないカマキリ青年が、珍らしく口を入れた。

「君が相棒を探して下甲板をうろついていたのを僕は覚えているよ」

そう云われてノッポ君もカマキリ青年を想い出した。果物箱の上でスカートの効用を説いていた人だ。

「そうだよ、梅木、やっぱり本当の事を云おうよ」

チビ君がノッポ君を説きふせる。結局、供述はやり直しの形となった。

「本当の事を云うと、雲が出て来た頃から、僕達は離れてしまったんです」

チビ君の話によると、チビ君がノッポ君と別れて上甲板へ出たのは雨の降り始めようとする頃。上甲板には既に人影はまばらで、ジョーは居らず、右舷救命艇の辺りには黄色いブラウスの女と、リュックサックを背負った男の二人連がいたのを記憶している。チビ君がそのまま上甲板を横切って下へ降りるその間、ノッポ君が下甲板を探しあぐねて、入れ換りに上甲板に出たらしい。

「その時、確かに右舷救命艇の台座に浅く腰をかけて、ハンサム・ジョーがウイスキーをカップに注いでいました。何故それを覚えているかというと、最初蓋カップを外したジョーがそれを台座の横木のへりにのせて、とても抜き難そうな恰好で罎の中蓋を捻っていたからです。ポケット・ウイスキーの蓋は二重になってるんだなあ、と感心して見ていたのです。雨は未だ本降りになってはいませんでしたが、甲板には外に人影はありませんでした。諦めて下甲板へ降りると直ぐ雨が本降りになりました。暫くしてから、僕達は船首よりの所で一緒になりました。……殺されたのはスリらしいって噂でしたし、ジョーが殺されたとすると、安川君が疑われそうなので一緒に居た事にしたんです」

並んで帰って行く高校生の後姿を見やりながら、田所刑事はカマキリ青年に、チビ君の姉さん安川千恵子嬢が、ジョーに会社の金をすられ、責任を感じて自殺した経緯を説明した。

「従って、あの少年には動機があります。現に一ケ月ほど前、ジョーとあの少年が新潟駅でボクシングのタイトル・マッチのような華やかな殴り合いをやった事があるんです」

「使用された毒薬の出所に関して、二つの見方があります」

訊問が済んで解放されたアリバイのない人達が、各自の船室に引き上げた後。やや緊張の解けた喫茶室の中で、田所刑事が自分の考えを整理するような調子で語り出した。

「最初に考えられるのは心中行アヴェックの毒薬を手に入れた犯人が、それをジョー殺害に使用したという見方。もう一方は、心中行アヴェックの毒薬紛失はジョーの死とは全く無関係の偶発事とする見方です。現在の情況では、恐らく前者の見解が正しいと思われますが、論理的に精密を期するため、果して後者の見解が成り立たぬものか、この点を一応検討しておいた方が良いでしょう」

おとなしく聞いている船長とカマキリ青年の顔を等分に見やって、乾いた唇をなめる。

「後者の場合、犯人は予め別個に毒薬を用意し、計劃的にジョーの殺害を狙っていたものと思わねばなりません。で、先刻から私は色々な方法を考えてみたのですが、今、それを並べてみますから、何かお気付の点があったら遠慮なく仰有って下さい」

「実際の事件となると、どうも小説のようには行きませんからねえ」

と珍しくカマキリ青年が遠慮してみせる。

「毒がいかなる方法でジョーの口に持ち込まれたかについて、三つの場合が考えられます。まず第一に思いつくのは、直接ポケット・ウイスキーの蓋カップに投毒する方法。この場合は事前に何も工作を施しておく必要はなく、紛失したアヴェックの毒薬が使用された場合と、毒の出所が異るという丈で、他の点は全く同一ですから、後にその項目で論ずる事にし、今は、ただ一つの方法としてのみあげておきます——第二の方法としては、ジョーの愛用しているチュウインガムに毒を仕込み、ジョーの死後、カップに毒を附着させておく方法。ジョーの死。何故このような面倒な事をするかと云えばジョーがカップ中のウイスキーで死んだと見せかけたいからで、日頃ジョーから警戒されていてカップに毒を盛れそうにない人間が、他の警戒されていない人間に嫌疑を向けるためには、こうした方法をとるかも知ません。――第三の方法は最初ウイスキーの罎の中に毒を投じておいて、後から罎だけを同じ会社の無毒のと取換える方法。これも罎を取換える理由は、第二の場合と同様です。――さて、この三つの方法の内、第二第三の方法の可能性について考えたいのですが、今まで述べた外に、未だ何か方法があるでしょうか」

「同じようなものですが第三の類型が一つずつありますね」

とカマキリ青年。

「その中の一つは私にも判る」

と船長。

投毒の機構　2

「第三の場合の類型と云うのは、ウイスキーの罎を取換えずに、罎の内容だけを取り換えるのでしょう?」

船長の問にカマキリ青年がうなずく。

「しかし、第二の場合、チュウインガムに代るものがあるでしょうか?」

カマキリ青年は黙って卓上のスポイト型眼薬容器を指す。

「この中に青酸加里溶液を入れておけば、点眼の際涙腺から吸収されます。吐瀉物があったというから恐らく違うでしょうが、船上ですから毒とは無関係に吐しゃする事はあります。吐しゃ物の中にもし青酸が検出されなければ、涙腺から吸収したと考えても良いでしょう。眼薬容器は勿論後に普通のものと取換えておきます」

田所刑事はカマキリ青年の提出する余りに探偵小説的な方法にちょっと毒気をぬかれた形だが、

気を取り直して言葉を続けた。

「で、第二の場合、毒を仕込んだチュウインガムなり眼薬なりを、ジョーのものとすり換える事が、常人の場合と比べて非常に困難なのです。何しろジョーは専門家なのですから、雑踏を利用してすり換えるなど問題になりません。ジョーにそれらの品を売った人間なら、毒入りの品を売りつける事も可能ですが、犯人は当船内でジョーの死後、彼のポケットを探ったり、偽装のためカップに毒を投じたりしている人物のはずですから、すり換えという事がこの方法の大きな難点となります――第三の場合は、ウイスキー・ボトルの中に毒を投ずるので、これはジョーからウイスキーを振舞われるほどの人間なら可能です。この場合前もってジョーの所持していたものと同じポケット・ウイスキーを用意していなければなりませんが、ジョーの平生を知っている人間なら、計劃的に用意しておく事は出来ましょう。ただ、ジョーがいつどこでそれを飲むのか全然予測がつかない訳で、もし人眼のある所でウイスキーを飲んで死んだ場合、罎を取換えられぬのですし、また人気のない所で飲ませるように誘いだし得るのなら、何もあらかじめウイスキー・ボトルの中に投毒しておかなくても、その場に臨んでカップの方へ投毒する機会はあるはずで、わざわざ第三の方法をとる必要はありません――従って前もって別個の毒薬を用意していたにせよ、心中行アヴェックの毒薬を手に入れたにせよ、犯人はハンサム・ジョーの蓋カップに投毒したと考えるのが一番ありそうな方法なのですが、高校生が事件の直前にジョーを見かけた時、外に人影はなかったと云うし、どうもこの辺が何かすっきりしませんな」

三人はそのまま黙り込んでしまった。

やせた紙入れ

京子は舷側の手すりに凭れて、走り去る海面をぼんやりと見下していた。狩久夫人を名乗った当の相手が狩久氏であった事は、確かに滑稽な事に相違ないけれど、可笑しさと不気嫌とは両立し得る。

（自分が狩久なら、最初名前を訊いた時そう答えれば良いのに、さも私の言葉を信じているような顔をして他人のまえでからかうなんて全然悪趣味だわ……）

背後に足音がして、両脇を伸びた手が手すりに置いた京子の手の上に重なる。カマキリ青年の腕の中でくるりと振り向くと、二人の顔はちょっとの距離をおいて向い合った。

「お冠りだね」

「あなた随分意地が悪いのね」

出来る丈恐い顔をして見せる。

「君が嘘をつくから不可ないのさ」

「嘘？　嘘なら貴方の方が先よ。キョウヅ・コウスケだの、絵をかくのって」

「名前は借物だけど、絵をかくのは本当さ」

胸のポケットから紙入れを出し、手帳を開いてみせる。

「先刻、喫茶室でかいたんだ。……これが宍戸剛造という金縁眼鏡、これがアヴェックの心中組で、これが船長さん。ね、このチビ君とノッポ君の組合わせは傑作だろう？」

「あたしの事は描かなかったの？」

「君はね、いずれ改めてヌードでも描かせてもらうんだ」

「お合憎さま。貴方には林檎かカマキリのヌードが柄だわ」

応酬しながら、ふとカマキリ青年の手にした紙入れと手帳を見比べて、京子はもう一度心の中で悲鳴をあげた。

（随分膨んだ紙入れだと思っていたら、なあんだ、手帳が入っていたんだわ）

恨めしそうに紙幣束ほどの大きさの手帳を見凝める。

「所で犯人は判ったの」

「それが全然見当もつかないね」

「だって犯人はアリバイのない人達の中で、ジョーを知っている人なのでしょう。そしたらあたしを入れて二・三人しかいないじゃないの」

「そこまでは簡単さ。それから先が判らないんだ。まさか君じゃないだろうね」

「あたし？　ああ、そう雨の降り出した時、化粧室へ行って、五分位あなたと離れていたわね。あの時やったって云うの？　でも私に云わせれば、その間にあなたがやったのかも知れないわ」

「動機があればね」

「さあね。あたしには動機があるのね。……でもそんな事考えなかったわ。どっちにしても、ジョーなんか死んだ方が良い人間なのよ」

断想

チビ君を探しながらノッポ君が二人の前を通り過ぎカマキリ青年と京子がスカートの効用を論じながら果物箱から立上った直後、化粧室へ行くと称して五分ほど京子が座を外した。時刻から云えばハンサム・ジョー毒死の瞬間である。詳しい事は知らぬが、田所刑事の言葉からも京子には動機があるらしい。彼女ならウイスキー・ボトルに毒を投ずる事も出来る。現に（二杯ほど御馳走になった）と云うではないか。ジョーの愛用のウイスキーを知ってもいたろう。毒薬にせよ、ポケット・ウイスキーにせよ、白皮のハンド・バッグに容易に隠し得る大きさである。毒殺し、ウイスキー・ボトルを取換えた後で、証拠の品を処分するのには何の雑作もない。ウイスキー・ボトルと違って、日本酒には蓋はないのだ。

カマキリ青年は手摺に置かれた京子の真珠色のしなやかな指を見やった。男に愛撫され男を愛撫するための指である。しかしその指が毒を投ぜぬと誰が保証しよう。

たかが取るに足らぬ一個のスリの死――しかし、他人の眼にはどう映ろうと、当人にとっては、それが唯一のそして真実の人生であったかも知れぬ。スリであろうと、大臣であろうと、花売娘であろうと、新聞記者であろうと、癩病患者であろうと、居眠り議員であろうと、人には皆己の人生を誠実に生きぬく丈の権利がある。一度び絶たれた生命は永久に取り戻す事が出来ない。ハンサム・ジョーが過去においていかなる行為を重ねたかは知らぬ。けれども、死に価する行為などというものは、由来この世に存在しはしないのだ……

殆ど無意識の裡に京子の指先を弄びながら、カマキリ青年はいつか果のない断想に落ち込んでいった。

幸福とは何であろう――さまざまの人々が、己の好む道を、さまざまの足取りで墓石に向って歩み去って行く。現在この瞬間にも、毒とは知らずに眼の前のコップを取り上げる男もあろう。原稿の締切に追われる小説家もあろう。マン・ホールに落ちた女も居る。赤ン坊が生れている。少女が泣いている。結婚式をあげる恋人達もあろう。その翌日、夫の手で絞殺される新妻もある……

「そうだ」

京子の指先が折れるかと思われるほど、カマキリ青年の手に力が入った。

「想い出した」

カマキリ青年は叫ぶ。

「金縁眼鏡の紳士の正体がやっと判ったよ」

過去からの声

「確かに密月殺人事件の須山剛造氏です。間違いありません」

カマキリ青年の言葉に、田所刑事は大きく頷いた。

「宍戸というのは偽名ですかね」

長くなった葉巻の灰を、ちょっと惜しそうに灰皿に崩して船長がどちらへともなく問いかける。

「いや、あの事件の後で養父の須山氏との間が面白くなくなり、籍を抜いたと聞いていますから、宍戸というのは多分本名なのでしょう」

「しかし」

と田所刑事はちょっと考えてから、

「宍戸氏にそうした過去があったとしても、それが一体ジョーの死とどんな関係があるのでしょうかな」

ある漠然とした疑惑がカマキリ青年の脳裡をかすめた。それはあり得る事だ。しかし現実には何の根拠もない……

須山美術館で有名な須山祐一郎氏の令嬢恵子嬢が、結婚の翌日、贅沢な調度に蔽われた新居の寝室で、無惨に絞殺された屍体となって発見され、密月殺人事件として世人の好奇心を唆ったのは、一昨年の初秋であった。

祐一郎氏は若い頃、苦学しながら法律を修め、弁護士として未来を嘱望されていたが、ふとした動機で実業界に転じ、石炭王として名を成した人で、五十才近くなって初めて迎えた若い妻が、恵子嬢を生むと間もなく自動車事故で亡くなると、人生に無常を感じたかそれを機会にあらゆる事業から引退し、恵子嬢の育成に万全を期すると共に、郷里である瀬戸内海の某島に私設美術館を設立して、その経営に後半生を充てた。母親こそなかったが、恵子嬢は恵まれた環境の中で一匹の若鮎の如く成長し、祐一郎氏は娘の上に亡き妻の面影を見出しては、すっかり柔和になったその眼を細めた。しかし不幸は常に一瞬にして至る。亡妻の十七回忌に赴く途上、父娘を乗せた自動車が列車に触れ、祐一郎氏は微傷も負わなかったが、運転手は即死し、恵子嬢は左腕に骨折と顔面に擦過傷を受けた。骨折は治癒したが、ガラスの破片を浴びた左半面は永久に元の美しさに戻らなかった。父の持つ巨額の財産と、白魚の指に耀く九カラットのダイヤモンドと、美しく整った右半面にも拘らず、須山恵子嬢が十年近く婚期を逸した上、十五才年長の宍戸剛造氏を婿養子として迎えるに到ったのは、こうした一瞬の不幸が、彼女の顔面にもたらした変容のためであった。

密月殺人事件

「でも、どうして宍戸氏は新夫人を殺害する必要があったの?」

訊いたのは京子。並んで手摺りに凭れた二人の眼前を、水津の白い灯台が静かに横切って行く。

「明確な理由は判らない。当人は勿論恵子夫人殺害を否定するし、また、事実証拠不充分のため無罪の判決をうけている。従って表面上は、夫人の死は物盗りの仕業という事に落着したけれど、宍戸氏の立場にも疑わしい点はある」

宍戸氏自身、富裕な身の上であったから、須山家との養子縁組が、財産目当てのものとは思えなかった。婚期を逸したとは云っても明らかに財産目当てと思われる求婚者には事欠かなかったし、そうした点に対しては、かなり、神経が尖鋭になっていた父娘が、宍戸氏の求婚を受入れたのは、一つには宍戸氏自身が富裕であり、金銭的な欲望が介入していないと見極めたからでもあった。

白昼、独り新居にあった恵子夫人が何者かに絞殺され、多額の金品が盗難に遭った際にも、その金額は宍戸氏には魅力を与えぬ程度のものであったし、枕元の化粧机の上に置かれてあった宝石箱には、全然手を触れた形跡のなかった事は宝石の蒐集マニアとして知名であった宍戸氏にとって有利であった。

ただ一つ、その朝まで恵子夫人の指に耀いていた九カラットのダイヤモンド丈は、どこからも発見されなかった。ド・ビーア系の会社から原石のままアメリカに渡り、そこで研磨されたこの淡桃色のダイヤは、見る時刻・場所によってその都度色彩を変ずるという伝説からカメレオン・ダイヤと呼ばれ祐一郎氏が愛蔵のセザンヌを手離してまで娘に買い与えたほどの逸品で、この宝玉の紛失は、やがて宍戸氏に疑惑の眼を注がせた。当局の鋭い探索はひそかに宍戸氏の身辺にはりめぐらされた。けれどもカメレオン・ダイヤはその後ヨウとして消息を絶ちいつかこの事件も忘れ去られていた。――

「いくらそのダイヤが気に入ったって、自分のおくさんのものならいつだって眺められるんだしそのために殺人を犯すはずはないわ」

京子は不服そうに反問する。

「けれどね、蒐集マニアともなると、そんな事では満足出来ないんだ。独占欲が狂的につよいんだね」

「判らないなあ」

京子は首を振る。

「あたしは恋人の蒐集マニアだけれど、ちっとも独占したいなんて思わないわ」

二等船室

前部二等船室のコの字型のジュウタンの上では例によってコの字の右肩の所で、生れてから船に酔った事のない男だけが、壁に凭れた身体をミノ虫の如くよじりながら、喉の辺りに不思議な音を漂わせていた。

上甲板へ上る事を禁じられた坊やは、ハンサム・ジョーから貰ったチュウインガムを喰べ終ると、暫くの間、何か新らしい悪戯はないかと思索に耽っていたが、やがて疲れが出たのか、都会風の婦人の膝の上で軽いいびきをたて始める。

殺人事件があったという意識が、一つの恐迫観念となって船内を支配し、人々の心の片隅に重苦しくのしかかる。事件とは何の関係もない人達の表情までが、サボテンの如くいらいらしていた。

船室の入口に近く、コの字の左下に当る部分で、控え目に寄添っている他国者のアヴェックが、話を止めてシガレット・ケースを開くと、伝染したように隣の大学生が煙草をくわえる。対面から何気なくそれを見守っていた金縁眼鏡の紳士も、釣込まれたように外国煙草に火を点ける。期せずして室内には、紫色の煙があるか無きかの空気の動きにつれて幕の如く垂れ下る。

ふと、船室の入口に立止って、これ等の人々の動きに眼をとめたカマキリ青年の横顔を、突然驚愕が波の如く走り去った。

「京子夫人」

引きずるように京子を人気のない舷側へ連れ出して、低声で訊ねる。

「ハンサム・ジョーは確かにライターを持っていたはずだね」

「どうして?」

「田所刑事は確か、ジョーがライターを鳴らしながら洗面所へ入って行くのを見た——と云っていたというんだ」

「そう――そう云えば、私がウイスキーを御馳走になった時にも持っていたわ。ダンヒルの、あなたのと同じ型よ」

「所がね」

青年の脳裡に喫茶室の卓上に積まれたジョーの所持品が甦る。色ハンカチ、目薬、白ハンカチ、チュウインガム、シガレット・ケース、マッチ、ウイスキー・ボトル、紙入れ、靴べラ、五円硬貨――

「屍体となって発見された時、彼のポケットにライターはなかったんだ」

麦わら帽子

ベレー帽の青年と制服の警官が二等船室へ入って来た時、コの字状の人達の間に一瞬の緊張が流れた。これから何が始まるのか、全然予測はつかなかったけれども、青年と刑事の表情には何かただならぬものがあった。青年は産卵期を控えた若々しいカマキリに見えた。刑事は五尺八寸二十貫の法の化身であった。

表情とは逆に、極めてゆるやかな動作で、カマキリ青年は船室の奥へ進んで行った。都会風の婦人が坊やを抱いたまま、不審そうに眼を瞠る。

「おくさん」

カマキリ青年は好奇心に燃えた周囲の視線を、ふと意識した。

「ちょっと坊や君の帽子を拝借させて下さい」

壁の釘から麦わら帽を取り上げると、その内部をのぞき込んで、青年は満足気に微笑んだ。指先が、内部の天井裏の部分から、小さなものをつまみ上げる。礼を述べて帽子を返すと、田所刑事を促して金縁眼鏡の紳士の前に進み出る。指先につまんだ小さなものを光にかざして楽しそうに云う。

「宍戸さん。貴方がハンサム・ジョーから取戻そうと探していたカメレオン・ダイヤが、ここにありましたよ」

金縁眼鏡の紳士のどこにあれ丈の素速さが隠されていたのか――目撃者にとって、それは一つのなぞの如く印象されたが、田所刑事の手錠が蛇の如く宍戸氏の手頸を捉えたと見える次の瞬間、カマキリ青年がよろめき、田所刑事がたじろぐと宍戸氏は傷いた野獣の猛々しさで船室の入口に突進していた。絡み合うようにして、田所刑事がそれを追い、手が宍戸氏の襟を捉える。その瞬間、まるでわざとそうしたかのようにカマキリ青年がよろめいて、田所刑事の足に絡まった。束の間の幸運――手がエリ首を離れ、宍戸氏は自由を得る。船室の入口で追い縋ったカマキリ青年が、宍戸氏の右側に立ちはだかる。三人は一塊りのまま右舷へ走る。舷側へ逃れ出た金縁眼鏡の紳士は一瞬周囲を見廻した。佐渡の海岸線が眼前に横たわる最後の機会――手摺りに手がかかる。人々の悲鳴の内に、黒い影はゆるやかに旋回しながら海面に墜ちる……

舷側から海面をのぞき込んだ田所刑事は、トッサに苦悩の色を見せた。（いかん、スクリューにまかれるぞ）舷側すれすれに落ちた宍戸氏が、丁度船尾の辺りに達したと想われる瞬間、刑事は思わず両眼を閉じた。幻覚だ、もち論聞える訳がない。しかし、想像の中で、刑事は、巨大なスクリューの羽根に叩かれた宍戸氏の最後の悲鳴を聞いていた。

救命艇

支柱が半回転して鋼索がゆるみ、右舷の救命艇が甲板と同じ高さまで下ると田所刑事、カマキリ青年を含む二十名ほどの船員が、次々と乗り込んで行く。スクリューを止めて急にしんと静まり返ったこがね丸は、逆転したスクリューが湧きたたせた白い船跡がポツンと切れたあたりで、動きを波に委ねている。

全員が乗り込んで鋼索が再び伸びようとする時、カマキリ青年が急に思い出したように田所刑事に話しかける。

「ちょっと用件を思い出しましたから、僕はやっぱり船内に残ります」

身勝手な行動に明らかに不愉快さを見せる周囲の表情に、気付きもせぬのか、手摺に長い手をかけて強引に甲板へとよじ登る。

救命艇が海面に降り、やがて宍戸氏転落の現場へと漕ぎ去って行くのを、舷側の手すりに凭れて見守っている人々の間に、チビとノッポの二人組の高校生の姿を発見すると、カマキリ青年はズボンのポケットの中で、今救命艇の内部から拾い上げた小さな堅いものを弄びながら、そっと近寄って行った。それとなくチビ君の上衣の袖の辺りを見凝める。肩を叩く。

「安川君――と云ったね。ちょっと君に話があるんだ」――

宍戸氏の屍体を探し当てた救命艇が本船にもどり、再びエンヂンが音を立てはじめた頃、京子は船尾近い木箱に腰を降して、カマキリ青年の説明を聞いていた。雲はすっかり吹き払われて稍黒味を帯び始めた空の下に、一枚の青セロファンのような海がある。両津湾に入った船の周囲には海岸線が手の届く近さにあった。

「僕が宍戸氏とジョーを結びつけた直接の証拠と云うのはね、余りに簡単すぎて馬鹿々々しい事なんだけどね、先刻、君に訊ねたライターの紛失なんだ」

「あなたに訊かれて、私もそう思ったわ。けれど、宍戸氏はどうしてジョーのライターを盗んだんでしょう?」

「いや、あのライターはもともと宍戸氏のものなのだ。それが一度ジョーの手に渡り、更にジョーの死後、宍戸氏が取戻したのさ。この事は、もっとずっと早く僕には判っているはずなんだ。それに気がつかなかったのは、君のスカートの短かさに気を奪われたためかも知れないね」

「お気の毒様」

京子は長い舌を出した。

動機

「新潟中央埠頭で改札を待ちながら列を作っていた時、宍戸氏が僕の所へ煙草の火を借りに来た。どこかで見た顔だ――と強く印象に残ったのだけれど、この時宍戸氏は煙草の火を借りると同時に、僕のライターをそれとなく観察しに来たのだね。これについては後で話すよ。ともかく、この時に煙草の火を借りに来た宍戸氏が、後に喫茶室で刑事の質問に応えながら自分のライターで煙草に火をつけているのだ。これが街の中か何かなら、最初ライターの石か油か切れていて使用出来なかったものを、途中で補給したと考えられるのだけれどもね。宍戸氏の場合、彼はそのまま船に乗っているのだし、船の中には石や油を売っている場所はないから、どうしても、宍戸氏は、改札時にはライターを持って居らず質問時には持っていた――と考えなければならなくなる。一方、ハンサム・ジョーは、殺害される直前、ライターで煙草に火をつけながら洗面所へ入って行く所を田所刑事に見られている。それが死後見当らない――とするとね。ジョーのポケットが死後探された形跡がある事から推しても、一個のライターがジョーから宍戸氏へ移動したと思われてくる。そんな訳で、一応宍戸氏をジョー殺害の犯人として、その動機を考えてみたのだ。

最初、ジョーの屍体が発見された時、僕が一番不思議に思ったのは、何故犯行の場所にこがね丸が撰ばれたかという事なんだ。ジョーは新潟駅専門のスリだし、こがね丸の乗客たる旅行者の大部分はジョーとは無関係の人間ばかりなのだ。従って常識的な動機の面から推せば、怪しいのはその中でジョーと面識のある君や、高校生の二・三人に限定されてしまう。とすると犯罪の全関係者が密封されてしまうこがね丸の上でジョーを殺害するような愚かな真似は、発作的な犯行でない限り、君達ならば避けるだろうと考えられる。そこで君達を一応容疑圏外において、何か宍戸氏とジョーを結びつけるものはないかと考えている内に、非常に有望な一つの場面が頭の中に浮んで来たのだ。先刻、君にも話したけれど。宍戸氏には疑わしい過去がある。もし宍戸氏が過去において恵子夫人を実際に殺害しているものと仮定し、何かその致命的な証拠品をジョーに握られたと考えると、あらゆる疑問が説明されるのだ。ジョーはその証拠品で宍戸氏を脅迫しようとしていたに相違ない。(当分遊んで暮せるほどの新鉱脈を発見した)と云うジョーの言葉は、いかにも脅迫者という立場にふさわしいものではないか。過去の犯罪に対する致命的な証拠というのはもち論カメレオン・ダイヤの事さ」

カメレオン・ダイヤ

「僕は蒐集マニアではないから、宍戸氏の気持を正確に理解する事は出来ないけれど、カメレオン・ダイヤの魅力は彼にとって絶対のものであったらしい。恵子夫人が殺害され、宝石類が紛失すれば、当然疑惑が自分の上にかかるのを承知の上で敢て兇行を犯し、犯人が宝石類に魅力を感じていないかの如く装うため、机上の宝石箱には全然手を触れずにおきながら、夫人の指環にはめ込まれたこの淡桃色のダイヤだけは、どうしてもそのままにしておく事が出来なかったのも、宍戸氏としてはマニアの宿命だったのだろう。宍戸氏の死亡した現在、恵子夫人殺害の真実の目的が何であったかは知る由もないが、あるいは最大の動機はカメレオン・ダイヤの専有にあったのかも知れないね。

恵子夫人殺害当時は当局の眼も光っていたし、宍戸氏も注意深くこれを最も安全と思われる場所に匿していたものと思われる。やがて一年経ち二年経ち、忘れ易い世人の唇にカメレオン・ダイヤの噂が上らなくなる。もう大丈夫だろうと判断した宍戸氏が、いよいよダイヤを匿し場所から取り出して、郷里である佐渡加茂湖畔に新築した別荘へと携行する途上、ハンサム・ジョーの白い指が新潟駅で動いたのだ。

ジョーはもち論ダイヤを知って狙った訳ではない。金縁眼鏡の裕福そうな紳士から、習慣的に紙入れを抜取ったにすぎぬのだ。ここで宍戸氏にとって不幸だったのは、どうしたはずみか、紙入の中に挟っていた（と思われる）ライターが同時にジョーの手に移った事で、それが後に犯罪発覚の直接の手掛りになってしまったのだ。

すり取った紙入れを何気なく調べると、紙入れの隅の所が丸く膨んでいる。不審に思って切り開いてみると中からカメレオン・ダイヤが現れた。（この事実は宍戸氏の死体のポケットに残っていた紙入れの状態から想像される）普通の人間なら見逃したかも知れぬ。所がハンサム・ジョーは宝石商の息子なのだ。そのダイヤが指環から外されたものである事は一眼で判る。カメレオン・ダイヤに関する経緯もあるいは知っていたであろう。紙入れには名刺はなかった。けれども却ってその方が良かったかも知れない。ダンヒルのライターに刻まれた宍戸剛造氏の頭文字G・Sから、ジョーは即座に須山剛造氏を想い出したのだ。

ライター

「ジョーがどんな方法で宍戸氏に接触して行ったかは想像するより外はない。しかし、ダイヤを抜き取った宍戸氏の紙入れに、脅迫文を認めた紙片を挟んで、それを窃かにもとの所有者のポケッ

ト へ抛り込む位の事は、ジョーにとっては何の雑作もなかったろう。宍戸氏には、最初の内は、自分の敵が誰であるか全然見当がついていなかった——と思われる場面に、僕自身二度ほど遭遇している。

先刻も云ったように、こがね丸の改札を待ちながら中央埠頭に列を作っている時、宍戸氏が僕の所へ煙草の火を借りに来た。この時、彼は紛失した自分のライターと同じ型の僕のライターを見て、ぼくが脅迫者か否かをそれとなく確めに来たのかも知れない。二等船室へ入ってからも同じような事があった。未だ船に酔った事がない——と主張する男が同じようなライターで煙草に火を付けた時宍戸氏がひどく緊張してそちらを見ていたのを、ぼくは覚えている。

宍戸氏が最后にジョーを突止めたのも、洗面所でジョーが彼のライターを使用しているのを発見したからだとも考えられる。背の高い高校生の話によると彼は、ジョーと宍戸氏を殆ど同じ時刻に洗面所の附近で見かけているそうだ。

やがて洗面所を出たジョーが人気のない上甲板へ上る。宍戸氏もまた上甲板へ出る。雨の降り出した上甲板でどんな事が起ったかは、盛夏の鋭い太陽も、雨雲に包まれていたために眺める事は出来なかっただろう。

屍体と化したジョーのポケットをくまなく探した宍戸氏は、しかしどこからもダイヤモンドを発見する事は出来なかった。ぐずぐずしている訳には行かぬ。ポケットを探っている所を誰かに見られたら弁解のしようがない。ダイヤはどこにもない。甚だ不安であるけれども、止むなく宍戸氏は、ジョーのポケットにあった自分のライターを取戻して下甲板へと降りた。ライターには頭文字が入っているし、これをジョーの屍体に残しておく事は出来ない。こうしてライターはやむを得ざる理由により再び宍戸氏の手に戻ったのだ。乗船場で煙草の火を借りたぼくの眼の前で無意識の裡にそのライターを使用したため、ジョーの屍体を探った事がばく露するなどとは、甚だ他愛のない結果だけれどもね。現実の犯罪というものは往々にしてこのような呆気ない幕切れを辿るものなんだね」

真実の半分

「宍戸氏の事はいいわ、けれどダイヤモンドはどうしてあんな変な所から出て来たの?」

「新しい鉱脈を発見してこがね丸に乗り込んだジョーはね、船上で厭な人間を発見したのだ。つまり顔見知の田所刑事さ。ジョーに気付いた刑事は絶えず彼の行動に眼をくばっている。日頃後暗い所のあるジョーとしては、この監視が気になって仕方がない。別段こがね丸の上で他人のポケットへ手を伸ばす気はないから、いくら監視されようとも平気なはずなのだが、それが、やはり気にかかる。殊にジョーのポケットには問題のカメレオン・ダイヤがある。何かの間違いで身体検査でもされて、これが発見されたら、せっかくの新鉱脈発掘が水泡に帰してしまう。何かうまい方法はないものかと考えめぐらしている所へ、あの坊やの麦わら帽子が飛んで来たのだ。瞬間、ジョーはこの帽子の利用を思いつく。新らしいチュウインガムを口に抛り込んだついでに古いガムを指先につまみ、それでポケットのダイヤをくるむ。帽子のあご紐をつめながら、その天井裏にダイヤ入りのチュウインガムを貼り付ける。坊やにチュウインガムを進呈して仲良しになっておけば両津港へ着いてから再び坊やに話しかけて、暇を見てダイヤを取り戻すのは訳のない事だ。あご紐の直った帽子はもう飛ぶ事もないだろう。こうして、逃げ場のない船中丈は坊やにダイヤを預けて田所刑事の眼から心理的に解放されたかったのさ。雨が降り出してからジョーが人気のない上甲板などへ上って来たのも、下に居て田所刑事にあとをつけられるのがわずらわしかったからだと思えば、容易に説明が出来る事なのだ」

ちょっと言葉が途切れて、カマキリ青年はシガレット・ケースを開く。ライターが鳴って二人は一緒に深く煙を吐いた。

「犯罪の動機や、ジョーの行動は判ったわ。それで宍戸氏はどこから毒を手に入れたの?」

「その点がちょっと問題なのだけれどね、まあ、心中行アヴェックが落したものを拾ったと見るより外はないようだね」

「随分都合の良い話ね。第一拾ったものが毒薬だって直ぐ判るかしら? それに、当然警戒されているはずの宍戸氏に、ジョーの眼を盗んで蓋カップへ投毒する隙があったと思う?」

カマキリ青年は、それに答えずに、船が両津港に入るに従って却って遠ざかって行く鷲崎の稜線をぼんやりと見凝めている。

真実の残り半分

「変だと思うかい?」

暫くしてカマキリ青年がポツンと訊ねた。

「変よ」

京子はいかにも不満そうだ。

「毒の入手も不自然なら投毒の機構も不完全だわ。それに貴方自身先刻云ったように、宍戸氏が犯人の場合だって、こがね丸の中で殺人を犯すのは危険だわ。ジョーが佐渡へ着いてからもっと人眼のない所で機会を待って殺害した方が安全だし、ダイヤを取戻すのに好都合じゃないの?」

「その通りだよ」

むきになって反問する京子へ、カマキリ青年は愉しそうな微笑を向けた。

「その通りって、それじゃあジョーを毒殺したのは宍戸氏じゃないの?」

「そういう事になりそうだね」

「まあ、素的！」

京子は何故とはなしに辺りを見廻した。人影はない。

「何だか探偵小説みたいになってきたじゃないの、で、一体犯人は誰なの、ね、早く聞かせて頂戴」

「それを話す前に断っておくけれど、この事実を知っている人間は現在二人だけしか居ないんだ。君は探偵作家夫人だそうだから、参考のために聞かせてあげるけど、聞いたら直ぐに忘れるんだよ」

「ええ、いいわ。……でも、二人だけっていうのは貴方と田所刑事のこと」

「田所刑事は宍戸氏が犯人だと思っているさ。あらゆる探偵小説的知識を動員して宍戸氏犯人説を主張し、田所刑事を煙に捲いて来たからね。……二人というのは僕と犯人の事さ」

短くなった煙草を海面に投げて、カマキリ青年は再び語り出した。

「逃げ場のないこがね丸の中で殺人を犯すという事はね、どう考えたって犯人にとって有利な事ではない。宍戸氏の場合だってそうだし、ジョーと面識のある君や高校生が犯人の場合はなおさらだ。従って犯行の場所をこがね丸に撰んだ以上は、犯行が突発的でこうした不利の条件を顧る暇がなかったか、あるいはこがね丸の中でなければ成立しないような特殊な殺害機構が採られたか、のどちらかなのだ。そうした点からジョーの死を考えてみると、彼の屍体の倒れていた位置が非常に重要な意味を持って来る。……ね、どうだい。何か憶い出さないかい」

「救命艇ね！」

京子は思わず声を大きくした。

「アヴェックが毒薬を紛失したのは、右舷の救命艇に凭れて話をしてから下甲板へ下りてリュックサックに腰を下すまでの極く僅かの間なのだ。盗まれるとすれば救命艇の下に居た時より外はない。ハンサム・ジョーが最后にポケット・ウイスキーを呷ったのも同じ救命艇の下——ね、仲々暗示的だろう？　どちらの場合も周囲に人影は無かったと云う。けれども救命艇の中に誰も隠れていなかったとは云い切れない。

そこでぼくはまず犯人は救命艇の中に隠れていたものと仮定してみた。そうすると、彼には、アヴェックがその下にリュックサックを持って来るなどと、決して予測出来るはずはない。とすれば、彼は最初は何の予定もなく面白半分に救命艇の中に入ってみたと考えなくてはならない。面白半分に救命艇に忍び込む——などというのは、どんな人間のしそうな事だろう。云うまでもなくこのような悪戯のしてみたい盛りの高校生にきまっている。犯人はこうして極めて簡単に決定されてしまうのだ。

先刻ぼくが証明した宍戸氏とジョーの行動の中で訂正すべき点と云えば、それはジョーが雨の降り始めた上甲板へ出てから、宍戸氏がジョーの屍体を発見するまでの、ほんの二、三分間の出来事だけだ。田所刑事の眼を逃れて上甲板へ出たジョーは、救命艇にもたれてポケット・ウイスキーを飲み始める。この時救命艇の中から、毒薬を手にしたチビの高校生が、ひょいと首を出したのだ。

チビ君が心中行アヴェックの毒薬を盗んだのは、別段ジョーの殺害を予定してではない。面白半分に救命艇に忍び込んだチビ君が怪しくなった空模様にそろそろ外へ出ようとしていると、他国者のアヴェックが救命艇の下へやって来て、佐渡へ着いてからの心中の予定を語り始めた。チビ君は愕いたけれども今更飛び出す訳に行かない。アヴェックの話を残らず聞いて、何とか二人の死を防ぐ方法はないかと考えていると、話す事のなくなったアヴェックがチビ君の眼の下で突然接ぷんした。その瞬間、チビ君は、ふと毒薬を盗む気になった。自殺者の気持はちょっとした事で変るものだ。もし毒薬が紛失すれば、それが一つの暗示となって彼等は心中を中止するかも知れない——漠然とそんな事を考えたのだそうだ。

やがてアヴェックが去り、雨が降り始め、チビ君が救命艇から出ようとした時、今度は喫茶室の方角からハンサム・ジョーが現れて、真直ぐ救命艇の下まで来ると、台座の横木の端に腰を下して、ポケット・ウイスキーをあおり始めたのだ」

投げる

「一杯目のウイスキーを一気に飲み干して、二杯目を蓋カップに注ぐと、ジョーはカップを横木のへりに載せて、ポケット・ウイスキーの罎に中蓋をねじ込みにかかった。僅か数秒の時間だが、ジョーの眼がカップを離れる。チビ君は興奮に身を震わせながら、眼の下のカップを見凝めた。切り裂かれた手提バッグ・自殺した姉さんの顔——それが一瞬チビ君の脳裡を駆け抜ける。偶然手に入った青酸加里、直ぐ眼の下にあるジョーの蓋カップ——チビ君はそこに何か天意といったものを感じたのだ。

もしここからあの蓋カップの中へ青酸加里の小片を抜げ込んだらどうなるだろう。蓋カップのある場所まで直線距離にして二メートルはある。投げた所で恐らく入りはしないだろう。しかし、もし万一、うまくあの中に青酸加里が飛び込めば、姉さんの讐をうつ事が出来る。それは恐らく十に一つも成功する望みのない方法だろう。しかし、もし万一、投げた毒薬がカップの中に飛び込むとしたら、それは既に神の意志であるかも知れない。外れた所でもともとではないか。毒薬の小片がカップを外れて甲板に落ちる音などは、降り出した雨の音に紛れて気付かれる心配はない。

チビ君の視野の中で、横木の上に置かれたふたカップが徐々に大きさを増していった。ポケットの小罎から手頃の小片を取り上げながら、チビ君は神に祈った。(神様。どうぞ貴方のみこころのままに……）

チビ君の眼には、もはやふたカップ以外の何物も映らなかった。それは旋回しながらますます大きさを増しやがてチビ君の視野一杯にまで拡っていった。全世界中がふたカップになった。対校野球で何千個という白球を投じたチビ君の手から恐ろしいほどの正確さで毒薬の小片が飛んだ。そしてチビ君の眼には一噸もあるかと感じられる青酸加里の塊は、生き物のような鮮かさで、横木の上に置かれたウイスキー・ボトルのふたカップの中へ、吸い込まれて行ったのだ。

チビ君がこうして、殆ど天意とも云うべき雰囲気の中で、突如としてハンサム・ジョーの殺害を試みるに到ったのは、その心理の背後に、自己の行為を是認する有力なる支柱があったからかも知れないよ。毒を盗む事によって二人の恵まれざる生命を救ったのだ。それ故、一人の悪しき人間を殺害する丈の権利がある――とね」

狩久氏の犯罪

「じゃあ、あなたは最初から高校生が犯人だと思っていたの？」

「一番はじめはね」

と憶い出したように京子の横顔を眺める。

「君が有力な容疑者だったのだ。それほど警戒されずにジョーに対して毒薬を投ずる事の出来そうなのは君だけだからね。ただ、君が犯人だとすると、アヴェックの毒薬が紛失した時刻にはずっと僕と一緒で、それを手に入れる事は出来なかったはずだから、前もって別個に毒を用意していた事になる。君ならジョーの日常を知っているから、彼のと同じポケット・ウイスキーを用意する事も出来るはずだし計劃的犯人として一見非常に有力なのだがね、ただ一つ君を犯人とし得ない決定的な理由がある。それはね、ジョーがこがね丸に乗る事は宍戸氏以外には予測出来なかったはずだ——という事さ。それが予測されぬ以上前もって毒を用意するなどという事は絶対に出来ないし、従って君は犯人ではあり得ないのさ」

「やれやれ」

京子は大げさに溜息をついた。

「脚を見せてあげた丈の事はあったわ」

「宍戸氏の過去を想い出した頃には、ぼくは大体高校生がジョー殺害の真犯人と推定していた。しかし、チビ君にはジョーのポケットを探る必要はないはずだし、その点に関しては第三者の介入が当然考えられる。どんな経過で宍戸氏とジョーの間に関係が生じたかは想像に難くないけれど、それは単なる空想で、空想丈では手の出しようがない。困っている所へライターの出現さ。もち論これ丈では何の証拠にもならないけれど、ともかくぼくの空想が当っているという確信は持てた。この空想を今度は物質的に裏付けるものはないかと考えあぐねていると、その時突如として坊やの麦わら帽子を憶い出したのだ。飛んだ帽子を摑えたジョーが、それを坊やに渡す時の態度に、何か不自然な感じがあった。ジョーは何を企んだのだろう？　宍戸氏とジョーを結び付けているものは何だろう？　これだけ条件がそろって、カメレオン・ダイヤと麦わら帽子の天井裏を結びつける丈の空想力がなくては、小説は書けないさ。

二等船室へ入って行く時、ぼくには犯罪の構図は殆ど完全に判っていた。宍戸氏の過去を摘発し、チビ君の犯罪を証明するのなら訳もない事なのだ。けれどもぼくはひそかに異った結末を計画したのだ。事実を歪曲して一人の人間を救ってやろう——これから先は今度は狩久氏の犯罪と云う訳さ」

「もともとぼくは現在の刑罰のあり方というものに対して疑問を抱いている。犯人を捕えた所で死者は甦りはしない。この犯罪におけるチビ君の如きは、放っておいても二度と殺人を犯す人間ではないのだ。彼を犯人と指摘した所で単に一人の少年の前途に暗い烙印を捺す丈の効果しかない。一方宍戸氏は過去において彼の夫人を殺害している。仮令ジョーの殺害に対して無罪だと証明された所で、過去の罪から逃れる訳に行かぬのだ。宍戸氏が結局過去から逃れられぬものならば、チビ君の罪をもこの際宍戸氏にかぶせてやろう、ぼくはそう決心したのだ。

宍戸氏が田所刑事の手で捕えられてしまっては僕のこの計劃は甚だ困難になる。宍戸氏はジョーの死に対して無罪を主張するだろうし、そうなれば新たに犯人を探さねばならなくなるからだ。

宍戸氏に自決させるか、あるいは逃亡中誤って死亡するような経過を辿れば甚だ具合が良いのだが――とぼくはカメレオン・ダイヤを宍戸氏につきつけた時こんな事を考えていたのだ。

覚えているだろう？　宍戸氏が逃亡しようとした時、わざとよろめいた振りをして、ぼくが田所刑事の足に絡まったのを。ぼくは何とかして宍戸氏を逃がしたかったのだ。逃亡して海へ飛び込めば溺死する可能性もある。スクリューに捲き込まれるかも知れない。左舷に出ようとした宍戸氏を妨害して右舷へ走らせて、そこから海へ飛び込むように仕向けたのも、スクリューの回転方向から計算して、右舷へ落ちた方がスクリューに捲き込まれる可能性が大きいと咄嗟に判断した上での打算なのだ。宍戸氏は海へ落ち、スクリューに捲き込まれて死んだ。眼の鋭い人ならば、あるいはぼくの右手が宍戸氏の背を押したというかも知れない」

言葉を切ったカマキリ青年の眼を一瞬暗い翳がかすめる。眼前に刻々と大きさを増して来る佐渡両津港の桟橋を見凝めながら、京子は大きな身ぶるいと共に、もう一度溜息をついた。

「あなた、とても変ってるのね。何だか身体がぞくぞくして来たわ」

「気味が悪くなったのかい？」

「ううん、ますます気に入ったの」

旅路の終り

「救命艇が降される時、一度乗り込んだ僕が不意に甲板へ戻ったのを知っているかい？」

「ええ、見ていたわ」

「あの時、僕は救命艇の中でこれを拾ったんだ」

ポケットから小さなボタンを取出して指先にかざす。

「これがチビ君の残した唯一の証拠さ。僕は田所刑事が宍戸氏の屍体捜索に加っている間に、チビ君の行為を確めるため船内に残ったのだ。上衣の袖のボタンが救命艇の中にあったと告げると、チビ君は泣き出しそうな顔をしたよ。チビ君から詳細を聞いたから、先刻僕はあれ丈詳しくチビ君の行動を説明出来たのさ。判りっこないから彼氏の犯行を正当化しておいたから恐らくもう大丈夫だろう——チビ君を逮捕した所で、何の役にもたたないからね」

「あなた、とっても良いとこあるわ」

絡んだ指先に思わず力を込めた京子の、楽しげな声を聞き流しながら、カマキリ青年はふと苦々しい微笑を浮べた。

殺人・推理・擬装……何という空しい、憂鬱な遊戯の連続であろう。二人の人間が死んだ。そのために二人の人間が再び生きる望みを抱いたと云うならば、スリの死もあるいは必ずしもむだではなかったかも知れぬ。しかし、一個のダイヤのために己の妻を絞殺する男も愚かなら、会社の金をすられたがために己の生命を絶つ乙女も愚かである。その乙女の復讐を殺人という原始的な方法に求める高校生は更に愚かであり、憐びんに駆られて彼の犯行を隠匿し、得々としてそれを一夜の恋人に語り聞かせる小説家の如きは愚かさの絶頂に立つものであろう。

昨日も、今日も、明日も——愚かなる人々の愚かなる旅を載せて、こがね丸は洋上を行き戻る。五十年後白髪の京子は相も変らずスカートをはためかせつつこがね丸の甲板を歩み続けるであろうか……

奇妙な微笑を浮べて、カマキリ青年はボタンを京子の手のひらに載せた。

「記念にこれをあげよう。スカートにでもつけ給え」

「あたしのスカートにはボタンなんか要らないわ」

船が停ってやっと意識を取り戻した（酔った事のない男）は、都会風の婦人から初めて二人の人間が死んだ事を聞かされた。

「二人も死んだんですか？」

眼を瞠って感慨深気に云う。

「生れてから船に砕った事のないわたしさえ酔う位のシケでしたからね。で、何ですか、二人とも、やはり船に酔いすぎて死んだんでしょうね」

恋囚

1　猫と少年

未だろくに毛も生え揃わぬ感じの仔猫で、頭部に比して不均衡に大きな耳の内側は、ハムのような色に光っていた。猫の入ったボール箱の外側の芝生の上には、魚肉の入った皿と牛乳罎が置かれてあった。牛乳を小皿に注いで鼻先につきつけると、仔猫は物懶《ものう》げに薄眼を開けるが、果して小皿の内容を識別するだけの能力が残っているか否かは甚だ疑わしく、無理に飲ませようとしても固く口を鎖したまま顔をそむけてしまう。皿を離すと薄桃色の小さな舌を出して濡れた口辺を甜《な》めまわしはするが、それは明かに牛乳を甜めるというよりも口辺の汚れを嫌うといった感じの方が強かった。

「ねえ、お母さま」

最前から根気よく牛乳を飲ませようと試みていた裕一少年も、とうとう諦めたように小皿を下に置いて、少年の肩に掌を置いて背後からボール箱を覗き込んでいる由加利夫人を振り返った。

「やっぱり駄目ですねえ」

「そうね」

応えながら立上った夫人の眉の辺りには、一瞬、全く異ったものを想起したかの如き放心の色があったが、直ぐその翳りは消えて、視線は再びボール箱の仔猫に落ちる。

「未だ小さいから抵抗力も弱いのでしょう」

「でも、可愛相だな」

少年は未練気にもう一度ボール箱の上に屈み込んで仔猫の耳の辺りに指先を触れてみる。先刻《さっき》までは物が触れる都度、反射的にぴくぴく動いていた耳も、既に感覚を失ったのか、少年の指のなすにまかせたまま粘土の如く弾力がなかった。

芝生を敷きつめた広い庭の一角、眼にしみるほどの五月の陽光の中で一組の母子は、少年が先刻路上から拾って来た一匹の仔猫を見下している。ボロぎれを敷いたボール箱の中で、その虎斑《とらぶち》の生物は時折激しい苦悶に襲われるらしく、焦《いら》だたしげな戦慄を繰返し、喉のあたりは何かのつかかっているような奇妙な咳をした。犬に嚙まれた後肢《あとあし》の辺りに外傷はなかったが、眼に見えぬ内部に異常があるのか、坐り難そうに絶えず姿勢を変じ、その都度戦慄と咳を引き起した。時折、ぼんやりと見開かれる眼には、外界を知覚する力は有りそうになかったがそれを見下している四個の眼に、苦痛を訴えるだけの表情は残されていた。

「苦しそうね」

低い独白《ひとりごと》のような由加利夫人の呟きを耳にとめると、少年は突然仔猫から手を離して立上った。

「どうしたの？　裕一さん」

「ええ、ちょっと……」

小走りに芝生を横切って玄関から屋内へ消えると、暫くしてから、大切そうに小さなものを指先につまんで、裕一少年が再び芝生に戻って来た。

「何を始めるつもりなの？」

「注射をするんです」

「まあ、猫に？……何の注射？」

不思議そうに眼を見開いた由加利夫人に、少年は微かに口許で笑って見せただけで何も答えず、注射器を陽にかざして、針を上に向けると、注意深く上部の空気を押し出してから、注射器を持ち直して、猫の頭部の皮膚をつまみ上げた。

少年が注射をすませて十秒ほども経つと、それまでボロぎれの中に蹲っていた仔猫は、突然激しい勢で身を起した。眼が忿《いか》った野獣のように見開かれ、四肢が棒のように硬直した。痙攣が肋骨の出た腹部を走り抜け、逆立った毛並が背部に明瞭な一本のすじを入れた。しかし極めて短い緊迫した時間の後に、仔猫は崩れるように再びボロぎれの褥《しとね》に横たわり、彼の短い生涯の最後の苦闘から走り抜けるかのように後肢を素捷《すばや》く交互に動かした後、最後の痙攣と共に突然ぴったりと動かなくなった。

「裕一さん」

由加利夫人は息を弾ませながら少年の顔を見凝《みつ》めた。

「一体どうしたの？」

「青酸加里を注射したんですよ。昆虫採集の毒罎用のを、水に溶いて……」

四肢をぐったりと伸ばして、むしろのびのびと眠っているかに見える仔猫の屍骸に、優しい視線を浴せながら、裕一少年はいくらか熱っぽい調子で言葉を続けた。

「だってねえ、お母さま。猫があんな咳をするようになったらもう絶対に駄目だって云うでしょう？　だから、どうせ苦しむだけだったら早く楽にしてやった方が良いと思ったんですよ」

片手の指先に注射器を握ったまま、無心に仔猫を見下している裕一少年の、子供らしいつやつやした頰に眼をやりながら、由加利夫人は心の深奥部にある傷痕を鋭い針で突き抜かれたような衝激を感じていた。理論的には少年の行動を理解しながら、平然と注射器を押す我が子の態度には、年令の若さから来る惨酷さとのみは云い切れぬものがあって、彼女はそれに対して奇妙な反撥を覚えずにはいられなかったのだ。そうだ、この子も夫の性質をそのまま受け継いでいるのだ。砂村はやはりあの人を殺害しているに相違ない……

2　バラの垣根のある家

住宅街の中央を走るゆるやかな坂道を踏み降りて行くと、間もなく目標の十字路に出た。十字路の右手前が目的の家で、路面に比して一米以上高い平面にある庭と路面を繋ぐ部分は、低い石垣に芝生を植えた土が盛ってあって、その上にはバラの絡んだ垣根が馥郁《ふくいく》たる香気を孕んでいた。T教授からの紹介状の上書と、白い石の門柱に嵌《は》め込まれた青銅製の表札の名を見比べて、その家が間違いなく彼の探している砂村家である事を確めると、鷹本和也は勢よく石段を上って飛石伝いに玄関へ歩み寄った。

郵便受の上に取付けられたベル・ボタンを押すと、遠くの方で重くベルの鳴る音がして、間もなく女中が玄関のドアを開いた。紹介状を渡すと一度奥へ引込んでから、暫くすると戻って来て、和也を応接室へ案内し、

「只今、奥様がいらっしゃいますから……」

と、ココアの入った珈琲《コーヒー》茶碗と洋菓子を盛った皿を卓上に置いて、足音のない歩き方で部屋を出て行った。

応接室は玄関の横にある六坪ほどの洋間で、東と北の窓際には長椅子が据えられ、中央にある円卓の周囲に四個の椅子が置かれてある。その一つに腰を下して、西の壁に接して置かれた独乙《ドイツ》名の堅形ピアノをぼんやり眺めていると、微かな足音と共にドアが開いて由加利夫人が入って来た。

「お待たせしましたわね」

立上って挨拶しようとする和也を優しく制して、夫人は向い合いの椅子に腰を下した。

T教授から話に聞いてはいたけれども、実際にこうした眼《ま》の辺りに見る由加利夫人は、彼が途上で楽しく空想していたよりも遥かに若く更に美しいので、和也は暫くの間、気を奪われたように夫人の黄色いドレスの胸許の辺りを瞶《みつ》めていた。

昨日の午後。饒舌と難解で有名な教授の流体力学の講義が終って、機械科の教室を出ようとしている所へ、学生課からの呼出状が廻って来た。建物の出口で友人達と別れ、事務所のある六号棟の

階段を昇り、学生課の扉《ドア》を開くと、受付の所で話込んでいた電気科主任教授のT氏が、温顔に微笑を湛えて、「やあ」と話しかけた。

「鷹本君、実は君が学生課へ申込んでいるアルバイトの件だが、私の友人から、一人家庭教師を世話して欲しい――と頼まれているので、もし良かったら君にそれを引受けてもらいたいのだが……」

郷土の大先輩であるT教授が、特有の手付きで金縁の眼鏡を直しながら語る所によると、家庭教師を求めているのは教授の同窓の砂村裕介という私鉄の重役で、その一人息子である裕一という少年が、この春、中学校に進学した直後軽い肋膜を患って二カ月ほど学校を休んだので、その休学中の遅れを取戻すために知人のT教授に適当な学生の世話を頼んだのである。和也にしてみれば、同じ教えるならば、高校生かあるいはもっと高学年の生徒の方が歯ごたえがあって面白いという気持がない訳ではなかったが、外ならぬT教授のすすめではあり、地理的にも、報酬の点でも好条件が揃っているので、その場でT教授の申出を承諾した。話が決まると、教授は珍らしく多弁になって、和也の日常生活について二、三の質問を重ねた後、悪戯っぽい視線で和也を見下して、

「所で砂村君の奥さんは有名な美人でね、君もあの家へ行けば自然にお目にかかると思うが、ヴェクトル解析だのコウリエ級数だのと格闘せねばならぬ学生生活が、急に索莫《さくばく》たるものに感じ始めたりするかも知れん。大いに気をつけ給え」

と、冗談とも真面目ともつかぬ口調で附加えた。詳しい説明が聞けぬだけに砂村夫人の幻想は一層執拗に和也の空想を唆《そそ》り、指定された日曜日の今日、砂村家の応接室で現実の夫人とこうして向い合うまでに、彼の心は好奇心の重みに堪えかねるほどになっていた。

「鷹本さんと仰有いますの？」

「ええ」

由加利夫人はもう一度和也の前でT教授の紹介状に眼を通してから、簡単に裕一少年の健康や学

習状態を説明すると、ベルを押して女中に少年を連れて来るように命じた。夫人が紹介状を読んでいる間、和也は由加利夫人のなだらかに弓をひいた眉や、アモンド型の眼や、淡桃色の耳、そして紅くやわらかなハート型の唇を心ゆくまでたっぷりと観察し楽しむことが出来た。北側の窓から流れ込んで来るやわらかな光線の中で、精巧な蠟細工のような夫人の皮膚を瞶めていると、和也には教授の警告が決して冗談事ではないように思われてくるのだった。

裕一少年が来ると、夫人は和也に少年を引き合わせた。母親似の華奢《きゃしゃ》な骨組みの少年で、眼だけが利発そうに冴えていた。内気な性質らしく視線が合うと直ぐ眼を逸《そ》らせてしまうが、簡単な言葉のうけ渡しの間にひらめく少年らしからぬ神経の鋭さに、和也は、何か近親的な吸引を感じた。

毎週、月・水・金の三回、午後七時から九時までを学習の時間と決めて、和也が砂村家を辞する際、夫人と少年は彼を門の所まで送って来た。T教授の言葉では、主人の砂村氏は二、三年前から健康を害して自宅に引籠っているという話であったが、広い邸内は森閑として人の気配は感じられなかった。門の石柱に片手をかけて佇んでいる由加利夫人の、黄色いドレスから発散する妖気に似たものを印象しながら、和也の心をふと、病める夫と美しい妻の生活の陰影を嗅ぎ当てた思いが横切った。

3　砂村氏

砂村裕介氏が初めて狭心症の発作に襲われたのは、二年前の三月末であった。入浴後自室に戻って十分ほどした時、苦痛に満ちた声が由加利夫人の名を呼び、家人が駆けつけた時には、砂村氏は椅子から転げ落ちるようにして左胸部を掻きむしっていた。直ちに医師が呼ばれ、モヒや強心剤の注射によってどうやらこの発作は治ったけれども、この瞬間から砂村氏の生命は、余す所三年間の宣告をうけたのである。

代々の酒豪で、その上若い頃の放蕩癖が、四十代にして既に彼の皮膚に老人の臭いを漂わせていたから、環状動脈の硬化が、彼の上にこうした運命を課したのも、あるいは当然の成行きであろう。主治医は由加利夫人と相談の上砂村氏に対しては、この発作は植物神経体質の人間にあり勝ちの神経性の狭心症であり、何等致命的のものでないと説明したし、第二回目の発作までに一年近くの平穏な日が続いたから、砂村氏もこの説明を納得し、最初の発作と共に自分の関係するすべての事業を放擲して一意静養に専念した。こうして砂村家は来るべき破局への予感を由加利夫人の胸に秘しながら、一見平和な毎日を送って行ったが、二度目の発作から半年後に三度目の発作があり、更に四カ月後に当る今年の一月に第四回目の発作に襲われるようになると、以前は楽天的であった砂村氏も、単に神経性のもので危険はない——という医師の説明だけでは充分満足し得ぬようになっていた。

砂村氏が自分の病状に対して疑問を抱き始めた原因は、あるいは全く異った理由によるものかも知れぬ。由加利夫人は、その理由に対して、いくらか思い当るふしがないでもなかった。

真実の病状を夫や息子に伏せておく関係上、由加利夫人は、診察を済ませた医師と、玄関脇の応接室で、療養上の打合わせや、細かい指示などを仰ぐ習慣になっていたが、ある日、打合わせが終って二人が椅子から立上った時、忍びやかな跫音《あしおと》が応接室のドアから急ぎ足で遠ざかって行くのを、夫人の耳は明瞭に捉えたのである。日曜日の午後で、女中は買物に出て不在であった。在宅の裕一が、何かのはずみに応接室の話声に好奇心を寄せたのかも知れない。しかし、その夜、久し振りで砂村氏が夫人の寝室を訪れるに及んで、由加利夫人の想像は昼間の跫音が夫のものであろう——という考に傾いていった。

第二回目の発作の頃から、主治医は砂村氏に房事《ぼうじ》を禁止していた。勿論、この事に関しては、夫人自身も医師から注意をうけていたし、発作の直後は、恐怖が砂村氏の神経を萎縮させていたから、医師の注意は忠実に守られていたけれども、日が経ち発作への恐怖が薄らぐと禁ぜられた果実の甘さは徐々に不安を押しのけて、砂村氏はやがて恐怖を忘却する唯一の方法を、由加利夫人の熟れ切った肉体に発見したものの如くであった。結婚生活の坩堝《るつぼ》の中では、医師の禁止も、発作への懸念も音もなく熔け去って、由加利夫人はただ従順なる妻を演ぜざるを得ない。あるいは夫人の内部には、夫婦と呼ばれる一組の共犯者が、共通の罪の意識によって一層強く欲望の遊戯を楽しむあの共犯心理がひそんでいたのかも知れぬ。ともあれ、不安と欲望と後悔の間歇《かんけつ》する半年間の後、砂村氏の第三回目の発作は由加利夫人の寝台において起ったのである。砂村氏にとって、この喜劇は大きな衝激であった。恐怖は欲望を押し潰し、曾つて主治医が口にした禁断の二字が、再び拭い難い深さで彼の脳壁に刻み込まれた。

こうした経過の後、砂村氏の足は、再び由加利夫人の寝室の床を踏まなくなっていた。この截然《せつぜん》たる変化には、むしろ由加利夫人が妻の惰性に苦痛を感じなければならなかったほどであった。由加利夫人が応接室の外に、忍びやかに立去る跫音を聞いた日の夜、その砂村氏が二カ月振りで夫人の寝室のドアを敲《たた》いたのである。

昼間、応接室で交した主治医との対話において、別段砂村氏の病状に関して新らしい話題はなかったが、もし彼が二人の会談を偸《ぬす》み聞いたものとすれば、自分の残された生命が後一、二年のものである事は察知し得たであろう。絶望が砂村氏に新しい勇気を与えたのかも知れぬ。更に想像を巡らせるならば、その日主治医が由加利夫人に繰返した房事の禁止が、厳重に失した事も却って病者の心理に反撥を与えたであろう。発作への恐怖を想起させる事によって、夫の無謀な欲望を拒否しようと努める由加利夫人を砂村氏は兇暴な怒りの表情をもってベッドへ押し倒した。荒々しい夫の息づかいを耳許にききながら、眼を閉じた由加利夫人は、砂村氏の許へ嫁ぐ以前の短かかった青春と、初めて愛した人の学生服姿を懐しく想い泛べていた。

この頃から、砂村夫妻の寝室には、不吉な翳が忍びより始めたもののようであった。

4 裕一少年

裕一少年の勉強部屋は、玄関から邸内を縦断する廊下を、応接室に近くで直角に昇る階段の突き当りにあった。部屋の東と南には広い窓があり、大型のライティング・デスクが南に面した窓に接して置かれてある。北側の一部は板間になっていて、その上に置かれた細長い工作机には、万力《まんりき》や鉄床《かなとこ》がとりつけられ、その傍には、天体望遠鏡の大きな鏡銅《きょうどう》や、各種のレンズ、反射鏡、分光器の類が雑然と並べられ壁にピン・アップされた青写真と共に、この少年の生活の嗜好を暗示していた。

学習が終ると少年は机の横に取り付けられたベル・ボタンを押し、間もなく女中が階段をギシギシ鳴らしながら、茶菓《さか》をもって現れる。菓子をつまみながら裕一少年とさまざまの話題に過すこの学習後の一刻が、和也の生活の中で次第に大きな比重を持ち始めた。

月に二、三度、女中に代って由加利夫人自身が茶菓を運んで来る。夫人は和也に裕一の学習状態を訊ねると、そのまま自分も机の近くに椅子を持出して彼等の会話に加わるのだが、こうした場合、四十才を数えながら、まるで若い娘としか見えぬ美しい夫人の存在は和也の心に奇妙なたかぶりを与えて、その和也の気持がそのまま夫人の感覚に反映するかのように、由加利夫人はしばしば華やかな笑声をたてた。裕一少年の教育という共通の目的が、夫人と和也の間の感情の触媒となったのであろう。こうした親和感の発展が、いかに危険な結末を辿るかを充分意識しながら、和也はむしろ自虐的な興味と共に剃刀の刃の上をわたたって行った。

和也が由加利夫人に危険な吸引を感じたのには、一つの運命的な理由があった。

女というものが、それまでとは全然異った色彩で眼に映るようになる少年時代のあの時期から、和也の脳裡には絶えず一つの面影が棲《すま》っていた。大きく弧を引いた弓形の眉、長い睫毛に守られた切れ長の眼、高貴な性格を想わせる形のよい鼻、そしてそれを見るすべての男に、火のような接吻を期待させずにはおかぬ紅いやわらかい唇――実在の女のような生々しい感覚で彼の脳裡に灼きつけられているこの女の面影は、恐らく幼い頃、彼の好奇心に燃えた眼が、場末の映画館のポスターや、雑誌の口絵の美人画の中から拾い集め、重ね合わせて、少年の華やかな空想の中で徐々に一つの印象に固定していったものであろう。T教授の紹介によって訪れた砂村家の応接室で、初めて見た由加利夫人の美しい顔に、和也は長い間彼の心を領し続けていたこの幻の女の面影を発見していたのである。

　電気スタンドの水色のシェイドから溢れ出すやわらかな光をうけて、机上のノートに細密な計算を続けて行く裕一少年の子供らしいつやつやした頬から、女のように紅い唇や、あるいは由加利夫人その人を見るような丸い頤から華奢な頸すじへかけての線を見凝めている裡に、和也は時折この母親似のひよわい少年に、何か肉体的な倒錯した愛情を覚えて、自分からドキリとするような気持に誘われる事があった。和也が砂村邸を訪れるようになってから二カ月ほど経ったある晩、学習が済むと珍らしく浴衣をまとった由加利夫人が茶菓を運んで来た事がある。例の如く、香り高い緑茶を啜りながら冗舌を楽しんでいた和也は、この時、夫人の右肘に半月形の小さな痣《あざ》を認めた。浴衣の袖からこぼれる肌の白さに、ルビィの如く鮮かなアクセントを添える紅色の斑点は、初めて見る由加利夫人の浴衣姿と共に、和也に、奇妙な衝撃を伴った性欲的な刺戟を与えたが、裕一少年の右肘にも、丁度同じ部位に母親のものと全く同形の紅い痣があった。暑さと大気の重さに、頽廃的な倦怠を覚える初夏の宵、ワイ・シャツの袖を肘の上までまくり上げた裕一少年が、柔毛《うぶげ》に蔽《おお》われた細い腕の関節のあたりに、紅い痣をちらつかせながら一心にペンを動かして行くのを見守っていると、この小さな敏感な肉体を持つ少年そのものが、由加利夫人の肉体の一部であり、自分が少年を愛する事はそれによって由加利夫人の肉体を楽しんでいるかの感があった。少年の白い柔い肉体が、由加利夫人の内部に胎動し、やがてこの地上に押し出される経過を、和也はさながら自分がその少年の父親であるかの如きよろこびをもって空想した。病むとは云え、立派に夫を持つ人妻をこうした妄想の対象にする事には、明かに悖徳《はいとく》の意識があった。しかもこの由加利夫人への感情が、単なる妄想のみには止まらず、やがて現実の行動を伴うであろう事を、和也は正確に予感していた。

和也のこうした感情をよそに、裕一少年は急速に学業の遅れを取り戻して行った。肉体の弱さを予見した造物主が、その代償としてこの少年の体内に鋭敏な神経をはりめぐらしたのであろう。学習後の一刻、とりとめもなく語り交す植物や天文の話の折に、裕一少年が示す事物に対する非情な視線は、時折、若年の家庭教師を狼狽させるほどの正確な把握力があった。和也自身、理科系の学生が多くそうであるように、論理的に信じ得ない何物も信ぜぬ習性を身につけていて、裕一少年を指導する場合にも、無意識の裡にそうした見方を少年に移植する傾向はあったが、少年のこの性質はむしろ生得的なものであった。ある時、学習の後に、話題がたまたま生命の起源に触れた事があった。すべての生物が徐々に低級な段階から高等なものへ移行するという進化の法則を、和也が概括的に説明して、この進化を逆に辿って生命の起源を求める時に、当然提出されねばならぬ疑問があるが、それは何かと訊ねた時、裕一少年は、判り切った質問に答えねばならぬ生徒の不機嫌さで、

「それは、一つの生物の前にその以前の形態の生物があったとしても、一番最初の生物が何から発生したかという問題です」

と物懶げに答えた。そして和也の顔にちらっと視線を走らせてから、

「けれども」と低い声で、「生物が発生した事は確かに不思議ですけれども、生物無生物を問わず、それ以前に物質が存在した事が既に不思議ですし、更にいうならば、その物質の存在を許す空間そのものが存在する事が一層不思議に思えるのです」

自分の少年時代には、単に生命の発生の神秘さのみしか思い及ばなかった記憶を持つ和也は、裕一少年のすべての事物を根源的に遡って把握しようとする態度に、いくらか威圧に近いものを感じていた。

5　失われた過去

由加利夫人は十八歳の年に激しい恋愛を経験した。

幼い頃当事者の意志を無視して双方の両親の間に取り決められた許婚者である砂村裕介氏に対して、少女であった由加利夫人は、特別の好意も嫌悪も感じていなかったし、結婚というものが、何か現実離れのした空想に過ぎぬ年齢の間は、自分が将来砂村氏の妻となるという事は、それほど重大な関心事ではなかった。しかしやがて彼女が女学校へ進み、制服の胸が女らしく膨む年齢に達すると、由加利夫人の脳裡で、砂村氏の映像は急速に変貌し始めたのである。

砂村氏が彼女をどのような視線で眺めていたかは知らぬ。けれども、子供の頃から兄妹のように育てられ、平凡な許婚関係にある砂村氏は、何か異常な冒険的経験に憧れるこの南国生れの早熟な少女の空想の対象としては、物足らぬものであったに相違ない。由加利夫人が砂村氏に反撥を感じたのは、一つには、砂村氏自身に対する反感というよりは、親の決めた相手という因襲的なものに対する反感であろう。極言するならば、由加利夫人が砂村氏を嫌った唯一の原因は、彼等が公然の許婚関係にあったという事であり、もしそうした既定の事実がなければ、あるいは由加利夫人自身、自発的に砂村氏を恋愛の対象として撰んでいたかも知れぬ。こうした状況の下に、由加利夫人は、彼女が十八歳の夏、帰省中の砂村氏が伴った学友の北野という青年と冒険的な恋愛に陥ったのである。

由加利夫人の生家は、四国南部の僻村にあって、土着した平家の落武者を祖先に持つ旧家の一つであり、砂村家はその地方切っての土豪であった。家柄や格式のやかましいこの土地では、由加利夫人が砂村家の若い当主の嫁となる事には、宿命的な必然性があった。従って、由加利夫人と北野青年の恋が、家人の眼に映るほど成熟すると、彼女は直ちに厳重な監視の下に置かれたのである。青春は束縛を嫌う。由加利夫人の如き性格の少女に一つの行為を強いる最良の方法は、その行為を禁止する事であろう。さきに既定の許婚者故に砂村氏を嫌った由加利夫人の血は、周囲の制止によってより一層の激しさで燃え上り、夏期休暇も終りに近いある暴風雨の夜、巧妙に監視の眼を逃れた由加利夫人は隣村の小駅から列車に投じ、一足先に出京した北野青年の許に走ったのであった。都会の雑閙《ざっとう》の中の楽しく慌ただしい一年間の隠棲の後、北野青年は、学友達との登山行で、不慮の遭難死を遂げた。同行の一人に由加利夫人の許婚者である砂村氏が加っていた事が、北野青年の遭難に不透明な翳を添えたが、級友達の証言は作為を否定した。家人の手によって郷里に連れ戻された由加利夫人は、翌年の春、そこで死んだ愛人の子を生んだ。

こうした経過の間、砂村氏が由加利夫人に示した態度は極めて冷静なものであった。最初、北野青年に由加利夫人を紹介したのは砂村氏自身であり、最も身近な観察者として二人の間の感情を逸早《いちはや》く読み取ったのも砂村氏であった。性格的な必然性をもって由加利夫人が級友の許に走った時、色をなした周囲の人達を静かに制止した砂村氏の態度には、当事者とは思えぬ冷たさがあって、彼の由加利夫人に対する強烈な愛情を知悉しているはずの母親さえも、砂村氏の感情に変化があったのではないかと疑ったほどであった。しかし、表面的には冷静さを持しながら、実際には、砂村氏の内部には、この上もない激しい悲しみが吹き荒れていた。郷里における両親の眼前においては、以前通りの穏健な青年であったが、都会における学生生活では、砂村氏はこの悲しみから逃れるため、何物かに憑かれたかの如き絢爛《けんらん》たる放蕩を開始したのである。学生生活の余暇に正確に組み込まれたこの放蕩は、その計画性の故に意外に人眼をひかぬものであったから、故郷の両親はもとより、極く少数の級友を除いては、殆ど気付いた者はいなかった。級友の一人が《性的な自殺行為》と呼んだこの期間における砂村氏のかかる痛ましい放蕩を、由加利夫人が多少なりとも気付いていたならば、彼女は後に周囲の慫慂《しょうよう》のもとに、砂村氏の妻となる事にいささかの躊躇を覚えたであろう。

北野青年の死後、郷里に戻った由加利夫人は、巨木に囲まれた旧家の一室に失意の日を送った。愛人の死と共に、未だ稚さの残る彼女の内部では、若々しいすべての感情が死滅したかのようであった。北野青年の死によって、再び由加利夫人への希望を抱いた砂村氏が、後に、もし由加利夫人にその意志があれば、以前の許婚関係を復活したい——と、両親を通じて申し入れて来た時、周囲の人々が意外に思うほどの無雑作で、由加利夫人は首を縦に振った。既に魂を喪った以上そのぬけがらの如き肉体をもって砂村氏のかわらざる愛に報い得るならば——と意識したのであろう。

二十一歳の春、砂村氏の大学卒業と共に、由加利夫人は砂村氏と結婚した。由加利夫人の過去を知る郷里は何かと住み難く、かつは事業の関係もあって、夫妻は結婚と同時に出京して都会の一角に新居を構えた。夫人が生み落した愛人の子は、砂村氏は引取る意向であったが夫人側の両親の強硬な反対に遭い、結局知人の世話で極秘裡に遠方へ養子にやられる事になった。子供の行先は由加利夫人にさえ知らされなかった。

東京におけるその後の夫妻の生活は案外に幸福なものであった。もともと由加利夫人が嫌ったものは砂村氏自身ではなく、因襲的な周囲への反感から出たものであったから、自分の意志を貫き通して一年余の激しい冒険を経験してからの彼女には、長い歴史を持つ砂村氏の愛情を、素直に受入れるだけの余裕が生れていた。曾つて愛するよろこびに徹した彼女は、今また愛されるよろこびに眼醒めたのである。細くひきしまった身体はやわらかく丸味を帯び、白くあたたかい肌は、蜜のような香気を放った。結婚五年目に裕一少年が生れた。夫の事業は順調な発展を見せ、何一つ不足のない生活が続いた。夫人はやがて砂村氏と結婚するに到った自分の運命を、ひそかに神に感謝するようになった。時折、ただ一つの疑問が由加利夫人の胸を横切る事があった。北野青年の死が砂村氏の意志によるものではないか——という疑惑である。しかしその疑惑もやがて最初の頃ほど彼女の胸を締めつけぬように変っていた。由加利夫人の熟した肌を優しく愛撫する夫の手が、曾つて彼女の愛人を絶壁から突き落したものであったとしても、それはただ砂村氏の愛情の強さを立証するに過ぎない。十数年の結婚生活の結果培われた妻の習性の中で、夫人は時々は夫が恐るべき殺人者であり、自分がその共犯者であるかの如き空想を楽しむものであった。

6　結婚の切断面

砂村氏が狭心症の発作に襲われて以来、しかしこの幸福な夫妻の間に、微妙な変化が漂い始めていた。

病魔が砂村夫妻の結婚生活を浸蝕する速度は、極めてゆるやかなものであったから、最初の裡は、時折今まで経験しなかった奇妙な感情が夫妻の間に蟠《わだかま》っている事に気付いても、由加利夫人はそれを単に、病苦が夫に与えた一時的な不気嫌と、深く気にとめなかった。しかしこうした砂村氏の不気嫌が次第に深く額に寄せられた皺の間に密着し、重く沈んだ空気が邸内に沈着するようになると、初めて彼女は夫との間に生じた渠溝《きょこう》の深さに気付いたのである。

発作への懸念のため、寝室を別にするように医師の注意を受けながら、この禁止がともすれば無視され勝ちであった事は、外見上は、寝室の主導権を持つ砂村氏の責任であったけれども、多くの妻が、表面では主導権を夫に与えながら、しかも、真実の撰択を己の思うがままに為し得る如く、砂村氏の破戒は、その殆んどが由加利夫人の誘因によるものであった。健康を理由に砂村氏の抱擁をつつましく拒みながら夫人の肌は虫を呼ぶ花の美しさに匂った。拒否にあって更に燃え上る砂村氏の欲望を、夫人は女性特有の狡猾さで計算した。さりげない立居振舞のすみずみに到るまで、演出された妻の媚態があった。表面では夫の腕をかたくなに拒否しながら、夫人はひそかに砂村氏の暴力を期待した。表面的な拒否は良心への口実であった。拒むものを無理に強いる以上、責任は砂村氏がとらねばならぬ。夫人の内部の娼婦が、こうした特殊な環境の中で急速に成長したのである。発作への恐怖を意識しながら、肉の誘いに抗しかねて暗い眼に熱を湛える砂村氏を夫人は勝利感の伴った残忍な眼でひややかに見やった。逃げようとあがきながら、遂には脱し得ずにずるずると落ち込んで行く肉の呪縛――不必要な惨酷さで獲物を弄ぶ蜘蛛の如く、由加利夫人は妖異な糸を砂村氏の周囲に吐き続けるのであった。

十数年の歴史を持つ結婚生活にとって、第三者的な道徳は通用し得ない。この時期における由加利夫人が、夫の健康を無視して変則的な生活を楽しんだ事は、恋愛の名においては、むしろ許さるべき事であろう。局外者から見れば、それは、明かに一個の緩慢なる殺人行為である。けれども、快楽のない長命と、長命のない快楽のいずれを撰ぶべきかは当事者の裁断をまたねばならない。来るべき悲劇を予感しながら、由加利夫人の皮膚はますます白く、やわらかく、ねばりつくような妻の匂いを孕んでいった。悲劇は急ぎ足で訪れた。第三回目の発作が、由加利夫人の寝台《ベッド》で砂村氏を襲ったのである。左肩から左腕にかけての放散した脱落感、絶滅の意識を伴った激しい胸内苦悶――ベッドの上を転りまわりながら、顔を引き歪めて胸をかきむしる夫の姿に、夫人は後頭部を一撃されたかの如き激しい衝激を覚えた。発作を覚悟の上の愛撫であった。しかし眼前に見る砂村氏の姿は余りにも痛ましかった。表面的には、由加利夫人を愛撫する事は砂村氏の自由意志より出たものではあったけれども、夫人は自分が欲望の座標の原点に坐する事を正確に理解していたのである。

発作が由加利夫人の寝台で起った事は、彼女にとって決して後味の良いものではなかった。夫の発作を眼前に、夫人はふと二十年前の愛人の死を想った。北野青年の死が切実な悲しみをもって彼女の胸に甦った。空想の中で、夫人は幾度か夫を殺人者の位置に擬した。夫が曾つて彼女の愛人を殺害したものとすれば、その動機はいうまでもなく由加利夫人の白い肉体に外ならない。曾つて愛人の死を誘発した由加利夫人の肉体は、今、ここに再び砂村氏の破滅を早めつつあるのではないか？　自分の内部に宿る宿命的な業《ごう》の意識が、奇妙に夫人の気持を弱々しく変貌させた。その瞬間まで全く気付かぬ事であったが、由加利夫人が愛情の名の下に砂村氏の生命を蝕ばみつつあった事は、彼女自身無意識の裡に、曾ての愛人の死の復讐を志していたのではないであろうか……。こうした自覚が、夫人の砂村氏に対する態度に微妙な陰影を与え、この変化は著しく尖鋭化している病者の神経に鮮かに反映した。夫人の態度から娼婦の匂いが消えた事は、全く彼女の自省によるものであったけれども、砂村氏の眼には、妻の愛情が己の上を去ったかの如く映ったのである。

第三回目の発作から二カ月ほどしたある夜砂村氏は久しぶりで由加利夫人の寝室を訪れた。十一月という季節には珍しく暖い雨の夜であった。ノックに応ずる夫人の声に、ドアを開くと、由加利夫人は、桃色の寝衣《ねまき》の上に、金糸の縫取りのある臙脂《えんじ》の部屋着を羽織ってベッドの上に半身を起していた。蛍光スタンドを載せた枕元の小卓に、読みさした小説が伏せてあった。

由加利夫人にしてみれば、その日の昼、応接室で交した主治医との対話を、砂村氏に立ち聞かれたのではないかという懸念があって、それが彼女の態度に何か微妙なぎこちなさを与えていた。加うるに第三回目の発作以前の寝室においては、征服されるための拒否を楽んだ夫人が、この時には、夫の健康に対する憂慮から、真剣に夫の手を拒んだ事も、砂村氏にいつもとは異った感じを与えたであろう。常になく頑強な夫人の抵抗は、しかし、いらだつ砂村氏に兇暴な欲望を与えるにすぎなかった。葉を叩く雨の音を聞きながら、激しい無言の抗争の後桃色の寝衣は床に落ち、ベッドは由加利夫人を戴せて微かに軋んだ。暴力を装った遊戯ではなかった。純然たる屈伏の苦々しさ――奇妙に力のない足取りで立去って行く砂村氏の後姿を見やる由加利夫人の脳裡に、ふと病醜の意識が泛び上った。

この夜の気不味《きまず》さが、夫婦の心に拭い難い汚点を印した。砂村氏はその後も時折夫人の寝室を訪れたが、夫人の夫に対する態度はこの夜を境に一変した。夫人は敢て砂村氏の抱擁を拒まなかった。殆んど無感動の表情で、夫人は己の肉体を夫のなすままに委せた。時には、冷い視線を夫の横顔に向けながら、殊更に砂村氏の体力の消耗を計るかの如き執拗な愛撫を求める事もあった。しかし由加利夫人の肉体が冷たければ冷いで、砂村氏はそこに愛情の減退を印象した。あつければあついで、己の生命を蝕まんとする悪意を疑惑した。一度平衡を失した独楽《こま》は、急速にその頭を大きく振り始めたのである。二十年の星霜を隔てて、北野青年の死が初めて夫妻の間に黒い翳を帯びて蟠まった。病苦が砂村氏の癇癖《かんぺき》をつのらせ、神経をすりへらす小さな諍いが絶え間なく結婚生活に小さな傷口をあけた。小さいが意外に深いこの無数の傷口から、砂村家の平和は徐々に、しかし確実な速度で流れ去っていった。鷹本和也の学生服に、由加利夫人が自分の少女時代をなつかしく想い起した事は、こうした危機における一つの必然事にすぎなかった。

7　ドアの中

裕一少年の学期末の試験が終って、夏期休暇が来ると、和也は急に暇になった。三カ月間の指導で、この聡明な少年は既に休学中の遅れを充分取り戻していたし、最初その目的のために呼ばれた以上、彼の仕事は終了した訳であったけれども、友達の少い裕一少年が珍しく和也にはなついていたし、由加利夫人にしてもこの頃では毎月のように発作に苦しむ砂村氏のため、ともすれば沈み勝ちの気分を、和也や裕一少年相手の雑談に晴らす事が数少い楽しみの一つになっていたから、事実上はそれほど必要のない事であったが、裕一少年の学習の相談相手として、当分の間今まで通り、和也は砂村邸を訪れるよう所望されていた。和也自身、裕一少年に対して弟のような愛情を覚えていたし、何よりも由加利夫人に対してひそかな空想を抱いていたから、この申出は極めて好都合のものであった。ただ夏休の間は、裕一少年は学習よりもむしろ体力を養うべき期間であり、かつ、和也には、この休暇中、郷里の岡山に戻る途次、是非調査せねばならぬ事柄などもあるので、一家三人で軽井沢の別邸に避暑するから——と同行をすすめる由加利夫人の申出を断って、郷里への列車に投じた。

和也が次に砂村家を訪れたのは九月の初旬であった。帰省中、軽井沢の裕一少年から、珍らしい動植物の標本を作った事や、その地で砂村氏が見るに堪えぬ激しい発作を起した事を書き連ねた日記風の長文の手紙があって、その末尾に、学校の始業の関係で八月末には帰京すると書かれてあったが、和也が訪れた日曜日には珍らしく友人の家へ行っていて由加利夫人が在宅していた。庭先の芝生にパイプ・チェアを持ち出して、大型の外国雑誌の頁をはぐっている夫人の洋服姿を認めて、玄関先から庭へ廻った和也が、郷里からの土産の果物を差し出すと夫人は雑誌を椅子に残して立上り、礼をいいながら和也を夫人の私室へ案内した。

和也が砂村家へ来るようになってから既に半年近くなっていたが、彼が夫人の部屋に通されたのはこの時が初めてであった。天体望遠鏡や分光器や各種のレンズ・反射鏡の類が万力や鉄床を具えた工作机の上に並び、壁にはさまざまの青写真の貼られた裕一少年の部屋を見慣れた和也の眼には、淡壁色《うすかべいろ》の壁の落着いた色調の中に並べられた華奢な造りの椅子や小卓や、その上に置かれた小函の類のなまめかしい色彩が、何か異った世界のもののように感じられた。入口のドアに近い壁の凹所にはガラス張りの小型の本箱があり、その上の壁にパウル・クレイの複製があった。

「鷹本さん、お肥りになったわ」

椅子をすすめながら、夫人は細巻の外国煙草に火をつけた。

「お家へ帰って毎日御馳走ばかり喰べていらしたんでしょう?」

「そうでもありませんが、碌に本も読まずに遊び廻っていたものですから……肥ったとすれば、それは文明人から退化した証拠ですよ」

「でも、とてもお元気そうになったわ……さては恋人でも出来たのかな?」

夫人が冗談めいた口調で和也を瞶めていると、女中がコーヒーを運んで来た。和也にコーヒーを

すすめ、自分も一口カップに口をつけてからそれを下に置くと、由加利夫人は、ふっと軽く息をついて、

「あたくし、少し痩せたでしょう?」

と和也の眼を覗き込んだ。

由加利夫人の顔には、一カ月前に比べるとかなり濃い疲労の翳が宿っていた。

どちらかと云えば面長な顔立ちで、痩せたといってもそのふくよかな頰の辺りから頤へかけての滑らかな線には、彼女特有の丸味がそのまま残っていたが、アモンド型の眼の縁には、疲労が黝《くろ》ずんだ隈を作って、それが却って今までにない独特の頽廃的な魅力を形成していた。

「御主人の御病気はいかがですか?」

夫人の問に答えずに、和也は無意識の裡に、反射的に砂村氏の病状を問うていた。

「え?」

由加利夫人は、和也が今まで訊ねた事もない砂村氏の病状を、何故に突然訊ねる気になったのか、いささか不審の面持で和也を見返えした。次の瞬間、二人の視線は空中で絡み合った。和也の頰を狼狽が微かに赧《あか》く染めた。

夏休の始まる一週間ほど前、裕一少年の学習中、和也の所へ友人から電話が掛って来た事がある。階下の奥まった一角にある電話室で話をすませ二階の勉強部屋へ戻る途中、どうした錯覚か、和也は廊下を反対側に曲っていた。数歩踏み進んでから方角を誤った事に気付いて和也が引返そうとした時、直ぐ傍のドアの中から聞えた由加利夫人と砂村氏の何か云い諍う声が、和也の好奇心を廊下の一角に釘付けした。

(あ、不可《いけ》ませんわ)

夫人の声には低いけれども重い抵抗がひそんでいた。

(そんな事なさって……発作が起きたらどうなさるお積りですの?)

（またそれをいう……発作などとは、貴女が私を拒むための口実にすぎないのだ）

（それ、どういう意味ですの？）

（貴女が私を拒むのは決して発作を懼れてではない……貴女はもう病人の相手に飽きているのだ）

（判って居りますとも。そう仰有られればあたくしが拒む事が出来ないのを御存知の上で、あなたはそんな事を仰有るのです……でも、あたくしは本当にあなたのお身体を心配しているのですわ）

（貴女が私の身体を心配している？）

砂村氏は奇妙な笑声をたてた。

（なるほど、言葉とは便利なものだ。……御厚意は有難いが、私の事は私が決める。私の生命を私の好きなように使い果たす事に対して、貴女は何もいう事はないのだ）

（あなたがそうなさりたいのなら、仕方がありませんわ）

冷い憎悪に充ちた一瞬のはりつめた沈黙の後に、微かに人の動く気配がした。衣《きぬ》ずれの音に再び低い声が重る。

（恐い眼をしているね。しかし、結局、貴女は私の妻なのだよ）

（良く存じて居りますわ）

和也の顔に、暗闇の中で泥濘に踏み込んだような苦渋の色が泛んだ。野良猫のような姿勢で和也はその場を立去った。裕一少年の部屋に戻ってからも、和也の耳には今偸み聞いたばかりの夫妻の会話が生々しくこびりついて、彼の眼は殆ど少年のノートの上の一字をも読み得ぬ状態であった。一時間ほどして学習が終ると、当の由加利夫人が冷い飲物を運んで来た。絵羽模様の浴衣ににおやかな肌を包んで、殊更に明るい笑声をたてる由加利夫人の態度は、直前の不愉快さを紛らわすための痛々しい擬態と見えぬでもなかったが、和也は、むしろそこに、奇妙に充ち足りた人妻の生態の不可解さを、臆面もなく見せつけられた生臭さを感じた。頽廃の翳を眉の辺りにとどめて、すえたような匂いを発する由加利夫人の白い肌を見凝めながら、和也は、最前の階下の一室における由加利夫人の、想うに耐えぬ放恣な姿態を妄想した……

あたくし、少し痩せたでしょう？　と、由加利夫人に訊ねられた時、和也の脳裡に最初に泛んだものは、この夜の偸み聞きの記憶であった。その頃に比べて更に頽廃の香を深めた夫人の姿態には、正視するに耐えぬほどの暗い魅力があった。和也の脳裡に、砂村氏の鋭角的な表情と共に、さまざまな姿態で夫人の白い肉体の妄想が浮き上り、由加利夫人と視線が空中で絡み合った瞬間、和也は、こうした連想から何気なく砂村氏の病状を問うた自分の心の内壁を、夫人に見透かされたかの如き羞恥に襲われたのである。

8　花の論理

砂村氏が病気のために家に引き籠っている事は、話の端に和也の耳に入っていたに相違ないけれども、今まで、由加利夫人との会話において、和也は砂村氏を話題にのせた事はなかった。夫人は、自分の夫について、この白面の家庭教師に語るべき何物をも持たなかったし、和也にしてみれば、ひそかに愛している夫人の口から、その夫の話を聞く事は何等かの意味で苦痛であった。従って、二人の話題に砂村氏が登場した事は曾つてなく、暗黙の裡に、彼等は砂村氏の存在を意識の内から除外し、一人の美しい夫人と、若い家庭教師としての会話を楽しんでいたのだ。

それ故、和也が珍らしく砂村氏の病状を訊ねた事に、由加利夫人は必要以上の不審さを感じていた。頰を赧らめた和也の眼は、夫人の凝視を避けて傍の小卓に置かれた書物の上に落ちた。和也の眼はその書物の標題を捉える余裕はなかったけれど、彼の視線を追った夫人は、和也の狼狽を、逆にその書物の内容からの連想に求めたのである。

小卓の上に栞《しおり》を挿んだまま置かれた書物は、その翻訳出版が風紀問題で裁判となったため有名な

D・H・ロレンスの小説であった。炭坑夫を父に持つこの英国の小説家が、彼の不思議な性の美学を綴った、《レディ・チャタレイズ・ラヴァ》は、その物語の構成において、現在の由加利夫人に甚だ共通した場景を具えていた。チャタレイ夫人コニーの夫である下半身不随の炭坑経営者クリフォードに比すれば、夫としての肉体の資格において、砂村氏は僅かに優れていたけれども、由加利夫人にとって、砂村氏が時折妻の役割を強いる事は、今ではむしろ苦痛になっていた。コニーが原始的な生の充足を森番のメラーズに求めたように、由加利夫人もまた新たなる救いを求めねばならぬ。少女時代の稚い恋愛を、和也の学生服に回顧した由加利夫人は、更に一歩進んで、和也の若々しい肉体に森番のメラーズを意識した。

裕一少年の学習の後で、時折彼等の前に姿を現わす由加利夫人に向って投げられる和也の、暗い、臆病そうな視線に、夫人の敏感なアンテナは、この家庭教師が心中ひそかに蔵する危険な愛情を、最初から読み取っていた。裕一少年の眼前で、何気なく交す会話の隅々に、夫人は殊更、別の意味にとれる戯れの言葉を用意した。無意識を装いながら、不用意な姿勢に若い眼を挑発した。恋愛的な感情の以前において、あらゆる男性に己の魅力を試さずに居られぬ女の習性が、由加利夫人にこのような態度をとらせていたのであろう。砂村氏の病状を問うた和也の眼が、由加利夫人の凝視に遭って傍の小卓に落ちた時、由加利夫人は、和也がその書物の内容から夫人にコニーを連想し、かくクリフォードの病状を問うたものと推測したのであった。

痩せた――という観念を直ちに砂村氏に結びつけて問いかけた和也の態度に、夫人はある種の不逞な挑戦を感じていた。二十年の結婚生活を持つ由加利夫人にとって、この白面の家庭教師は未熟なる一個の青年に過ぎなかった。砂村氏との生活にようやく疲労した由加利夫人の神経は、今この青年の挑戦をうけて不思議な亢《たか》ぶりを覚えた。若々しく逞しいこの青年の無技巧な肉体を思うさま誘惑し玩弄する事に、夫人はこの上もない魅惑を覚えたのである。

和也の問に、

「相変らずですわ」

と答えながら、夫人は手を伸して、問題の小説を傍の小卓から取り上げた。

「でも、あたくしが痩せたのは、別に砂村の病気のせいではありませんわ」

正面から和也を見据えて、ふと、からかうような微笑を泛べると、由加利夫人は紅い爪先で小説をパラパラとはぐった。

「鷹本さんは、あたくしを、コニーだと思っていらっしゃるんでしょう?」

こうしたきっかけから、二人の話題は、自然とこの小説の上に落ちた。原作は読んでいなかったけれども、この本の翻訳が発売禁止に遭った頃、和也は友人の本箱でその訳書を読んでいた。性に対する西欧的なきびしい罪悪感を知らず、英国人の石炭感情にも無縁の和也にとって、この小説の一部は理解に余るものがあったけれども、機械文明の圧伏の許に押しひしがれた近代人の性生活から、原始的な逃避を試みた作者の苦悩を、和也は近代人の一人として充分の共感をもって読み取る事が出来た。良き時代の良き教育を受けた由加利夫人年輩の女性に対して、性の問題を口にする事は、最初はいくらかはばかられたが、話していくうちに、読書域の広い由加利夫人の理解ある応対に勇気づけられて、和也は熱のこもった口調で語り続けていった。話題はやがて戦後におけるこの国の性道徳の頽廃に移った。幼い頃から物事を理論的に割り切る性向のある和也は、性に対して彼なりに一つの見解を持っていた。

「僕自身としては、性というものに関して、極く単純な一つの原則を認めています」

夫人の優しい視線に力を得て、和也はそれを口に出した。

「一口に云えば、それは、事、性に関する限り、無知以外にはいかなる種類の罪悪も存在し得ない――という事です」

「そう……それでは、鷹本さんは、当事者の理解の許でなら、いかなる行為も許さるべきだと仰有るの?」

「そうです。因襲的な道徳の立場から見れば、甚だ危険な考え方かも知れませんが、道徳というものは社会生活の便宜上の規約に過ぎませんからね。自分の道徳を作る事を知らぬ人々には必要ですが、僕自身はその必要を認めておりません」

「貴方自身はそれでよいとしても、貴方の道徳を周囲の人達が認めないとしたらどうなさるお積り？」

「それが問題なのです。厳密にいえば、地上に二十数億の人間が存在する以上、二十数億個の道徳が存在する訳です。それらの二十数億個の道徳は何等かの点でその中のどの一個といえども全面的に相容れる事はないでしょう。しかし、部分的には——例えば、性に関する問題に限って考えるならば、僕と同様の見解を持つ人間も、現在の社会にはかなり多数いるのではないかと思います。現在の所では、こうした共通の道徳を持つ人達の間にのみ、実験的に適用する外はないでしょう。しかし、すべての人間が、僕達と同じような考え方をする日が来れば現在存在する性に関する悲劇は、その大半は消滅するものと思いますね」

美しい女性を前に、幾分の亢奮を覚えながら微かに頰を紅潮させて語る和也の眼には、青年らしい熱っぽさがあって、その凝視を唇や胸元に感ずる事は、由加利夫人に何か爽やかな雨に叩かれるような全身的な喜びを与えた。

「つまり、鷹本さんはこう仰有りたいのでしょう——性的な無知によって人間性の尊厳を傷つけぬ限り、人間は性の欲望をいかなる形で発散させようと少しも差支えはない……」

「そうなのです。例えば一夫多妻とか多夫一妻、あるいは近親相姦——こういった一連の現象は、現在の社会では道徳的非難を受けますけれども、過去のある時代にはむしろ常識的な結婚型式だったに過ぎません。従って、もし現代においても、一人の女が真実に二人の男を愛した場合、あるいは父親が自分の娘に対して真実の恋愛を感じた場合、僕だったら、それらの人達においては、二夫一妻や父娘姦を極く自然な結婚形式として認めるでしょう。皮相的には、これらの結婚は変則的なものに相違ありませんが、悪質の遺伝因子を持ちながら平然と子を生んだり、人間の肉体的機能を無視したり、病菌の伝播や不必要な妊娠の如き性的無知から生ずる行為の恐るべき結果に比べれば、それらの皮相的な不道徳は殆ど問題になりません」

「理論的には貴方の仰有る事はよく分るわ。けれども、理論でそう割切ってみても、実際に自分がそのような立場に直面したら、やはり一夫多妻とか、そういったものに本能的な嫌悪を覚えるのではないかしら」

「あるいはそういう人もあるかも知れませんね。しかし本能が嫌悪し、理論が肯定するとすれば、科学的な立場からは、理論に服従すべきだと考えられないでしょうか」

「そう——あなたには科学者としての素質がおありになるからそうお思いになるの。実際問題として、父娘とか兄妹のような間柄が、罪障感を無視して結婚するためには、よほど強烈な意志と信念が必要ですわ。……鷹本さんがもし現在恋愛中だとして、その相手のかたが貴方の真実の妹さんだと判ったら、貴方はその事実を知る以前と同じ気持でその方を愛する事がお出来になるかしら……」

「恐らく、おくさんが想像なさるほどのショックは受けない積りです。しかし、このような問題は実際に経験してみなければ正確には判らぬ事なのかも知れませんね」

由加利夫人のスリーヴのスラッシュから、半月型の痣がチラリと見えた。和也の胸を一瞬激しい衝動が横切った。

「ただ、近親姦などの場合などには、優生学的な点で、色々考慮すべき問題はあるでしょうけれど……」

間もなく裕一少年が帰宅したので、和也は夫人の部屋を出た。部屋の入口で、和也を送り出した由加利夫人は、ドアを半ばしめたまま、ふと和也を呼び止めた。

「鷹本さん」

半ばかすれた低い声と共に、夫人のやわらかい掌が軽く和也の右肩を押した。

「あなた、メラーズになる勇気がお有りになって？」

振り向いた和也の視野を白い手がするりと部屋の中に消えて、ドアは眼前にぱたりと閉じた。

9　事件

新らしい学期が始った。裕一少年は夏期休暇の間にすっかり健康を取戻して、つやつやした皮膚には少年らしい活力が溢れていた。由加利夫人は相変らず学習後の勉強部屋へ時折姿を見せた。裕一少年の眼を盗んで、和也が注ぐ熱っぽい視線を、夫人はたしなめるように優しく微笑んだ。妖しい期待を和也の胸に蟠まらせたまま、しかし、由加利夫人はその後、少しも和也との距離を縮めようとはしなかった。考えようによっては、和也と二人だけになる事を避けようと努めているかに見えた。しかも裕一少年と三人でいる際には、青年の心を掻きたてずにはおかぬ技巧的な姿勢を決して忘れなかった。

秋も終りに近いある土曜日、和也は午後から砂村家を訪れた。二学期の中間試験が済んだ裕一少年の慰労の意味で、彼はその日、少年と銀座へ出て、夕食や映画を共にするはずになっていた。

和也が砂村家へ着いたのは、一時を少しまわった時刻で、手洗を借りてから二階へ上ると裕一少年は既に外出の支度をして待っていた。

「お母さまはお出かけですか？」

「ええ、三十分ほど前に……」

親戚に法事があって、由加利夫人はその日の午後家を空ける事は知っていたが、やはりもう出た後と知るとちょっと淋しかった。

「所で、今日の試験はどうでした？」

この最後の試験日の試験課目は、裕一少年には得意の物象だったから、和也は安心していた。

「大体、全部出来たと思うのですけれど、ちょっと変な所があるんです」

裕一少年は机の抽斗《ひきだし》からノートを取り出して、解法の腑に落ちぬ点を和也に訊ねた。和也の眼の前で、その日の試験問題を解いてみせながら少年は何か落着かぬらしく、二度ほど奇妙な計算違いを犯した。しかし、答案には正確な解答を出している模様であった。

「もしその計算を間違っていたとしても、その程度のミスだったら、九十点以上は貰えますよ」

常にない計算違いにすっかりしょげかえった裕一少年を慰めながら、女中が運んで来た紅茶に唇を濡らすと余り遅くならぬ裡に——と和也は椅子から立上った。

連れ立って玄関を出ると、裕一少年は、門の手前でポケットへ手を入れたまま立止った。

「先生、先刻お父さまから頂いたお小遣を、財布ごとお父さまの部屋に忘れて来たらしいんです」

「今日は僕が一緒だからお小遣は要りませんよ」

「ええ、でも、ちょっと取って来ます……」

編上靴を脱ぐのを嫌って、少年は枝折戸《しおりど》から庭へ廻り、建物の一番奥にある砂村氏の部屋に向って歩いて行った。午後の陽の強く照りつける芝生の上を急ぎ足に遠ざかって行く少年の後姿はやがて建物の角に隠れた。その向うにある砂村氏の部屋へ、窓外から呼びかける声が微かにひびいて来た。ジェット機の爆音に、何気なく冴えわたった空を振り仰いでいる和也の耳の中で、その声が突然ドキッとさせるような異様な響きに変った。振り向いた和也の眼に、建物の陰から現れた裕一少年の恐怖に引き歪んだ顔が映った。

「先生、大変です……お父さまが……」

少年の声を聞いた瞬間、和也は既に玄関に向って走っていた。ドアが大きく揺れて、少年と和也は慌だしい跫音と共に廊下を一直線に砂村氏の私室へ飛ぶ。私室のドアには鍵がかかっていた。和也が徒《いたず》らにドアのノッブを鳴らしている間に、一度姿を消した裕一少年が鍵を手に引返して来た。私室のドアが開き、和也は入口に立止った。

「お父さま……」

傍をすり抜けた裕一少年が、窓際の回転椅子から転り落ちたような姿勢で、絨毯《じゅうたん》の上に俯伏している父親の背に取縋った。砂村氏は人間の形をした砂袋のような無反応の姿勢で、裕一少年の腕に不器用に揺れた。和也は自分でも不思議に思われるほど静かな足取りで、倒れている砂村氏の背後に歩み寄って行った。

最初、和也は砂村氏が狭心症の発作を起したものと思い込んでいた。しかし、砂村氏がかけていたと思われる回転椅子の前の書物机の上の情景は、明かに異ったものを暗示していた。机の上には蓋をした魔法罎と半分ほど水の入った珈琲茶碗があった。直ぐ傍にオブラートの容器があり、その横には、裕一少年の部屋で見た事のある青酸加里の小罎が、午後の陽に眩しく耀いていた。窓際に一番近い位置には新らしいマッチ箱と並んで、白い陶製の灰皿が置かれ、その上で火をつけたばかりのピースがゆらゆらと煙を立てていた。和也は憶い出したように腕時計を見た。針は一時二十三分を示していた。

裕一少年の手はやがて力なく砂村氏の肩を離れ、涙を湛えた二つの眼を和也に向けると、少年は大きく首を振った。微かな衣ずれの音が背後に聞えた。振り向いた裕一少年は、突きとばされたような衝激と共に眼を瞠った。

「お母さま」

驚愕の声と共に涙がすっと頬を横切った。

「お母さまは、お家にいらしたんですか?」

部屋着姿の由加利夫人が血の気の失せた顔をこわばらせて、ドアを背後に立っていた。

10　疑惑

電話を聞いて駆けつけた主治医は、屍体の鮮紅色の顔色や、吐瀉物や口腔の匂いから、直ちに青酸中毒による死と断定した。由加利夫人の指図の下に現場はそのまま保存され、間もなく警察から捜査や鑑識の一行が到着した。

砂村氏の死亡時刻は、後に解剖の結果と一致したが、主治医も警察医も共に午後一時から一時二十分頃までの間という意見であった。そしてこの事実は、また、別の方面からも論理的に証明された。

生きている砂村氏を最後に見たのは、屍体の発見者でもある裕一少年で、通常彼は外出時の小遣を由加利夫人から貰うのが例であったけれども、この日は親戚に法事があって、由加利夫人は零時半頃に家を出ており、一時頃、その事に気付いた裕一少年は、父親の私室を訪れて外出のための小遣をねだったのである。正午を少し過ぎた頃、女中が私室へ昼食を運んでいった際にも、それから三十分ほどして食器を下げに行った際にも、砂村氏は殆ど同じ姿勢で長椅子に身体をのばして休息していたといわれるが、裕一少年が入室した時には、窓際の回転椅子に腰を下していて、珍しく上気嫌でその日に終った中間試験の出来具合などを訊ねてから、数枚の紙幣を少年に与えた。受取った紙幣を財布に入れ、それを傍の椅子に載せたまま、少年がなおも話をつづけていると、玄関の辺りに和也の声がしたので、少年は財布をそこに忘れたまま、和也と二階の自室に戻ったのであった。少年はその時刻を正確に記憶してはおらなかったけれど、和也の記憶と考え合せると大体一時五分頃となる。その後、和也と裕一少年は、ずっと一緒におり、女中は和也に出す紅茶を淹《い》れるため、台所を離れなかった。一旦外出した後、軽い脳貧血に襲われて暫く路上に休んでから、親戚への訪問を諦めて、由加利夫人が帰宅したのは、女中が二階へ紅茶を運んで行った最中であり、そのため、自室へ戻った由加利夫人が部屋着に着替えていた事には誰一人気付かなかったのであった。部屋着に着替えた由加利夫人が、女中を呼ぶためベッド際のベル・ボタンを押そうとした瞬間、激しい叫び声と慌しい跫音が起り、夫人がよろめく足を踏みしめながら砂村氏の部屋に赴いた時には、もうすべてが終っていたのである。

事件のあった部屋の窓は、すべて内側から掛金が掛けられていた。そろそろ寒い季節とはいっても、日中は窓を開く事もあり、窓を閉め切る事に不思議はないが、夜でもないのに内側から掛金を掛けた事はいくらか異常であり、入口のドアに鍵がかけられていた事実と共に、これは後に砂村氏の死が自殺と見られる一つの素因となった。ドアの鍵は砂村氏の上衣のポケットにあったが、この家の私室の鍵は各室共通していたから、必ずしも密室を構成していた訳ではない。部屋への入口は和也達が踏み込んだ廊下からのドアだけで、従って、和也達がこの部屋に踏込む直前に、由加利夫人か女中が、何等かの理由のもとにそうした細工をほどこしたのでないとすれば、窓際の灰皿に煙をあげていた吸いさしの煙草は、死の直前に砂村氏が楽しんだものであろうと思われる。発見時の煙草の長さは未だほんの二、三服吸った程度であり、同じ種類の煙草を火をつけてから吸わずに灰皿に置き、出来るだけゆっくりと燃焼させて実験した結果、その煙草に火がつけられてから、砂村氏の屍体が発見されるまで最大限度五分と経過していない事が証明された。従ってこの点からいえば、砂村氏は煙草の点火時刻である一時十七、八分から、屍体の発見時刻である一時二十二、三分の間に死亡したものと推定される。火の点いた煙草を机上に置く事によって、犯人が死亡時刻を擬装したものと仮定してみても、和也や裕一少年には煙草を机上に置く機会はなかったし、由加利夫人が、ただ自分一人だけアリバイのないこの時刻に、死亡時刻を限定するような細工を行うはずもなかった。女中は最初から嫌疑の外にいた。問題の煙草は、発見時にはそれほど重要な意味を持つとは気付かれず、そのまま放置されていたから、死の部屋の中でゆるゆると燃え続け、灰皿の縁の所で吸口から一寸を余して消えていた。吸口についた唾液から血液型を調べる試みは失敗に終った。

砂村氏は狭心症のため医師から喫煙を禁じられていたから灰皿は新らしく、その一本分だけの灰がもえつきたマッチ軸と共に灰皿の中央に転っていた。特別に長くつないだ煙草を燃やして、燃焼時間を作為する事は出来なかった訳である。禁煙を命ぜられた砂村氏が、死を決意した最後の瞬間に、一本の煙草を楽しんだのであろう――それが、人々の最後に一致した意見であった。煙草は、応接室にある来客用のセットから持ち出したものと思われた。

机上に置かれた魔法罎の内容は単なる白湯で、珈琲茶碗の水にも毒物は検出されなかった。砂村氏は持病の狭心症のため、血圧降下剤としてハセスロールを主薬とする散薬を食後に常用していた。几帳面な性格で、服薬の時刻は殆ど一定していて、死亡時刻に近い午後一時頃が、昼食後の散薬の服用時刻に当っていた。〇・三グラムの主薬に健胃剤等の配合された散薬は、一回分が約一グラムほどで、砂村氏はそれをオブラートで服用する習慣があった。解剖の結果同薬服用の痕跡はなく、机の抽斗に入れられてあった散薬の残包から逆算した結果からも、その日の午後、砂村氏はこの薬を服用していない事は明瞭であった。自殺を決意した以上、治療のための薬剤を放棄する事は当然であろう。魔法罎やコップやオブラートはこの薬を服用するために砂村氏の部屋に常備されている品で、想像するに、自殺を決意した氏は、青酸加里の苦味を嫌って、オブラートを使用したものであろう。致死量の三倍ほどに当る青酸加里を嚥下しており、心臓に欠陥を持つ砂村氏にとって、死は殆ど一瞬に起ったものと思われる。

不時の発作に備えて、砂村氏の私室や寝室には数カ所にベル・ボタンが具え付けてあったから、もし彼が自己の意志でなく毒物を嚥下したのならばベルを押して人を呼ぶ間はあったであろう。これもまた、氏を覚悟の自殺と思わせる一つの素因であった。死亡の姿勢が床上に乱れ伏していた事は、死の苦痛に襲われた自殺者にあり勝ちのことで、別に問題にはならなかった。

特別に用意された近い日付の遺言状はどこからも発見されなかった。しかし発病以来、砂村氏は明細な遺言状を顧問弁護士に託しており、一週間ほど以前、その弁護士が訪問した際にも、遺言状の内容を変更する意志のある模様はなかった。遺言の内容は遺産を二分して由加利夫人と裕一少年に与え、少年が成年に達するまでは彼の財産を由加利夫人が管理する、といった穏当なもので、別段犯罪を誘発するような点は認められなかった。

動機の点から云っても、裕一少年や女中には砂村氏の死を欲する理由はなく、和也と裕一少年には砂村氏の死亡時刻前後に対話中という確実なアリバイがあった。由加利夫人にはアリバイはなかったが、夫人のみは砂村氏の余命が、放置した所で後数カ月のものである事を知っており、死の一歩手前にある砂村氏を、自己の生命の危険を冒してまで毒殺する必要は認められそうになかった。

警察の推定も最初から自殺説に傾いていた。机上の品物につけられた指紋は鑑識の結果、魔法罐、珈琲茶碗、青酸加里の罐、灰皿のすべてに砂村氏の指紋があり、他の人のものは、掃除の際につけたと思われる灰皿の女中の指紋の外には、裕一少年の指紋が青酸加里の罐に検出されたにすぎなかった。しかしこの毒物は、元来少年が昆虫採集のために所持していたものであり、彼の指紋が附着している事は、むしろ当然であった。オブラート容器とマッチ箱には断片的な指紋が発見されたが、痕跡が微弱なため、誰のものとも識別し得なかった。裕一少年が最後に毒物の罐を、自分の机の抽斗に確認したのは一週間ほど以前であり、砂村氏の机上に同じ罐を発見するまで、彼は毒物の紛失に気付かなかった。青酸加里の存在は砂村氏を始め、すべての家人が知って居り、和也さえその存在場所を知っていた。

自殺の原因は恐らく病苦から逃れるためと推定された。主治医も由加利夫人も、病気の実態を秘密にしてはいたが、砂村氏も現在では自分の生命が既に残り少いものである事に気付いていたかも知れぬ。晩秋の強烈な午後の陽差の中で、ふと、死が砂村氏を捉えたのであろう。窓を閉め掛金を下し、ドアに鍵をかけると、魔法罐の湯を珈琲茶碗に取り、一本の煙草を楽しんだ後、砂村氏は毒物の白い粉末を静かにオブラートに包んだのである。

11　対決

砂村氏の死は、こうして単純な自殺事件として終結したけれども、由加利夫人の心の内部では、一つの疑問が、日を経《ふ》るにつれて次第にその翳を深めていった。

砂村氏との結婚生活は、その最終《さいご》の期間においては、嫌悪と欲望の入り混った暗い追憶の連続であったが、突如として、意想外の形で夫の死に直面し、その生活が完結すると、由加利夫人の記憶の中に、砂村氏との生活の過去の楽しかった部分が、均等の強さで泛び上って来た。単純な愛憎をもって律し得ぬ長い一つの結婚生活は、夫人にとっては、やはり何物にも代え難い一連の人生であった。時には夫人は夫の面影を、耐え難い懐しさで想い起す事があった。その生活は終った。夫人に残されたものは新しい現実であった。二十年前の恋人に似た家庭教師の熱っぽい視線が、由加利夫人の空想を楽しく攪《か》き乱した。あの青年もまた由加利夫人の罪深い肉体を求めているのだ。そしてそのために……夫人は現実に返ると、ふと、きびしい表情に戻った。鷹本和也の愛情を受入れる以前に、是非明らかにしなければならぬ一個の疑問がある。

鷹本和也の心の中にも、二つの疑問が蟠っていた。一方の疑問は和也が砂村家を訪れるようになって間もなく彼の心を領するに到ったもので、現在では殆ど彼にとっては明白な事実に等しかった。他の人間にとっては恐るべき衝激を与えたであろうこの事実を、和也はしかし極めて冷静に凝視していた。そして砂村氏の死に関して発生した第二の疑問に対して、和也がようやく一つの解答に達した時、彼はひそかに一つの行動を決意した。一日、和也はある特殊な病院を訪れて簡単な手術を受けた。簡単ではあるけれども、その手術は彼の一生を決定するほどの深い意味を蔵していた。あるいは、それは、彼がこれから取ろうとしている行動へのスプリング・ボードであったかも知れぬ。賽《さい》は投げられた。和也は遂にルビコンを渡ったのである。

砂村氏の四十九日が済んで新しい年が来た。砂村家は喪中のこととて松飾りもしなかったが、街は新らしい気分にざわめいていた。ある夜、長い間姿も見せなかった由加利夫人が、裕一少年の勉強部屋へ久しぶりで現れた。汗ばむほどのストーヴの温かさの中で、やわらかく盛り上った夫人の洋服の胸が挑むように和也の眼をそそった。

「おくさんに少々お話したい事があるのですが……」

裕一少年が手洗《トイレット》に立った後、固い表情で囁く和也に大きく頷いてみせると、夫人は戻って来た少年に、

「裕一さん、お母さまはこれからちょっと先生とお話がありますから……」

と告げ、和也に向って、

「あたくしの部屋へ来て頂きますわ」

椅子を軋《きし》ませて立上ると、夫人は和也を促して部屋を出た。服装の故か秋頃に比べるとぐっと肉のついて見える由加利夫人の、眼前に揺れる重そうな後姿を見やって、和也は体内に荒々しい血が騒ぐのを覚えた。

夫人の部屋はすっかり冬らしい装いに変っていた。本箱のあった壁の凹所には、電気ストーヴが赫々と照り映えていた。

「さあ、鷹本さん。……貴方のお話をお伺いするわ」

両肘をつけるようにして卓上に立てた手の、拝むように組んだ指先に丸い頤を載せて、由加利夫人は何事かを予期するような視線を和也に向けた。

「おくさん」

やや仰向いた夫人の華やかな顔立ちに落着きのない視線を落して、和也は煙草に火を点ける。

「僕がおくさんにお話したいというのは、実は砂村さんの自殺についてなのです」

「そう――やはりそうでしたの」

由加利夫人の眼にある表情が泛んだ。

「鷹本さん。あなたの仰有ろうとする事をあててみましょうか?」

「ええ」

「砂村は自殺したのではない――と仰有りたいのね」

「そうです。おくさんもそれを御存知だったのですか?」

「砂村は自殺したのではないかしら。でも、今、あなたが煙草に火をお点けになるのを見て、その想像が外れていない事をはっきり想い出しましたの……ね、鷹本さん。あなたのお話を聞かせて頂く前に、まずあたくしに判っている事だけをお話してみましょうか」

銀製のシガレット・ケースから愛用の細巻を取り出すと、夫人はしなやかな指先でライターを鳴らした。二本の淡い煙が、灰皿から立昇り、頭上の乳白色のグローブに絡んだ。

「砂村の死が自殺と決定した経緯については、あなたは屍体の発見者の一人ですし、その関係者として詳しい事情を御存知ですわね。自殺と決定するまでには色々な憶測もありましたけれど、最後の決め手となったのは灰皿の上で燃えていた吸いさしの煙草でしたわ。あの煙草が裕一やあなたのアリバイを決定的なものにし、砂村の死を自殺と断ずるより外はなかったのです。警察の人達にいつまでも邸内の空気を攪き乱されるのは厭な事ですし、砂村が既に死亡した以上、その死因を極めつくした所で致し方のない事ですから、あたくしはその時自分の心に泛んだ幾つかの疑問を、そのまま心にとざして居りましたけれど、あたくしには、砂村の自殺を決定した吸いさしの、煙草そのものが、最初から最大の疑惑の種となっておりました。

鷹本さんは煙草をお吸いになるからよく御存知でしょうけれど、喫煙者によっては、煙草を吸う際、その煙草のどちら側の一端に火を点けるかが、習慣的に固定する事があります。砂村は元来非常に几帳面な性格で、起床や食事なども毎日五分と違わぬ規則的な生活を続けておりましたし、煙草を吸う際にも、抽き出す時に手を触れぬ清潔感から、箱の奥の方の一端を口に咥《くわ》え、字の書いてある方の一端に点火する習癖を持っていたのです。こうした習癖は案外に堅固なもので、あたくしは砂村が、煙草の字の書いてある方の一端を口にするのを殆ど見た事がありません。所が彼の屍体が発見された際、灰皿に煙をあげていた煙草は、吸口の側にピースの字が残っていたのです。勿論、死に直面した人間の精神の動揺が、日常の習癖を覆えしたと考える事は出来ます。しかし、砂村は死の瞬間まで冷静さを保持し、自分の好む足取りで人生を歩み去るような性格の人間でした。また事実、もしあの煙草が彼の吸ったものとすれば、確かに砂村は、死の瞬間に最後の煙草を楽しむだけの心的な余裕があった訳なのです。

一つの疑問が胸に泛ぶと同時に更に小さな疑念が、それに続きました。砂村がそれだけの心的余裕の中に自殺したものならば、何故毒杯を呷る以前に吸いさしの煙草を揉み消さなかったのでしょう？　あの人の性格としては、火を消し終らずに次の動作に移るなどとは、信じ難い事なのです。似たような矛盾は外にもあります。部屋の窓が内側から掛金が掛けられていた事が、砂村の自殺の決意を暗示していると人々は申します。しかし窓外からの視線を恐れるのならば、窓に掛金を掛けるよりは、カーテンを閉じる事の方がより重要であるはずなのです。それなのに何故か砂村は、掛金を掛けながらカーテンを引きめぐらそうとはしなかったのです。

あたくしの心の中で、こうした疑問はある一つの画面に向って集中して行きました。屍体を発見した裕一が、砂村の背に取り縋っている間、あなたは窓際の机に歩み寄りました。あの時、裕一の背後で、あなたは思うままに机上の品に手を加える機会があったのです。

先刻、鷹本さんが煙草に火をつけるのを見て、あたくしは自分の想像がはっきり裏付けられるのを感じました。あなたは箱から取り出したピースの、字の書いてある一端を口に咥えたのです。あたくしの記憶では、あなたはいつでもそちら側の一端を口にする癖がおありなのですわ。そしてその癖は、あの時、火をつけた擬装用の煙草を灰皿に置く際にも、決してあなたから離れなかったのです」

夫人は短くなった煙草を紅い指先でつまむように吸ってから、ポトリと灰皿に落した。

12　夜宴

「あなたがいかなる機会に、砂村の常用の散薬と青酸加里をすりかえる事が出来たのか、それは判りません。あるいは偶然訪れたすりかえの機会が、あなたに砂村殺害を計画させたのかも知れません。ともかく、事件の前日か前々日辺りに、巧妙にあたくし達の眼を掠めて、あなたはそうする事に成功したのです。裕一が試験中のこととて、あなたは連日裕一の所へいらしておりましたから、案外そうした機会は多かったのかも知れません。薬袋の中の包は、一回分ずつ折りたたんで順次に積み重ねてありました。毎日三回、規則的に服用する砂村の性質を知っておれば、あの日の午後一時に服用すべき薬包の位置に、青酸加里の薬包を置く事は、それほど困難ではないでしょう。散薬も毒薬も、外見上は全く同様の白色粉末で、オブラートに包んで服用する砂村の習慣では、味覚に異常を感ずる事は出来なかったでしょう。オブラートに包んだ薬包の青酸加里を嚥下すると間もなく砂村は死亡しました。致死量の三倍ほどの毒物が屍体から検出された訳です。

砂村の習慣から毒物の服用が正確に午後一時頃と確信したあなたは、あの日、午後一時を少し廻った時刻にこの家を訪れました。犯行をあの日に撰んだのは、あたくしが外出する事を知っており、裕一や女中の眼を盗んで砂村の部屋へ屍体の擬装に入り易かったためもありましょう。玄関まで出た裕一を、手洗へ行くからと先に二階へ上げた僅かの暇に、あなたは急ぎ足に砂村の部屋を訪れました。裕一がその直前まで話しこんでいたため、砂村の散薬服用時刻が例日より遅れた事は、あなたは知らなかったでしょう。しかし、あなたが部屋に入った時には、予定通り、砂村は既に死亡していたて居りました。あなたは裕一の部屋から持出していた青酸加里の罎を机上に置き、すりかえていた散薬の包を薬袋に返し、窓を閉め、部屋を出ると、外側からドアに鍵をかけました。こうして一瞬の裡に砂村の自殺を演出すると、あなたは知らぬ顔をして裕一の部屋に戻ったのです。あなたの犯罪が計画的なものであったとすれば、裕一の部屋のものと同型の、砂村の部屋の鍵のコピイを取る事はさして難事ではなかったでしょう。

あなたの予定の中では、これが計画のすべてでした。所がその後に起った予期せぬ僥倖があなたの計画を更に完全なものにしたのです。砂村の部屋に財布を忘れた裕一が、父親の屍体を窓外から発見して、貴方とその部屋に乱入した時、あなたは裕一の背後で、咄嗟に、火のついた煙草を灰皿に置く事により死亡時刻を擬装する事を着想しました。窓から室内を覗き込んだ裕一は、恐らく父親の屍体に気をとられて、その時、灰皿の上に煙草があったかどうかは正確に印象していまいと想像したのでしょう……」

最初、由加利夫人が自分の推定を述べはじめた時、和也は夫人の語ろうとする事実が和也の推定と同一のものであろうと想像していた。そして、恐らくその事実を秘密裡に葬り去ろうと欲するであろう夫人に対して、最悪の場合には、沈黙の交換条件として彼女の肉体を要求するまでの決意を固めていた。しかし、夫人の話が半ばまで進んだ時、彼は、由加利夫人がある非常に大きな錯誤に陥っている事に気がついた。和也の心で、一瞬二つの考えが諍った。一方が他方を制した。和也は沈黙したまま由加利夫人の美しく紅潮した顔を見凝めた。

「あたくし、あなたが砂村を毒殺した事を少しも非難しているのではありませんわ。何故なら、犯罪の実行者はあなたでしたけれども、そのあなたを、無益の犯罪に駆りたてたものは、あたくし自身だったのですもの」

はりつめていた語調がゆるんで、夫人は奇妙に頼りなげな声に変った。

「あなたは御存知ない事ですけれども、砂村は曾つて、私を得るために一人の青年を殺害しておりますの。あるいは、それは単なる事故だったのかも知れません。でも、あたくしの心の中には永久に消えぬ翳を残す事でしょう。そして、今度はあなたが砂村を……あたくしの身体の中には、何か宿命的な罪の香りが宿っているのですわ。けれども……」

由加利夫人の眼は燃え上るような妖気を孕んで和也の視線を受けとめた。

「あたくしは、やはり愛されずにはいられないのです……」

由加利夫人の推定には、致命的な幾つかの誤謬があった。それを指摘し、己の無罪を諭断するのは、和也にとっては極めて容易な行為であった。けれども、和也は、彼が由加利夫人に対して最後まで隠蔽しようと欲しているある事実と共に、この砂村氏自殺事件の真相をも、永久に彼一人の胸中に埋葬すべく決意していた。

「おくさん」

椅子を捨てると、和也は静かに由加利夫人の許に歩み寄った。

「貴女の仰有る通り、僕は砂村氏を殺害しました。まず何よりもおくさんを自由にしてさしあげたかったからです。そして、もし貴女の美しい肉体を所有するために必要とあるならば、僕は、この地上のすべての男を毒殺しても悔いないでしょう……」

仰向いた夫人の唇が、和也のそれをかっきりと真下から受け止めた。濃い口紅《ルージュ》の脂っぽい感触が青年の感覚を痛みに似た疼きをもってつらぬいた。甘い可愛らしい舌先が和也の唇に忍び込む。息苦しい抱擁の中で二人の身体は一回転し、深々と椅子に沈んだ和也の膝に、ずっしりと重い由加利夫人の身体が、からむようにもたれかかった。夫人は右腕を和也の肩にのせて、左手を横に流したまま、全身の力をぬいて青年の堅い腕に身を委せていた。オリーヴ色の上衣の下で、乳房が激しく息づいていた。半ば開かれた火のような唇の間から、切なげな息が逃れ出た。由加利夫人の背後から左腋下に廻した和也の手が、おずおずと上衣のふくらみを探った。

あ——微かな叫び声と共に、やわらかな腕が和也の手を腋下に締めつける。しかし青年の指先は既に求めるものを捉えていた。由加利夫人の白いのどがゴクリと動き、悩ましく伏した長い睫毛が僅かに開いた。熱した眼が横から和也を喰るように見上げ、唇の端が媚を含んで痙攣した。

「おくさん」

囁きかけて、和也はふと由加利夫人のバラ色の耳朶を噛んだ。

「クリフォードは死にました」

「いいえ、死んではいませんわ」

由加利夫人は、あの穿鑿《せんさく》好きの世間の事を意味しているのだ――和也はそう思った。

13　夜の路

街は眠っていたが、冴えた月が中天に高かった。石段を降りてふと振り向くと、垣根の間から由加利夫人の寝室の灯が見えた。和也は、数分前まで惜し気もなく彼に向って与えられた、由加利夫人の高価なる肉体を生々しく反芻した。禁ぜられた行為に対する罪悪感は不思議にうすかった。隠れたる十字架は、彼一人が黙って負いつづければ良いのだ。

真白な、脂を溶かしたような由加利夫人の腕と、半月形の痣が和也の脳裡に泛び上った。その映像は、直ちに同じ痣を持った少年の姿に変って行った。和也の空想の中で、その少年の細い指先が、ひそかに青酸加里の包をハセスロールの薬包と取り換えていた……。

由加利夫人が和也を砂村氏殺害の犯人と擬した論理には、蔽う事の出来ぬ致命的な欠陥があった。裕一少年の室から青酸加里の罐を持ち出す事は、和也にとってさして難事ではない。けれども、全く何の交渉もない砂村氏の私室を冒して、その常用する薬包と毒薬の包をすり換える事は、悉く不可能でないとしても、甚だ困難な作業であった。そして、もし仮令《たとえ》それに成功したとしても、由加利夫人の云う如く、積み重ねられた薬包の中の特定の一個を、問題の日の午後一時に服用すべく配置する事は殆ど予定し得ぬと云わねばならぬ。真実の犯人は、恐らくすべての薬包を有毒のものと取換えていたであろう。そして砂村氏の死後、その内容を正常の品と取換えたに相違ない。こうした細工のためには、犯人はその日の午前、砂村家に在宅していた人間であり、いかなる時刻にも疑わるる事なく砂村氏の私室を訪れ得る人間でなければならない。犯人はまた、服毒した砂村氏が救助を求めるのを防止するため、一時的に電鈴の配線の一部を開いていたはずである。こうした機会は勿論和也にはなかったし、その時刻に在宅した人間――女中と裕一少年の中で、少年のみが技術的になし得る事であろう。少年が電鈴の配線に手を加えたのは、一つには、砂村氏がベル・ボタンを押して救助を求める事を予測して、その線を自室に接続する事によって、居ながらにして砂村氏の服毒を確認するためであったかも知れぬ。

昼頃在宅した裕一少年には、砂村氏の部屋を訪れて、用意した薬包を常備のものとすり変える機会はあったであろう。あるいはこのすりかえは、その日の朝、登校前においてなされたものかも知れぬ。由加利夫人は、午後一時頃砂村氏と裕一少年とが対話していたため、砂村氏の服薬時刻が遅れたと推論するけれども、実際には裕一少年が入室した時には、その直前に薬包の毒薬をハセスロールと信じて嚥下した砂村氏は既に絶命していたに相違ない。砂村氏の死亡を既に認知していたが故に、少年はその後に訪れた和也の前で、何の奇もない物象の計算を二度に亘って誤ったのであり、少年が砂村氏と交したと主張する対話は、その以前に薬袋をすり換える目的で入室した時のものであろう。砂村氏の死亡を確認すると裕一少年は直ちに電鈴の配線を直し、ポケットに忍ばせた青酸加里の小罎を机上に置いたのである。薬袋を元に戻し、部屋の窓に掛金を下し、かねて用意した物をある方向に向けて窓際の灰皿にのせると、傍にマッチ箱を置き、燃えつきた一本のマッチを灰皿にすてると少年は部屋を出てドアに鍵を掛け、玄関に和也を迎えた。

裕一少年が砂村氏の死を自殺と見せかけるために案出した最大の詐術は、机上の灰皿に今火を点けたかの如く煙をあげていた吸いさしの煙草であった。由加利夫人はその煙草を和也の作為と断じたけれども、和也が少年と共にドアを開いて死の部屋に侵入した時、和也は何よりも先にこの煙草を発見していたのである。夫人はそれを信じはしないであろう。しかし、灰皿の煙草からは明瞭に一条の煙が立上っていたのである。この一事は長い間和也の思考力を惑乱した。裕一少年が窓外から屍体を発見する以前、少くとも十五分間近くの間、和也と少年は一瞬といえども離れはしなかった。その裕一少年にどうして火の点いた煙草を灰皿の上に置く事が出来たであろう？　砂村氏の部屋の窓は内部から厳重に掛金が掛っていた。裕一少年には決して火のついた煙草を室内に持ち込む事は出来はしない……

　数時間の論理的彷徨の後、しかし和也は、遂に一つの解答に到達した。少年にはそうした作為の機会があったのである。故意に財布を砂村氏の部屋に忘れ、和也を門の所にまたせたまま、砂村氏の部屋を窓外から覗き込んだ裕一少年は、父の名を呼びながら、ある巧妙な方法によって、この時、窓際の灰皿に火の点いた煙草を置く事が出来たのだ。

　内部から掛金の掛った窓越しに、いかなる魔術師といえども火の点いた煙草を室内の灰皿へ持ち込む事は出来ぬであろう。けれども、火のみを持ち込む事は、裕一少年にとっては何の雑作もない事だったのだ。和也の眼前に砂村氏の机上の品々が浮び上った。青い筒型の魔法罎・半分水の入った珈琲茶碗・青酸加里の小罎・マッチ箱・灰皿に微かに烟《けむり》をあげる一本の煙草――晩秋の強い陽がその上に鮮かな光を落していた。裕一少年にとってはそれは極めて容易な詐術だったのだ。勉強部屋の机には、さまざまな大きさのレンズやプリズムがあった。大型の拡大鏡《ルーペ》から外した経《けい》十糎、無点距離四十糎ほどのレンズは、オーバーのポケットに容易にかくす事が出来よう。少年は灰皿に置かれた煙草の上に、窓越しに太陽像を結ばせさえすれば良かったのだ。強烈な午後の日は、それのみにても充分煙草に点火する事は出来たであろう。しかも予め窓際の灰皿に置くべき煙草の一端には火薬や硫黄の如き、適当な発火剤を附着させておく事も出来る。砂村氏の喫煙時の習癖を知らず、点火すべき一端を誤った事は、喫煙者ならぬ少年の身にとっては、不可避の失策であった。由加利夫人が指摘したように、窓に掛金を下しながらカーテンを閉めなかった事は、確かに不自然であったけれども、少年の詐術にとっては、予め窓に掛金をかけ、しかも陽光をさえぎらぬようにカーテンを開いておく事が絶対に必要なのであった。窓に掛金が掛っていてこそ煙草によるアリバイは成立する。このアリバイにより、裕一少年は、自分自身と和也を容疑圏外に置こうと試みたのだ。由加利夫人は既に外出していた。女中に砂村氏を毒害すべき動機はない。かくて砂村氏は自殺と断定せざるを得ぬであろう。

裕一少年の最大の誤算は、外出しているはずの由加利夫人が、砂村氏の擬装死亡時刻に偶然帰宅していた事であった。和也と共に砂村氏の私室に侵入し、父親の屍体を揺り動かして後、入口のドアに姿を現わした由加利夫人を認めた裕一少年の表情に現われたいうべからざる驚愕は、それのみにて少年の企図を充分に想像し得るではないか。由加利夫人の不時の帰宅は、危く由加利夫人を唯一の可能なる毒殺者に擬す懼《おそ》れがあったからである。

由加利夫人が、もし裕一少年に嫌疑の眼を向けていたならば、恐らく和也以前に事件の真相に到達し得たであろう。けれども、彼女には、裕一少年が砂村氏を殺害すべきいかなる動機をも想像し得なかったに相違ない。

和也は、しかし、知っていた——半年間の観察によって、和也はこの少年の内部に宿る奇妙な論理の型式を把握していたのだ。曾って一匹の猫から無用の苦痛を取り除くため、一筒の毒薬を頭部に注射したその同じ理由から、少年は、全く回復の望を失った父親が徒らに痛ましい発作を繰返すのを看過し得なかったのであろう。由加利夫人が主治医との対談中、応接室の外に聞いた跫音を、夫人は夫のものと確信し、それ故に砂村氏が死を決意したものと断定したけれども、その跫音こそは、今想えば、むしろ裕一少年のものであり、この小さな魂に砂村氏の安楽死を企図させるそもそもの発端となったのではなかろうか……

眼を挙げると、黝々と眠る深夜の街の上に、細い雲が半月を載せていた。和也の脳裡に再び由加利夫人の右腕の痣が甦った。

由加利夫人の腕にその奇怪な斑点を認めた最初の瞬間から、和也の心には一つの疑問が宿っていた。この夏、故郷の岡山に帰省した際、和也は養父の鷹本氏夫妻には内密に、その途上、ひそかに由加利夫人の郷里に立寄って、この疑問についての調査を行ったのだ。調査の結果は和也の予期通りのものであった。

二代に亘って鷹本家に仕えた老婢の言によれば、和也が曾つて母親の胎内にあった時、未だ学生であった彼の父親は急死し、和也は母親の再婚に際してその手を離れ、子供のない鷹本氏の許で、実子同様に育てられたのであった。和也の名は、その際鷹本氏によって改めて命名されたものであり、老婢は和也の生母の名までは知らなかった。従って、由加利夫人が和也にとって真実の生母である事を証明すべき確定的な証拠はない。しかし、和也は、この憶測に暗合する二、三の事実を知っていた。想えば、初めて見た由加利夫人に、長い間彼の脳裡に棲息していたあの幻の女の面影を発見した事も、決して偶然ではなかったのかも知れぬ。あの幻の女の面影こそは、嬰児の狡猾さが、己に乳を与える母の顔として深く印象していたものであろう。

こうした運命的な遭遇を意識しながら、しかも和也は由加利夫人を愛していた。母なる名の女性としてではなく、一個の美しき肉体を持てる女として……

墓石の下に横たわるまで――和也はこの秘密を己の内部にのみに抱き続けるであろう。和也にとっては、いささかも罪悪を意識させ得ないこの奇怪な恋愛も、由加利夫人にとっては、幾許《いくばく》かの悔恨を宿し得るからである。和也は亢然《こうぜん》たる面影で、由加利夫人のあたたかい肉体を想い泛べた。恐れはしない。科学の名においても、彼は決して誤りはしないのだ。由加利夫人は決して和也の子を生む事はないであろう。数週間前、簡単なる手術によって、和也は既に子を生ませ得ぬ肉体の所有者になっていたのだ。ここには、美しく咲き続けながら、永遠に実らぬ一個の花がある……

由加利夫人の右肘の痣が、更に和也の脳裡で旋回した。それはやがて同じ痣を持った少年の姿に変って行った。和也はふと洋服の腕を見た。その同じ痣を、和也もまた、己の右肘に帯びているのだ。雲にかかった半月が、痣のような紅さで光っていた。凍てついた路上を、何か大声で叫びたい衝動に駆られながら、両手を頭上に高くさしあげるようにして、和也はいつまでも、深夜の街を歩みつづけて行った。

訣別——第二のラヴ・レター

1

「久智《ひさあき》さん」

耳許にかかる熱い呼吸を意識して、ふと眼をあげると、半ばひらいたドアのノッブに后手をかけたまま、若い女が部屋の入口に立っていた。

眼の前の机には、冷くなった珈琲と真新らしい灰皿が、蓋のとれたインク壺の傍に置かれ、その横にある吸取紙の細片の上には、さまざまな太さのペン先を嵌めたペン軸が、思い思いの方向を向いて転っている。私は、最前から原稿用紙の桝目を月並な章句で埋めながら、いつか知らぬ間にまどろんでいたらしい。

学生時代の友人なら、私を呼ぶ際に当然、市橋——と、その姓を呼ぶであろうし、病床の単調さを救うために、私がペンも持つようになってからの知人なら、あるいは私の筆名を呼ぶかも知れぬ。けれども、久智——という奇妙な名を正確に発音して呼びかける事の出来る友人は、現在の私の周囲には存在しないはずであった。それ故、その声を聞いた最初の瞬間から、黒いドレスに包まれたこの女を、比崎えま子だと直感しながら、意識の定まらぬ仮睡の惰性で、私は暫くの間、呆気にとられたように彼女の顔を見凝めていた。戦火の中で不幸な別離を強いられた彼女が、その頃と全く変らぬ子供らしい表情で、微笑を泛べながら私の前に佇んでいる事が、いささか信じ難い奇怪さを持っていたからである。

十年前——毎日の如く繰り返された小さな逢引の中で、約束の場所に相手を見出した時、えま子はいつもこのように微笑んだ。今、私の眼前にある彼女の顔立ちは、その時と全く同じように若々しく美しい。女というものは、己を愛する男の前では、永遠に少女の美しさを保ち得るのであろうか？

私の沈黙の長さを非難するように、えま子はもう一度同じ呼びかけの言葉を繰返した。

「久智さん……こんな時刻にお伺いして不可なかったかしら？」

ひさあき――と発者する時、えま子は決って、ひさ・あき――と二つに句切った。永らく忘れていたこの奇妙な呼び方が、私を更に新たな追想に誘った。初めて彼女の唇から私の名を聞いた時、私は、自分の名が意外なほどの音韻的な美しさに充ちている事に、眼を瞠る想いに捉われたものであった……

「いや、時刻はかまわない」

私は初めて口を開いた。

「しかし、えま――ちゃん、よく僕の居所が判ったものだね」

「あなたの小説の載っていた雑誌の編輯部に問い合わせたのよ。直ぐ判ったわ」

「でも、ペン・ネームを見ただけで、どうしてそれが僕だと判ったろう？」

彼女が私を探り当てた経緯は、凡そ想像されていたけれども、私は故意に不審さを装った。

「あなたは、昔からあたくしが推理マニヤだったことを御存知のはずね」

私は黙って頷いた。

「あなたの最初の小説を偶然眼にしたその瞬間から、あたくしには狩久って作者が久智さんの事だと判っていたのよ」

「僕の最初の小説というと、《落石》の事だね」（作者註――昭和二十六年十二月十日発行「別冊宝石」十四号新人競作二十五篇集所載の同名作品参照）

「そうよ」

「それでは、えま――ちゃんには五九八列車の意味が判ったのかい？」

「ええ、それから矢口一という被害者の名の意味もね」

えま子は、ここで、彼女が得意の時にいつでもそうしてみせるように、片眼をつぶって悪戯っぽく唇を曲げた。

2

一九五一年——三年来の病床生活がようやく快方に向い、僅かの時間ではあるがペンを握る事が許されるようになった私は、ベッドの中で、最初の探偵小説《落石》を書いた。

少年期の終りに近い頃から、物を書く事に興味を覚えていた私は、大学を卒業すると間もなく病に倒れ、創作は勿論、戦争中からの習性であった日記を書く事さえ肉体的に不可能となっていたから、三年間の完全なる休止の后に、初めてペンを握った私が、一篇の小説試みた事には何の不思議もなかったけれども、それまでに曾つて殆ど試みた事のない探偵小説に、この時、私が初めて筆を染める気になったのには、隠れたる一つの大きな理由があった。

比崎えま子と私との過去の生活に触れるのがこの一篇の目的ではないから、詳しい説明は避けるけれども、脱皮した少年が、初めて血と肉を具えた現実の少女を空想の対象とする時期において、私とえま子とは激しい恋愛を経験した。この恋愛については、後に発表した短篇《すとりっぷと・まい・しん》の中で小説化された形で極く簡単に述べられているが、《中国人を父とする不遇の少女》えま子と、《性に対して罪の意識を抱く学生》の私は、不幸なる四年間の恋愛期間の后に、戦争の巨大な爪先によって否応なしに引き裂かれたのであった。恋愛が破局に面した時、現実のえま子は私の肉体を求めはしなかった。私達の稚い恋愛は肉体を必要としなかったのである。

幸運な人達は、多く場合、別離を意識し、悲痛な抱擁に別れを惜むけれども、私とえま子とは何の予感もなく慌ただしく別れねばならなかった。「さようなら」を云う事が別離を認めるかの如く意識されて、互に明日の密会を信じながら過す裡に、気付いた時には、互に相手の居所さえ失っていたのである。

戦争が終り、街が活気づき、私達が幸福な一刻を楽しんだ街角には、同じ名前の喫茶店と同じように粧われた女達が復活したけれども、私は再びえま子にめぐり会う事は出来なかった。時折、私は何物かに憑かれたかのような足取りで、都会の雑閙を踏みわけた。通りすがる一人々々の女にえま子を予感しながら。そして、この同じ地表のどこかで、えま子もまた、一人々々の男に私を意識しているのであろうと、無意味な空想に耽るのであった。

病床の中で、私が一篇の小説を試みようと決意した時、最初に私の意識に泛んだものは、その頃のえま子の面影であった。正当な理由はなかったけれども、私はえま子が戦火をくぐりぬけて、地表の一角に生きのびている事を信じていた。そのえま子の眼に、私の書いた小説が触れる――私は、ふと楽しく空想した。病床にあっては、既に私の方からえま子を探し求める事は断念しなければならなかったが、私の書いた小説を眼にする事によって、えま子の方から私を発見する事は必ずしも不可能ではない。地表の一角にえま子が生きのびているからには、必ず私のこの小説を読まねばならぬし、読んだ以上は、現在、彼女が事実そうしているように、必ず私の部屋を訪れずにはいられなくなる――三年振りで創作のペンを握るに当って、この時、私はひそかにそのような小説を書こうと計画したのである。

一般的な文学の愛好家が手にする雑誌は種類も多く、えま子がその中のいずれを手にする機会が最も多いかは甚だ判定が困難であるし、仮令その判定がついた所で、既成作家の作品に埋められているそれ等の雑誌に、私の小説が掲載される望みは殆どないと云ってよいけれども、探偵小説という特殊な分野においては、鬼と云われる人達が必ず手にする雑誌を推定する事は極めて容易であり、また、その雑誌に自分の作品を載せ得る機会も比較的多い。えま子が探偵小説の隠れたる読者である事を想起した私が、彼女を呼びよせるためのこの特殊な作品の発表の舞台として、探偵小説誌

「宝石」を撰んだのは当然であろう。「宝石」誌の一隅に、懸賞短篇募集の文字を発見した時、私は自分の計画が半ば成功したかのようなよろこびを感じたのである。

えま子が「宝石」誌を講読しているであろう事には、私はかなりの確信があった。

戦争が未だ本土とは遠い空間と、新聞紙上の出来事にすぎなかった頃――私達の生活には、一組の少年少女が一日の小旅行を楽しむ丈の余裕があった。恋人同志の旅行においては、いかなる瞬間にも退屈という字は存在しないけれども、えま子と別れて家路を辿る車中の無聊を救うため、私はしばしばポケットに探偵小説を忍ばせた。

愛する少女の前では、少年は常に自分をよりすぐれた者へとポーズする。指先に触れる探偵小説の背革をポケットの中で意識しながら、私はえま子に問いかけた事がある。「えまちゃん、君、探偵小説は嫌いかい?」「探偵小説? そうね、ちょっと面白いけど、ただそれだけのものね。下らないわ」「そうだね。下らないね」こうも空々しく探偵小説を軽蔑しながら、えま子もまた、私と別れてからの帰途、ハンドバックの中から一冊の探偵小説を取り出していようとは、誰が一体想像し得たであろう。永い間、互にこうした趣味を自分だけのものにして隠し合っていた私達が、ある偶然の機会に、互に探偵小説と呼ばれる不思議な玩具の愛好者である事を発見した時、二人は息もつけぬほどの笑い声をあげた。そして、互に、自分のポケットから、ハンドバッグから、夫々取り出した一冊の書物を交換した時、私達はもう一度華やかな笑声をたてた。それらは、全く同一のG・K・チェスタァトンの短篇集であった。「えまちゃん、君は確か探偵小説なんて下らないって云ったはずだよ」

「そうだったわね。でも、人間が大切だと思っているものに、下らなくないものが一体あるかしら?」

「宝石」誌は、その以前においても、何回となく短篇小説を募集していた。募集された作品は編輯部の手によって一応の予選が行われ、それを通過した二・三十篇の作品が「宝石」誌の別冊として発売される。こうして発売された別冊の作品が、更に撰者の眼によって検討をうけ、その中の数篇が入賞と決定する。入賞の発表と共に、入賞者には新たに一個の作品を発表する機会が与えられ、入賞者の写真が「宝石」誌の巻頭グラビアを飾るのが例であった。

　こうした一連の経過は、私の計画にとってはまさにお誂え向きのものであった。別冊に載った私の小説《落石》をえま子が読む。彼女はその瞬間に、狩久というペン・ネームが私のものである事に気付くかも知れぬ。そして、もしその時、迂闊に見逃したにせよ、やがて、入賞者の写真が彼女の眼に触れれば、えま子は即座に《落石》の中に隠された幾つかの暗号を発見するであろう。何故に五九八列車が登場しなければならなかったのか？　矢口一とは一体誰の事なのか？　そして、彼は何故に墜死しなければならなかったのか？

　その結果、あの中に隠されたえま子への秘密の通信によって、えま子は、以前と同じ気持で彼女を待ちうけている私の前に、安心して姿を現わす事が出来るのだ。

3

「《落石》を読んでいて、あたくしが一番先に気がついたのは、あなたの文章の癖よ。最初の一・二頁はそれほど気にならなかったけれど、三頁四頁目位になると、いかにもあなたらしい書き方が露出して来て（おかしいナ、どうもこれはひさ・あきさん好みだなあ）って気がして来たの。そこへもって来て、主人公の医師が女主人公の踝に接吻する場面があるでしょう？　あそこを読んだ時、あたくし思わずニヤッとしてしまったわ」

　彼女はその時の事を想い起したように、遠い視線を一瞬私の背后に走らせた。実在のR河原で、えま子が躓いて踝を摧いた時、《踝の傷口から毒が入らぬように》私の唇は容赦もなく彼女の傷口を吸ったのである。（ね、ひさ・あきさん）歩く事を諦めて私に負われたえま子は、熱い呼吸に私の耳を楽しませながら、低い声で囁いた。（唇に怪我をした時にも、あんな風に吸って下さるの？）私は、灼けつくような重さで私の背に触れ続けたえま子の固い乳房を、昨日の事のように憶い起した。

「《落石》の作者があなたらしいとは想像出来たけれど、もし、実際にあなたが作者だとすれば、あの小説の中に、きっとどこかに、あたくし丈には判るような悪戯が隠してあるに相違ない――あたくしはまずそう思ったわ。そうして読んで行く裡に、直ぐ気付いたのが殺害される社長矢口一の名前なのよ」

　えま子は煙草に火を点けて二服ほど吸うと、紅い口紅のにじんだ両切を、十年前と同じ手付きで私の唇の前にさし出した。

「矢口一――この字の並び方が、あたくしには何だかとても親しみのある感じなのね。何故でしょう？　理由は簡単だわ。あなたの名前の最后の一字の構成因子として、あたくしがこの名を見馴れているのは当然の事だったのね。矢と口を横に並べれば知の字になるわね。口の中に一の字を入れれば日の字になる、その両方を合わせれば、ひさ・あきさんのあきの字智になってしまうのよ。だから、《落石》の中の矢口社長とは、実はあなた自身をあらわしている事になる訳よ。矢口社長の性格が、実在のあなたと正反対に出来ている所なんか、仲々ふるっているわね。

　さて、ここにひさ・あきさんが登場する以上、どこかにその相手役のあたくしが登場しなければならないわ。最初はそのつもりで随分探してみたのよ。華村杏子、華村葉子の姉妹の名を、音を変えて読んだり、字劃を計算したり――結局、不思議な事だけれど、《落石》の中にはあたしは登場していないらしいの。強いてこじつければ、葉子の葉の字の正確な音はえふだから、華村葉子の頭文字Ｅ・Ｈ・が、比崎えま子と同じだとは云えるけれど、葉子によってあたくしをあらわした所で、そこにはそれ以上の意味が読みとれないのですものね」

「そうだよ。あの小説の中には君は登場しない。何故かと云えば、あの小説は、君と別れてからの僕の人生を、君に報告するためのものだったのだからね」

「そうなのね。あたくしもその事に后で気がついたわ。でも、その時にはあたくしが登場しない事が随分不思議に思えたのよ。ともかく、あたくしが登場しない事は確かに不思議だけれども、事実に相違ないし、それなら、今度はあたくし達の過去の恋愛について何か出て来るはずだと、改めて別の視点からもう一度《落石》を読み直してみたの。この小説自身にとっては全く不必要なもので、しかもしばしばこの小説に登場して来るものはないか、もし、そういうものがあるとしたら、それこそこの物語の作者であるあなたが、唯一の期待した読者であるあたくしのためにのみわざわざ用意したものに相違ない――そう考えたのよ。そして、結局、五九八列車というのがそれだと判ったわ。

列車そのものがこの小説の中に出て来る事は別段不思議はないし、実際、列車が駅に着かぬ裡に足に怪我をして動けなくなったはずの女が、その列車から降りた男を殺害しに行くという意味では、列車はこの小説の最も重要なトリックを支える大切な小道具だわ。それ故、列車そのものが登場する事には何の不審もないけれども、その列車に何故五九八列車なんて変な呼び名がつけてあるのでしょう？　どう考えてみても、わざわざ五九八などという番号をつける必要はなさそうだわ。だから問題は、この不要な装飾である五九八が何を意味するかをちょっと考えてみれば良い訳だし、今度は最初から予想していた事だから五九八がＥＩＨだと、直ぐ判ったわ。アルファベットの中でＥとＩとＨが、それぞれ丁度五番目九番目八番目の字に当っているのですものね」

私とえま子の恋愛期間において、私達は自分達の未来を子供らしい空想にうずめ、そうした二人だけの世界を礎くためのさまざまな計画をＥＩＨプロジェクトと呼んだ。そしてこの計画に冠された三個のアルファベットは、いうまでもなく比崎えま子の頭文字であるＥ・Ｈ・と、私自身の頭文字であるＨ・Ｉ・を組み合わせたものなのである。

「五九八列車がＥＩＨプロジェクトを象徴しているとすれば、あなたが、《落石》のストーリイによって意味しようとしたあたくしへの通信は極めて明瞭になるわ。先刻も云ったように、矢口一というのはひさ・あきさんの事なのだから、五九八列車を降りて間もなく矢口社長が墜死した、というのは、私達が別れてから間もなくあなたが病気をした、という意味だったのね。病床にあって、自分ではあたくしを探す事が出来ぬのを自覚したあなたが、《落石》を書く事によってあたしに呼びかけているのが、あたくしには痛くなるほど良く判ったのよ。それだから、こうしてあなたの前に現れた訳だけれど……」

えま子はなつかしそうに細めた眼の片隅から、反応を試すように私の表情をうかがった。

「こうして、小説《落石》が書かれた主要な目的は判ったけれど、最后に問題になるのは、あなたのペン・ネームと、それから、あなたがどんな種類の病気に罹っているかという疑問ね。そして、それも、あたくしは皆《落石》の一篇の中から探し出す事が出来たのよ。

あなたが《落石》を書いたのは、外にも理由はあるかも知れないけれど、まず第一の目的はあたくしへの通信よ。あたくしが《落石》を読んで、作者があなたである事を推察し、そのあなたが病気で寐ているのに気づいて、あなたを訪れる事を望んでいたのだわ。所でもしあなたが、その目的で《落石》を書いたのならば、何故本名をそのままペン・ネームに用いなかったのでしょう。探偵小説好きのあたくしの事だから、恐らく「宝石」の隅から隅まで眼を通すだろうと想像する事は当然よ。でも、もし《落石》を読んだあたくしが、狩久というペン・ネームがあなたのものだと気付かなかったら、せっかくの苦心が何の役にもたたなくなるわ。市橋久智と、本名で小説を書けば絶対にあたくしが見逃すはずがないのに、見逃される危険性を覚悟の上で、あなたが狩久というペン・ネームを用いたのには、何かそれだけの理由がなくてはならないわ。市橋という名を用いなかった理由と、狩久という名を用いた二つの理由が。

《落石》の中であなたは自分の姓名の最后の字智の字を分解して矢口一という名を作ったわね。

それと似た現象が、この場合にも存在するのよ。あなたが市橋という名をペン・ネームとして用いる事を嫌った理由は、あなた自身、あるいは意識していないかも知れないけれど、市橋の市の字が、肺結核の肺の字を連想させるからなのよ。自分を病床に閉じこめているこのいまわしい病気に対する忿りが、不知不識の裡に、自分自身の姓名の最初の字に対して嫌悪を感じさせていたのだと思うわ。従って、あなたの病気が胸部疾患である事も容易に想像する事が出来たの。これが、あなたがペン・ネームに市橋という名を用いなかった理由よ。

　こうして、本名を用いなかった理由が判れば後は簡単ね。ペン・ネームとして新らしい名前を作るからには、凝り性のあなたが意味のない名をつけるはずはないわ。あたくしはただ気永に、狩久というペン・ネームを分解してみればよかったの。

　あなたは自分のペン・ネームをどう読ませる積りか知らないけれど、狩久という名を一番常識的に読めばＫＡＲＩ・ＨＩＳＡＳＨＩとなるわね。この名前を構成するアルファベットを整理してみると、Ａが二個、Ｈが二個、Ｉが三個、Ｋが一個、Ｒが一個、Ｓが二個の十一字ね。そしてその構成因子があなたの名前の久智（ＨＩＳＡＡＫＩ）や、あたくしの姓の比崎（ＨＩＳＡＫＩ）と非常に類似している事に直ぐ気付くでしょう？　それで、試しにＫＡＲＩ・ＨＩＳＡＳＨＩから、ＨＩＳＡＡＫＩやＨＩＳＡＫＩを引いて、何が残るか調べてみたの。その結果、ＨＩＳＡＡＫＩを引けばＲＳＨＩが残り、ＨＩＳＡＫＩを引けばＲＡＳＨＩが残るわ。口で云ったのでは判り難いかも知れないから、残った字の順を意味があるように整理して、紙に書けばこんな具合よ」

　えま子は白い手をすっと伸ばして、机上の原稿用紙の欄外へ奇妙な運算を書いた。

SR.H.I. + HISAAKI = KARI・HISASHI

SRA.H.I.+ HISAKI ＝ KARI・HISASHI

「つまりＳＲ・Ｈ・Ｉ（Ｈ・Ｉ・氏）に久智を加えると狩久になるし、ＳＲＡ・Ｈ・Ｉ・（Ｈ・Ｉ・夫人）に比崎を加えると、やはり狩久になるのね。あたくし達が少年と少女だった頃、ひさ・あきさんはよくあたくしの事をＨ・Ｉ・夫人と呼んだわね。あたくし、あの頃の事を直ぐに憶いだしたわ。あたくしもそう呼ばれる事がとても嬉しかったのね。そして、今にすべての人が公然とあたくしをＨ・Ｉ・夫人と呼ぶようになると信じていたのだわ」

最后の言葉に一抹の感傷を載せて、えま子は消えた煙草を灰皿に置いた。

4

それから暫くの間、私達は、私が《落石》に続いて同じ雑誌に発表した二・三の短篇について語り合ったが、えま子は私の予想した通り、そのすべてに眼を通していた。

《落石》が他の応募作品と共に「宝石」の別冊に掲載されたのは一九五一年の十二月で、それから二箇月近く経過した一九五二年の一月二十三日に、「宝石」誌の発行所である岩谷書店から一葉のハガキが届いた。ハガキの内容は、《落石》が銓衡の結果、優秀作五篇中に入賞したので、「宝石」四月号に入賞者作品特輯を行うから二十五枚ほどの短篇を送るようにと書かれてあった。ハガキの末尾には原稿と共に写真と略歴を添えるように、と附加されていたから、私は自分の計画がすべて予定通りに進行している事に確信を持つ事が出来た。

入賞のハガキを片手に私は満足の微笑を泛べた。私がひそかに計算していた如く、「宝石」四月号の巻頭には私の写真と略歴が載るであろう。《落石》の中に隠された幾つかの謎を、仮令えま子が解き得なかったとしてもこの「宝石」誌の写真は彼女の注意を惹かぬはずはない。彼女は直ちに《落石》の作者狩久が私である事に気付くであろう。その結果、「宝石」四月号に掲載される私の作品に対しては、えま子は最初から、それが曾ての彼女の愛人によって書かれた小説である事を意識して読むに相違ない。こうした機会は、この時を外しては二度と存在しない。他の多くの読者に対しては、それは甚だ礼を失する方法ではあるけれども、私は予めこの唯一の機会を利用して、小説の形式をかりたえま子への恋文を発表する積りでいたのである。

運命が私に対して予期以上の好意を示した事も事実であるが、《落石》を書き始めた最初の瞬間から、私はえま子への恋文を、小説の形で、私の写真の掲載される「宝石」誌に発表すべく正確に予定していた。従って、《落石》を応募原稿として発送して間もなく、その年の七月中旬には、既に私は小説型式の恋文《ひまつぶし》を脱稿していた。(作者註――昭和二十七年四月号「宝石」誌所載の同名作品参照)すべてが計画通りに運んで、編輯部から註文のハガキが来た時、私はただ半年前に書き上げておいた短篇《ひまつぶし》を発送しさえすればよかったのである。二十五枚ほどという註文に対して《ひまつぶし》が三十五枚の長さである事に一抹の不安はあったが、それに対しても、実は自分を支えるだけの口実があった。

最初、私が《落石》を書くに当って、最も魅力を感じたものは、映画の主役を得んがために、己の右腕を切断する映画女優華村杏子の異常な性格であった。己の求める目的のためにならば、いかなる種類の犠牲を払っても悔いない彼女の偏執的な情熱――そうしたものに、私は限りない共感を覚えていたのだ。

古代ギリシヤの盗賊procrustesはベッドの大きさに合せるために、大きな人間を切り縮め、小さな人間を引伸した。この本末を顚倒した行為は多くの人達にとっては一つの笑話にすぎぬけれども、私はそうした行為の現代的な発現に奇砂な魅力を覚えていた。大多数の人はこうした行為を笑うであろう。しかし、果してそれが容易に笑い去れる事なのであろうか。現代においても、医師は新薬の効果を計算するために、自分自身を人体実験の材料に供するではないか。小説家は己の文学のために、貴重なるべき彼の人生を、愚にもつかぬ実験に費して悔いぬではないか。あるいはそれは笑うべき事であろう。小さな目的のために、大きな犠牲を払わんとするこうした愚かしい行為を、しかし、私は、その行為の背后にひそむ情熱の故に笑う事が出来なかった。私はむしろそうした情熱の中に、極限に向って走り抜けようとする近代人の意識を読み取っていたのである。

　こうした偏執的な、非情な性格を持った女を、私は《落石》において描き出そうと予定していた。従って、華村杏子の強烈な性格を表現するためには、彼女は自殺の前提のもとに右腕を切断すべきではない。そうした前提なしに、単に映画の主役を獲得するだけの目的で右腕を切断してこそ、この女の性格ははじめて生彩を放つのである。私の内部の作家的視線は明瞭にこの事実を認めていた。にも拘らず、探偵小説としての伏線の必要上からは、華村杏子が自殺する事は不可避の現象であった。この不可解な撞着に遇って、私は為す所を知らなかった。《落石》の女主人公の性格を、文学的に成立させるためには、彼女は、絶体に自殺を前提として右腕を轢断してはならない。それに、仮令スピロヘータの存在を考え得るとした所で、杏子の如き性格の女が、己の肉体を不可抗状態で犯されただけの理由で、果して簡単に自殺するであろうか。そこにも、明瞭な嘘の匂いが存在する。こうした不自然さを私自身明かに感じながらも、しかも、探偵小説として《落石》を成立させるためには、杏子は自殺せねばならぬし、自殺を前提として右腕を轢断しなければならぬのである。

　この矛盾は、私にとっては、まさに避ける事の出来ぬデッド・ロックであった。私はこの矛盾に気付いた瞬間、誇張して云えば、自分が文学を捨てるか、探偵小説を捨てるかのいずれか一方を撰ばねばならぬ運命にある事を自覚した。《落石》がいかなる目的のもとに書かれた小説であるかを考える時、結論は簡単であった。この小説を活字にして、えま子の眼に触れさせるためには、《落石》はまず何よりも先に探偵小説でなければならない。そして、そのためには、いかなる種類の文筆的堕落も、私は既に嫌わぬ積りであった。見るも無慙な物語の虚構性も、それがトリックを支えるために必要であるならば、敢て拒むべきではない。私の信じていた文学の視野からは、このような不器用さを露出させた作品は嫌悪すべきものであったけれども、そうした嫌悪を乗りこえてまでも、私はえま子を欲していた。映画の主役を求めるために、己の右腕を捨てた女の偏執的な情熱に私がひそかな共感を覚えたのも、思えばむしろ当然であろう。えま子を求めるために――私もまた文学を捨てたのである。

　こうして書き上げられた《落石》の草稿は原稿用紙に直して四十九枚の長さであった。出来上った原稿を読み返してみると、書き足らぬ部分がかなり多く、殊に私が主眼とした華村杏子の偏執的な性格は、その片鱗さえも見えなかった。あと十枚ほどの加筆が許されるならば、多少は小説としての密度も加わるであろう――私は呟いた。しかし五十枚以内という制限枚数が、私に加筆を思い止まらせた。私はこうして出来上った私の最初の探偵小説が、予想していたよりも遥かに不器用なものである事に非常な不満を覚えたけれども、探偵小説としては、それは既に改良の可能性はうすかった。

　その前回、一九四九年度に「宝石」誌が募集した短篇小説の応募規定においては、原稿の制限枚数については五十枚前后という文字が用いられていた。この時の予選通過作品は三十六篇で、それらの平均枚数は大体六十枚見当であったから、もし同一の応募規定ならば、私は躊躇なく《落石》に加筆したであろう。しかし、五一年度の応募規定においては、制限枚数の項が五十枚以内と変っていた。この事実が加筆を思いたった私にとって、かなりの心理的なブレイキであった。編輯者が殊更に五十枚以内と書いたのには、それ丈の理由がなくてはならない。恐らく、前回の応募原稿に、長きに失するものが多かった故であろう。こうした点では人一倍神経質な私は、この規定変更に気付いた時、加筆の意志を失ったのである。

　私の予想は、しかし簡単に覆えされた。《落石》と共に発表された予選通過作品の中には、明かに五十枚を超えていると思われるものが少くなかった。撰者の一人が文学的と賞揚した一つの作品の如きは七十枚に近い長さであった。この事実は、加筆を中止した私に自分の神経を無視されたような不満を与えた。従って、《落石》の入賞通知と共に、「宝石」誌の編輯部から二十五枚程度の短篇を送るようにとの註文をうけた時、私はさもそれが今まで保留しておいた当然の権利であるかのように、多少意地の悪い楽しさを覚えながら、三十五枚の長さである短篇《ひまつぶし》を郵送した。こうして、私は、さながら運命の方から私の計画を摸倣しはじめたかのような、余りにも順調な物のなりゆきに奇異の感を抱きながら、四月号の「宝石」誌が発売されるのを待てばよかったのである。

5

「《ひまつぶし》が、あたくしに対してのラヴ・レターだという事は直ぐに判ったわ」

えま子は唇の辺りに、ふとはじらいの色を見せた。

「あの小説の登場人物の名前から云っても、喬という青年の名は、あなたの姓の市橋という字の第二字橋からとったものだし、弓子という女主人公の名にしても、えま子の母音をちょっと変えただけのものですもの。何も知らぬ読者にとっては、別段意味のない事かも知れないけれど、あなたの計画に気付いているあたくしにとっては、余りにあからさまな命名法なので、ちょっとどぎまぎしたほどのものよ。《ひまつぶし》を読むと、あなたは既にあたくしが結婚してしまっているのではないかと心配していらしたのね。そんな心配をする必要はなかったのだけれど、あなたのあの書き方では、仮令、あたくしが結婚していても一向にかまわない。もし、あたくしが結婚していれば、あたくしの夫を殺害して、その后、いかなる手段を用いてでもあたくしを掠奪せずにはおかぬ――というような口吻ね。あのようなすさまじい小説を読まされたら、しかも、その作者が自分の曾つての愛人である事を知っていたら、その愛人の恐るべき情熱に、よろこんで屈服する気にならぬ女がいるかしら。もし、いるとしても、少くともあたくしではないわ」

八年間の空白を距てて再びえま子と対する際、私が最も恐れていた事は、えま子が既に他の人間と結婚しているのではないか、という危惧であった。灯火管制の薄暗い街角で、無技巧な接吻に慌だしい青春の跫音を聞いた私の記憶の中では、えま子が私以外の男と結婚するなどとは絶対に信じ得ない事ではあるが、こうした信じ得ぬ事の数々が、現実の人生においては日常茶飯事に過ぎぬ事を、私も今では知る年令になっていた。それ故、もしえま子が結婚していた所で、私は決してえま子を非難する積りはなかった。しかし、えま子が既に結婚しているという事と、私がえま子を掠奪してはならぬという事の間には何の関係もない。

《ひまつぶし》の女主人公弓子に、未亡人という性格を与えた理由は、えま子が私以外の人間と結婚しているかも知れぬ事に対しての、私の暗黙の容認を示すものであった。彼女が微笑みながら疑惑するように、えま子が既に結婚していた所で、私は自分の方針を変えようとは思わなかった。えま子の夫を殺害する必要までは認めなかったけれども、仮令、彼女の夫が生存していても、私にとっては、えま子は心理的には未亡人に過ぎなかった。私以外の人間が彼女を愛する事が既に滑稽であった。彼女の夫は、私にとっては見えない人間なのである。私がえま子を掠奪する事は、因襲的な道徳の場においては、あるいは許さるべき事ではないかも知れぬ。しかし、私は既に、自分の行為に対していかなる種類の非難をも平然として受諾する覚悟を決めていた。刑罰とは、もともと心の内部の問題にすぎない。罪を意識せぬ人間を罰し得るいかなる刑罰が、曾ってこの地上に存在したであろうか。そうだ。私はえま子に向って、ただ手をさしのべさえすれば良いのだ……

私は熱した視線をえま子に向けた。曾つて私の腕に息苦しい重さを伝えたえま子のやわらかな肉体が、眼前一米の所で、黒いドレスの下にいきづいていた。私の視線はドレスの裾を静かに上へと動いていった。動きながら、再び私はえま子のあたたかい身体を憶い泛べた。すんなりした脚を、しなやかな胴を、ふくよかな胸を、すべすべした肩を——そこには安息があった。信頼があった。約束されたよろこびがあった。この上、何を語る必要があろう。言葉は余りにも拙劣である。私はえま子のやわらかな唇を見た。愛するものにとっては、唇は決して言葉を発するための器管ではない。殊に、それが紅く彩られている時に。

椅子を捨てると、私は静かにえま子の前に歩みよった。十年間——私は彼女を見失っていたのだ。余りにも長い空白であった。しかし今となれば、その空白の長さは、眼前のよろこびをより一層大きなものにするためのものに過ぎない。私はえま子に向って、ゆるゆると手をさしのべた。薄い服地をへだてて、彼女の肩の丸さが私の掌を灼いた。私は掌に徐々に力を加えた。えま子の身体が音もなく私の胸に崩れ落ちる。崩れ落ちたまま、彼女の眼は私の顔を見上げていた。唇が一寸の距離をへだてて対峙する。私の視野から彼女の唇が見えなくなった。眼が大きく見開かれたまま私を見上げていた。私の頸の后で、えま子のしなやかな腕がゆるやかな運動を続けていた。私の唇は、あたたかくやわらかなえま子の唇を触感した……

私は、より一層のあつかましさで、彼女の華奢な肉体を抱きしめればよかったのである。少くとも、このような高価な瞬間に、私の意識の内部に、論理的な反省が入りこんで来ようとは、決して予期し得る事ではなかった。それにも拘らず、私の内部には避け難い変化が起りつつあった。えま子の唇が私の唇と軽く触れ合った瞬間、私は不思議な予感に捉われたのである。軽く触れ合った唇の感触が、私に奇妙な追憶を呼び醒した。十年前、何度も繰返された小さな逢引の中で、私達はしばしばこうした接吻前の感触を楽しみ合ったものであった。一歩前進すればいつでも接吻を楽しみ得るという安堵の中で、私達は、相手の呼気を身近に感じながら、微かに触れ合う四枚の唇を、この上もなくなつかしんだのである。こうした接触を続けながら、時折、私達は、お互に自分だけ楽しんで相手を楽しませぬような特殊な接吻の方法によって、相手をじらそうと試みたものである。その時と同じ感触が、十年の間隔をおいて、私の唇にかくも容易に再現した事が、私にはいささか信じ難い事のように思われていた。唇を合わせたまま、私は、ふと眼の隅で机上の灰皿を眺めた。最前まで私が吸っていた煙草の吸がらが、その中に無表情な配列で転っていた。私は再びえま子の表情をうかがった。彼女は、私が少年であった頃のままの表情で、私を見上げていた。私の脳裡を数々の疑問が走り去っていった。私はいつか心の中で、えま子が最前私に向って述べたてた数々の推論に、苦々しく反駁を加えていた。

6

私が《落石》の中に五九八列車を登場させ、矢口一を墜死させた事は、明かにえま子が推定する如く、この小説がえま子の眼に触れる事によって、彼女が私の眼前に登場する事を期待したからではあったが、彼女が私のペン・ネームに関して示した奇妙なアルファベットの運算や、あるいは私がペン・ネームに本名を用いなかった理由については、いささか承服し難い不自然なこじつけの跡が存在しないでもない。

えま子は、私が自分の姓名の最初の字である市の字に、肺結核を聯想するため、実名を嫌悪するに到ったと主張するけれども、そのために私がペン・ネームを用いたのならば、そのペン・ネームの中に、私は何故に柩の字を聯想すべき久の字を残したであろうか。こうした点を考える時、彼女の主張する聯想匿名説は甚だ妥当性を欠くものと云わねばならない。そうだ。私は決して彼女の信ずるような理由からペン・ネームを用いたのではない。私が、一日に一・二時間ずつ、病床の中に仰臥しつつ《落石》の草稿を書き綴っていた頃、私は未だ現在ほどの健康状態にさえ達してはいなかった。熱や咳は殆どなくなってはいたが、部屋にさしこむ太陽の光線が、当時の私には最大の敵であった。不用意に開かれた窓から、ややもすると私のベッドの上にさしこもうとする太陽の光――極く僅かの間、直射日光を受けただけで、私はその后の一・二日を烈しい紅潮に悩されねばならなかった。日の光を恐れる故に、昼の間も雨戸を閉め切ったまま、私はフレカシブル・スタンドの灯をもって小説を書き綴った。探偵小説の鼻祖が創造したあの気難しい探偵が、日中ブラインドを降して蠟燭の光で生活した事を想えば、あるいは私は探偵小説を書くべく運命づけられていたのであろう。私がペン・ネームに狩という奇妙な一字名を用いたのは、全く光と対立するものとしての当然の意識であった。光を非狩と発音するならば、狩と光とは明かに対立的な存在ではないか。更に、えま子は、私の名をかり・ひさしと読んで、奇怪な運算に耽るけれど、私のペン・ネームは本来かり・きゅうと読ませるはずではなかったか？

　こうした明確な意識のもとに自分のペン・ネームを決定しておきながら、私は何故に、最前、あれほどの容易さでえま子の憶測に屈したのであろう。えま子のアルファベット運算の奇妙な暗合に気圧されたのであろうか。あるいは私は、久し振りで見たえま子の美しさに日頃の平静さを失ったのであろうか。そうではない。私の周囲に、何か説明し得ぬ不透明な翳が蠢めいているのだ。

　私は再び《ひまつぶし》を書いた頃の事を想った。《ひまつぶし》は、確かに、私がえま子に対して書き送った一連の恋文であった。しかし、単に彼女への恋文としてのみ書かれたものではない。

　探偵小説に筆を染めるべく決意した最初の瞬間から、私は、少くとも最初の十個の作品においては、法の手によって犯人の捕えられる事のない小説を書くべく予定していた。完全犯罪のたのしさが、私に斯く予定させた事も事実ではあるが、一方では、私は刑罰の空しさを感じていたのだ。犯人を死刑にした所で死者は甦りはしない。犯罪の行われた后で、犯人を捕えた所で何になろう。罪と罰とは、常に犯罪者の内部において解決さるべき問題なのだ。そうした意味で、私はこの入賞者特輯の機会に、自分がこれから先、犯人の捕えられぬ小説を書く事に対してのささやかな弁解を試みたのだ。同じ年、后に「宝石」誌が行った新人コンクールの入賞者特輯の際にも、中篇《黒い花》において、私が探偵小説の中に性の問題を持ち込もうとしている事に対しての弁解を試みたように。

そうなのだ。こうした明確な意識のもとに、私は《ひまつぶし》を書いたはずであった。えま子を求めるために――けれども、そのためのみではなく、私はえま子を愛すると同時に、また探偵小説をも愛していたのである。

　私の周囲で、不透明な翳が再びゆらめいた。私の心に不安が急速に忍び込んだ。絶望であった。再び得たものを、再び失わねばならぬ事を、私は明かに予感していたのだ。

　唇を接したまま、えま子の肩を抱いた手に私は絶望的な力をこめた。私の腕は、何の抵抗もなくえま子の肩を通過した。私の腕の空しい抱擁の中を、えま子は急速に後退していった。懼れていた通りの事が起ったのだ。机が、灰皿が、インク・スタンドが後退していった。最初から判っているはずであった。胸を病む私が、何の反省もなくえま子と唇を合わせる非科学性が既に現実のものではない。病のために禁煙を余儀なくされている私の机に、灰皿のあろうはずもなかったのだ。いや、私は、病の故に、正式に机に向う事さえ出来ぬはずではなかったか……

　不透明な翳が私の視野を遮断し、再びそれが明瞭な形をとりはじめた時、私は失望と同時に軽い安堵を覚えていた。現在、病にすべてを失ったこの私のもとに、再びえま子が現れた所で何になろう。私は十年前の私ではない。えま子とても同じであろう。

「夢なのだ」

　ベッドの上に半身を起して、原稿を書き綴りながら、いつか知らぬ間にまどろんでいた自分自身の滑稽な姿勢を意識すると、私は苦々しく呟いた。

「道理でつじつまが合いすぎると思った」

《訣別》作者よりのお願い

読者諸兄へ――

読者の周囲の大正十二年生れの女性に、是非この小説をお眼にかけて下さい。

えま子へ――

この小説が貴女の眼に触れたら、お手紙を下さい。今では私達は微笑みながら過去を語る事が出来るでしょう。多分、貴女の夫君の前ででも。

共犯者

1

バスを降りると、まゆりはオーバーの肩をすくめてH橋を渡り、H寺の古めかしい門を抜けて、背後の丘陵に連る小径を重い足取りで進んでいった。いつもならば、彼女の派手な顔立ちを一層引立たせて見せる原色の明るいオーバーも、力なく垂れた腕や、ためらい勝ちに動く脚を背後から包んで、午後三時の日ざしの中で、奇妙にくすんで見えた。小径が寺を捨て、石切場のある斜面に近づくにつれて、まゆりの指はオーバーのポケットの中で、ますます固く小さな壜を握りしめていた。これから、自分が行おうとしている行為に対して、まゆりにはいささかも自信はなかった。家を出る時に、ふと思いついて、その小壜をポケットに忍ばせたのだ。そして目指す家が近づくにつれて、小壜の中の白色の粉末が優に十数人の生命を奪い得る事を想い泛べたに過ぎない。

（ただ、それだけの事なのだわ。何でもありはしない……）

まゆりの脳裡で、血の気の失せた細い指が、不器用に小壜の蓋をあけていた。

肌が微かに汗ばむさらりとした暑さが人の心を浮きたたせるものならば、まゆりがあの愚かな誤ちを犯したのは初夏の気候のせいであったかも知れない。未だ人影のまばらな海岸で、休日の午後を過し、陽の翳った砂浜の寒さに帰路に就こうとした時、同じ会社の栗原に声をかけられ、誘われるままにK駅近くの喫茶店に足を踏み入れた事には何の問題もなかった。泳ぎつかれた喉は飲物を際限なく求め、二杯や三杯なら大丈夫ですよ——とすすめられたアレクサンダアの口当りのよさに釣込まれ、空の胃袋の中で酒精分が効力を発揮しはじめた時には、すべてが遅かった。心臓が胸壁を破って飛び出しそうに疼き、身体中が火になって揺れた。まゆりの印象からいえば、自分の身体だけは空間の一点に静止し、傍の金魚鉢が、鉢植えの棕櫚が、卓上のグラスが少しずつ形を変じながら、絶間なく、ゆらめいているかに見えた。栗原の穏かな声が耳許でしたけれども、まゆりは漠とした音としてそれを聞き流しながら棚の上でゆれている酒壜を型取った電気スタンドをみつめていた。あんなにゆれているのに、どうして落ちないのかしら——栗原の言葉がようやく意味をもった。酔がさめるまで、僕の家に寄って休んでいらっしゃい——自動車の中でも、栗原は礼儀正しかった。無意識の裡に酔った身体が彼の肩を押す事があっても、栗原は気づかわし気にまゆりの表情を見やるだけだった。それがこの男の常套手段とも知らず、まゆりはすっかり警戒を怠ったのだ。アレクサンダアと同じだった。口当りの良さに心を許して気がついた時には既に遅いのだ。栗原がこのような街外れの斜面に、文字通り彼一人で住んでいる事も知らなかった。自動車から降され、担込まれるように彼の家へ運ばれ酔のさめかけた大脳の一角で危険を予感した時には、もうどうにもならなかった。栗原が彼女の身体に向って加えようとするあらゆる行為を、まざまざと目前に見ながら、半ば自由を失った身体は、ただその時間を僅かに永びかせるだけの反抗を示すのが精一杯だったのだ。

しかし、まゆりが、自分の犯した誤ちの大きさに真実に気付いたのは、それから大分経ってからの事だった。礼儀正しさの仮面の下にあつかましさが潜んでいたように、あつかましさの下に冷酷さがひそみ冷酷さの下に狡猾さがあった。仮面は時間と共に一枚ずつ剝れ落ち、一年半の間、まゆりは栗原の意のままにいたぶられ続けねばならなかった。もし、まゆりの前に池本が現れなかったならば、まゆりは自ら命を絶つ事によって、この運命から逃れようと試みたかも知れぬ。事実の目的で、まゆりは秘密のルートから、一壜の毒薬を手に入れたのだった。毒はまゆりの命を絶つには役立たなかった。小壜は封印されたまま、机の抽斗に投げこまれ、半年が過ぎた。まゆりは、既に毒を呷る意志を失っていた。しかし、彼女自身を葬るには必要のないその同じ毒薬も、微かに湯気をたてる珈琲茶碗に投ぜられるならば、珈琲を飲む一人の男を殺害する事は出来るのだ……

指先のしびれるような強さで、まゆりは、その小壜を握りしめていた。小径はやがて二つに岐れ、その一つはまゆりの靴を待ちながら老年期の丘陵が作ったなだらかな斜面を登っていた。滑り易い足許に気を配りながら、まゆりはゆるゆると斜面を登っていった。斜面の片側はその上部の石切場に向って、高さの揃った杉の植林が続いていた。小径はその植林に沿ってまゆりを栗原の家へ運んでいった。木々の群が特有の香りを冬の大気に漂わせていた。傍の梢からひよどりが短く鳴いて飛立ち、小径が折れると、斜面の上部に、三方を木立に囲まれた栗原の家が姿を現わした。栗原の肩に片手を廻し、横から抱きかかえられるようにして、あの夜初めてこの斜面を登ったのだ。径は暗く長かった。杉の梢の上に琴座のヴェガが冷く光っていた。握られた指の間で指環が固く痛かった。十八歳の誕生日に伯母から贈られたダイアの指環だった。まゆりさん、この指環を嵌めていると、きっと素晴らしい人にめぐりあえるのよ——伯母がやさしく嵌めてくれたまゆりの指には、今はその指環はなかった。池本と知り合い、栗原との過去を清算するため、指環は持主の指を離れ、売り払われたのだ。すべてがそれで解決したはずだった。少くともまゆりはそう信じていた。まゆりだけがそう信じたかったのかも知れない。一度空になった毒嚢《どくのう》にはやがて毒が充ち、毒蛇は再び大きく口をあけたのだ……

登るにつれて斜面は徐々にその傾きをゆるやかにし、数十坪の棚状をなした平地の上に山小屋めいた栗原の家があった。門から玄関への飛石に沿って、栗原の私室が翼のように張り出していた。屈辱と共にまゆりは何度この門を潜った事であろう。まゆりの靴音を耳にすると栗原は決って窓から声をかけるのだった。征服者が奴隷に向って示すあの尊大な微笑を泛べながら。まゆりは栗原の声を予感しながら窓を見た。窓は低く、一眼で室内が見透せた。まゆりは息をのんで窓辺に歩みよった。栗原の名を呼ぼうとしたけれども、呼吸は喉のあたりに貼りついて、声にはならなかった。

手をかけてゆすったけれども、窓は微動もしなかった。内側から掛金をかけられている事が、まゆりの位置からもよく見えた。部屋の反対則にある小窓にも差込錠がかけられていた。まゆりは大きく息をついて、玄関に向って歩んでいった。

玄関から廊下を踏んで、その部屋のドアのノッブを握った時、はじめてまゆりの心に恐怖がしのびこんだ。室内のものに対する恐怖ではなかった。信じ得ぬ出来事への恐怖だった。そのドアが開かぬはずはないのだ。それにもかかわらず、ノッブの手応えは、明かにそのドアが施錠されている事を示していた。そんな事があり得るだろうか。栗原の行為はなるほど、邪悪に充ちていた。いかなる不道徳も、彼の手によってなされる場合、まゆりはそれを訝りはしない。けれども、いかに邪悪な人間であろうと、その背にナイフを突き立てられ、鮮血にまみれて絨氈の上に倒れ伏した後に、内側からドアに鍵をかけられるはずはないのだ。

倒れたハイ・ヒールに再び足を入れると、まゆりはもう一度外に廻って、窓から室内の様子を確めた。何度調べた所で窓には内側から掛金がかかっていた。反対側の小窓から覗くと入口のドアが明瞭に見えた。鍵穴には内側から銀色の鍵がさしこまれていた。再び恐怖がまゆりの心を激しく嚙んだ。窓を離れるとまゆりは、滑るように斜面を駈け降りていった。左手の掌が固いものを握っていた。毒薬の小壜だった。斜面の中央で慌ただしく立止ると、まゆりは仄暗い木立ちに向って大きく手を振った。指先を離れた小壜が斜陽をあびて、断続する光の弧を描きながら植林の間に消えていった。遠くの方でけたたましく鳴き出した小寿鶏の急きたてるような声を後に、まゆりは小径を下りJ町の駐在所に向って走りつづけた。

2

急報に接したJ町駐在所の滑川巡査が、K市警察署と連絡をとって後、まゆりと共に栗原の家に到着したのは、それから二十分近く経過した後であった。斜面を登りつめて、その家の門に近づいた時、まゆりと巡査は、窓際を離れてこちらに向って歩んで来る皮ジャンパーの男に気付いて、思わず歩調をゆるめた。

「池本さん」

まゆりの語調は驚愕を含んで無意識に高まった。

「あなたがどうして……」

池本は、ちょっとまゆりの顔を見てから、巡査に向って事務的な口調で云った。

「窓から入ってみました。冷くなっていますよ」

池本の言葉通り、まゆりが最初屍体を発見した窓のガラスの一部が破られ、部屋の内部にガラスの破片が落ちていた。破れ目から手をさしこんで、掛金を外し、窓を開いて池本は屍体を調べたのだった。

「入ってみましたが、完全に死んでいるので、すぐにまた窓から出ました。ガラスを破った以外は室内のものには何も手をつけていません」

後の調査によって、この事件が現実には稀有の密室殺人事件の様相を呈し、様々な臆測が取り交された点から見ても、この時、池本が単独の判断によって窓を破り、栗原の死亡を確めた事は、確かに、惜しむべき行為であったが、まゆりが自分より先に屍体を発見し、駐在所に知らせた事実を知らぬ以上、発見者の立場としては咎むべき事でもなかった。

「三時頃に訪ねて来るように、と電話があったのです。窓から覗くと栗原君が倒れていて、ドアには鍵がかかっていたので、やむなくガラスを破って中へ入りました」

屍体の発見された部屋は、栗原の居室に当り、北と南に窓があり、西と東が厚い壁になっていた。まゆりが最初に覗き込んだのは、北側の窓で、北壁の西半分が幾分飛び出した形で窓を持ち、東寄りの部分に玄関から上った廊下に連るドアがあった。従って、北側の窓からこのドアの内面は、同じ平面にあるために見透せなかったが、西壁の外に当る建物の外壁に沿って南側に廻り、そこにある稍《やや》高い窓から覗けば、室内の様子は遮るものなく見渡せた。西壁には造り付けの書棚と電気蓄音器が置かれ、東壁の下には卓上電話をのせた巾の狭い机が据えてあったが、その他には書棚寄りに並んだ小卓と椅子のセットと、机の前にある小型の廻転椅子が調度のすべてで、居室は東壁を隔てて他の部屋と廊下によって結ばれていた。

部屋の中央には紅い厚い絨氈が敷かれ、茶色の上着の上から左側の背に登山用の大型ナイフを突立てられた栗原は、両腕で頭を抱えこむようにしてうつむけに倒れ伏していた。

池本に片手を支えられ、滑川巡査と並んでこの屍体を見降しながらまゆりは自分の心が意外に平静な事を訝しく思っていた。鳥でも魚でも、甚だしい時には虫の死骸を前にしても、まゆりはそれを正視し得ぬ気の弱さがあった。池本が、彼女に誘われてはじめてまゆりの家を訪れた時、門の横に倒れていた猫の死骸が恐ろしくてどうしてもそれをまたぐ事が出来ず、後々何度もそれを冷かされた事があった。その彼女が、栗原の屍体を、恐れ気もなく正視し得る理由が、まゆりには、自分でも納得がいかなかった。猫には生存すべき権利があった。栗原にはそれがなかったからだ、というのだろうか……間もなく到着したK市警察署の一行によって屍体を含んだ室内の情況は更に綿密に調査されたけれども、まゆりが一見して判断した不可解な密室の謎を解くには役立つような新らしい事実は発見されなかった。捜査主任の杉本警部は、鑑識課の連中が室内を調査する間に、まゆりと池本を隣室に招じ、被害者との関係や、その日のまゆり達の行動について説明を求めた。

3

まゆりが初めて池本に会ったのは、昨年の春、何度となく訪れるようになったこの栗原の家でであった。

栗原と池本は大学の同窓で、池本の家のあるZ町は、横須賀線ではK市の隣接駅に当っているが、山ともいえぬ丘陵の尾根伝いに歩けば二十分足らずの道程《みちのり》で連っていた。こうした地理的な近さや、共通の趣味である山歩きや音楽が、性格的には陰陽の両極端にある栗原と池本を、かなり親密な友人として結びつけていた。尤も、栗原が対女性的に極めて無軌道な性格に陥ったのは、卒業間際に喀血して、死の翳に脅え出した頃からであったし、そうした栗原の性格に関しては、池本も快よく想っていなかったかも知れぬが、男同志の交際においては、あるいはそれは、大きな支障とはならなかったのであろう。

一方が常に虚無的であり、言動のふしぶしに絶壁を歩む者の悲壮な美しさを湛えているに反し、他方の穏健さは、人生を誠実に歩む良識人の脊椎に支えられていた。どうして、この二人が共通の趣味を楽しみ得るのであろう。まゆりは時折、その対比の強烈さを理解し得ぬ事があった。あるいは二人の異質者の間には何か運命的な吸引があったのかも知れない。決して相似した顔立ちではないにも拘らず、時折全く区別のつかぬような相似が二人の動作にあらわれた。茶系統の服を好み、またそれが二人ともよく似合った。池本は時には他の色調を用いる事もあったが、栗原は常時その色調に包まれていた。趣味や嗜好に関しても共通する所が多く、相違の生じる場合にもただ、一方が他方より僅かな広さを附加えているに過ぎぬ程度のものだった。

杉本警部の質問に対して、まゆりは極めて率直に栗原や池本との間柄を語った。一昨年の夏から栗原と特別な関係にあった事・昨春池本と知り合い、栗原との過去を清算しこの春には池本と結婚する予定になっている事・池本にはすべてを打明け、栗原と池本との間にも、昨秋以来既に諒解が成立している事、――しかし、この日の朝栗原からまゆりの所へかかって来た電話の内容に関しては、まゆりは池本にも打明ける気になれなかった。その電話の指定に従って、栗原の家を訪れた事には弁解の余地がなかった。弁解するためには、あの小壜の毒薬や、まゆりが栗原に対してとろうとしていたある行為についても語らなくてはならない。それによって池本を傷ける必要はないのだ。もう既にすべては終っているのだ。

滑川巡査の報告をうけ、また、自ら屍体とその部屋の構造を調べた杉本警部の脳裡には、この不可解な密室殺人事件に、妥当な解釈を加うべき二、三の仮説が泛んでいた。現実の人生においては、完全なる密室は存在し得るはずもない。事件が密室の様相を呈するのは、故意にしろ偶然にしろ、調査の粗漏から生じたものにすぎない。密室という華やかな仮面の下には、意外に無知な犯罪者の表情がかくされているものなのだ。まゆりの説明をききながら、警部は自分の空想の中に、この事件の細部をあてはめていった。

最初に警部の脳裡に泛んだ常識的な可能性は、唯一の証言者であるまゆりが、ある理由のために、全然事実無根の嘘をついているのではないか、という疑問であった。巡査がまゆりを伴って現場に到った時には、既に窓ガラスは池本によって破られていた。換言すれば、既に密室は存在していなかったのである。まゆりが故意に事実を歪曲し、密室の存在を主張したとすれば、その理由はいうまでもなく、犯人が存在し得ぬ事を強調するために外ならぬ。まゆりと池本にとって、栗原は共通の敵であった。邪魔者を除くためには、二人の間に、いかなる奸計が組立てられたかも計り難い。

まゆりが嘘をついている――というこの仮定は、最も単純な、それ故にこそ最も現実性のある想定ではあったが、杉本警部は何故かその想定に浸る気になれなかった。警部の質問に対して、いささかの躊躇もなく、自分に不利な事実をも隠すことなく述べたてるまゆりの態度に、警部は最初から大きな信憑感を抱いていた。この女が意識的に嘘をつく事がないとは断言出来ない。しかし嘘をつく場合には、決して相手に判らぬように巧妙な嘘をつく事は出来ぬ女なのだ。第一、もしまゆりと池本の間に事前に打合わせがあったのならば、巡査と連れ立って、門の所で池本を見た時、まゆりが驚愕すべき理由はない。まゆりは池本の姿を、決して予期してはいなかったに相違ないのだ。

まゆりの証言を真実なりと断定して、その上に立って、更に検討を加える場合、犯人が密室を構成し得ると思われる三つの方法が、杉本警部の注意を惹いた。

第一の方法は極めて単純であった。まゆりが窓外から室内を見た時犯人は室内に居たと考えるのである。室内の一部に、犯人が身を潜むべき大きさの匿された空間があるならば、問題は極めて容易に解決するのだ。まゆりが走り去るのを待って、匿れ場所を出た犯人は、北側の窓から外へ出て、窓を閉めてガラスを破ればいいのだ。

「入ってみましたが完全に死んでいるので、すぐに、また、窓から出ました。ガラスを破った以外は、室内のものには何も手をつけていません」

池本の言葉が、嘲笑するように、杉本警部の脳裡を走りすぎていった。

しかし、この単純な方法には超える事の出来ぬ難点があった。室内に具えられた家具や本棚には、一人の人間が窓外からの視線をさけて身を潜める丈の余剰の空間は全くなかった。本棚の書物を一時的に他の部屋に移し、そこの空間を拡張した所で、棚板の間の広さは、人体を呑みこむためには余りに狭すぎた。机の下に忍べば北側の窓から一直線に見えた。絨氈をめくり、その下の床に人一人隠れる丈の空間を作り、それを後に埋める事も考えられたが、床板はそのような細工のあとを留めていなかった。

犯人が室内に居なかったとすると、室の内部から窓とドアに施錠してあったという事実は、全く説明し得ぬ不可解性を帯びて来る。

職業柄、杉本警部も決して推理小説とは無縁の人間ではなかった。事実上、推理小説的思考が、現実の犯罪に役立つ事は稀であるけれども、定型的な思考方法に柔軟性を与える意味で、彼は暇を見て内外の推理小説を渉猟した。従って、室外から特殊な操作を行う事によって一見密室めいた現場を演出する各種の機械的方法にしても、警部は一応の可能性として採り上げて見なかった訳ではない。しかし、そうした方法が、ある条件を持った部屋には可能であったにしても、少くとも、この部屋にとっては可能ではなかったのである。ドアと床には全く間隙もなく、施錠された鍵穴には内側から鍵がさしこまれていた。窓にも細工の余地はなかった。壁は不必要に厚く、天井も床板も簡単に取外せそうになかった。

室外からの操作を否定した警部は、次に、まゆりが室内を見た時の情況を詳細に研究し、かなり有望な一つの可能性を発見した。それはまゆりが窓から室内を見て、更にドアを調べ、再び窓外から室内を見た何十秒間かの間、部屋は、時には密室であり、時には密室でなかった、という解釈であった。

まゆりの来訪を熟知し、しかもまゆりが恐らく窓外から室内を覗き込む事を予期した犯人は、最初、入口のドアには鍵をかけず、ただ鍵穴に内側から鍵をさしこんだままの状態で、ドアを閉め、ドアの外側に立って、まゆりの来訪を待ちうける。まゆりの跫音が窓下に止り、やがてそれが玄関に近づいて来ると、犯人は素早くドアから室内に入り内部から鍵をかける。ドアを開けようと試みている時にはまゆりには室内は見えはしない。ドアに鍵のかかっている事を知ったまゆりが、再び窓外から室内を覗くまでに、犯人はドアをあけ、鍵穴に鍵をさしたままドアを閉めて、その外側に立つ。窓外から再びドアの内側を見る時まゆりの眼には、そのドアが施錠されている如くに映り、しかも手をのばして実際にそれを確かめる事は許されない。こうして、まゆりが触覚のみを持つ時にはドアは触覚的に施錠され、視覚のみを持つ時には、ドアは視覚的に施錠されていたのだ。

この推定は、杉本警部にかなりの満足を与えた。甚だ敏捷さを前提とした方法ではあるが、明かに不可能ではない。もし、その部屋の入口のドアが、杉本警部の予想を裏切るような特別な性質を持っていなかったならば、警部は、犯人がこの方法によって密室を構成したと固く信じたであろう。

こうした推定のもとに、まゆりが屍体を発見した際の行動を再現して、この推論を確定しようと考えた警部は、入口のドアを開いた瞬間に、明かに失望の色を見せた。警部の手が、ドアを引いた瞬間、そのドアは鋭い音で軋んだのである。早く引いても、遅く引いても、その間に殆ど差はなかった。仮令まゆりが異変の発見に気を奪われていたとしても、少くとも二度は軋まねばならなかったこの音を、決して聞き逃すはずはない。否、却って、こうした場合に鋭敏になった感覚は、平生なら聞き落す微小な音でも、決して聞き逃す事はないのだ。

警部の問に対して、まゆりは決してその時物音を聞かなかったと答えた。更に、このドアが軋るのはかなり以前からの事であり、まゆりも池本も、今までその音が気になってならなかったと確言したので、密室構成の際には、あるいはドアは軋らなかったかも知れぬ、という杉本警部の微かな望みは完全に粉砕されてしまった。

このように、最もあり得べき、単純な方法を否定された警部は、半ば苦笑しながら、多少現実離れのした、いわば推理小説の世界に属すべき、煩雑な密室理論を追わねばならなかった。

4

まゆりが最初に現場を見た際に、その部屋が完全に内部から施錠され、所謂密室を構成していた事には、既に疑をさしはさむ余地はなかった。しかも、屍体以外の何者も、その室内に存在し得なかった以上、屍体が内部から鍵をかけたと考えるより外はない。勿論、超自然的な現象を信じ得ぬ以上、屍体が起き上り、鍵をかけて再びひれ伏すはずはない。死者の背を貫いた大型の登山ナイフは刃渡りも長く瞬間的に刺殺された事を思えば、重傷を負って室内に逃れこみ、自ら鍵をかけた後に力尽き倒れてたとは想像する事も出来ない。いかに滑稽に見えようとも、これ等の事実から生ずる結論はやはりただ一つしかあり得なかった。屍体が、ドアに鍵をかけた――まゆりが屍体と見たものは、決して死んではいなかったのだ。

この仮定には、甚だ有望に見える幾つかの裏付けがあった。

まず第一は、床の絨氈に倒れ伏した栗原の屍体であった。茶色の靴、茶色のズボン、茶色の上衣――ナイフを突き立てられた背部からはかなりの出血があって、それが上衣へも滲み出しながらワイシャツの胸に廻り胸から腹の辺りにかけての絨氈の上に拡っていた。しかし、窓外から見た場合、絨氈の血は屍体に遮われ、茶色の上衣と、赤い絨氈は、一瞥した眼には出血の量を判定し難くしていた。もし栗原が自ら屍体を装い、背にナイフを突き立てられた如く擬装し、絵具あるいは単に水をふりかける事によって、血液の存在を暗示するならば、冷静な眼をさえあざむく事が出来たであろう。

登山用の万能ナイフは、その最大の刃の他に様々な種類の特殊な刃を持っていた。大きな刃を納めたまま小さな刃を柄と直角に立て、それを上衣の中にさしこむならば、一見して長刃に背を貫かれた屍体との判別は定め難い。

屍体が両腕を前方に投げ出し、頭を抱えこむような姿勢をとり窓外からその顔を見得ぬように配置されていた事も、あるいは死顔を装う事の困難さを思っての結果からかも知れない。

しかし、それならば犯人はいかにして、最初栗原にこうした演出を強い得たのであろう。杉本警部は、その瞬間に、池本と栗原が平生から極めて親密な間柄である事を想い起した。

まゆりに関しての過去は、既に円満に諒解がついていたはずであった。池本は栗原が彼に対して全く無警戒である事を利用して、冗談らしく提言する事が出来たかも知れない。（どうだい、二人でまゆりさんを驚ろかすために、お芝居をやろうではないか）

栗原は池本の言葉を真にうけたかも知れない。筋書きは池本の計画通りに運んだのだ。栗原の家へ午後三時に来るように、まず栗原がまゆりに電話をかける。その時刻が近づくと部屋に入って内部から鍵をかけ、栗原は屍体を装って倒れる。予定の時刻に栗原の家を訪れたまゆりは、栗原の演出された死を見て、ドアを探る。密室化された部屋・背を刺された屍体――まゆりが急を知らせに立去ろうとする時、池本が現れてまゆりを捕える。

（驚かなくてもいいんだよ。まゆりさん。栗原君は死んだふりをしているのだ……）

立ち上ってドアを開いた栗原は池本と共に手を拍ってまゆりをからかう。

（まゆりさん。池本君が僕を刺したと思ったんだろう？）

冗談だよ。愉快な冗談なんだ。僕が君達の結婚を祝福してのね――栗原の意識の中ではそれはあくまでも冗談であったに相違ない。しかし、誰かがその結末を変えたのだ。物語の結末を変えるのは大抵の場合作者自身であるように、この時も、結末は池本によって変えられたのだ。まゆりが急を知らせに立去る所までは道化劇は予定のままに進行した。そして、池本は走り去るまゆりをそのまま見送ったのだ。栗原は勿論筋書きの変更に気付きはしなかっただろう。池本の声に栗原はドアや開く。池本は栗原の演技を讃えながら、彼の背から登山ナイフを外してやる。長刃を開き、今度は間違いなく栗原の背へ突きたてるために……。倒れた栗原を演技の時と同じ位置、同じ姿勢に横たえる。ドアに鍵をかけ北側の窓から外へ出る。ガラスを破る。やがてまゆりと巡査が現れる。

「窓から入ってみました。冷くなっていますよ」

冷くなっている――何故池本はわざわざそんな言葉を呟いたのだろう？　勿論、まゆりが発見した時、既に栗原が死んでいたと暗示するためだ。まゆりが窓から覗きこんだ時に栗原は死んでいたのだと印象づけてこそ、この犯罪の不可能性は完全となるからだ。

この結論に達するまでに、杉本警部が要した時間は極く短いものであった。屍体のある部屋では未だ鑑識課の仕事が継続されていた。警部は確信をもって、被害者の死亡推定時刻が報告されるのを待っていた。まゆりがJ町の駐在所に急報した時刻は三時七分過ぎで、まゆりをH橋駅まで運んだバスの停車時刻は十四時四十八分であったから、まゆりが栗原の家に到着し、惨劇の部屋を覗き込んだのは恐らく二時五十五分から二時五十七分位の間であろう。巡査がまゆりを伴って現場に着いたのは三時十三分であるから、理論的にいって、栗原の死亡時刻は二時五十七分から三時十三分の間でなければならない。池本が冷くなっている——と呟いた事は意識せずして彼の破滅の端緒となるであろう。

死亡の推定時刻が報告された時、警部はこの事件において最大の衝撃をうけた。結果はあまりに予想とかけ離れていた。栗原は午前九時半から十時半にかけての一時間ほどの間に殺害されたのだ。池本の言葉には決して特別の意味はなかったのだ。窓から入ってみました。冷くなっていますよ……

5

すべての推定が現実の否定に遭って挫折した時、杉本警部は再び新らしい視野から事件を眺め渡した。

先入感を持つ事は甚だ危険だと熟知しながら、この事件において警部は最初から池本を犯人と目していた。警部のたてたあらゆる仮説は、結局はこの先入感を理論づけようとする試みにすぎなかった。試みが破れた時、警部は初めて白紙に戻り、冷静な視線で事実を凝視する事が出来たのである。

屍体や現場の調査によって、別段新らしい啓示を受けるほどの事実は発見されなかったし、まゆりや池本のその日の行動からも特別に興味をそそる結果は得られなかった。ただ一つ警部が注意を惹かれたのは犯罪の行われた日の午前、丁度栗原が何者かによって刺殺される直前に、栗原の声が、まゆりと池本の所にそれぞれ電話をかけている事であった。

「電話がかかって来たのは大体午前十時頃でした」

池本は警部の問に、穏かな声で応えた。

「栗原君も僕も、この辺の山を歩き廻るのは好きですし、電話で誘い合わせて一緒に出掛ける事もあれば、一方が出掛けに足をのばして他方の家をのぞく事もありました。お互に独り暮しの自由な身でしたし暇はいくらでもあります。今朝電話がかかって来た時にも、休日の事ではあり、午後から附近の山でも歩くというのだろうと想像していたのですが、栗原君の声にはいつもと違って妙に亢ぶった響きがあり、少し奇妙な感じをうけました。用件は、重大な話があるから、人眼に触れぬように尾根伝いに訪ねて来て欲しい、というのです。今からかと訊くと、いやこれから午後までは都合が悪い。午後三時頃にこちらに着くように必ず来て欲しいのだと、彼は電話を切りました。午前十時半から午後三時近くまでの五時間足らずを、僕は街へ出て珈琲を飲んだり古本屋を漁ったりして過しました。三時を僅かに過ぎた頃、約束通り栗原君の家に行き、窓から彼が倒れているのを発見した訳です」

池本が市中で過した四時間半ほどの行動については部分的に後の調査によって確められた。池本の姿が見かけられた時刻の間には所々に三十分や一時間の間断があって、その間の彼の行動は池本自身の言葉を信ずるよりはなかったが、それ以上精密な調査の方法はなかった。

まゆりは電話の前後も、また、それから後、栗原の家へ向けて自宅を出るまでの間も、ずっと在宅し、アリバイの点で確実に嫌疑から除外された。

栗原がまゆりに向ってかけた電話の内容に関しては、まゆりはそれが、池本にかけられたものとほぼ同様の内容である事を説明したのみで、明かにそれ以上詳しく語る事を避けている様子が見えた。

「重要な話があるから、午後三時に間違いなく来るように、と、ただそれだけを何度も念を入れて繰り返しました」

杉本警部の指先が焦だたしげに、煙草を口許に運ぶのを見凝めながら、まゆりは、しかし心の中で全く言葉とは別の事を考えていた。受話器を通して聞いた栗原の金属的な声が生々しく彼女の耳に甦った。

(まゆりさん。久し振りですね。お元気ですか?)

二箇月以前から、栗原は健康を理由に会社を休んでいた。指環を売り払って得た金を、まゆりから受取った事が、彼に休養の気持を起させたのかも知れぬ。どちらにせよ、会社で栗原と顔を合わせずに済む事は有難かった。

(ええ、元気ですわ。栗原さんのお身体はどうですの?)

(まあ、相変らずです。所で、いよいよ池本君と結婚されるそうですね)

(ええ)

(おめでとう)

まゆりは黙っていた。栗原の祝辞には隠された針の予感があったからだ。

(まゆりさん)

(何ですの?)

(僕はおめでとうといっているんです。聞えないんですか?)

(ええ、聞えます。有難うございます)

(そう冷い声を出さなくてもいいんですよ。それで、僕も今まで貴女に色々と迷惑をかけたお詫びに、この機会に結婚の贈物をさしあげようと思うんです。受けてくれますか?)

(栗原さん、そんな御心配をして頂かなくて結構ですわ)

(いや、遠慮はしないで下さい。これは殊に貴女や池本君には、非常に嬉ばれるはずの品物なのですから。どうです。まゆりさんに想像がつきますか?)

（判りませんわ。何の事ですの？）

（実は昨日、部屋の整理をしたのです）

栗原の声は急に途切れ殊更に気をもたせるようないつもの口調に変っていった。

（所が、その時、偶然非常に面白い手紙を発見したのですよ。いいですか、今、その一部を読んであげましょう……）

受話器から続けて流れて来る栗原の声を聞きながら、まゆりは後頭部を一撃されたような衝撃をうけた。栗原との愚かな誤ちを清算するに当って、すべての写真や手紙は、指環を失う事によってまゆりの手に取り戻され、破かれ焼き払われたはずであった。それなのにどうしてあの最も致命的な一通の手紙が栗原の手に残っていたのであろう。曾つて自分が栗原にあてて書き綴った言葉の数々が、彼の唇によって受話器から囁かれるのを、まゆりは殆ど聞くに耐えなかった。

（その上にね、更に面白い事があるんです）

栗原はいかにも楽しそうに言葉を続けた。

（この手紙の末尾の日付けで、貴女は年号を一年間違えているのですよ。その意味が判りますか？）

まゆりは再び眼前に暗い暈を見た。

（つまり、この手紙は誰が見ても、今年の二月七日——今から一週間ほど前に貴女が僕に送ったとしか見えないのです。生憎と、手紙の内容からは、それが今年のものでないと証明する事は出来ぬようです。どうですか？　貴女以上にこの手紙には池本君も興味を惹かれると思いませんか？）

栗原が、何故今頃になって、そのような手紙を彼女の前に持ち出したかは、まゆりにも判りすぎる位判っていた。栗原と完全に無縁になったはずのまゆりが、もし一週間前に、そのような汚辱に充ちた手紙を栗原にあてて書いたと信じなければならぬとすれば、池本は決してまゆりを許しはせぬであろう。手紙を前にして、栗原の巧妙な詐術を池本に云い開くだけの自信はまゆりにはなかった。また仮令、云い開く事が出来るにせよ、一年前に書き綴った愚かな言葉を、池本に見せる事はまゆりの自尊心が許さなかった。まゆりのこうした苦悶を充分に計算しているのだ。蛇は獲物の咬むべき、傷口を捉えたのである。栗原はまゆりのこうした苦悶を充分に計算しているのだ。結果は判っていた。その手紙を取り戻すためには、まゆりは再び栗原の欲するものを与えねばならぬのだ。今は既に栗原の手を離れ、池本にのみ与えねばならぬ彼女の肉体を。

こうした犠牲を払って、その手紙をとり戻した後に、しかし、果して真実の平安が訪れるか否かも疑問であった。一度傷いた傷口は、その傷痕を隠すために再び傷かねばならぬかも知れぬ。それをはばむためには、もう一度栗原に己を与えても彼を除かねばならぬのだ。まゆりがこれから歩み続けようとする道において、栗原こそは、頭上に落ちかかろうとする一個の石であった。場合によっては、石の落ちる道を避ける事も出来る。しかし、その石が絶え間なく落ち続け、しかもその道を歩まねばならぬとすれば、石を取除き粉砕するより外に方法はないのだ。まゆりの眼前で巨大な白い石は二つに割れ、更に割れ、砕け散っていった。砕け散った細粉が毒薬の粉末になった。小壜が陽を浴びてきらめきながら、暗い植林の中に消えた。まゆりは、ふと我に返ると、再び視線を杉本警部に向けた。

6

もし人が、同時に二人の人間の心の内部をうかがい知る事が出来るものとすれば、この時、まゆりと杉本警部の心を同時に覗きこんだ者の眼には、人生は、殺人の周辺においてさえ、常に喜劇に充ちている如く映ったであろう。

まゆりが見せた一瞬の放心を視線の片隅に捉えながら、杉本警部の内部には、新らしい一つの理論が形成されつつあった。それは明かに滑稽な錯誤に充ちたものであった。警部がこのような錯誤に陥ったのは、彼が栗原がまゆりにかけた電話の内容を知り得なかった事に起因していた。まゆりが電話の内容を蔽い隠した事によって、杉本警部はこの瞬間に、この密室殺人事件を解決すべき資格を失い、その資格はまゆりのみに残されたのである。

栗原がまゆりと池本を、同じ日の同じ時刻を撰んで自宅に呼びよせた事が、杉本警部にある暗示を与えた。彼は何故に二人を呼びよせたのであろう。一人はバスを降り斜面を登って。一人は尾根伝いに。警部はそこに演出された作為の匂いを嗅いだ。二人の人間が相前後して栗原の家を訪れる。共に栗原に対して殺意を抱き得ると見做される人間である。家の中には栗原の他殺体が発見される。屍体に対して平静ならざる感情を持つ訪問者は果して理性に従った行動をとり得るであろうか？まゆりはそれを池本の犯行と疑うであろう。池本はまゆりの手が血ぬられたと断ずるかも知れぬ。相前後して現場を訪れる二人の矛盾に充ちた行動が、あるいは二人を死地に陥れるかも知れぬ。そこに栗原の罠があったのだ。

杉本警部は栗原の健康が絶壁の上にある事を想った。栗原はあるいは死を予感していたかも知れぬ。もし、そうだとするならば、死なんとする蛇は、全身の毒を残された牙に托したであろう。まゆりに向ってかけられた電話は、栗原が、彼の邪悪な人生を踏みつづける意志を持つ事を示していた。けれども、その事実を察知し得ぬ警部が、こうした誤った推論に踏み入った事は、むしろ当然であろう。

栗原が自ら生命を絶ち、しかもその嫌疑をまゆりと池本の上に投じようとしたと考える場合に、二つの難点が、その推論の行手に控えていた。警部は注意深くこの矛盾に視線を向けた。

第一の矛盾は、何故に栗原は密室の内部に倒れねばならなかったかという疑問であった。訪問者に嫌疑を向けるためならば、死の部屋はあけ放たれて居らねばならない。窓から屍体を発見した訪問者が、現場に手を触れる事なく警察を訪れるならば、部屋が密閉されていた事実は、訪問者を嫌疑の外に置くであろう。こうした結末は栗原が期待したものであるはずがない。恐らく、この部屋は、栗原の予期に反して偶然密室の形態をとったに相違ない。現実において、密室というものは計画的に形成されるだけの価値を有して居らぬ点から考えても、この想像は信ずべき誘惑をもっていた。何かの手違いが、栗原の意志に反して死の部屋を密閉したのである。しからば、その手違いとは何か？

この疑問は直ちに栗原の死亡時刻に対する不自然さに直結した。もし栗原が、訪問者に嫌疑をかける事を目的としたならば、彼は、訪問者がドアを叩く直前に自ら生命を絶つべきであった。電話の直後には常識的にいってまゆりにも池本にもアリバイの立証される可能性が極めて強い。その時刻に自ら命を絶つ事は極めて危険な行為であり、予期された午後三時の訪問者以前に、第三者によって屍体が発見された場合、栗原の死は全く無意味と化するのである。

これ等の二つの点から、杉本警部が抽き出した結論は、極めて空想的なものであった。栗原は予定された時刻より五時間早く、誤って死んだのである。まゆりと池本に向って、午後三時に来訪するように告げた後、電話を切ると栗原は、これから自分が行おうとする行為に対して、もう一度その細部を検討する。その予定の計画において果して栗原が、自ら己の背を刺し貫こうとしたか否かは疑問であるけれども、少くとも兇器として登山用のナイフを用いる積りであった事は信じてよいであろう。ナイフの刃を開き、栗原は、ふと己の屍体を空想する。無実の罪にあえぐまゆりや池本の顔が眼前に泛ぶ。ドアに鍵をかけた栗原が、痩せた頰に微笑を湛えながら、ナイフの刃を見入る姿を警部は現実の如く空想した。その瞬間、栗原の上に何事かが起ったのだ。それは軽度の脳貧血であったかも知れぬ。あるいは絨毯の縁に足をとられたのであろう。ナイフは手を離れて床に落ち、柄の一端を絨毯に支えられながら、その上に倒れかかった栗原の背へ音もなく滑りこむ。苦悶に身を捩り、床にひれ伏した栗原の身体を死の痙攣が這い廻る……

勿論、杉本警部はこの空想をそのまま信じ得た訳ではない。不可解な事件を強いて自分に納得させるために、自らをあざむきつつある事も心の一部では自覚していた。しかしこの空想は、少くとも、全くあり得ない事ではなかった。他のすべての推論が不可能の烙印を押された時、警部は不本意ながら、この空想によって自分を慰めたのである。

7

事件が未解決のまま警察の手を離れ、一箇月を経過したある日、まゆりは久し振りで池本の家を訪れた。結婚式も間近に迫り、新らしい生活の営まれるべき池本の家は、所々新らしく手を加えられ、家具は見馴れた位置から並び変えられていた。池本の居室に通されパーコレイタァの珈琲にのどをうるおしながら、まゆりは物珍らし気に模様変えのされた室内を見廻した。部屋には部厚い紅い絨氈が布かれ、絨氈の一部には、以前に家具の置かれた痕が、微かなくぼみを残していた。栗原の部屋にあったものと同じ絨氈だった。倒れ伏した屍体が一瞬、まゆりの心を横切った。絨氈のくぼみが再びまゆりの眼に映った。

「池本さん」

まゆりの声はかすかに慄えていた。

「判ったわ。栗原さんを殺したのは、やはりあなただったのね」

珈琲茶碗を卓上に置くと、まゆりは池本の顔を正面から見据えた。

栗原の屍体を窓外から発見し、駐在所を訪れたまゆりが、滑川巡査に伴われて再び栗原の屍体を見た時、二度見た室内の印象の間に何か思い付く事の出来ぬ小さな相違があった。池本によって破られた窓ガラスに関してではない。屍体と、それを載せた絨氈に関して、いい現わす事の出来ぬ異変がまゆりの印象に残っていたのである。池本の家で絨氈のくぼみを眼にした瞬間、今まで定った形をなさなかったこの小さな相違が俄かに明瞭な形をとった。そうなのだ。そのくぼみには記憶があった。窓の外からまゆりが最初に室内を覗きこんだ時、屍体は池本の部屋の、この絨氈に載っていたのだ。

「池本さん」

まゆりはもう一度愛する者の名を呼んだ。

「あたくしが最初に見た屍体は、栗原さんではなく、あなただったのだわ」

池本は暫くの間、無言でまゆりの顔を見凝めていた。一瞬の緊張の後に、池本の表情に微笑が戻り、彼はいつものように柔らかな声を出した。

「あの朝、栗原君から電話があったというのは嘘なのです。僕は朝食後散歩に出たついでに、尾根伝いに栗原君の家へ行きました。その時栗原君は僕が部屋の入口にいるのも知らずに、貴女に向って電話をかけていたのです。電話をかけ終るのを待って、僕はさもその時彼の家についたように装いながら彼に話しかけ、電話中に別室から持ちだした彼のナイフで、栗原君の背を刺したのです。恐らく、それからあとの僕の行動は、もう貴女には判っているでしょうが……」

池本の穏やかな表情を見凝めながら、まゆりの心にあの日の状景が現実の出来事のようにありありと甦って来た。

床に倒れ伏した栗原の屍体を見おろしながら、池本の脳裡にはさまざまな幻影が泛び消えたであろう。その中から一つの可能性が、徐々に明瞭にその形をとりはじめる。紅い部厚い絨氈、茶色の上衣、茶色のズボン、茶色の靴、大型の登山ナイフ——それらの品はことごとく池本自身が所有している品なのだ。演出するためのあらゆる小道具は尾根伝いに人眼に触れる事なくとり寄せる事が出来る。屍体の腕を前方に伸ばし、窓から覗きこむ眼からその顔を判別し得ぬように配置する。栗原の屍体の姿勢を刻明に記憶する。まゆりが午後三時に訪れるはずであった。栗原の電話から池本はそれを知っている。すべては予め用意された如く揃っていたのだ。

絨氈の端に載る机や椅子を動かすと、池本はドアを開き、栗原の屍体を絨氈に載せたまま隣室に曳いていった。鍵を下し、丘陵を越えて街へ出る。まゆりが訪れる午後三時までに、街を歩く時間の切れ目を利用して、自宅から絨氈と服と登山ナイフを栗原の家へ運べばよいのだ。

午後三時が近づくと、池本は栗原の家に帰り、持参した絨氈を床に拡げる。机や椅子をもとに戻す。茶色の上衣、茶色のズボン、茶色の靴――登山ナイフの小刃を直角に立てて上衣の背にさしてみ、絵具か水を血液に擬し、窓とドアを内側から閉めて、池本は栗原の屍体を模倣する。小さな跫音がやがて窓の外に近づいて来る。まゆりが来たのだ。屍体を装いながら池本の心は激しい緊張にはりみちる。まゆりはこの部屋が完全なる密室である事に気付くであろう。その時、彼女は窓を破って屍体の傍に歩み入るだろうか？　もしまゆりがそうするならば池本の計画は一瞬に破滅する。しかし、池本は安心してその予感を否定出来たであろう。まゆりが猫の屍骸をさえまたぎ得ぬ女である事を彼は知っていたのだ。そのまゆりが窓を破って死の部屋に踏みこむはずはない。

まゆりの跫音が斜面を下ると、池本は直ちに身を起し、散歩服に着替え、脱ぎすてた服とナイフを身を横えていた絨氈に包む。一纏めにされた小道具を隠すためには、家の周囲には無数の叢林があった。栗原の家へとって返し、隣室に隠しておいた栗原の屍体を再び絨氈諸共死の部屋に運びこむ。机と椅子の位置を直す。ドアに鍵を下す。鍵穴に鍵を残したまま北側の窓から外に出る。窓ガラスを外から破り、そこから手を入れて鍵をかける。巡査とまゆりが斜面を上って来る。窓を離れ二人に向って声をかける。

「窓から入ってみました。冷くなっていますよ」

微笑を泛べて顔を見合わせたまま、二人は口をつぐんでいた。言葉はなかったが眼が明瞭に二人の心を語り合っていた。

池本はあるいは己が正当と信ずる理由のもとに栗原を殺害したのであろう。それは押しとどめる事を許さぬ必然の犯罪であったかも知れぬ。しかし、いかに正当なる犯罪なりとはいえ、殺人者は永遠に心の内部に十字架を負いつづけねばならぬのだ。その十字架は池本一人のものではなかった。まゆりもまた、十字架を頒ち負うべき運命にあるのだ。そのためにもまゆりが池本の犯罪に気付く事は必要だったのだ。

自ら手をくださぬとはいえ、犯罪の種子は一昨年の夏、まゆり自身の不注意によって播かれたのである。その意味においては、まゆりもまた池本の共犯者と呼び得るであろう。

共犯者——まゆりは心のうちに、この言葉を誇り高く呟いた。由来結婚と呼ばれる行為そのものが、根源において、性に対する罪の意識の上に成りたつものであり、夫婦の愛情とは、この共通の罪の意識によって結ばれる共犯者の愛情にすぎぬではないか……

椅子をすてたまゆりは落着いた足取りで池本の前に歩みより、男の肩に両手をおいて身を屈めると、やわらかな唇をやさしく池本に向ってさし出した。

評論・随筆篇

女神の下着

初めて読んだ探偵小説が、何であったかは記憶にない。

少年時代の出来事の中で、探偵小説に連る最も古いものは、小学校の四・五年の頃、学校で自習の時間に、教師の許しを得て、教壇の上から、二時間に亘ってドイルの短篇を級友達に話した記憶である。話して聞かせる位であるから探偵小説に対して、或る程度の興味は覚えて居たのであろう。人間がやがては死ぬものだと云う事を発見して恐怖の余り動哭し、また、その感覚が何を意味するかを理解するまでに十年以上を要しはしたが、初めて性と云うものの存在を知覚したのが、五歳の時であるから、この探偵小説に対する興味の発芽は、私としてはかなり遅い方であった。

兄が新青年を読んだから、自然と私もそれを覗くようになった。二十年前の記憶で自信はないが、この頃、ビガーズの《黒い駱駝》が訳載されていたように思う。

探偵小説は私を楽しませてはくれたが、私の生活のすべてではなかった。当時の私には、本屋の店頭に娯楽のための殺人を漁るよりは、硝子屋から船窓材の円板ガラスを求めて、抛物線回転面鏡を磨く事の方が、はるかに重要な仕事だったのだ。

この時期において最も鮮明に印象に残っているものは、一九三五年に読んだ乱歩の《人間椅子》と三六年に読んだバーの《健忘症聯盟》であろう。余談に亘るが探偵嫌いの漱石が、後者を読んでいたと推定される記述が《猫》の終章にある。

特に探偵小説に魅力を感ずるまでには到っていなかったが、それでも一九三六年、十四歳の夏には、来るべき異変のひそかなる跫音とも云うべき小事件が起った。避暑に赴いた金沢の伯父の家で、極めて短いものではあったが一篇の推理小説を書き上げたのである。随筆風の小文は、その前年にも二、三書いた事はあったが、小説の形態を取った生れて初めての作品が推理小説であった所に、この少年の気質の傾斜を読みとれぬものでもない。

その非論理性の故に、由来怪談というものは好まぬにも不拘《かかわらず》、一九三七年の夏、箱根の旅館で読んだエーウェルスの《蜘蛛》という短篇だけは、奇妙に生々しく私の心に残っている。

一九三八年——気の効いた少年達なら、既に探偵小説を捨てて、喫茶店の少女のスカートに人生を探る年令に達して、初めて探偵小説が独特の魅力をもって私の生活に忍び寄って来た。探偵小説の女神が、微笑を泛べて私の膝に腰を下した時、私は再び自分の内部に狂気の声を聞いた。（衣裳を脱がせ給え。きっと美しい身体をしているよ。）

私は今まで読み捨てていた新青年のバック・ナンバアをもう一度古本屋の店頭に求めアボットからザングウィルに到るもろもろの探偵小説を、書店の陳列棚に探った。

純粋な探偵小説の魅力もさることながら、それらの周辺にある愛すべき掌篇の群が、当時の私には、より以上の魅惑であった。オウ・ヘンリイ、P・ワイルド、フィシェ兄弟、カミ、ETC——作者は忘れたが、新青年誌上に訳載された《バ・ダ・ブン姫綺譚》と題する一篇の如き、正に掌篇中の絶品であった。

探偵小説の女神は洋装で私の前に現われた。（私が欧米の探偵小説のみを読んだ事は、一つには外国映画への狂気の惰性でもあろう。異国的な魅力は少年を支配する。そして少年時代にこうして銀色の窓からのみ人生を眺めた結果、後に私は日本の風物に異国的な魅力しか感じなくなっていた。しかし、生れたての赤ん坊には、由来国籍などはないのだ）私の本箱が探偵小説で埋まるにつれて、女神は一枚ずつ衣裳を脱いで行った。上着が宙に舞い、スカートが床に落ちる。女神の薄桃色の下着があらわれる。そして、ようやくスリップの紐が、肩を外れようとする時、クラリオンの音が高々と響きわたった。第二次世界大戦——女神の頰がこわばり、力なく本箱が閉じられる。落ちたスカートを再び身にまとい、女神は不機嫌な表情で、灯火管制の街を歩み去って行く。かくて探偵小説に関する私の狂気は半ばにして止んだのである。

鬼と呼ばれる人々なら、如何なる愚作の中にも、何処かしら楽しむべき部分を見出すであろう。重要なのは、林檎でなくして、それを見凝めるニュートンの視線なのだ。そういう意味では、この時代に読んだあらゆる探偵小説に楽しい想い出がある。時には、探偵小説以外の小説を探偵小説的に読んだ。——強いて印象に残るものを挙げれば《Yの悲劇》、クリスティの《アクロイド殺し》は悪訳の故か、むしろ《スタイルズの怪事件》の方が面白かった。作者ではチェスタアトン。私のようにひよわい少年にはルパンはやはり一つの魅力であった。特筆すべきはドイル嫌い。

人々が茸状の雲を嫌悪し、街々に再び、横文字の看板が現れ始めた時、私の本箱には一頁の探偵小説の破片もなく、探偵小説の女神は手頸まで隠れる長い衣裳を纏って私に背を向けていた。女神の衣裳を剝ぎ取るだけの情熱が、既に私には残っていなかった。私は女神の存在すら忘れかけていた。しかし慌だしい私の生活に突如として休止符が現れる。苦痛と退屈の同居する病床へ再び女神が優しい微笑を泛べて入って来る。

戦後読んだ中では、アイリッシュの《幻の女》が群を抜いている。本格ではカーの《帽子狂》、少年時代ならライスを最も好んだかも知れぬ。ついでに《藪蛇物語》のピエール・ヴェリを挙げる。戦前の記憶だが《絶版殺人事件》も愉しかった。チャンドラアを読むなら純粋の文学的作品を読む友人Y・O・氏の好意で昨年初めて日本の探偵小説を多量に読んだ。ワイルド《インクエスト》の抄訳は惜しい。渡辺啓助の奇想性と山田風太郎の傍若無人さ——未読のものが余りに多い。

女神は相変らず大切そうに下着を纏って立っている。私はまだ桃色の下着の下に何があるかは知らない。しかし、下着一枚にして眺めれば、女神の胸の膨らみがバスト・パッドのためであったり、胴のくびれがコルセットのお蔭であるのを、見逃す事もあるまい。ともかく、近き将来、本箱のある友人を作って、女神の下着を脱がせたいものである。

《すとりっぷと・まい・しん》について

別冊『宝石』二〇号（新人二十二人集）所載の小生作《すとりっぷと・まい・しん》について、その標題がストレプトマイシンの誤記の如く解されている模様なので、作者の立場からこの紙面をかりて一言致します。

標題《すとりっぷと・まい・しん》は、Stripped, My Sin（我が罪あばかれたり）を発音通りに記したもので、おとなしく書くならば、勿論 Strip, My Sin（我が罪をあばく）あるいは、My stripped Sinとすべきでしょうが、作者が敢て前記の題名を用いたのは、その音を出来得る限りStreptomycinに近づけようと試みたために外なりません。篇中Streptomycinをストレプトマイシンと正確に記してありますから、標記の題名がその誤記でない事は注意深い読者ならお判りの事と思います。

すとりっぷと——なる題名に忠実たらんと欲するため、作品の構成においても極力伏線を排し、主人公の犯罪への過程を、さながらストリップ・ティーザーが一枚ずつ衣裳を脱ぎ捨てるが如き技巧にて、徐々に書き進めた如き、作者としてはかなり題名を大切に取扱った積りで居ります。

現在では、音韻的な美しさからも、常識的に《すとりっぷ・まい・しん》とすべきだったと思って居りますが、それはともかく、小生の如き「新人以前派」以前の人間は、一部読者の想像されるほどなげやりな題名のつけ方は致しません。文筆的多忙にないからです。

料理の上手な妻

「君は一体、料理の上手な妻と云うものを、どう考えるかね」

或る時、友人のD・S・愛好家、仮理究《かりきゅう》先生が私に尋ねた事がある。

本格D・S・に関する小論を書きまとめようと考えながら、どうにもペン先の動かなくなった私が、気分転換のため先生の住むアパート架空荘の十三号室を訪れ、話題が偶々D・S・の在り方に触れた時の事である。

「そうですね」

先生が、こうして突然今までの話題と一見何の脈絡もない会話に転ずる場合には、大抵何か下心のある事を経験している私は、要心深く、あたりさわりのない答を用意した。

「料理の上手な妻とは、性的魅力のある料理女と似たようなものだと思います。ベッドを重く見るか、食卓を重く見るかによって、多少その価値が変るかも知れませんが……」

「うまい事を云う」

先生は満足そうな微笑を泛べた。

「気の効いた言葉というものは、往々にしてその意味を理解して居らぬ唇から発せられるものだが、今の君の言葉が正にそれだ。君は自分では気付かずに、非常に意味深い事を云っているのだよ」

卓上の紅茶にレモンを切りこんでいるあの有名な黒衣夫人に向って、一瞬意味あり気な視線を走らせてから、先生は煙草に火を点けた。

「それでは先生、今の話が先生のD・S・論と何か関係があると仰有るのでしょうか？」

「まあ、黙って聞き給え。後で考えれば判る事だ」

先生はここで一寸言葉を切って、いれたての紅茶に唇を濡らすと、再び私に向って新しい質問を発した。

「君は小説を書く身でありながら、女を知らんという愚劣な人間だから、甚だ話の相手として不適なのだが、もし君が仮に結婚するとしたら、どのような女を妻に望むかね」

「今のように原稿が売れなくては、一生結婚出来そうにありませんが、もしするとしたら」

私は先生の左肩に軽く身を凭せている黒衣夫人のしなやかな身体を横眼で睨んだ。

「若くて、美しくて、財産があって、適度に不道徳で、その上料理が上手で……」

「止し給え」

先生が不機嫌な声をたてた。

「そういう考《かんがえ》だから何時までたっても碌な小説が書けんのだ。一体、近頃の人間は、妻というものに対して色々な註文をつけすぎる。やれ、ピアノが弾けねばならん、素粒子論の素養がなくてはならん、料理が上手でなければならん――所が、だ。妻というものは、本来ベッドの上で美しくありさえすればよろしい。その余の事は全く不要なのだ。料理が上手な事は料理人としての価値を高めはするかも知れぬ。けれども妻としての価値をいささかも変えるものではない。理解のある夫は、自分の妻が、如何にすればベッドの上で最も美しくなりうるか、に専念出来るようにしてやらねばならん。貴重な、かけがえのない妻の人生を、一秒間たりとも料理などという愚劣なものに浪費させるのは申訳のない話なのだ。料理のためにならフランス人の料理女でも雇えばよろしい。妻というものを料理女にまで引き下げる必要はどこにもない。料理女を別に雇う事の出来ぬような人間には、もともと結婚する資格などありはしない」

先生はここまで語ると、傍の黒衣夫人を顧みて、人の悪そうな微笑を泛べた。

「世の中には色々な女がいる。従って、中にはベッドの上で美しくなろうと努力しながらその才能の故に、結果においては料理が上手になってしまう女もあろう。料理女としては、この女は成功したといえるかも知れぬが、妻としては、これは恥ずべき失敗にすぎぬのだ」

仮理先生が坐を外した時、私は低声で黒衣夫人に問いかけた。

「料理の上手な妻という言葉は、文学的なD・S・を象徴しているのだと思いますが、そうだとすると、先生のD・S・論は相変らず硬派ですね」

「まあ、あなたは今の話をそんな風に解釈するの?」

黒衣夫人は如何にも可笑しそうに身体をくねらせた。

「D・S・趣味——とはいっても、物事を一々そんな風にこじつけていたら、この世の中も随分変って見える事でしょうね。でも、実際には、今の話はそうではないのよ。今日、朝食の際に、あたくしが説明のしようのない珍妙なお料理をこしらえてしまったので、先生はあたくしを慰めるためにあんな話をしたのだと思うわ。だから、もしあなたが、先生の話をそんな風に解釈して、勝手に同人雑誌なんかに発表したら、読者に怒られる事疑いなしよ」

黒衣夫人の言葉が真実であるか否かは、読者の判断におまかせする。

微小作家の弁

生れつき私の内部には一種の狂気が棲んでいて、何か一つのことをやりはじめると、極限までそれを押しすすめねば気がすまぬ所があります。したがって、やる以上は徹底的にやりますし、それがやれぬ場合には全然手を触れないのです。そんな訳で最近は探偵小説の新刊書を殆んど読んで居りませんから、それについて語る資格もなく、また、自分が書こうとしているものに対する抱負などというものもありません。力作を書くつもりなら、抱負などをのべる暇に、黙ってそれを書けばよいからです。したがって、私がこれから書き綴る短文は、現在私の心の中にある極めてとりとめのない感想のようなものになってしまうだろうと、ひそかに恐れている次第です。

十人の画家が集まれば、十個の画が存在するように、探偵小説というものに対する考え方も人によってみな違うと思います。或る人にとって、探偵小説であるものが、他の人にとっては、全然探偵小説でなくても、それは、その人達の持って生れた感覚の相違で、一向に構わぬ事だと、私は考えます。十人探偵作家が集って、八個の探偵小説しか存在しなかったら、そのうちの二人は存在する必要はないのではないでしょうか。そうした意味で、いかに貧しくとも、私は自分の手でものを書きたいと思っています。

初めて探偵小説を書いた頃には、私は、探偵小説らしいものを書こうと、大変努力しました。その頃には、所謂本格物のみを探偵小説と思っていましたから、なるべくその方向のものを書こうとしましたし、そのため、不本意ながら、現在でも私は本格派と他称されています。しかし、よく考えてみると、そのように無理やりに、探偵小説を作りあげるという行為に、現在の私は、疑問をもっています。探偵小説を書こうと意識して、果して純粋に個性のある探偵小説が書けるでしょうか？

もし、その人が生れつき探偵小説感覚をもっているならば、そのような意識をもたずとも、書いたものは、結果において、自然に探偵小説になっている筈です。意識せずに書いたものが探偵小説になっていないようなら、その人の探偵小説感覚はつけ焼刃的なもので、わざわざ探偵小説を書く必要もないようです。そんな事を考えてから、私は大変気楽になって、指先の動くのにまかせる勇気が生じました。

こんな事を書いたために、私が自分を小説家だと思っている、と笑われそうなので、一言つけ加えさせて貰います。作品の質や量においては私は小説家とは自称しません。しかし、仮令《たとえ》一行でも、特定のペン・ネームのもとに文章を綴る以上は小説家としての自覚は持ちたいと思います。「もっとよいものを書け」という言葉は、才能のある人に向っていって下さい。「どうしてあんなものを書くのだ」と問われれば、こう答えるでしょう。「よくわからないけれど、その時にはそれが書きたかったのでしょう」

匿された本質

「宝石」誌昭和二十四年十一月号所載の《探偵作家としてのE・A・ポオ》なる文中において、江戸川先生は、次のように書いています。

『私はこれまで大きな誤解をしていた。それは、ポオの本領は「大鴉」などの詩や、「リジア」「アッシャア家」などの怪奇神秘の作品にあって、探偵小説は単なる余技にすぎず、ポオをあげつらうのに探偵小説などを持ち出すのは甚だしい見当違いだという考え方で、これは私だけでなく、多くの人々が陥っている錯誤ではないかと思う』

ポオの本質が推理三昧の気質にあって、すべてがそれに端を発しているという考え方は現在までのポオに対する一般的な通念とは、正反対な極に立つものでしょうし、その時まで、私はそうした事を考えた事もなかったので、江戸川先生のこの一文には、非常な感動を覚えた事を記憶しています。

従来の人々の通念を訂正するのは、非常に勇気がいりますし、又、それ以上に鋭い観察力が必要です。大多数の信ずる事を、凡人は決して疑おうとしません。それを疑い、己の眼をもって見極め得るのは、明らかに撰ばれた人の特権なのでしょう。

私が殊に感心したのは、『私はこれまで大きな誤解をしていた』という一行です。これまで——と書くからには、江戸川先生がポオの本質をそのように断じたのは、あの一文が書かれるそれ程以前ではなかったのでしょう。私は、絶え間なく見る先生の、溢れるような若々しさを感じたのです。

もともと、私自身、貧しいなりに、自分の眼で見る事を唯一の方法とする人間ですから、前期のような物の見方に非常な魅力を感じます。ワトソンが女性である——というレックス・スタウトの説が、その傍証において果して正しいか否かは知りませんが、その着想の奇抜さの故にそれを正当と認めたいほどで、凡人の着想し得ぬ奇抜な推定をたてる所に、私は探偵小説を愛好する人の気質を見るのです。

初期の短篇から後期の長篇に到るまで、寡作とはいわれながら、江戸川先生はかなり尨大な作品群をもっていますし、恐らく合計すれば、作品それ自体よりも多量の批評が数多くの人によって書かれているでしょう。私は批評家ではありませんし、そうした能力もありませんから、既に批評されつくした江戸川先生の作品について、改めて類型的な文字を連ねようとは思いません。ただ私が僅かになし得るのは、

『江戸川氏は理論としては本格論を唱えながら、作品の本質においては、本格以外のもの、氏一流のあの不思議な味を特色としている』

といわれている、従来の言葉に、ささやかな反逆を企てることなのです。

本格探偵小説の根本的な二つの魅力として、私は論理性と奇想性をあげます。この二つの因子は、私が自己流に命名したものですから、一言説明を加えるならば、論理性とは、ポオの《マリー・ロージェ》によって代表されるものですし、奇想性とはチェスタァトンの諸作から拾う事の出来る奇抜な思いつきから理解し得るものです。

ポアンカレーは数学者を代数学的数学者と幾何学的数学者の二種に分けました。心理学者の分類に従えば、この分類は、非直観像型と直観像型に当ります。文字からだけでも想像出来るように、代数学的数学者は、分析的であり、着実な性格であるに反し、幾何学的数学者は直観的です。

多くの人達は、探偵小説と数学を対比させながら、その場合、殆ど例外なく代数学的数学者を理解しても、幾何学的数学者を忘れ去ろうとするようです。従って、本格探偵小説の要素として、論理性を求めながら、奇想性を、本格探偵小説の要素としては、余り高く評価しないようです。

数学に於て、代数と幾何が同等の価値をもつように、私は、本格探偵小説の中に奇想性を大きな要素として数えます。そして、その意味において、江戸川先生を、また、江戸川先生の作品そのものを、紛れもなく本格の気質に貫かれたものと感ずるのです。江戸川先生の所謂非本格作品が、本格以外のものといわれながら、探偵小説以外の何物でもないことは、多くの場合、その作品が論理性よりも奇想性によって支えられているからではないでしょうか。（勿論、極めて論理性の強い作品もありますが）そうした観点から、江戸川先生の作品を読み直してみるならば、変格といわれる先生の作中随所に幾何学的数学者の匂いを探りあてる事が出来て、江戸川先生の世界と呼ばれるものが、数学者の手になるものである事を感じる事も出来ると思うのです。

本文の冒頭において引用したように、詩人であり怪奇神秘作者のポオが本質において理論家であった――と先生は断定していますが、それは江戸川先生自身の場合にも、同様にあてはまるようです。ポオが代数学的数学者であり、江戸川先生が幾何学的数学者である点を除いては。

以上の小さな考察は、もとより、極めて独断的な私の印象にすぎません。私は私なりにそう感じていますが、果してそれが正当なものであるか否かは判らないのです。そして、私は、私の仮説が正しいか否かを実証するために、一度先生に向って、次の質問を発してみたいと思っています。

『先生は中学時代、代数よりも幾何が得意ではなかったでしょうか？　直観像型の人間がそうであるように、先生は、初めて見た風景を前にも見た事があるような錯覚に捉われる事がお有りではないでしょうか？』

酷暑冗言

この所、自らすき好んで作った雑用にとびあるき、そうでなくてさえ物を考える事の嫌いな人間が、ますます物を考えなくなってしまいました。従って、クラブ会報の誌面にふさわしい程のまとまった事は、とても書けそうにありません。ただ、断片的に、一、二感じた事がありますので、とりとめなく、それを書き並べてみましょう。

× ×

先日、或る友人と雑談している時、幻想肢の話が出ました。

脚を切りとられた人間が、既に所有していない足のユビが痒ゆかったりする——あれです。

「無い足が痒ゆいから面白いんだ」

友人がいいました。

「持っている足のユビがいくら痒ゆくたってちっとも面白くない。既に失ってしまった筈のユビが痒ゆいから面白いんだよ」

その、失ったユビの痒ゆさというやつが、つまり文学なのでしょう。

× ×

「少し傑作を書かなければいけないよ」

会う人が皆、私にそういいます。しかし、傑作を書くのは、才能のある人の仕事です。

僅かばかりの才能があるために、一生、物を書く生活から抜け出せず、愚にもつかぬ小説を書きながら人生を徒費する人間を、世人は哀れみます。

「どうせ、大したものは書けないのだから、今のうちに止めたらどうだね」

そういってくれる親切な人もいるのです。理論的に人生を打算すれば、ペンを捨てるべきだとは、自分にも判っているのですが、それなのに、私は何の理由もなく、やはり書いてしまうのです。

しゃくとり虫という奴を御存知でしょう？　あの虫は、別に柩の寸法を測っているのではありません。かといって、自分自身の宇宙を測量しているのでもないのです。ただ、もって生れた習性として、青いマッチ軸のような身体を、折り、曲げ、反り、ふりたてて、歩んでいるにすぎないのでしょう。

だから、私は、自分の右手が好きなのです。

ゆきずりの巨人

1

稚い時代の書物との出遭いは、僕にとっては、全く偶然によるものだったといってもよい。小学生の頃、僕が乱歩や、ドイルや、小酒井不木の書いたものを、読み耽るようになったのは、たまたま、僕の家の書架に、それらの本が並んでいたからに外ならない。

といって、稚い僕が、とりわけ読書家だった訳ではない。僕の家は、江戸川に面した土手の下にあったから、暇な日の大半は、魚を釣ったり、蜻蛉を捕えたりして過した。ただ時折、別の世界に向って心が動く時、僕は、重い開き戸の書架をあけて、微かな黴の匂いに心をときめかせながら、その中の本を読んだ。

書架の中には、漱石もいたし、鷗外もいた。モーパッサンもいたし、トルストイもいた。その中から、僕が、乱歩を、ドイルを、不木を撰んだのは、情操的に未発育な人間でも、理解できる要素を、論理的な小説が持っていたからであろう。

所謂、文学の深さは、十歳未満の僕には判らなかった。しかし、ドイルは明快であり、乱歩は明快であった――といえば推察がつくように、当時の僕が好んで読んだ乱歩の作品は《二銭銅貨》《D坂の殺人事件》《心理試験》といった、一連の、純粋な推理系統の作品群に限られている。

この稚い時代での探偵小説との出遭いが、僕の人生に決定的な影響を与えた事は否めない。

僕がやがて、数学や物理学を愛し、クリスティや、クイーンや、クロフツを読み漁る少年に育って行った発端は、これらの作品群との出遭いにあったと云えるだろう。

年齢とともに、色々な書物と出遭い、僕自身、変わり続けてはきた。しかし、僕に、はじめて、未知の世界を開いてくれた、幼年時代のあの書架を思い出すたびに、微かな黴の匂いと共に、昔風の字でかかれた、あの難しい《乱歩》の名前が甦ってくる。

2

僕が二度目に乱歩と出遭ったのは、それから二拾年以上経過してであった。

大学を出て間もなく、病を得た僕は、ベッドに仰臥して七年間を過した。病床の無聊の中で、僕は当時発刊されていた《宝石》誌を読み、探偵小説を書いた。そして、探偵作家クラブの一員として、現実に、血と骨と肉をそなえた江戸川乱歩を見たのである。

その頃までには、僕も乱歩の他の作品群を読んでいた。そして皮相的な世間一般の評価がそうであったように、江戸川乱歩という人は、《黒蜥蜴》《人間豹》《緑衣の鬼》といった作品で代表される作家に変貌したものと考えていた。しかし、はじめて見たこの巨人は、僕の予想とは全く違う風貌の人だった。天皇陛下と瓜二つの、学究然とした好々爺がそこに立っていたのである。

天皇陛下が口を開いた。「狩君というのは、とうのたった美少年だね」これが、僕が耳にした江戸川先生の最初の言葉だった。

平井太郎という表札を探して、先生のお宅を訪れた事もある。暇な時、一度来るようにという手紙を頂いてである。

その頃、僕が先生に接して、最も痛切に感じたのは、何故、これほどの人が、書かないのか？という疑問であった。学識も素養もなく、しかも珠玉の作品を書き続ける人がいる。思うに、先生は、全く違うタイプの作家であり、その内部では、すさまじい戦いが行われていたのであろう。《眼高手低》という言葉をよく口にされたが、この時機に、小説という形のものを発表されなかった事は、僕達にとっても、大きな損失であったと思う。

当時は、どういう訳か、新人が出ると、江戸川派か、木々派かと分類する事が流行していた。そのように分類されることが好きでなかった僕は、余り積極的に江戸川先生にお眼にかかろうとはしなかった。

しかし、山村正夫さんが、《推理文壇戦後史》に書いている花園街の乱痴気騒ぎに、一度、先生と御一緒した事がある。作家クラブの二次会だったと思うが、普段着の人間乱歩を、僕が垣間見たのは、その一夜に過ぎない。そして何よりも意外だったのは、その翌日、先生から頂いた手紙の文面だった。

昨夜は酔態をお眼にかけて汗顔の至り――という一行が、ひどく僕をうろたえさせた。僕にとっては、あれが乱歩の筈だった。一見生真面目風の僕に対する思いやりであったかも知れないが、僕はこの時、今まで不可解であった先生の内部の、或る一点がおぼろ気ながら判ったと思った。《心理試験》の作者であり、《黒蜥蜴》の作者であり、《幻影城》の著者であるためには、たぐい稀な純粋さと、野放図な無頼の精神と、それを統合する精密な神経が共存しなければならなかったのだろう。

或る事情から、僕が《宝石》誌に書かなくなった頃、ＴＢＳのロビイで先生と往き合った事がある。「どうして書かないの？　僕は川島君（藤村正太氏）ときみの事が、今、一番気になっているんだ」それが、僕の聞いた巨人の最後の言葉だった。

そして拾数年後の今、僕は、江戸川乱歩が、やはり僕にとって、一人の師だったと思っている。

楽しき哉！　探偵小説

子供の頃から、私は探偵小説が好きでした。探偵小説は、私に数多くの楽しさを教えてくれました。そして長い間楽しんでいる裡に、私は、段々、探偵小説に借りがあるような気がしてきたのです。楽しんでばかりいないで、たまには楽しんでもらおう――そういう、探偵小説への恩返しの気持から、私は今、《虎よ、虎よ、爛爛と――》書き上げた所です。

従って、この作品を読めば、作者が、探偵小説のどういう所を面白いと思っているか、判ってもらえると思います。本格探偵小説を余り書かない私が、柄にもなく、真正面から、《密室》をとりあげたのも、探偵小説的な面白さを、中心に考えたからです。

探偵小説の魅力は、ポー、ドイル、チェスタトンにはじまる論理性だと思いますが、実はこの論理性というのが、意外に、本当に論理的ではないのであって、その意味であらさがしをすれば、名作にも欠陥はあり、読者の立場から云うと、探偵小説の魅力は、あらさがしの論理性を楽しむ事とも云えそうです。

人間の深層心理まで立ち入ってしまうと、精神分析医の断定を、分析された本人が納得しないケースはよくある事で、心理的な論理性は、探偵小説には、とり入れ難い面があります。単純な例でいえば、おかしいから泣いたり、嬉しいから怒ったりする人間が沢山いるのに、おかしいと笑う、腹をたてると怒るといった感情露呈の方程式に従って、小説を書くような所が、探偵小説にはしばしばあって、しかも、論理的構成上、それがやむを得ない場合が多いのです。

そんな訳で、心理的な論理性が、探偵小説で使い難いとすると、残るのは、物理的な論理性ですが、これは、数学や物理学の書物の方が遥かに高度な要求を満足させてくれるので、物理的な論理性で探偵小説が成り立つとは考えられないようです。

　にもかかわらず、探偵小説が、心理学者にも物理学者にも愛されるのは何故でしょう？
ひと口にいえば、探偵小説の根本にあるものは、因習的、先入主的な物の見方に対する反撥で、そのような浅薄な物の見方に対して、自分の眼で物を見る探偵が、個性のある結論を出す――その自分の眼で物を見る事の魅力だと思います。論理性は、その結論を導入するための道具に過ぎず、そして、論理にも、自分の眼が必要です。

　自分の眼で物を見る事は、科学でも、文学でも、芸術でもその根本をなすものであり、そのような共通性があるからこそ、探偵小説は、科学者にも、芸術家にも、愛され、時として、探偵小説は文学ではなかろうか？　などと呟く人間があらわれてくるのではないでしょうか？

　ここから先は全く個人的な見解ですが、女というものが、時としては、余りにも素晴らしい資質を具えているため、女もまた、人類なのではないか――と考えるのと、大変良くにた現象だと、作者には思われます。

解題

横井司

独特の文体でロジカルな謎ときのみならず、官能的な要素を好んで作品に取り入れ、また作中に自身を登場させる私小説風の作品をものした異色作家・狩久は、一九二二（大正一一）年二月一〇日、東京に生まれた。本名・市橋久智《ひさあき》。別名・貝弓子。慶応義塾大学・工学部電気学科を卒業した四六（昭和二一）年に結核で倒れ、療養生活に入る。病が小康を得た五一（昭和二六）年、「落石」「氷山」の二短編を、『宝石』主催の「20万円懸賞短篇コンクール」に投じ、前者が「優秀作五篇」の内に選ばれてデビュー。五三年に自宅療養に入ってからは作品数も増え、貝弓子名義では「煙草と女」（五四）の他、架空の作家ウィリアム・Q・ハントやN・J・コウの作品を貝が翻訳したという体裁の創作翻訳も手がけた。その傍ら、「関西鬼クラブ」（後の「SRの会」）東京支部を主催し、同クラブ発行の同人誌『密室』に創作やエッセイを寄稿。六二年までに九十編ほどの中・短編を発表したが、テレビ局の仕事が多忙となり、いったん沈黙。七五年になって雑誌『幻影城』に「追放」を発表して再デビューを果たしたが、その後は僅かに長編『不必要な犯罪』一冊と中編二編を残したのみで、一九七七年一〇月一二日、宿痾の肺癌のため逝去した。享年五十五歳。

狩久の経歴を、さまざまな作家論や作家事典を参照してまとめれば、概ね右のようになるだろう。ところが、である。

地方の日刊紙『佐渡新報』に中編「佐渡冗話」が連載されるにあたって、一九五二（昭和二七）年七月二〇日付の同紙に予告記事が掲載されたのだが、そこに狩久自身の「作者の言葉」と並んで、恐らく同紙記者による次のような紹介文が載っている。

> 本社では読者の要望にこたえ加茂村出身の推理作家狩久氏の佐渡を舞台とした推理小説「佐渡冗話」を明日から「君が名《ママ》は…」を中止して連載します。狩氏は本名高橋《ママ》久智、東京市立第二中を

経て慶応大学工学部、電気科卒、学生時代から音楽、とくにジヤズを研究、トミドシーに傾倒していたが、推理小説にも志しルブランドイルなどから出発、チエスタートン。《ママ》グッドハウスなどのユーモア文学に進み、元来明るいものを好み、作品は学生時代より無数にあるが、最近の作品は「落石」が宝石の懸賞に当選して以来「暇つぶし」「ストレップト、マイシン」など引続いて発表、新人として注目を浴びているものである

これを読んで意外の感を覚えたのは、筆者（横井）だけではないはずだ。

まず、最初に「加茂村出身の推理作家」と記されてあること。加茂村とは、新潟県佐渡郡加茂村のことで、これに従うなら狩久は、従来作家事典などの項目で書かれてきたように、東京生まれではなく、新潟県生まれということになる。『佐渡新報』という地方紙に、デビューしたばかりの新人の作品が連載されることになった、それも一世を風靡した菊田一夫の『君の名は』の連載を中止しての起用である。そうした抜擢も、作者が佐渡出身の人間であれば、なるほどと頷けないこともないのである。『不必要な犯罪』（幻影城、七六・九）の巻末に付せられた「著者略歴」に「東京に育つ」（傍点引用者）とあるのも、右のような事情を鑑みると意味深だ。未刊行の長編『裸舞《らぶ》&裸婦奇譚』の第三章は、「狩久の生い立ちの秘密」を探る話だったようだから（島崎博「狩久さん、再見」『幻影城』七八・一による）、もし同作品が刊行されていれば、このあたりの事情が明らかになっていたかもしれない。

なお、二上洋一《ふたがみひろかず》「私小説風探偵作家・狩久」（『幻影城』七六・一二）において、「佐渡出身の狩久氏が、その縁故で書き下ろした作品」と書いているのは、『佐渡新報』の記事に拠るものであろうが、生前に本人から確かめられていたのであろうか。二上氏も昨二〇〇九年、鬼籍に入られてしまい、その辺の事情も確認できなくなってしまった。

続いて、本姓が「高橋」となっていること。これは単純誤植かもしれないが、「高」の活字は上

下の字と比べると明らかに級数《ポイント》が小さい。これを後からはめ込んだものだとすると、最初は「市橋」と組んだものをあえて「高橋」と直したか、最初「市」ないし「高」の字が脱落していて、後で補塡したかのいずれかであろうと考えることができる。「高」を「市」に直すのなら、活字が小さくとも自然だが、その逆だと、わざわざ「高橋」と直したとしか思われない。また脱落していた字を後から埋めたのなら、「高橋」が正しい姓である確率はより高まるように思われる。もし狩久が存命中にこのことを知っていたら、「私小説風探偵作家」（二上洋一、前掲論文）といわれた作者であっただけに、この材料から、たちまち一編の推理譚《テクスト》を仕上げたかもしれない。

『佐渡新報』の記事には「学生時代から音楽、とくにジャズを研究」とあるが、別の資料では「学生時代には、家庭教師、通訳、ジャズ・バンドの楽士――と、多種多様な職歴を経験されたそうである」（「執筆者の横顔」『探偵実話』五三・一）となっている。梶龍雄は、『不必要な犯罪』（前掲）の解説「プロフィール・狩久」において「自からもクラリネットを演奏するほどジャズを愛し」と書き、また追悼文「Q&ナインこと狩久氏の事」（『幻影城』七八・一）で、特技としてジャズ・トランペットをあげているが、楽士を務めていたころは何を演奏していたものか。特技であるというのだから、トランペットだろうか。ちなみに、立石敏雄の追悼文「狩さん、さよなら」（『幻影城』七八・一）では、「どうだいイシちゃん、クラリネットの練習はしてるかい」と話しかけられる声がすると書かれている。なお『佐渡新報』の記事にある「トミドシー」とは、ジャズ・トロンボーン奏者トミー・ドーシー Tommy Dorsey（一九〇五～五六）のこと。バラードを演奏させると絶品だったという。

『佐渡新報』の記事では、続けて「推理小説にも志し」とあり、これだと学生時代に入ってから「推理小説に志し」たかのように読めてしまうのだが、「女神の下着」（五二）や「ゆきずりの巨人」（七五）といったエッセイからは、その嗜好は小学生時代にまで遡ることが分かる。そのお気に入りの作家は、右のエッセイを参考に列記すれば、江戸川乱歩、小酒井不木、ドイル Arthur Conan

Doyle（一八五九～一九三〇、英）、ルブラン Maurice Leblanc（一八六四～一九四一、仏）、ロバート・バー Robert Barr（一八五〇～一九一二、英）、G・K・チェスタトン G. K. Chesterton（一八七四～一九三六、英）、オー・ヘンリー O. Henry（一八六二～一九一〇、米）、フィシェ兄弟 Max Fisher（一八八〇～?、仏）& Alex Fisher（一八八一～一九三五、仏）、パーシヴァル・ワイルド Percival Wild（一八八七～一九五三、米）、カミ Cami（一八八四～一九五八、仏）、アイリッシュ William Irish（一九〇三～六八、米）、カー John Dickson Carr（一九〇六～七七、米）、ピエール・ヴェリー Pierre Véry（一九〇〇～六〇、仏）、クリスティー Agatha Christie（一八九〇～一九七六、英）、クイーン Ellery Queen、クロフツ F. W. Crofts（一八七九～一九五七、英）ということになるが、「グッドハウス」は、『佐渡新報』の記事に見られるのみだ。ちなみにこれは、ウッドハウス P. G. Wodehouse（一八八一～一九七五、英）の誤植であろう。他に中編「らいふ&です・おぶ・Q&ナイン」（七六）では、作中人物の口を借りて、狩久に影響を与えた作家としてオー・ヘンリー、シャーウッド・アンダスン Sherwood Andereson（一八七六～一九四一、米）、アンブローズ・ビアス Ambrose Bierce（一八四二～一九一四?、米）の名があげられている。

「作品は学生時代より無数にある」とあるが、特に同人誌活動などには参加していなかったようだ。ただし「らいふ&です・おぶ・Q&ナイン」には、作中人物の口を借りて以下のように語られている。

> 狩久が十七歳の時、戦前の《新青年》に投稿し、佳作となって、当時の編集長であった水谷準から、最後の三行はなくもがな、と評された掌篇があることを、皆さんは御存知ないでしょう。ペン・ネームは違っていたけれども、この作品こそ、狩久の本当の処女作です。

作品は確定できていないが、これが事実なら「学生時代から無数にある」という記述も頷けなくもない。山村正夫が伝える狩久伝説のひとつに、完成原稿を枚数別に抽斗にしまっておいて、依頼枚数に応じて適宜抽斗から取り出して編集者に渡していたという逸話があるが（「わが懐旧的作家論9／ミステリー界の新感覚派・狩久」『幻影城』七五・九）、こうしたことが可能だったのも、学生時代から多くの習作を物していたからであろうか。

慶応義塾大学を卒業した年の秋、結核で倒れたことは、先にも述べたとおりである。すでに職に就いていたかどうかは詳らかではないが、学生時代にさまざまな職を経験していただけに、病に倒れ、逼塞を余儀なくされたことは無念であったろう。療養生活のつれづれに目にしたのが『宝石』五一年一月号に載った「20万円懸賞短篇コンクール」募集の告知であったと思われる。狩はそこに「病床のひまつぶしに書いた短篇」（前掲「執筆者の横顔」）「落石」「氷山」の二編を投じた。一等（一名）五万円、二等（二名）各三万円、三等（三名）各二万円、佳作（三名）各一万円、計二十万円の賞金となるこのコンクール、伝えられるところによれば「一席五万円、二席三万円を、いっぺんに獲得しようと思って二篇を応募した」とのことだが（二上洋一、前掲論文）、結果は「優秀作五篇（賞金　各三万円）」の一作として「落石」が選ばれたのみであった。ちなみに他は「佳作三篇（賞金　各一万円）」「選外佳作七篇（賞金　各三千円）」で、賞金総額は二十万一千円という結果だったが、後述するように、この賞金が確かに送られたものかどうか、詳らかではない。

この選考結果が発表されたのは『宝石』五二年三月号で、翌四月号では「二十万円懸賞受賞者作品特集」が組まれた。そこに「ひまつぶし」を投じた狩は、巻頭グラビアに掲げられた作者の肖像と共に受賞の言葉ともいうべき無題の文章を寄せている。

一九二二年二月十日生、K大工学部電気科卒、数年前より病を得て自宅療養中。マルケは若い頃、美しい絵具が買へずに灰色の絵ばかり画いた。一日に数枚以上の原稿を書くと体温が三十七度を超へると云ふ理由から、私は当分の間、短篇のみを書くであらう。しかしその範囲内で、幾つかの試みを、ひそかに予定してはゐる。

マルケとはフランスの画家アルベール・マルケAlbert Marquet（一八七五〜一九四七）のこと。このときの「ひそかに予定して」いる「幾つかの試み」のひとつが、「落石」「ひまつぶし」をふまえて書かれた私小説風探偵小説の代表作「訣別」（五二）であろうし、大胆に官能描写を取り込んだ一連の作品群でもあったろう。自宅療養に入った時期に、雑誌の取材に答えて以下のように述べているが、これは一種の韜晦のポーズとでもいうべきだろうか。

一九五一年、病床のひまつぶしに書いた短篇「氷山」「落石」を或る探偵雑誌の懸賞募集に投じたのが間違いの初まり——という。更に語をついで、
『面白い小説を書くためには、先天的に多少ひねくれた性格の人間の方が向いています。其の点、私は素直すぎて損をしているようです。せい〴〵後天的にひねくれて、面白い小説を書くよう努力するつもりですが……しかし、才能にも健康にも恵まれぬ人間が、単なる情熱だけで、どの程度の小説が書けるのか試してみるのも面白いかも知れませんね——』（前掲「執筆者の横顔」）

記事はこの後、先にも引用した学生時代の職歴にふれてから「不幸にも五年ほど前より病を得て、目下自宅療養中である。一日も早く恢復され、力作大作をジヤン〳〵発表されること読者諸賢と共に祈つて止まない」と述べて締めている。この祈りが通じたわけでもないだろうが、五三年こそ「恋囚」ほか七編だったが、五四年には「鉄の扉」ほか十七編に増え、それに加えて藤雪夫・鮎川哲也との連作「ジュピター殺人事件」の完結編を担当。この時期は、後の「SRの会」である「関西鬼クラブ」の東京支部を主宰し、同人誌活動に従事していた頃でもあった。後に夫人となる作家・四季桂子と出会ったのも、同人活動を通してのことだったのだろうか（『幻影城』七八年一月号

に寄せた追悼文「燃え続け、燃えながら逝った狩久」のなかで四季は「二十二年間の交流があった相手を、どこまで冷静に語れるのか、正直云って自信がない」と記しているから、もう少し後の頃だろうか）。

創作活動の方は、五五年に九編、五六年に四編、五七年に二編と先細りになっていくが、五八年には二十編という記録を打ち出す。同じ年の一二月には作品集『妖しき花粉』をあまとりあ社から刊行している。だが、この年をピークとして、以後作品数は減っていく。五九年こそ一一編だったが、六〇年には四編、六一年には二編となり、六二年の「墜ちた薔薇」を最後に、いったん筆を断つこととなった。

断筆の理由としては、中島河太郎は「ある事情があって『宝石』からも遠去かり」（「愛と死を見つめた狩久」『幻影城』七八・二）といい、二上洋一は「仄聞するところによると、公私、種々の複雑な事情が介在したようである」と伝えるが（前掲「私小説風探偵作家・狩久」）、今となっては詳らかではない。ただ、一九五六年以降、五九年に再登場するまで、『宝石』へ寄稿することがなかった理由のひとつとして、懸賞短篇コンクールの賞金不払い、ないしそれ以降の原稿料の不払いなどが原因だったのかもしれないと想像される。懸賞金の遅配・不払いについては、四九年に告知された「宝石創刊三周年記念『百万円懸賞』探偵小説募集」通称「百万円コンクール」において、長編部門の受賞者である鮎川哲也が賞金の遅配を問い合わせたことで岩谷書店との関係が悪化したという有名なエピソードがある。また、それ以降の短篇コンクールで常連だった山沢晴雄は次のように回想している。

翌年投稿した『銀知恵の輪』の結果は、書店で本を開いてはじめてわかりました。「あっ一席入選だ。賞金〇万円、うれしいな」と喜んだものです。入選の通知もなければ、受賞式なぞとんでもありません。賞金〇万円はいまだに送られてきません。そんな時代でした。それでも、文句はいえず、翌年も応募作品『死の黙劇』（一九五三年）を投じたものです。これも佳作入選でしたが、こんどは賞金のかわりに原稿の依頼がありました。『宗歩忌』『時計』はこうして書かれました。当時、探偵雑誌は数あれど、宝石誌に掲載されるということは、無名の新人にとって夢の世界です。賞金も稿料もチャラだということはわかっていてもです。（「あとがき」『山沢晴雄傑作集　離れた家』日本評論社、二〇〇七・六）

あるいは狩の場合も、同様ではなかったかと推察される。また「すとりっぷと・まい・しん」（五二）のタイトルについて誤解されたことに対する反論が関係者を刺激したのかもしれない。これについては後述する。

いずれにせよ、五九年に江戸川乱歩の招聘で「たんぽぽ物語」を寄せた頃には、文筆業の収入を補うためにと始めたテレビ関係の仕事が多忙になっていたため、矢継ぎ早に新作を書き下ろすというわけにはいかなかったのであろう。それに、折からの社会派推理小説ブームの波に棹さすような作風でもなかった。

テレビ局の仕事に入るきっかけは、鮎川哲也の回想「狩久の思い出」（『幻影城』七八・一）によれば、ラジオ東京（現在のＴＢＳ）の菅原僕介の斡旋によるとのことだが、狩自身の回想によれば、関西鬼クラブの東京グループの会員である緒方心太郎の紹介によるものだったようだ（緒方の本名が菅原だったのかもしれないが）。

緒方氏は、ＴＢＳの映画部の部長で、同じ部には、《宝石》誌の編集長をしていた津川溶々氏もいて、そんな関係から私は外国テレビ映画の翻訳をやるようになり、テレビドラマの台本を書いたり、コマーシャルの打合せに口を挟んだりしているうちに、何時かコマーシャル・フィルムやＰＲ映画を作るような今の職業に入ってしまった（「我がうしろむき交友録」『幻影城』七五・一一）

鮎川哲也は「その頃は『SR』も休刊していて、狩氏は推理小説に対する情熱がうすれつつあったのだろうか、わたしからも急速に離れていった」（前掲「狩久の思い出」）と回想しているが、ここでいう『SR』が『密室』のことであれば、五五年七月に発行された第十九号以降は、年に平均一〜二冊になっており、六二年には発行されず、六三年、六四年に各一冊発行して休刊しているから、狩がテレビの仕事にシフトしたのは、おおよそ六〇年代前半頃のことと考えられようか。

六二年の「墜ちた薔薇」を最後に、推理文壇から身を引いた狩だが、山村正夫との交流は続いていたようだ。鮎川哲也が狩の旧作をアンソロジーに採録するために探しているという話を山村から聞いて鮎川に連絡をとったのが、斯界とのつながりを再び取り始めたきっかけであろう（狩久「鮎川さんとの再会」『別冊・幻影城』七六・一二）。その鮎川の仲介を通してであろう、『幻影城』の編集・発行人であった島崎博と会った際、病のため「医者に死を宣告されたが、生き残って無事退院したので、残された生涯は小説を書く」と話していたという（前掲「狩久さん、再見」）。

先にも記したとおり、『幻影城』にSF短編「追放」を発表して、狩久は小説家として再デビューを果たした。続いて「虎よ、虎よ、爛爛と――一〇一番目の密室」（七六）を発表し、長編『不必要な犯罪』（同）を上梓。さらに『裸舞&裸婦奇譚』の第一章に相当する「らいふ&です・おぶ・Q&ナイン」（同）を発表。『裸舞&裸婦奇譚』の第一稿は完成しており、病床でその推敲を企図していたが、ついに果せぬまま、一九七七（昭和五二）年一〇月一二日、肺癌による窒息により永眠した。

梶龍雄は、『不必要な犯罪』の解説「プロフィール・狩久」（前掲）において、狩久作品の特徴を大きく二つに分けている。ひとつは「幅広い智性に裏づけされたはてしない論理《ロジック》の世界」、もうひとつは「鋭敏な感性に裏づけされたはてしない官能の世界」である。また二上洋一は、その狩久論「私小説風探偵作家・狩久」（前掲）において、「一つのモチーフから幾つかの作品を作りあげる小説作法」や「自分自身が作品の中に登場する私小説的発想」から、「便宜上、私小説的探偵小説と呼んでおこう。いや、私小説風探偵小説といった方がより妥当かも知れない」と、その作品世界を規定している。また「真実を表現することの方法論として、意識的に自己を韜晦させた」日本文学史上の「幾多の天才」になぞらえて、「溢れる資質を持ちながら遊びの小説作法を駆使し、テレながら探偵小説を書いている狩久氏を、現代の戯作者と呼びたい」と、その作家的資質を位置づけている。狩久の作品世界は、概ねこの両者の論に尽きているといえよう。

狩久生前に編まれた作品集『妖しい花粉』（あまとりあ社、五八）は「耽奇ミステリー」の副題を持つが、その「あとがき」で狩は「この短篇集を編むに当って、作者は、過去の作品の中から、比較的セックスの匂いの強いものを撰びました」と書いている。そこで本書『狩久探偵小説選』では、梶龍雄のいわゆる「幅広い智性に裏づけされたはてしない論理《ロジック》の世界」を描いた作品を中心に編むこととした。結果的に、シリーズ・キャラクターである瀬折研吉・風呂出《ふろいで》亜久子のシリーズを例外として、デビューしてから三年ほどの、比較的初期にあたる作品群を中心とするセレクトとなった。先に引いた『佐渡新報』の作者紹介でいわれていた「元来明るいものを好」むという資質は、瀬折・風呂出シリーズに見出すことができるだろう。二上洋一のいわゆる「私小説風探偵作家」としての「戯作者」気質は、二上が「三部作をなす作品」と述べている三作――「落石」「ひまつぶし」「訣別」から、また地方紙に連載されたために目に触れることの少なかった「佐渡冗話」から、わずかなりともうかがい知ることができよう。

本書が好評をもって迎えられたならば、「比較的セックスの匂いの強い」作品群や、貝弓子名義の創作翻訳群などを中心とする作品集の刊行も可能であろう。大方の支持を得られれば幸いである。

以下、本書収録の各編について、簡単に解題を付しておく。作品によっては内容に踏み込んでいる場合もあるので、未読の方は注意されたい。

〈創作篇〉

ここではまず、狩久の代表的な名探偵キャラクターである、瀬折研吉と風呂出亜久子のコンビが登場する作品を最初にまとめている。

「見えない足跡」は、『宝石』一九五三年一一月号（八巻一三号）に掲載された。後に鮎川哲也編『文庫の雑誌　本格推理マガジン／特集・幻の名作　鯉沼家の悲劇』（光文社文庫、九八）に採録されている。初出時、末尾に「一九五三・九・四」と擱筆年月日が明記されていた。

瀬折研吉と風呂出亜久子が初登場する作品で、探偵小説好きの巡査の描写が単にユーモアにとどまらず、その心理も繰り込んでトリックを構成しているのがミソ。また解決のための伏線が張られ、論理的に犯人のミスを指摘しうるように書かれている点が、狩の才気をうかがわしむる。なお蛇足ながら、瀬折は理論《セオリー》Theory の、風呂出は精神分析学者フロイド Sigmund Freud（一八五六〜一九三九、墺）のもじりであることを付け加えておく。「風呂出」の読みは、『宝石』初出時にはなく、ここでは次作「呼ぶと逃げる犬」が『探偵倶楽部』に掲載された際に付せられたルビに拠っている。

「呼ぶと逃げる犬」は、『探偵倶楽部』一九五五年九月号（六巻九号）に掲載された。単行本に収められるのは今回が初めてである。

建物の配置や犬のしつけなどがすべてアベコベという奇抜な設定が注目される。狩久がチェスタトン好きだということを遺憾なく示した作品といえよう。あるいは、エラリー・クイーンの国名シリーズ中の某長編を思わせせなくもない。

「たんぽぽ物語」は、『宝石』一九五九年五月号（一四巻五号）に掲載された。単行本に収められるのは今回が初めてである。

本作品には風呂出亜久子は登場せず、瀬折研吉が単独で登場。戸崎エラ子、西村大吾、天野浩介ら学生仲間と共に、四人組で事件の解決に当たる、ダイイング・メッセージ・テーマの一編。

江戸川乱歩が『宝石』の編集に乗り出したのが一九五七年の春ごろで、同年八月号から表紙に「江戸川乱歩責任編集」と付けられることとなった。探偵文壇の枠を超え、大家新人を問わず、これと見込んだ書き手たちに乱歩自身が原稿を依頼して、紙面を彩ったが、五五年八月増刊号に発表した「花粉と毒薬」以来『宝石』本誌に寄稿していなかった狩を招聘したのも乱歩であった（同年二月の『別冊宝石』八四号に「暗い寝台」が掲載されていたが）。

本書が掲載された『宝石』誌面には乱歩の手になるルーブリック（作家紹介）が載っており、そこで次のように紹介されている。

ユーモア・ミステリの力作を御紹介できることを喜ぶものです。作者狩久さんは昭和二十六年「新人競作二十五篇集」（今の二十五人集の最初のもの）に「落石」と「氷山」の二篇が同時入選して以来、本誌に多くの作品を発表しましたが、近年はテレビ・ライターの仕事が忙しく、実に久々の寄稿でした。ユーモア・ミステリの少ない探偵文壇では、この作など大いに歓迎すべきだと思います。理路整然たるプロットは、この作が一夜作りでないことを語つていますし、明るくて、善良で、いやらしさの少しもないユーモアは、クレイグ・ライスの系統に属するものといってよいでしょう。（R）

「虎よ、虎よ、爛爛と——一〇一番目の密室」は、『幻影城』一九七六年三月号（二巻三号）に掲載された。その後、二階堂黎人編『密室殺人大百科』下巻（原書房、二〇〇〇／講談社文庫、二〇〇三）に採録された。

殺人事件が起きた時、被害者ではなく、被害者以外のすべての関係者、のみならず本作品が掲載された雑誌の編集者や読者までが密室の中にいた、という奇抜な発想が冒頭に掲げられた異色作。単行本に収める場合は、「親愛なる《幻影城》編集者諸君」という部分を適宜変える必要があるわけだが、ここでは初出のままとしている。こうした、読者を作品世界に取り込もうという趣向は、フレドリック・ブラウンFredric Brown（一九〇六〜七二、米）の「後ろを見るな」Don't Look Behind Youなど、前例がないわけではないが、それを密室トリックもので行なったところが本作品のミソである。数学のトポロジー理論を応用した論理の遊戯でしかないのはもちろんだが、その遊戯のために奇妙な構造の家と扉を設定してしまうところが、後年の、綾辻行人の登場に始まる、いわゆる新本格の作風の先駆をなしていると見ることも可能だろう。結果的に、瀬折&風呂出シリーズの最終作となってしまったが、掉尾を飾るにふさわしい秀作といえる。

「落石」は、『別冊宝石』一四号（一九五一年一二月一〇日発行、四巻二号）に掲載された。後に鮎川哲也・大内茂男・城昌幸・高木彬光・中島河太郎・星新一・山村正夫・横溝正史編『宝石推理小説傑作選1』（いんなあとりっぷ、七四）および鮎川哲也・島田荘司編『ミステリーの愉しみ1／奇想の森』（立風書房、九二）に採録された。

先にも述べたように、『宝石』五一年一月号で告知された「20万円懸賞短篇コンクール」に投じられた作品。〆切は同年八月末日であった。初出時の末尾には「――'51・4・25」と明記されている。翌年三月号誌上に、江戸川乱歩・水谷準・城昌幸による「20万円懸賞短篇コンクール詮衡座談会」が掲載された。そこでは本作品について以下のように語られている。

記者　僕は腕を切つて、それが非常に当つて、俄然ここまで（肘）しかない服が流行つちやう、こういう探偵小説の中では……。
城　これはいいと思いましたね。ハッピー・エンドに書けているから不思議なものですよ。
水谷　これもいい。
江戸川　これも買つたね。
城　再び狩久氏の「落石」

というあの辺が余りね。うそすぎるので、それが最後まで気になつて仕様がない。
水谷　その弱点をカヴァーしているな。最後で。
記者　あとにいつて面白いが……。
水谷　僕としては最高点かもしれない。
江戸川　僕も二、三位のうちだな。

このあと、候補作の絞り込みが行われ、銓衡委員の三人共が票を投じた作品のうちに「落石」も含まれていた。なお、今回のコンクールでは「全国読者諸賢の御意見によつて、別に優秀作三篇を、選出」する「読者コンクール募集」も同時に行なわれており、そちらでは「落石」が、南達夫の「背信」と同点三等に入っていた。

「氷山」は、『別冊宝石』一四号（一九五一年一二月一〇日発行、四巻二号）に掲載された。後に渡辺剣次編『13の凶器』（講談社、七六）に採録された。

「落石」と同様、「20万円懸賞短篇コンクール」に投じられた作品で、初出時の末尾には「――'51・3・24」と明記されている。銓衡座談会では以下のように評されている。

城　次に狩久氏の「氷山」
水谷　これは一寸面白い。
江戸川　このトリックは今までにないね。氷のトリックはいろいろなのがあつて、僕は最近そのことを書いたので、印象にあるけれども、この使い方はこれまでないんですよ。僕の読んだ範囲ではね。そういう意味でトリックは面白いと思つた。但し三重の日記でしよう。日記を三重にしてあるのはくどいね。
城　三重にしたという筋の立て方がまずいんだ。

水谷　電気冷蔵庫のトリックは大変面白いが、ただ用法がまずい。復讐心理が平凡で、あのトリックをつくるまでの盛り上りがないわけだ。

候補作の絞り込みの際には、水谷準が「落石」と共に推薦したのみであった。
なお、銓衡座談会が載ったのと同じ号の「探偵小説月評」で隠岐弘は次のように評している。

狩久の「落石」は、犯行前に捻挫をしていたというアリバイを作つてから殺人をやつてのけ、後で本物の捻挫を作るという作為がヤマになつているが、つくりもののギコチなさの隠し方は難しそうだ。同じ作者の「氷山」は、毒殺計画が実行に移され始めた最初の時間と、毒素の効力が働きだした時間を間違えさすトリックで挑戦しており、この方が合理性がある。意欲は買つてよかろう。

また翌四月号では、木村登が「『宝石』専科優等生へ」という感想を書いており、そこでも「狩久さんの『落石』はトリック倒れに近いもので感心しなかつたが、『氷山』の殺害時間を氷の溶解によつてずらすトリックは眼新しかつた」といわれている。いずれの評者も、トリックという観点から「氷山」の方に軍配を上げているのが興味深い。

「**ひまつぶし**」は、『宝石』一九五二年四月号（七巻四号）に掲載された。単行本に収められるのは今回が初めてである。

「二〇万円懸賞受賞者作品特集」の一編として掲載された。初出末尾には「――'51. 7. 16」と明記されている。二上洋一は「一つのモチーフから、幾つかのストーリーのバリエーションを見つけていく小説作法は狩久氏の持つ特色の最たるもの」（前掲「私小説風探偵作家・狩久」）といい、「恋人の身体を奪うために夜盗に変装するバリエーション」の嚆矢として本作品を捉えている。また、本作に登場する未亡人・弓子が、後の「貝弓子」なのだと指摘されている。

「すとりっぷと・まい・しん」は、『別冊宝石』二〇号（一九五二年六月二〇日発行、五巻六号）に掲載された。後に日本推理作家協会編『探偵くらぶ』上巻（光文社カッパ・ノベルス、九七）に採録された。初出時の作品末尾には「――'52・4・7」と明記されている。

本作品が掲載された『別冊宝石』は、「新鋭二十二人集」と題して、それまでの短篇コンクール入賞者の書き下ろし作品をずらりと並べており、六人の選者によって銓衡が行われ、一等・三万円、二等・二万円、三等・一万円の賞金が各一名に与えられるという「入賞者大コンクール」が催された。選者の六人とは、江戸川乱歩・水谷準・長沼弘毅・白石潔・隠岐弘・城昌幸の面々である。その結果は『宝石』本誌九・一〇月合併号に発表され、「すとりっぷと・まい・しん」は土屋隆夫の「青い帽子の物語」と共に三等に入選している。その際「三等は一名の予定でしたが、選者からの希望により一名を追加、二名といたしました」と編集部から注記されている。結果発表と共に各選者の選後感と「コンクール選評座談会」が掲載されている。その座談会で狩の作品は以下のように語られていた。

城　次に狩久氏の「すとりぷとまいしん」
江戸川　このカットもおかしい、すとりぷとまいしん、「つ」はいらない。
水谷　題は変ですが、この小説そのものは買います。Aクラスですね、このコンデイションはよくある。よく書いてありますな。ラストがない方がいいかどうかというのは、小説の作家的な問題だけれども、ラストの是非は別として、文章もいいし、Aの一つとして推奨いたします。
長沼　私も同様にこれはAクラスに入れます。ただ最後に「そして私の病気はやがて恢復期に入つていつた」というようなよけいなものをつけている。これは無駄なアクセサリーだと思う。
水谷　自信がなかつたのでしようね。

長沼　前の「落石」「氷山」みんないい。前のも相当点の入るものを書いて、これが第三作だとすれば平均点が入る。ムラがない。そういう意味でA。

隠岐　最後のどんでん返しのわさびが全然きいてないので、私もAに入れる自信がちよつとないんです。

長沼　楽しく読ませるから相当のものですよ。

水谷　立派な作家ですね、新人としては……。

江戸川　僕のA級はこの中に五六人あるんですが、（後記「青い帽子」「巫女」「赤い月」「すとりぷとまいしん」「灰色の犬」「深淵」の順）これはその一人です。但し本格探偵小説だから一応トリックの批判に耐えなければならない。これはトリックにいたるまでの心理描写がいいので、文章も新しいし、その点は非常に買います。しかしトリックに入ると幼稚です。アンプルに猫の唾液を入れて注射するのだが、あんな細工は医者がアンプルをすかして見れば、すぐ分ると思う。医者というものはそんなに不注意ではない。それから最後のどんでん返しは僕は不賛成。ありふれすぎている。しかし前半の魅力で充分A級に属します。こういう作家こそ編集部は大いに育てなければいけない。

水谷　ほつぽらかしちやいかん。

最終的に「すとりっぷと・まい・しん」に票を投じたのは、長沼、城、江戸川、水谷の四人だった。なお、乱歩のあげているA級作のうち、「巫女」は朝山蜻一の、「赤い月」は大河内常平の、「灰色の犬」は宮原龍雄の、「深淵」は緒方心太郎の作品で、結果的に「巫女」が一等、「赤い月」が二等に入選している。

なお、先の「20万円懸賞短篇コンクール」同様、今回も「読者コンクール募集」が行なわれており、そちらでは「すとりっぷと・まい・しん」が一二二票を集め、第二位に入選している（『宝石』

五二年一二月号誌上で発表）。

銓衡座談会時に乱歩がタイトルがおかしいと述べたためであろう、右に引いたとおり座談会ではすべて「すとりぷとまいしん」と表記されている。この点について狩自身が弁明したのが、翌一一月号に載せた「《すとりっぷと・まい・しん》について」である。本書の【評論・随筆篇】に収めたので併せて読まれたい。

「山女魚《やまめ》」は、『探偵実話』一九五二年七月号（七月一五日発行、三巻八号）に掲載された。後に日本ミステリー文学資料館編『甦る推理雑誌6／「探偵実話」傑作選』（光文社文庫、二〇〇三）に採録された。初出時の作品末尾には「――'52・2・29」と明記されている。

本作品については二上洋一が次のように評している。

> 「山女魚」は韮山鵠が初登場するばかりでなく、作品の完成度から見ても、氏の代表作の一つであった。有坂夫妻に招待された新進探偵作家の韮山鵠が、座興の戯れに話して聞かせた山村家の密室殺人事件は、トリックは別にして、麗子夫人の美しい肉体を喰いちぎった山女魚の怪奇性と、それを冗談にして去る韮山のブラック・ユーモアが渾然と融合して、探偵小説の、いや狩久の世界の絢爛さを堪能させてくれたのである。（前掲「私小説風作家・狩久」）

二上がここで「韮山鵠が初登場するばかりでなく」と書いているのは、七六年九月に出たばかりの長編『不必要な犯罪』に、主人公の親友として韮山鵠が登場するからであった。

なお、狩は後に『耽奇小説』誌上で、N・J・コウ原作、貝弓子訳という体裁で私立探偵スティーヴ・ドネリイ・シリーズを発表しているが、二上によれば、そのN・J・コウというペンネームは「山女魚」に登場する韮山鵠をもじったものだという。

「佐渡冗話」は、『佐渡新報』一九五二年七月二一日付～九月二二日付に連載された（全三十六回）。

単行本に収められるのは今回が初めてである。

二上洋一によって「私小説風探偵小説」の「代表的作品」と評されている本作品は、新潟から佐渡へ向かう連絡船上で起きた殺人事件の真相を、『佐渡新報』に連載中の「佐渡冗話」取材のために乗り合わせた作家・狩久が解き明かすという設定の、紛う方なき本格探偵小説である（連載第十三回から「推理小説」と角書きされていた）。船上を舞台とするミステリといえばC・デイリー・キング C. Daly King（一八九五〜一九六三、米）『海のオベリスト』*Obelists at Sea*（一九三二）、Q・パトリック Q. Patrick（リチャード・ウィルスン・ウェッブ Richard Wilson Webb とメアリー・ルイーズ・アズウェル Mary Louise Aswell との合作ペンネーム）『死を呼ぶ航海』*S. S. Murder*（一九三三。翻訳はパトリック・クェンティン Patrick Quentin 名義で刊行されている）、ディクスン・カーの『盲目の理髪師』*The Blind Barber*（一九三四）、アガサ・クリスティー『ナイルに死す』*Death on the Nile*（一九三七）などが知られているが、いずれも当時は未訳であった。必ずしも船上だけが舞台となるわけではないが、E・D・ビガーズ Earl Derr Biggers（一八八四〜一九三三、米）の『チャーリー・チャンの活躍』*Charlie Chan Carries On*（一九三〇）からインスパイアされたものだろうか。

ちなみに「佐渡冗話」の初出表記は不統一な箇所が多く、たとえば登場人物の「宍倉」が、別の箇所では「しし倉」と表記される具合であった。そうした箇所はすべて統一した他、「舩」の字がすべて平仮名表記になっている点は漢字にするなどの処理を施した。その他、本作品に限らず、「そうだ」を「相だ」と表記する癖など、すべて本叢書の凡例に従って改めている。ただし、こうした処理が正しかったかどうかについては、いまだ考慮の余地がある。というのも、狩久自身による狩久論ともいうべき中編「らいふ&です・おぶ・Q&ナイン」で、作中に登場する人物の口を借りて次のようにいわれているからだ。

確かに彼の文章には特色があった。多くの人は、漢字の多いその外見から錯覚して、難解な文章だなどと云った。しかし、事実は、その逆だったのです。狩久の文章は平易であった。もし、そこに、彼独特の文体があり、人々にそれが難解に見えたとしたら、それは、ただ、ありふれた文字を、異常な所で使ったからにすぎません。アメリカの黒人が、三度と七度の音を半音下げてブルースを作りあげたように。グレン・ミラーが、六度と九度の音を多用して彼の音楽を作りあげたように。

すべての作品がこうした文体意識で書かれているとすれば、読みやすいようにと漢字を開くことは書き手の意図に反することになるが、その点については今後の本文校訂研究に委ねることとしたい。

「恋囚」は、『探偵実話』一九五三年一月号（一月一五日発行、四巻一号）に掲載された。単行本に収められるのは今回が初めてである。初出末尾には「―1952・10・10―」と明記されている。たびたび引いている「私小説風探偵作家・狩久」（前掲）の中で二上洋一は、本作品について「代表力作の一つ」であり「一応密室本格のパターンを踏まえていたが狙いは別の所にあった」といい、本文を引証しつつ「ここには、宿命の数奇さと激しさと苛酷さとやさしさが描かれ、それが、狩久氏の追い求めるテーマであった。その情熱こそ、百五枚の中篇をゆるみを見せない緊張の中に、書き進めさせた原因だったのである」と論じている。二上は続けて次のように述べる。

狩久氏の作品には珍しく、ここにはユーモアがない。それがトリックを蔵しながら、本格物とはいわず、運命を描いたといわねばならない要因なのであった。この作品を例外としてトリックに没すれば没する程、氏の作風は洒落のめしたユーモアの匂いが強くなる。勿論、それは氏の資質の豊かさを示すエピソードには違いないのだが、探偵小説を〝遊び〟として捉える狩久氏の探偵小説観では、必然的な帰結だったのである。

「探偵小説を〝遊び〟として捉える狩久氏の探偵小説観」とは、「楽しき哉！ 探偵小説」（七六）で披瀝されているものである。

「訣別――第二のラヴ・レター」は、『密室』九号（一九五三年八月二一日発行、二巻四号）に掲載された。その後ミステリー文学資料館編『甦る推理雑誌5／「密室」傑作選』（光文社文庫、二〇〇三）に採録された。初出末尾には「1953・6・16」と明記されている。

『密室』の「創作実験室」というコーナーのために書き下ろされた作品で、デビュー作のひとつである「落石」と続いて書かれた「ひまつぶし」を先行テクストとして、そこに隠された書き手の意図を論理的に解明していくという作品である。初出時には擱筆年月日の後、次のページに「《訣別》作者よりのお願い」と題する追記があり、今回はそれも含めて復刻している。

本作品については山沢晴雄が「創作実験／二篇について――『訣別』・『罠』」（『密室』一〇号、五三・一〇）において、詳細な読後感を記しているが、そのなかで狩から届いた私信に書かれていた「訣別」創作の意図を要約紹介しているので、左にそのまま引いておく。

自分は『神技・厄日』の前例を充分承知の上で、同様手法の『訣別』を書いたが、その理由は

① 『神技・厄日』は同一事件を扱い連作の如き感じがするが、自分の場合は、前作中の事件は完結しており、前作中の事件をではなく前作そのものを利用し、それが発表されたという現実の生活そのものを利用している点に創意があること、

② 『落石』の発表は『神技』より早く、勿論その時『訣別』を書く積りだつたから、この思いつきは『神技』の模倣ではない。

「神技」は『宝石』五二年四月号、「厄日」は『別冊宝石』二〇号（五二年六月発行）に、それぞ

れ掲載された山沢の作品で、共に『山沢晴雄傑作集　離れた家』（前掲）に収められている。

「共犯者」は、『宝石』一九五四年二月号（九巻二号）に掲載された。後に、前掲『文庫の雑誌本格推理マガジン／特集・幻の名作　鯉沼家の悲劇』に採録されている。

本作品は「密室殺人事件集」と題した特集において、夢座海二「手錠」、川島郁夫（藤村正太）「残雪」と共に掲載された。「氷山」で事件を解決しそこなった杉本警部が再登場するが、再び事件解決を逃してしまう一幕。杉本警部は、瀬折&風呂出シリーズでは素人探偵の後塵を拝する警察官の役に甘んじているが、単独で登場する作品においても、名探偵の位置を占めることができないのであった。

山村正夫は「ミステリー界の新感覚派・狩久」（前掲）のなかで「見えない足跡」と共に本作品に言及し、「共犯者」の方が「トリックが格段に優れていて、よく考え抜かれていて私には面白かった」といい、「トリックのバリエーションは私も前に使ったおぼえがあるが、それより手がこんでいて技巧が凝らしてある点に感心させられた。狩氏の才人ぶりを遺憾なく発揮した、代表作の一つといえるだろう」と評している。

〈評論・随筆篇〉

「女神の下着」は、『別冊宝石』二二号（一九五二年七月一五日発行、五巻七号）に掲載された。単行本に収められるのは今回が初めてである。

「私の好きな探偵小説」という総題の下、懸賞コンクール出身作家たちによって書かれたエッセイのうちのひとつ。初出時には末尾に「（十三日金曜日）」と明記されていた。

ビガーズの『黒い駱駝』*The Black Camel*（一九二九）の本邦初訳は『新青年』三二年八月増刊号に一挙掲載された。ロバート・バーの「健忘症聯盟」The Absent-minded Coterie が、夏目漱石の『吾輩は猫である』の中で話題として出てくるという指摘は、山田風太郎もしていることは、現在ではよく知られていよう（「漱石と『放心家組合』」『文藝春秋』七一・一二）。エーウェルス Hanns Heinz Ewers（一八七一～一九四三、独）の「蜘蛛」Die Slinne は、江戸川乱歩が「目羅博士の不思議な犯罪」としてそのアイデアを借用している。アボットはアントニー・アボット Anthony Abbot（一八九三～一九五二、米）だろうか。ザングヰル Israel Zangwill（一八六四～一九二六、英）は、密室殺人ものの古典『ビッグ・ボウの殺人』*The Big Bow Mystery*（一八九二）で知られる。アボットとザングウィルを並べたのは、AからZまでと洒落てみせたものだろう。「パ・ダ・ブン姫綺譚」の作者はガストン・ド・パウロオスキ（?～?、仏）で、『新青年』二七年一月増刊号に訳載された。

「《すとりっぷと・まい・しん》について」は、『宝石』一九五二年一一月号（七巻一一号）に掲載された。単行本に収められるのは今回が初めてである。

「すとりっぷと・まい・しん」の解題でも述べたような事情で書かれたもの。ここで書かれている内容にも関わらず、掲載誌の目次上では「すとりぷと・まい・しんについて」と表記されていた。

「料理の上手な妻」は、『密室』一一号（一九五三年一二月二五日発行、二巻六号）に掲載された。単行本に収められるのは今回が初めてである。

初出時には「或るD・S論」という脇書きが付されていた。「D・S」とはDetective Story すなわち探偵小説の略であることは、いうまでもない。本文中の表記が「D・S・」となっているのは、コンマをナカグロとして表示したためであろう。違和感が残るが、ここでは原文ママとした。かなり掬め手からの探偵小説論で、「料理の上手な妻といふ言葉は、文学的なD・S・を象徴しているのだと思ひますが」というくだりに、当時の本格派vs文学派という構図がうかがえて興味深い。

「微小作家の弁」は、『探偵作家クラブ会報』八四号（一九五四年五月一〇日発行）に掲載された。その後、日本推理作家協会編『探偵作家クラブ会報（第51号～第100号）』（柏書房、九〇）に初出誌のまま復刻されている。

「初めて探偵小説を書いた頃には、私は、探偵小説らしいものを書こうと、大変努力しました。その頃には、所謂本格物のみを探偵小説と思つていましたから、なるべくその方向のものを書こうとしました」とあるが、ここでいわれる「その方向のもの」が、本書に収められた「落石」以下の諸作品であることはいうまでもない。「その人が生れつき探偵小説感覚をもつているならば、そのような意識をもたずとも、書いたものは、結果において、自然に探偵小説になつている筈です」というくだりに、狩のこの時点での探偵小説文学論争に対する姿勢が明示されていよう。

「匿された本質」は、『黄色の部屋』六巻二号（一九五四年一〇月三〇日発行）に掲載された。単行本に収められるのは今回が初めてである。

本論考が載った『黄色の部屋』は、中島河太郎が発行していた個人誌で、最終号に当たる本号は「江戸川乱歩先生華甲記念文集」と題して、中島を含む総勢三十名による乱歩論・乱歩観を集めた特集号であった。

ここで狩は「江戸川先生の作品そのものを、紛れもなく本格の気質に貫かれたものと感ずる」と述べ、「江戸川先生の所謂非本格作品が、本格以外のものといわれながら、探偵小説以外の何物でもないことは、多くの場合、その作品が論理性よりも奇想性によつて支えられているからではないでしようか」という観点を打ちだしている。そしてそうした観点から乱歩の作品を読み直してみると、「変格といわれる先生の作中随所に幾何学的数学者の匂いを探りあてる事が出来て、江戸川先生の世界と呼ばれるものが、数学者の手になるものである事を感じる事も出来る」と論じている。乱歩論としては充分出色のものだろうが、それよりもむしろ、ここでいわれている作家的資質がそのまま狩久自身についても当てはまることの方が重要だろう。「微小作家の弁」でいわれていた「生れつき」の「探偵小説感覚」の内実が、ここではより明らかにされているともいえるだろう。その意味でも、狩久という作家を考える上で外せない評論である。

論中で言及されているレックス・スタウト Rex Stout（一八八六〜一九七五、米）の説とは「ウォトスンは女であった」Watson Was a Womanという有名なエッセイである。

「酷暑冗言」は、『日本探偵作家クラブ会報』九八号（一九五五年七月三〇日発行）に掲載された。その後、前掲『探偵作家クラブ会報（第51号～第100号）』に初出誌のまま復刻されている。

「失つたユビの痒ゆさ」が「文学」なのだ、という所説は、比喩的すぎてそれこそ幻想肢のように摑み所がないが、文学とはそのように捕らえ所のないもの、形のないものであり、例えばある探偵小説のフレーズやテーマなどを引いて、ここが文学的であると評しても意味はない、という皮肉でもあろうか。ここでもベースとなっている考え方は「微小作家の弁」と変わらないといえるかもしれない。

「ゆきずりの巨人」は、『幻影城』一九七五年七月増刊号（一巻七号）に掲載された。単行本に収められるのは今回が初めてである。

自己の読書遍歴と、近年の直接的な接触とを通しての乱歩観である。「当時は、どういう訳か、新人が出ると、江戸川派か、木々派かと分類する事が流行し」ていたというくだりに、「料理の上手な妻」「微小作家の弁」などが書かれた時代の背景をうかがうことができる。

「楽しき哉！　探偵小説」は、『幻影城』一九七六年三月号（二巻三号）に掲載された。単行本に収められるのは今回が初めてである。

『幻影城』で再デビュー後に書かれた探偵小説観であり、同じ号に掲載された「虎よ、虎よ、爛爛と——一〇一番目の密室」に付せられた作者の言葉とでもいうべき内容のエッセイである。「探偵小説の根本にあるものは、因習的、先入主的な物の見方に対する反撥」であるという探偵小説観も興味深いが、それと同時に、「自分の眼で物を見る事」はあらゆる学芸に通ずるという姿勢に立った文学観が披瀝されている点に注目される。短いながらも狩久の創作観がよく示された好エッセイといえよう。

[解題] **横井 司**（よこい つかさ）
1962年、石川県金沢市に生まれる。大東文化大学文学部日本文学科卒業。専修大学大学院文学研究科博士後期課程修了。95年、戦前の探偵小説に関する論考で、博士（文学）学位取得。『小説宝石』で書評を担当。共著に『本格ミステリ・ベスト100』（東京創元社、1997年）、『日本ミステリー事典』（新潮社、2000年）など。現在、専修大学人文科学研究所特別研究員。日本推理作家協会・日本近代文学会会員。

狩久氏の著作権継承者と連絡がとれませんでした。
ご存じの方はご一報下さい。

狩久探偵小説選《かりきゅうたんていしょうせつせん》　〔論創ミステリ叢書44〕

2010年3月10日　初版第1刷印刷
2010年3月20日　初版第1刷発行

著者　狩　久
叢書監修　横井　司
装訂　栗原裕孝
発行人　森下紀夫
発行所　論創社
〒101-0051 東京都千代田区神田神保町2-23 北井ビル
電話 03-3264-5254　振替口座 00160-1-155266
http://www.ronso.co.jp/

印刷・製本　中央精版印刷

Printed in Japan　ISBN978-4-8460-0913-7

論創ミステリ叢書

刊行予定

★平林初之輔Ⅰ
★平林初之輔Ⅱ
★甲賀三郎
★松本泰Ⅰ
★松本泰Ⅱ
★浜尾四郎
★松本恵子
★小酒井不木
★久山秀子Ⅰ
★久山秀子Ⅱ
★橋本五郎Ⅰ
★橋本五郎Ⅱ
★徳冨蘆花
★山本禾太郎Ⅰ
★山本禾太郎Ⅱ
★久山秀子Ⅲ
★久山秀子Ⅳ
★黒岩涙香Ⅰ
★黒岩涙香Ⅱ
★中村美与子
★大庭武年Ⅰ
★大庭武年Ⅱ
★西尾正Ⅰ
★西尾正Ⅱ
★戸田巽Ⅰ
★戸田巽Ⅱ
★山下利三郎Ⅰ
★山下利三郎Ⅱ
★林不忘
★牧逸馬
★風間光枝探偵日記
★延原謙
★森下雨村
★酒井嘉七
★横溝正史Ⅰ
★横溝正史Ⅱ
★横溝正史Ⅲ
★宮野村子Ⅰ
★宮野村子Ⅱ
★三遊亭円朝
★角田喜久雄
★瀬下耽
★高木彬光
★狩久
大阪圭吉

★印は既刊

論創社